**Henry Jaeger**

# Jakob auf der Leiter

Henry Jaeger

# Jakob auf der Leiter

Roman

Mit einem Nachwort von
**Jakob Stein**

VERLAG

Henry Jaeger
Jakob auf der Leiter
**Roman**

Jakob auf der Leiter erschien erstmalig 1973 bei der
Verlagsgruppe Bertelsmann.
Diese Ausgabe folgt in Rechtschreibung und Interpunktion
der Ausgabe von damals.

1. Auflage 2019


Weitere Titel des B3 Verlages unter www.bedrei.de

Umschlag: Claudia Manns, www.kunststueck-grafik.de

Bildvorlagen: *Umschlag:* Der Dichter, von Richard Seewald.
*Vorsatz:* Die Jakobsleiter, von Richard Seewald, Richard Seewald (1889–1976) lebte und arbeitete in Ronco sopra Ascona.
Es ist sehr wahrscheinlich, dass Henry Jaeger und Richard Seewald sich persönlich kannten. © Fondazione Uli und Richard Seewald

Printed in Germany

**ISBN 978-3-943758-06-1**
Dieses Buch ist auch als E-Book unter der
**ISBN 978-3-943758-07-8** erhältlich.

*In Erinnerung an Elke Susanne Jaeger,*
*geb. Schmidt.*
(1941–2011)

# I

Er sang.
Er glaubte wieder vierzehn Jahre alt zu sein und stand in seinem schwarzen Konfirmationsanzug in der Kirche.
Als ich konfirmiert wurde, trug ich ein kleines Sträußchen im Knopfloch. Mein Vater hat es mit einer Nadel festgesteckt, und während ich sang, dachte ich fortwährend an mein Sträußchen und hatte Angst, es würde herunterfallen, weil mein Vater keine Sicherheitsnadel, sondern nur eine Stecknadel genommen hatte.
Sie streiten oft. Und mein Vater sagte: »Das Sträußchen muß er links tragen.«
Meine Mutter sagte: »Rechts wird es getragen. Ich weiß es genau!«
Sie schimpfen wieder. Das Sträußchen wird links festgesteckt. Mein Vater war im Recht, denn er konnte lauter schimpfen als meine Mutter, und er konnte mit der Faust auf den Tisch schlagen, daß die Kaffeekanne umfiel und die Tassen auf ihren Untertellern hochhüpften.

Er marschierte.
Die Trommler wirbeln die Schlegel, die Pfeifer pusten in ihre Querpfeifen. Dann kommt der Schellenbaum, ist geschmückt mit zwei wehenden rotgefärbten Pferdeschwänzen. Ping! Ping! Ping! macht der Schellenträger mit einem kleinen Hämmerchen, im Rhythmus, im Gleichschritt. Tschinellen, ganz hinten am Zug, dazwischen die große Pauke. Vordermann und Seitenrichtung. Das Pflaster vibriert unter Marschtritten. Die Fenster in den Häusern gehen auf, Männer und Frauen strecken ihre Köpfe heraus, schauen mißtrauisch auf die Straße,

schauen hinterher, noch eine ganze Weile, schlagen dann ihre Fenster wieder zu.
Da marschieren sie auf der Straße, Propagandamarsch in Uniform, in irgendeiner Uniform.
Ganz vorn marschiert der Tambourmajor. Die drei Quasten zappeln an der glänzenden Spitze des Tambourstabes, wenn er ihn hochstößt und damit den Takt bestimmt. Er hält den Knauf des Stabes fest umspannt, während er ihn immer wieder hochzucken läßt: im Takt, im Takt.
Und neben dem Tambourmajor marschiert der kleine Jakob. Er winkelt die Arme an, tritt fest auf, hat den Kopf hoch erhoben und sieht starr geradeaus. Er ist jetzt ein Pfeifer, ein Trommler, er klingelt mit den Tschinellen, schlägt die Pauke, ein Schellenbaumträger ist er und auch der Tambourmajor. Im Gleichschritt marschiert Jakob nebenher, und er ist sicher, daß sie ihn alle sehen, daß sie seine Wichtigkeit erkennen, die ihm doch vom Gesicht abzulesen ist, an der heldischen Miene: ich bin Jakob, der Marschierer. Und zu einer späteren Zeit würden sie ihn feiern und hoch dekorieren. Er hat Anerkennung verdient, Beachtung. Das sind Gewißheiten. Darauf kann man sich verlassen.
Er zählt sich zu den Uniformierten, und er trägt tatsächlich eine Uniform, aber er weiß es nicht.
Unten beginnt es mit Schnürschuhen, auf die sein Vater Nägel geschlagen hat, damit die Sohlen länger halten. Dann kommen wollene Strümpfe, die mit Strumpfbändern an ein lästiges Kleidungsstück geknöpft sind, das man Leibchen nennt, das aber Gott sei Dank nicht zu sehen ist. Es folgt die Hose, in die man noch einen zweiten Jakob stecken könnte. Sie ist auf Zeit gemacht, und seine Mutter hat ihm hinten einen großen Flicken daraufgenäht. Der Pullover ist aus Wolle, von der er immer sagt: sie kratzt.

Seine Großmutter hat ihn gestrickt und dabei erklärt: damit das Kind es warm hat.
So läuft Jakob allein neben dem Spielmannszug her, bis der Tambourmajor seinen Stab senkt und die Pause befiehlt. Da bleibt er stehen. Er ist in einer fremden Straße, hat sich weit von der Wohnung entfernt. Er schaut hinter ihnen her, sie marschieren ohne ihn weiter, doch er kann das Echo noch lange hören. Sie sind davonmarschiert, haben ihn allein gelassen. Er dreht sich um und trottet mit seinem Echo nach Hause.
Und wann war das wieder? Er versucht, sich zu erinnern. Das war im Jahre der Not, im Jahre der Dummheit, im Jahre der Auseinandersetzung, im Jahre des Herrn... Das war... Und jetzt fällt es ihm ein: das war im Jahre des großen Jakob.

Er heiratete.
Sie wollte eine Feier, eine öffentliche und von anderen beobachtete Feierlichkeit. Er dachte an ein Fest mit großem Braten und Bier und Wein. Der Tag war schön, milder Oktober mit viel Sonne.
Sie sagte: »Eigentlich heiße ich Helene, aber ich möchte, daß der Pfarrer Lena sagt.«
»Ich habe dich nie anders genannt«, antwortete er.
Und was so ein schwarzer Anzug kostet, mit weißer Fliege und weißen Handschuhen. Auch ihr Brautkleid war teuer, aber sie und ihre Eltern haben es so gewollt.
Dazu rosa Nelken. Man trägt so ein Kleid nur einmal, danach kann man es nur noch färben lassen. Den Anzug, vom Schneider gemacht, kann man hin und wieder anziehen; für festliche Anlässe wie Beerdigungen und ähnliches. Sie haben es gewollt.
»Wir hatten ein Schuhgeschäft«, sagte Lena.

»Wir hatten immerhin ein Schuhgeschäft in einer der Hauptstraßen«, sagte ihr Vater.
»Aber jetzt habt ihr kein Schuhgeschäft mehr«, sagte Jakob. »Mein Vater ist schließlich auch etwas. Er ist Dachdeckermeister.«
Vor der Kirche steht der Pfarrer und daneben ein paar Freunde. Sie lächeln ihnen zu.
Er hört, wie der Organist in der Kirche mit dem Lied einsetzt: »In dir ist Freude ...«
Das hatten sie bestellt – vor beinahe zwanzig Jahren.
Die Orgel spielt er leise. Es ist der Augenblick, in dem sie langsam hinter dem Pfarrer hergehen, durch den schmalen Gang zwischen den Bänken: eine Zeremonie, langsames Schreiten zum Altar, unter gotischen Bogen. Die Sonne leuchtet durch die hohen Kirchenfenster und zeichnet Kringel auf die verbrauchten Steinfliesen. Und dann stehen alle auf, stehen ganz still, mit herabhängenden Armen, mit ernsten Gesichtern und singen das Lied:
»Wir hatten ein Schuhgeschäft...«.
Das verblüfft ihn eine Sekunde. Er muss nachdenken. Dann ruft er: »Und daran ist unsere Ehe gescheitert!«
»Nein!« ruft sie. »Nicht daran. Sie ist gescheitert, weil du nichts getaugt hast!«
Er sagt leise: »Ja, vielleicht ist es wahr. Vielleicht habe ich nicht sehr viel getaugt. Aber ich habe eine Menge versucht. Hast du das vergessen?«
Alles hat sie vergessen.
»Er phantasiert.«
Das sagt der Arzt in dem kleinen weißen Zimmer der Klinik. Er beugt sich über Jakob und hebt sein Augenlid. Dann gibt er ihm eine Injektion.
»Er hat keine Schmerzen mehr«, sagt der Arzt zu den beiden Krankenschwestern.

Sie zucken mit den Achseln. Dann sagt eine Schwester: »Es ist Essenszeit...« Ihre Hauben sind weiß, darunter haben sie alte Gesichter.

Er hört sie reden, aber er kann sie nicht mehr verstehen. Es gibt jetzt keine neuen Erfahrungen mehr.

# 2

Er hat plötzlich die Gewißheit, beobachtet zu werden oder schon immer beobachtet worden zu sein – nicht mit Wohlwollen, sondern mit einem strengen Blick, vor dem er sich verteidigen muß.
»Aha!« sagt er. »Ich kenne Sie. Sie sind mein Lehrer.«
»Ja, das bin ich, und Sie müssen zugeben, Sie haben es mir schwergemacht. Sie waren ein Aufwiegler, einer von denen, die sich nicht anpassen konnten. Dabei waren Ihre schulischen Leistungen sehr mittelmäßig.«
»Mittelmäßig?«
»Jawohl, Sie wollten nichts lernen. Ich wußte genau, daß aus Ihnen nichts werden konnte.«
»Sie haben sich getäuscht, es ist doch etwas aus mir geworden! Sie schütteln den Kopf... Aber ich sage Ihnen, ich habe alles versucht. Und was glauben Sie, wie schwer es ist, hier etwas Ordentliches zu werden? Unmöglich, kann ich Ihnen sagen. Ich habe alles versucht: ich war Dachdecker, kaufmännischer Lehrling, ich war Soldat und Kriegsgefangener und Schieber und alles mögliche, und einmal war ich sogar Journalist. Dann allerdings wurde ich Kellner.«
»Alles ohne Abschlüsse. Nichts haben Sie zu Ende gebracht. Und einmal waren Sie sogar Heiratsschwindler. Sie waren wohl noch Schlimmeres, wie ich vermute...«
»Das ist nicht wahr. Heiratsschwindler war ich nie. Dagegen muß ich mich wehren! Betrug lag mir nicht. Es ist nämlich nie jemand auf mich hereingefallen. Sie haben ja auch immer gemerkt, wenn ich gelogen hatte. Und ich mußte oft lügen, denn es hat mir nicht gefallen bei Ihnen. Sie sind böse, weil ich mich vor Ihnen versteckt habe, im Zeichensaal.«

»Das war ein anderer Lehrer.«
»Ja, vielleicht war es ein anderer. Ich muß nachdenken.«
»Sie haben sich zweimal versteckt: einmal im Kindergarten und einmal in der Schule. Später haben Sie das gleiche noch öfter getan, aber diese beiden Male waren entscheidend. Sie kamen zu mir ins Gymnasium, obwohl Sie dafür nicht taugten. Ich habe Sie hinausgeworfen und habe zu Ihnen gesagt: Lernen Sie ein Handwerk wie Ihr Vater. Handwerk hat goldenen Boden. Erinnern Sie sich, Jakob?«
»Ja. Ich kam dann zu Ihnen und habe am letzten Tag auf Wiedersehen gesagt.«
»So ist es, und das hat mich verblüfft. Sie kamen und sagten: Ich möchte mich von Ihnen verabschieden. Das hatte ich nicht erwartet.«
Jakob denkt nach.
Er sagt: »Ich hatte Mitleid mit Ihnen. Stellen Sie sich vor: ich, das Kind, hatte Mitleid mit Ihnen. Wie Sie da immer die Straße heraufkamen und trugen die Hefte unter dem Arm, und bei jedem Schritt haben Sie mit dem Kopf genickt, und immer haben Sie schlechten Tabak in Ihrer Pfeife geraucht. Da habe ich manchmal gedacht: Er hat auch nichts Gutes... Mein Großvater, der rauchte nämlich auch Pfeife, aber der konnte sich einen viel besseren Tabak leisten. So was riecht man doch gleich. Allerdings war der auch in Amerika. Da kommen Sie nie hin. Jede Wette mache ich mit Ihnen, dass Sie nie nach Amerika kommen...«

Sie hoben ihn aus dem Bett mit den weißen Gittern. Es war früher als sonst, und er wusste, daß dies ein besonderer Tag war. Sie planten etwas mit ihm. Er war nicht sicher, ob er sich freuen sollte.

Sie lebten in zwei nebeneinanderliegenden Mansarden in Frankfurt am Main. Die Wände waren dünn, und stritt sich der Vater mit der Mutter, konnte er jedes Wort hören. Sie stritten über das Essen, über Kleidung, über Schuhe, die neu besohlt werden mußten, über die Kohlen, die sie nicht im Keller hatten, und über das weiße Strümpfchen, das in der Gaslampe wieder einmal durchgebrannt war. Ihre Streitigkeiten wurden meist ausgelöst vom Mangel.
Allerdings gab es auch Kräche, weil sein Vater eine Frau zu freundlich grüßte. Sie wohnte im Parterre des Hauses und lag jeden Morgen bis zehn Uhr im Bett. Und seine Mutter sagte: »Das ist auch so eine...«
»Wieso?« fragte sein Vater.
»Ich weiß doch, was die treibt. Jeder im Haus weiß es. Ich habe genau gehört, wie du zu ihr gesagt hast: Guten Tag, schöne Frau... Jawohl, das gehört sich nicht. Wir sind anständige Leute. Du hast mit ihr scharwenzelt. Und Jakob, der geht nicht mehr in diese Wohnung. Schokolade gibt sie ihm. Ich will aber nicht, dass sie ihm Schokolade gibt. Er steht schon morgens vor ihrer Tür und wartet auf sie.«
»Na los«, knurrte sein Vater. »Zieh das Kind an. Wir müssen kurz nach acht im Kindergarten sein.«
Sie machen finstere Gesichter. Jeder geht für sich allein, und Jakob geht zwischen ihnen.
Ich darf nicht mehr zu der Frau, die mir Schokolade gibt.
»Im Kindergarten kriegt er jeden Tag Milch«, sagt seine Mutter.
Schwere Schuhe trägt sein Vater. Er tritt fest auf. Niemand tritt so fest auf. Mit den karierten Knickerbockerhosen macht er große Schritte.
Und dann öffnet sich eine hohe Tür. Da sitzen die Kinder alle an einem langen Tisch: zwei Reihen, Kopf an Kopf.

Bunte Blechtassen stehen vor ihnen, die halten sie mit beiden Händen fest und nuckeln daran. An der Milch. Eine Frau kommt auf sie zu. Das Gesicht des Vaters ist wieder freundlicher. Seine Stimme hat einen anderen Klang. Er verstellt sich und seine Stimme. Er will etwas von der Frau. Durch eine dicke Brille schaut sie auf Jakob herunter.
Ich soll hierbleiben. An den langen Tisch soll ich mich setzen, zu den Kindern. Sie schauen alle her.
Eine blaue Tasse wird für Jakob gebracht. Eine junge Frau drückt sie ihm in die Hand. Er steht da und guckt hinein Die Tasse ist leer. Alle Kinder warten jetzt auf ihn. Sie verfolgen ihn mit den Augen. Er wird an den langen Tisch geschoben, aber er will nicht an diesen Tisch und wirft die Tasse fort. Sie hüpft über den Boden, kullert unter den Tisch. Darüber lachen alle Kinder.
Jakob flüchtet. In einer Ecke steht ein Puppenhaus. Es reicht seinem Vater bis an die Schulter. Dahinein flüchtet er, wie ein Fuchs in seinen Bau. Sie rennen hinter ihm her: der Vater voran, dann die Leiterin des Kindergartens, die Mutter und die junge Frau. Er hört, wie sie ihn locken und ihm schmeicheln. Aber er bleibt in einer Ecke hocken.
Sein Vater kriecht mit dem Oberkörper durch die kleine Tür hinein. Er kann ein Bein Jakobs fassen. Jakob hat sich durchs Fenster gezwängt, denn nur am Fensterrahmen findet er Halt. Er spürt, wie sein Vater zieht, und beginnt zu plärren.
Das kräftige Hinterteil des Vaters ragt aus dem Eingang; aus dem Fenster schreit Jakob, und die Kinder lachen und klopfen mit ihren Blechtassen auf den Tisch.
Sie gehen wieder zurück in die zwei Mansarden. Ihre Gesichter sind wieder finster. Sie reden fast nichts, verstellen sich nicht, zwischen ihnen geht Jakob. Sie haben ihm versprochen, daß er nicht an den langen Tisch muß.

Darüber freute er sich, und er sagte einmal laut: »Ich muß nicht an den langen Tisch!«
Die Krankenschwester hebt den Kopf, schaut zu ihm herüber, beobachtet, wartet. Er sagt nichts mehr, und sie denkt: Er phantasiert, aber er hat keine Schmerzen.

Und passen Sie auf, ich kannte da nämlich einen – oder ich habe von dem gelesen, oder jemand hat mir von ihm erzählt –, der war so, wie ich sein wollte. Wann der gelebt hat? Irgendwann hat er gelebt, und er war mächtig.
Napoleon war es nicht, und auch nicht die anderen. Ich glaube, er konnte fliegen.
Ich weiß bestimmt, daß ich von ihm weiß.
Ich bin es nicht gewesen. Manchmal denke ich, ich war es doch.
Und sein Name fällt mir bald ein.
Wenn man die Leute auf der Straße nach ihm fragte, nannten sie sofort seinen Namen.
Ich habe es vergessen... Vergessen...
Er konnte fliegen oder singen. Er hatte so eine Stimme, so eine Stimme... Der große schwarze Vogel hoch in der Luft.
Unsere Bäckersfrau hat ihn gut gekannt. An der Ecke haben sie gestanden und haben von ihm gesprochen.
Wenn sie wüßten, daß ich es doch war...

Ekelhaft, diese Wanzen! Und sie riechen wie etwas Böses. Aber sie müssen so riechen, damit sie sich hinter den Tapeten auch im Dunkeln treffen können.
Jakob sieht, wie sein Vater eine riesige Wanze auf eine Stecknadel gespießt hat. Sie zappelt, als hätte sie hundert Beine.
»Aha!« hat er gerufen. »Da ist wieder eine!«
Und so macht er es immer: er schleicht sich heran, denn Wanzen sind klug. Und dann geht er mit der Nadel

genau über sie und sticht sie durch den platten Leib. Sie zappeln alle. Aber das hilft ihnen nichts. Sie werden zum Hausbesitzer getragen, auf der Nadel vorgeführt, und der Vater sagt: »In Ihrem Haus sind Wanzen. Wenn Sie nicht den Kammerjäger holen und bei uns gasen lassen, ziehen wir aus!«

Wir sind ausgezogen, jawohl. Aus den Mansarden, wo nie mehr gestanden hat als ein paar Stühle, ein Tisch und die Betten. Mit einem Drückkarren ging das gut. Ich saß oben darauf.

Wir wohnen in einem besonderen Haus, unten ist eine Bäckerei. Da kommen viele Leute hin und holen das Brot. Ein Dachdeckermeister ist mein Vater wieder. Er geht morgens zur Arbeit. Dann kommen Schränke und neue Betten. Sie werden geliefert von Männern, die laut schnaufen, wenn sie die Treppe hinaufsteigen.

»Eine Schleiflackküche«, sagte seine Mutter. »Ein Wohnzimmerschrank, mit Glas vor einem Fach. Da kann man die Weingläser sehen, die drin stehen...«

Dann kommt er zur Schule. Sie sagen alle: »Jakob kommt in die Schule...« Der Großvater, die Großmutter, zwei Tanten und zwei Onkel. Denen haben sie die Schleiflackküche vorgeführt und den Schrank mit dem Glasfach, wo man die Weingläser sehen kann. Sie haben Wein getrunken.

»Verdammt noch mal, die haben gestaunt, was!« sagt sein Vater.

Am Morgen zieht er einen Scheitel auf Jakobs Kopf. Mit viel Wasser klatscht er die Haare an den Kopf. Alle Kinder, die zur Schule gehen, tragen einen Scheitel. Und der Vater bringt ihn selber hin. Das läßt er sich nicht nehmen.

Ich bin Dachdeckermeister, sagt er.

Er hält Jakob an der Hand. Der Ranzen ist noch leer, die große Zuckertüte darf nicht angebrochen werden. Er geht mit hoch erhobenem Kopf, der Dachdeckermeister. Die gekauften Schränke stärken ihn. Er hat was geschafft, zu Hause steht es, und jeder kann es sehen, wenn er Lust dazu hat. Das neue Bewußtsein. Etwas davon wird in Jakob gepflanzt. So gehen sie nebeneinander zur Schule: Wir kommen jetzt. Mein Vater und ich. Wir kommen jetzt: mein Sohn und ich.

Der Weg ist nicht weit, durch die Ringelstraße, dann die Bornheimer Landwehr, links geht es in die Linnéstraße, und da steht die Schule. Die Wohnhäuser scheinen sich neben ihr zu ducken. Wie ein Berg ragt sie vor ihm auf. Dieses Haus ist noch mächtiger als das Arbeitsamt, wo er mit seinem Vater für das Stempelgeld anstehen mußte. Das ist vorbei: es gibt kein Stempelgeld mehr.

In dem Schulhof tobt eine Meute von Kindern, große Kinder, die ihn ansehen, als wäre er nicht, was er ist. Er haßt diese Blicke. Du bist weniger! sagen die Augen. Die großen Kinder sehen so aus, als führten sie etwas im Schilde und als wären sie voller Feindschaft. Er hat Angst und schämt sich, daß er an der Hand seines Vaters geht wie ein kleines Kind.

»Heute nur eine Stunde«, sagt der Lehrer. Er ist groß, trägt einen grauen Anzug und sieht aus wie Präsident Roosevelt.

Ich habe ein Bild von ihm. Wollen Sie das Bild sehen? Da stehe ich neben ihm. Ein Klassenbild, auf der Schultreppe. Ein Fotograf kam und steckte seinen Kopf unter ein schwarzes Tuch. Wir sollten lachen, aber ich konnte nicht lachen. Wissen Sie, ich konnte nicht lachen.

Im Schulhof standen zwei Brunnen, und es gab eine Sandgrube. Weitsprung, Turnunterricht. Über dem Eingang hing die große Uhr. Wenn die Sonne daraufschien, strahlten ihre Zeiger wie Gold.

Jakob steht unter der Uhr und schaut hinauf. Er kann in sie hineinsehen Räder und Stangen, ein Gerippe aus Eisen. Tack! macht die Uhr, wenn sich ein Zeiger bewegt. Tack!
Am dritten Tag habe ich mich in der Pause versteckt. Ich ging bis ganz hinauf, wo der Zeichensaal war. Da haben sie mich nicht gefunden. Erst am Nachmittag ging ich leise aus der Schule hinaus. Da war sie ganz still, und die Gänge waren dunkel.
Mein Vater schlug mich mit dem Stock. Dann stritten sie wieder. Er soll bei der Frau gewesen sein, zu der er einmal gesagt hatte: »Guten Tag, schöne Frau...«
Meine Mutter hat das gesagt. »Wenn ich sie erwische«, hat sie gesagt, »dann schlage ich ihr mitten ins Gesicht!«
»Übergeschnappt ist sie! Total übergeschnappt!« rief mein Vater.

Die Uhr gefällt mir. Hören Sie, die große Uhr macht tack! Hören Sie es nicht? Aber jeder kann es doch hören. Sie ist noch wie neu. Tack! macht sie. Tack! Wenn ihr Zeiger springt.

# 3

Sie hat mich verachtet. Ich weiß das genau. Sie hat mich verachtet, weil ich kein Schuhgeschäft hatte. Verstehst du das, Toni? Deshalb hat sie sich auch scheiden lassen von mir. Schimpft sie über mich, Toni?
Das war ihr großer Moment: Als Toni geboren wurde. Sie fuhren sie aus dem Zimmer, und unter dem Leinentuch war ihr Bauch wie eine Kugel. Die Hebamme hat mich fortgeschickt und gesagt: »Tun Sie mir den Gefallen und gehen Sie. Sie machen mich ganz nervös!«
Lena hat mich angeguckt, so, als wäre ich an allem schuld. Ich kann doch nichts dafür, daß das Kinderkiegen weh tut. Und dann sagt sie, mit flachem Bauch, sagt sie: »Ich hoffe, daß du dich jetzt etwas mehr anstrengst...«
Als hätte ich mich nicht angestrengt. Glaube ihr das nicht, wenn sie es sagt. Ich habe, und wie habe ich!
In die gleiche Schule ging ich mit dir. Der erste Tag, das wollte ich mir nicht nehmen lassen, habe ich gesagt, oder mein Vater hat es damals gesagt.
»Nur eine Stunde«, hat der Lehrer gesagt.
Und wie war es in der Schule? Ihr müßt morgens aufstehen und guten Morgen zu dem Lehrer sagen. Das mußten wir auch ein paar Jahre, dann war alles anders. Wir standen auf und hoben den rechten Arm und haben gesagt: Heil Hitler. Und wenn der Unterricht rum war: wieder den rechten Arm hoch und wieder Heil Hitler.
Siehst du, so haben wir das gemacht. So, den rechten Arm hoch. Komisch war das. Na ja, damals haben wir es nicht gemerkt.
Ich habe ihn einmal gesehen. Da kam er nach Frankfurt und stieg im Hotel Baseler Hof ab. Mein Vater hat mich

hochgehoben am Straßenrand, damit ich ihn besser sehen konnte. Aber ich konnte ihn nicht richtig sehen. Seine Mütze saß so tief. Immer trug er die Mütze so tief. Er stand in einem schwarzen Auto. Das hat geglänzt, kann ich dir sagen, und darin stand er und hob immer so den rechten Arm. Und die Fahnen hättest du sehen sollen. Aus jedem Fenster hing eine heraus. Aber die Leute haben trotzdem gesagt: nach Frankfurt kommt er nicht gern. Frankfurt wäre zu rot, haben sie gesagt. Mir war das egal, ob Frankfurt rot oder braun war. Kein Unterschied für mich. Mit der Straßenbahn fuhr ich hin und her. Morgens und abends. Manchmal kamst du an die Straßenbahnhaltestelle und holtest mich ab.

Aber mein Vater, der war erst rot und dann braun, mit Stiefeln und Koppelschloß und einem Schulterriemen. Mit dem Braunhemd.

Jakob hört, wie sie sich schlagen, unten im Hausflur.

Zwei Kommunisten, sagt sein Vater. Aber der Bäckermeister kam mit seinen Gesellen, die hatten die Brotschießer dabei. Damit schlugen sie denen auf die Köpfe. Aus Versehen trafen sie auch meinen Vater. Er hatte noch drei Tage lang eine Beule am Kopf.

»Sie haben mir aufgelauert, die Schweine«, sagt sein Vater.

Das war in einer Nacht, in der kleinen Straße in dem Haus, in dem es immer nach frisch gebackenem Brot roch.

Dimmler hieß der Bäckermeister. Er war ein Schwabe. Dreißig Jahre lang hat er vor dem Backofen gestanden, in der Backgrube und hat gesagt: »Bald fahre ich auf Urlaub nach Hause...« Aber er ist nie gefahren. Eines Tages ist er hinter dem Backofen umgefallen. Dann kamen die Erben.

Du bist jetzt neunzehn. Hast ein Mädchen. Ich habe sie gesehen. Nur nicht zu früh. Und keine mit einem

Schuhgeschäft. Paß da gut auf. Und auch keine, die fortwährend die Wohnung putzt, wie meine Mutter.
»Bei uns herrscht Sauberkeit«, hat sie immer gesagt. »Dafür sorge ich. Wir sind anständige Leute. Du bist schließlich Dachdeckermeister, und wenn einer deiner Gesellen kommt, dann muß er sehen: hier herrscht Sauberkeit und Ordnung.«
Deshalb ist er ihr auch fortgelaufen. Sie kannte alle Leute in der Umgebung mit Namen. Sie wußte über alles Bescheid. Was die für Wäsche auf der Leine hatten und was es bei denen zu Mittag gegeben hatte. Auf der Treppe stand sie und schnupperte, und dann sagte sie: »Bei Kuhns gibt es Schweinebraten heute.«
Aber sie war eine gute Mutter. Neulich hat sie mir einen Brief geschrieben. Da stand drin: Ich wollte, du wärest noch einmal drei Jahre alt.
Nein, Dachdecker wollte ich nicht werden. In Frankfurt, da kann ich dir Häuser zeigen, die hat dein Großvater gedeckt. Eine Kirche ist auch dabei, und auf dem Römerberg hat er auch gearbeitet. Vor dem Römerberg gab es im Sommer Festspiele oder wie man das nennt. Da spielten sie den Götz von Berlichingen. Mein Vater sagt zu mir: »Da gehen wir mal abends hin und hören von weitem zu, wie er leck mich am Arsch ruft.«
Das hat ihm gefallen. Wir standen ziemlich weit weg, aber wir konnten gut sehen und hören. Oben geht also das Fenster auf, der Götz streckt seinen Kopf heraus und brüllt: »Vor Ihro Kaiserlicher Majestät hab' ich, wie immer, schuldigen Respekt. Er aber, sag's ihm, er kann mich am Arsche lecken...«
Mein Vater und ich haben sehr gelacht. Wir sind noch zweimal hingegangen. Das ist von Goethe, der ist auch aus Frankfurt. Aber das weißt du ja.

Dreiundvierzig bin ich jetzt. Ja, dreiundvierzig. Ich bin kein Dachdecker geworden.
Hast du die Bilder von den deutschen Kaisern gesehen, im Römerberg?
Es gab Krach wegen deines Namens. Anton – der Name gefiel mir nicht. Aber weil ihr Vater Anton heißt...
Die Kaiser, die sehen ziemlich finster von oben herunter. Karl der Große ist auch dabei. Er hat das Schwert quer über den Knien liegen. Den Saal, in dem die Bilder hängen, nennen sie den Kaisersaal. Da war der amerikanische Präsident drin, als er Frankfurt besuchte. Du weißt doch, Kennedy, den sie später in Texas umgebracht haben. Ich habe ihn gesehen. Ich war auch dabei. Auf dem Römerberg stand ich zwischen all den anderen und habe die Reden gehört. Der Oberbürgermeister hat gesagt: »Hier in diesem Kaisersaal haben sich 1848 die Abgeordneten des ersten deutschen Parlaments versammelt, um im feierlichen Zug und mit entblößtem Haupte in die Paulskirche zu schreiten...«
Den Weg sind sie dann auch mit dem Präsidenten gegangen. Kennedy hat eine Rede gehalten. Er hat gesagt: »Ich weiß, es gibt einen Gott...« Aber das hat vorher schon Abraham Lincoln gesagt, und den hat sein lieber Gott auch erschießen lassen.
Er war sehr freundlich, der Präsident. Die Frankfurter haben ihm zugejubelt. Kennedy hat gelacht und hat viele Hände geschüttelt. Er ging einfach auf die Leute zu. Ich habe meine Hand auch vorgestreckt. Die hat er auch geschüttelt. Ja, der amerikanische Präsident hat mir die Hand gegeben.
Als Gastgeschenk bekam er einen Brief, den die Amerikaner 1848 nach Frankfurt geschickt hatten. Er beginnt:

»Dem freien deutschen Volke!« Und am Ende steht: »Gott segne Deutschland!«
Dann sind die also zur Paulskirche gegangen. Dort haben sie noch einmal geredet.
Weißt du übrigens, daß dein Großvater auf der Hauptwache von der Polizei Prügel gekriegt hat? Das ist schon sehr lange her. Ich bin dabeigewesen. Vor zwei Jahren haben sie auch dich dort verhauen. Die Polizei, mit Gummiknüppeln.

Sie kamen aus entgegengesetzten Richtungen. Die Kommunisten marschierten die Zeil hinunter. Die Braunen kamen vom Roßmarkt her. Die einen bliesen auf Schalmeien die Internationale, die anderen hatten Trommeln und Querflöten. Sie trafen sich auf dem großen Platz vor der alten Hauptwache. Sie mußten dort zusammentreffen. Es waren zweitausend Menschen, die mit Stöcken und vorher versteckt gehaltenen Gummiknüppeln aufeinander losschlugen. Es gab ein paar Tote, viele Verletzte. An manchen Stellen war das Pflaster rot von Blut. Einige Unbeteiligte wurden erschlagen, andere kamen mit blauen Flecken davon. Berittene Polizei galoppierte heran. Die Straße dröhnte unter dem Pferdegetrappel. Dann schlug die Polizei mit langen, säbelartig gebogenen Gummiknüppeln zu. Ein Dachdeckermeister mit seinem Sohn Jakob war bei denen, die geschlagen wurden. Ein Zufall. Aber der Dachdeckermeister weinte vor Wut, nachdem ihn ein Hieb vom Pferd herunter getroffen hatte.

Ich kam mit Jakob von Sachsenhausen herüber. Dort hatte ich einen anderen Dachdeckermeister besucht. Wir mußten über die Hauptwache laufen. Da gerieten wir zwischen die Nazis und die Kommunisten. Jakob

war höchstens fünf Jahre alt. Die Kommunisten und die Nazis haben uns nichts getan. Ich habe ständig gerufen: Vorsicht, das Kind! Vorsicht, das Kind!
Dann kam eine berittene Abteilung der Polizei. Die preschten heran wie ein Gewitter. Und drauf, nichts wie drauf. Bei jedem Schlag fiel einer um. Das hat nur so gekracht, wenn einer den Knüppel über den Schädel bekam.
Ich stelle mich vor Jakob und rufe wieder: Vorsicht, das Kind! Aber der auf dem Gaul konnte das nicht hören. Ich sehe, wie er ausholt, und kann gerade noch meinen Arm heben. Ich dachte, der Arm fällt mir ab. Wie ein elektrischer Schlag war das.
Ja, es stimmt, da habe ich vor Wut geheult.

Ich hatte mal ein Schaukelpferd. Das hat mir mein Vater mitgebracht. Es war weiß und hatte einen roten Sattel aus Holz. Es war das schönste Schaukelpferd, das ich gesehen hatte.
Toni, du sagst, die Kinder mögen dich nicht? Mich konnten die Kinder auch nicht leiden. Aber sie wollten alle auf meinem Schaukelpferd schaukeln. Plötzlich waren alle meine Freunde.
Sie ist jetzt wieder verheiratet. Ich habe nie genug verdient. Aber glaube es nicht, wenn sie schlecht von deinem Vater spricht. Dein Vater ist so gut wie jeder andere, vielleicht auch ein bißchen besser…
Du hast mich gefragt, wo ich meinen Trauring habe. Nachdem sie geheiratet hat, habe ich ihn abgenommen. Nein, ich trage ihn nicht mehr. Ich habe ihn … Ja, wo habe ich ihn denn?
In der Kirche lagen sie auf einer silbernen Schale. Der Pfarrer hat sie uns gereicht und an die Finger gesteckt. Das

war ein schöner Tag. Früher wäre ich übrigens beinahe fromm geworden. Lange Zeit habe ich nämlich meiner Mutter geglaubt. Sie hat mir mit dem Finger gedroht und immer gesagt: »Der liebe Gott sieht's...«

# 4

»Ich will nicht raus auf das Dach! Ich will nicht raus auf das Dach!« ruft Jakob. »So hoch waren wir noch nie. Ich kann nicht auf das Dach. Ich werde herunterfallen!«
»Dummkopf! Du bist doch abgesichert mit dem Karabinerhaken. Los, geh durch die Luke!«

Ich habe das miterlebt. Damals war ich Geselle bei Jakobs Vater, so im zweiten Kriegsjahr. Jakob war um die fünfzehn. In der Nacht davor waren Bomben gefallen. Es war keiner der ganz schweren Angriffe.
Wir sollten das Dach des Kirchturms reparieren und fingen um acht Uhr morgens an.
Als wir in das Kirchenschiff gingen mit unseren Leitern und dem Werkzeug, saß einer oben auf der Empore und spielte auf der Orgel. Da blieb Jakob stehen und riß das Maul auf. Er konnte sowieso ziemlich dumm aussehen, wenn er über etwas erstaunt war. Darüber hat sich sein Alter schon geärgert. Er gab ihm einen Schubs und sagte: »Hier wird nicht herumgestanden! Hier wird gearbeitet!«
Der Kirchturm war achtundvierzig Meter hoch. Da mußten wir aus der Luke hinaus. Der Alte geht vor und bindet die erste Leiter fest. Ich reiche ihm die zweite hinaus. Er hängt sie ein. Dann dreht er sich um und ruft »Jakob! Komm raus!«
Er will ja auch raus, aber kaum hat er ein Bein draußen, da sieht er nach unten und fängt an zu zittern. Weiß wie die Wand wird er, und seine Zähne fangen plötzlich an zu klappern.
»Ruhig! Nur ruhig«, sage ich zu ihm. »Du darfst nicht nach unten gucken. Es ist nur Gewohnheitssache.«

Genutzt hat das nicht viel. Sein Alter brüllt nochmals los: »Willst du jetzt wohl herauskommen, du Scheißkerl!«
Jakob steht mit einem Bein auf der Leiter und zittert. Und dann zieht er langsam das linke Bein nach und ist draußen auf dem Dach. Ich steige auch schnell nach und hänge ihm den Sicherheitshaken ein, denn die Geschichte wurde gefährlich. Der Alte machte einen großen Fehler: Er schimpfte mit Jakob. Es gibt Menschen, die es ganz einfach nicht können. Bei einer gewissen Höhe sind sie vollständig gelähmt. Sie haben keine Kraft mehr in den Armen und Beinen. Sie sind ganz einfach nicht schwindelfrei. Da kann man mit dem Willen nichts ausrichten. Bisher hatte Jakob ganz gut gearbeitet. Aber wir waren nie höher als zwanzig Meter gewesen. Das hier war etwas ganz anderes: der Kirchturm war spitz und schmal, die Höhe täuschte. Oben hatte man das Gefühl, mindestens sechzig Meter hoch zu sein. Und der Wind pfiff von allen Seiten und zerrte an den Kleidern.
Jakob klammerte sich an der Leiter fest. Er war weder nach vorn noch nach hinten zu bewegen. Das Gesicht von dem vergesse ich nie. Er hatte Todesangst. Mir hat er leid getan, und ich habe gesagt: »Meister, da ist nichts zu machen.«
Das hat dem Alten dann auch eingeleuchtet. Zu zweit haben wir ihn durch die Luke bugsiert. Das war ein Stück Arbeit. Er war steif wie ein Stock. Keine Bewegung konnte er machen. Als wir ihn wieder drinnen hatten, sagte sein Alter: »Aus dem Kerl wird nie ein richtiger Dachdecker!«

»Ich kann das nicht! Ich falle herunter! Der Wind weht hier oben ganz anders. Ich kann meine Beine nicht mehr bewegen. Die Leiter wackelt! Vorsicht! Haltet mich fest!«
Die Krankenschwester stand vom Tisch auf und kam herüber. Sie schaute Jakob prüfend an. Dann feilte sie

an einer kleinen Ampulle, zog die wasserklare Flüssigkeit in die Injektionsspritze. Er spürte den Einstich nicht. Sie blieb neben dem Bett stehen: wachsam, sorgenvoll.
»Ich kann das nicht«, sagte Jakob. »Ich kann es wirklich nicht. Und weil ich es nicht konnte, wäre ich im Krieg beinahe gehängt worden...«
»Schon gut«, sagte die Schwester. »Schon gut.« Sie ging wieder zurück an ihren Platz und machte die Eintragung auf dem Krankenblatt: Uhrzeit, Stärke der Dosis.

»Ich habe Ihnen gesagt, Sie wollten nichts lernen. Ich wußte, daß aus Ihnen nichts werden konnte. Nichts haben Sie zu Ende gebracht.«
»Sie sind schuld daran gewesen. Sie haben mich aus dem Gymnasium geworfen. Mein Vater hat zu Ihnen gesagt: Dämlich ist er nicht, mein Sohn... Das habe ich gehört, als er mit meiner Mutter darüber sprach. Er war bei Ihnen und beim Direktor.«
»Ja, das hat er gesagt, aber ich konnte ihn überzeugen, daß unser Entschluß das beste für Sie sei. Wir mußten Sie aus der Schule relegieren. Ihnen fehlte der innere Gehorsam. Die Deutschen hatten eine der am besten funktionierenden Armeen der Welt. Das war nur möglich, weil der Geist dieser Truppe auf innerem Gehorsam basierte. Die frühe Anpassung ist wichtig. Es gibt keine solitären Existenzen mehr.«
»Das haben Sie zu mir gesagt, ich weiß. Aber Sie sind schuld daran, daß ich auf die Leiter mußte.«
»Was hätten Sie dann werden wollen?«
Glücklich, Herr Lehrer, glücklich, wollte Jakob sagen. Er schwieg und dachte nach, dachte an Reckburg, denn mit Reckburg hatte alles angefangen. Er war der Sohn eines Metzgermeisters, der den anderen immer zeigte, daß er Schnitzel oder Kotelett auf dem Frühstücksbrot hatte. Es

war eine Ungerechtigkeit. Wieso hatte der immer Fleisch, und die anderen hatten nichts zu fressen?
Das haben wir alle gedacht in der Klasse. Es war Krieg, aber Reckburg wurde immer fetter. Und dann haben wir uns was ausgedacht. Wir hängten ihm ein Fahrradschloß um den Hals. Es war eine Kette, die Enden konnte man zusammenstecken. Das Schloß schnappte dann zu. Es hing um Reckburgs Hals wie eine Perlenkette. Wir waren zu fünft: drei hielten ihn fest, und zwei ließen das Schloß zuschnappen. Es hat ihm nicht weg getan, aber er konnte es nicht vom Hals kriegen.
Eine Stunde lang hat der Lehrer in der Klasse rumgebrüllt. Er wollte wissen, wer es getan hatte. Reckburg konnte es nicht erzählen, denn wir hatten ihm die Augen zugehalten. Vier Stunden ließen wir ihn sitzen mit dem Fahrradschloß um den Hals. Der Direktor kam, andere Lehrer kamen und besichtigten Reckburg. Sie standen um ihn herum. Wir haben gelacht, wir konnten nicht mehr aufhören zu lachen. Jemand hat uns verraten Es war mein Schloß.
Beim Direktor steht er und sieht diesen schimpfenden Mund mit den verrotteten Zähnen, die vom Tabak braun sind. Eine endlose Anklage kommt aus diesem Mund. Wie Trompetenstöße. Ein Verbrechen: nicht zu reparieren. Jakob steht vor ihm und schaut zu Boden. Eine Lehrerin ist auch dabei, eine Zeugin. Eine Gerichtsverhandlung. Die Wand hinter dem Direktor ist holzgetäfelt und trägt zum Schmuck ein Führerbild, das so hoch ist wie die Tür.

Dieser Bursche war verstockt. Das war ein heimlicher Brandstifter. Ich kenne die Sorte genau. Natürlich aus kleinen Verhältnissen und nicht sonderlich begabt. Der Vater aber ein ganz wackerer Mann.
In dem Jungen steckte Auflehnung, Aufsässigkeit, eine unbegründete Empörung, gewisse Anzeichen von Meu-

terei. Nein, nein, nein, ich täusche mich da nicht. Schließlich war ich damals schon fünfundzwanzig Jahre im Schuldienst. Wenn ich etwas hasse, dann ist es Disziplinlosigkeit. Und der da, das war ein schwerer Fall.
Als ich ihn zur Klasse zurückschickte, knallte er die Tür zu. Eine Respektlosigkeit ohnegleichen. Fräulein Lehmann, die gerade anwesend war, hat es auch bemerkt.
»Haben Sie das gesehen, Fräulein Lehmann?« sagte ich. Sie gab mir sofort recht.
Ich holte ihn zurück und befahl: »Komm her, du Lümmel, und schließe die Tür auf eine anständige Weise!«
Er blieb dann drei Tage dem Unterricht fern. Ganz einfach geschwänzt. Sein Klassenlehrer, eine tüchtige Kraft im Lehrkörper unseres Gymnasiums, übrigens Hauptmann der Reserve, schöpfte sogleich Verdacht.
Er schaute sich das Entschuldigungsschreiben genau an. Und siehe da, der Bursche hatte es selber geschrieben. Wir haben ihn zu einem Geständnis gezwungen. Man darf nicht übersehen, daß dies die Vorstufe zu einer Urkundenfälschung war.
Schwimmen war er während der drei geschwänzten Tage gegangen. Im Main war er schwimmen gegangen. Es war Sommer, Anfang Juli. Ich erinnere mich genau daran, denn als wir in der Konferenz beschlossen, diesen Schüler zu relegieren, trug ich mein rohseidenes Jackett.

Er fuhr am Morgen mit seinem Fahrrad aus der kleinen Straße hinaus, aber dort, wo er hätte links abbiegen müssen, fuhr er geradeaus. Die Schulmappe hinten auf dem Gepäckträger. Hausaufgaben nicht gemacht. Überhaupt nichts gemacht, nur gestern vor dem Direktor gestanden und das Gebrüll über sich ergehen lassen.
Um sechs Uhr hatte er seinen Vater gehört. Aufstehen, ein bißchen Klappern mit Tassen und Kaffeekanne. Das

Schlurfen der Mutter in Pantoffeln. Wie jeden Morgen. Unten in der Bäckerei steht der Bäckermeister Dimmler mit seinen Gesellen. »Dieses Jahr fahre ich bestimmt auf Urlaub...«
Sie schießen das Brot ein. Es ist frisch, und die Brotrinde kracht zwischen den Zähnen, wenn man hineinbeißt.
Dann der Postbeamte von nebenan. Unten der Eisenbahner, und noch ein paar, die hinunterstiefeln. Aber sein Vater ist nicht zu verwechseln. Groß und schwer. Die Treppe knarrt unter ihm.
Sieben Uhr. Sie sagt von drüben: »Aufstehen! Jakob, du mußt aufstehen!«
Ja, ja. Jeden Morgen. Er weiß bereits, was er machen wird: Mein Sohn Jakob war leider an Halsentzündung erkrankt und konnte deshalb die Schule nicht besuchen... Das ist nötig für so einen Fall.
Sie steht in der Küche und schmiert Brote. Wie immer, noch schläfrig, im alten blauen Morgenrock. Dann geht er aus dem Haus.
Ganz leicht ist der Tritt in die Pedale. Das Fahrrad rollt wie von selbst. Die Hangstraße hinunter, am Ostpark vorbei. Da haben wir gespielt - Räuber und Gendarm. Und in dem kleinen Planschbecken habe ich schwimmen gelernt.
Über die Eisenbahnbrücke. Die Züge donnern vorbei, fast jede Minute kommt einer. Waggons gezählt, aber immer verzählt. Zu schnell. Wir standen da oben. Ich bin jetzt unterwegs. Die Züge kommen von überallher.
Rechts liegt der Osthafen. Mit meinem Vater Kohlen geklaut. Ich war noch sehr klein. Noch ein paar hundert Meter. Schlote qualmen, eine Kokerei, das Gaswerk mit dem Gaskessel. Wenn der mal explodiert... Da soll doch in Neunkirchen... Eine Katastrophe. Oder eine Bombe da hinein, dann fliegen wir alle in die Luft, haben sie gesagt im Haus.

Der Main!
Kommt auch von weit her. Fichtelgebirge. Da war ich noch nie. Er ist breit und tief. Sieht aus wie ein See. Grün. In der Mitte ist die Sonne. Wie ein Feuer mitten im Wasser, nur heller, strahlender.
Jakob steht am Ufer. Das Gras ist noch frisch von der Nacht. Die Böschung geht tief hinunter. Weit dahinter ist der Lärm, kommt nicht bis hierher. Drüben liegt Oberrad, die Schleuse, das Nadelwehr, und auf dieser Seite die Floßgasse. Da sind wir durchgeschwommen, haben uns treiben lassen in der reißenden Strömung. Da waren noch ein paar andere dabei. Rolf Weber ist schon Soldat. Und noch ein paar, die sind in der Fabrik oder auch Soldat. Es ist niemand da, nur der Fluß, das Gras und ich. Jetzt fangen sie an. Erste Stunde: Mathematik.
Er wartet noch, denkt nach: Was soll werden? Vergißt es wieder.
Langsam geht er ins Wasser. Die Steine sind glatt unter seinen Füßen. Es ist nicht kalt. In der Floßgasse haben wir Aale gefangen, wenn sie geschlossen war. Bei niedrigem Wasser. In den Lücken zwischen den Steinen saßen sie und waren glitschig. Sie zappelten.
Er stößt sich vom Ufer ab, schwimmt. Nach vom blickt er. Das Ufer drüben ist weit. Fische. Er kann sie riechen. Darüber ist der Himmel blau.
Er spürt Kraft in seinen Armen, zieht lange durch. In der Mitte ist die Tiefe. Unten liegt Unbekanntes, Dunkles. Ich bin allein über der Tiefe. Weit weg, wie in einem Meer.
Nur langsam kommt das Ufer heran. Steine zuerst, dann wieder eine kleine Böschung. Jetzt wird es kalt. Wieviel Minuten? Eine Viertelstunde? Er prustet ins Wasser, hört sich selber zu. Fast bin ich drüben. Eine Leistung, ein Sieg. Noch zwanzig Meter. Ein unbekanntes Ufer.

Steine unter den Füßen. Er taucht aus dem Wasser auf, balanciert, spürt dann den glatten Boden. Der erste Schritt auf festes Land. Ein Entdecker ist er, steigt die Böschung hinauf.
Von seiner Haut perlt das Wasser. Er spürt noch die Spannung in seinen Muskeln, und die Sonne trifft ihn, die Wärme. Es ist Juli: heiße Sonne auf der nassen Haut. Es ist ein Glück, eine große Freude.
Er klettert über verrostete Schienen. Ein paar vom Wetter zerfressene Kipploren stehen da, sind von hohem Gras überwuchert. Sie werden nie wieder beladen. Die Stille, das Vergessen, liegt hier über dem Ufer. Träge zieht das Wasser vorbei, kommt von weit her, fließt in die Breite.
Hinter der Wildnis des Uferstreifens eine Straße. Lineal, verliert sich in der Ferne. Im Frieden gebaut, im Krieg kaum befahren. Die Hitze flimmert über der leeren Straße. Und dort steht Jakob auf dem Asphalt, barfuß, mager, fast nackt, mitten auf der Straße, auf der nichts fährt unter der glühenden Sonne. Weit kann er sehen. Felder, Korn, dahinter ein Wald. Und auf den Feldern sieht er Frauen. Sie sind nur Punkte, bunte Kopftücher. Sie hacken Unkraut, gebeugt, und ihre Köpfe nicken bei jedem Schlag mit der Hacke. Wie unter einer riesigen Glocke steht er. Die Stille das Summen des Blutes in den Ohren.
Was für ein Tag, denkt er.
Er steht dort und denkt: eines Tages werde ich... werde ich... Der Horizont ist ohne Wolken. Der Geruch der Erde in seiner Nase, die Wärme auf seiner Haut. Ein Seefahrer möchte ich sein... Er hat das Meer nie gesehen, aber in diesem Augenblick weiß er alles über das Meer.
Drei Tage einer gestohlenen Freiheit, dann die Entdeckung, die Fragen. Er hat den Entschuldigungsbrief selber geschrieben. Wieder eine Gerichtsverhandlung in

der Schule. Sie sitzen an einem langen Tisch und beraten. Der Mann im rohseidenen Jackett fällt eine kalte Entscheidung.
Die Gerechtigkeit: Ordnung, Disziplin, Gehorsam. Das Gezeter der Mutter, die Ohrfeigen des Vaters.
Ich muß nicht mehr zur Schule. Der erste Tag: es ist seltsam, ich brauche nicht aufzustehen. Ich bleibe im Bett liegen und denke: Ich gehe nie wieder zur Schule. Eigentlich bin ich doch ganz gern hingegangen, wegen der Freunde. Das Leben macht jetzt einen Sprung.
Eine milde Trauer: all die kaputtgegangenen Tage...

# 5

»Die Schlacht bei Bergen!« sagte der Vater zu seinem Sohn. Sie standen vor einem Nebengebäude der Gastwirtschaft, die »Rebstock« heißt, uralt ist und an der Straße zwischen Frankfurt und Bad Vilbel liegt. »Sie müssen von da drüben mit der Kanone geschossen haben.« Der Mann deutete mit der Hand auf das hügelige Gelände, in Richtung Bergen. »Und hier hat die Kanonenkugel die Mauer getroffen.«
Der Junge betrachtete die Kugel genau. Sie war in die Hauswand einzementiert. Er faßte sie an: dick wie eine Männerfaust. Von da drüben, denkt er. Mit Kanonen... Eine Schlacht, nicht weit von Frankfurt, höchstens sieben Kilometer. Waren es die Preußen? Gegen die Franzosen? Oder die Österreicher? Oder Napoleon? Aber das weiß niemand genau in der Familie.
»Man kann das irgendwo nachschlagen«, sagte der Mann. Sie standen vor der Kanonenkugel im Sommer des Jahre 1911, und damals soll sie schon älter als hundert Jahre gewesen sein.
»Mein Vater hat es mir erzählt«, sagte der Mann zu seinem Sohn. Es war Jakobs Großvater. Im Jahr davor war der Großvater aus Amerika zurückgekommen und hatte ein großes Haus in der Kaiserstraße gekauft.
»Die Schlacht bei Bergen«, sagte Jakobs Vater. Das war achtundzwanzig Jahre später. Die Kugel war noch da, und Jakob faßte sie an.
Reiter sprengten über das Feld: gezogene Säbel, Tschackos, Kokarden, Fahnen im Wind, im Kugelregen. Die legendären Reiter. Von da drüben, in Reih und Glied. Gegen die Hessen? Oder gegen wen?

Und noch einmal: »Die Schlacht bei Bergen.« Jakob und sein Sohn Anton, den sie Toni nennen.
Sie kamen alle hier vorbei, irgendwann auf Spaziergängen. Sie faßten die Kugel an, einer nach dem anderen. Das letzte Mal, als Toni fünfzehn Jahre alt war und Jakob ihn fragte: »Warum willst du die Schule verlassen? Was willst du denn werden?«

Er lebt bei der Mutter. Ich konnte ja auch nicht richtig für ihn sorgen. So ein Kind braucht seine Ordnung, das muß man einsehen. Und zum Heiraten habe ich keine Lust mehr.
Jakob sieht sich stehen mit seinem Sohn Toni, vor der Kanonenkugel. Er will ihn überreden. Die Schule ist wichtig, eine abgeschlossene Bildung. »Mit dem Abitur in der Tasche kannst du alles werden«, sagt er.
Der Junge schüttelt den Kopf. Er weiß, was er werden will. Kaufmann. In der Automobilbranche. »Im Auto liegt Zukunft. Ich kenne jeden Motor, jede Radaufhängung. Da bin ich Fachmann... Später kann man sich selbständig machen. Und wenn man eine Markenvertretung hat, ist man ein gemachter Mann.«
Jakob hat Angst. Er ist ein Vater ohne Befugnisse. Die Ehescheidung hat ihn entmachtet. »Toni!« sagt er.
»Toni, das ist ganz falsch, was du machen willst! Hör zu, ich will dir das genau erklären...«
»So«, sagt der Junge, »von da drüben haben sie mit der Kanone geschossen? Aber das ist bestimmt nicht mehr die gleiche Kugel. Die hätte längst einer geklaut.«
Und da drüben war ein großer Kirschbaum. Wir gingen sonntags spazieren. Meine Mutter hat sich unter den Baum gestellt. Ich mußte mich dann neben sie stellen. Mein Vater hat fotografiert.

»Die Kirschblüten«, sagte sein Vater, »das gibt ein gutes Bild. Stell dich gerade hin, Jakob!«
Es muß sonntags gewesen sein, denn der Vater trug seinen dunkelblauen zweireihigen Anzug. Zwei Sonntagsanzüge hat er: den blauen und den hellgrauen. Und meine Mutter hat ein Kleid an, das nennt man Kasak. Da sind Blumen drauf. Blumen hat sie auch auf ihrem Hut, aber die sind nicht echt.
Am Sonntag schläft er mittags. Sie wäscht ab, legt sich auch ein wenig auf die Couch. Dann ziehen sie sich an, befehlen mir, was ich anzuziehen habe.
Zu dritt die Treppe hinunter, einer hinter dem anderen. Die Straße ist ganz still. Vor dem Tor schaut sich sein Vater um. Er räuspert sich wichtig, ist ein anderer Mann in seinem Sonntagsanzug. Dann zündet er sich eine Zigarre an, zwanzig Pfennig das Stück, vor dem Tor, damit sie es alle sehen können in der Straße.
»Wir gehen zur Kanonenkugel«, bestimmt sein Vater »Im Rebstock machen wir Rast und essen und trinken etwas.«
»Das wird teuer«, sagt die Mutter.
»Es ist Sonntag!« antwortet sein Vater. Er bläst eine Wolke Rauch aus und befiehlt nur: »Kommt!«
Jakob trottet neben ihnen her. Er kennt den Weg. Sie gehen ihn oft. Die Kugel ist noch da. Und dort sagt sein Vater: »Es gibt Krieg. Alle sagen es. Aber die schießen jetzt mit anderen Kugeln... Der Hitler«, sagt sein Vater, »der will ganz Polen und noch ein Stück von Rußland haben. Glaubt ihr etwa, die anderen ließen sich das gefallen?«
Das sagte er an einem Sonntag im Sommer des Jahres 1939, im dunkelblauen Anzug, mit der Zigarre zu zwanzig, im Kasakkleid mit falschen Blumen am Hut, unter dem Kirschbaum mit Jakob, nicht weit von Bergen, wo die

Kanone stand, die vor mehr als hundert Jahren eine Kugel in diese Hauswand geschossen hat.

»Die Särge«, sagt Jakob. »Auf meinem Schulweg sah ich sie morgens. Sie standen vor dem Kinderkrankenhaus. Kleine weiße Särge. Da lagen die Kinder drin. Und das Krankenhaus brannte noch. Da ist heute kein Krankenhaus mehr.«
Im Frankfurter Zoo steht übrigens ein Baum mit einer Tafel, auf der man nachlesen kann, daß hier Napoleon, von Hanau kommend, Rast gemacht hat. Sie hielten dort eine Lagebesprechung ab. Ich glaube, so ähnlich heißt es auf der Tafel. Weißt du noch, wie du gestaunt hast über die Elefanten. Ich habe auch darüber gestaunt, als ich sie zum erstenmal sah. Mein Vater und meine Mutter waren dabei und haben gesagt: »Das sind Elefanten.«
Er redet mit Toni, will ihn überreden.
»Es ist alles nicht wahr. Die Dinge sind ganz anders. Laß dir nichts erzählen: Automobilbranche, später eine Markenvertretung und so weiter. Das sagt sich so leicht daher.«
»Ich habe Ärger in der Schule mit meinem Klassenlehrer. Er mag mich nicht und gibt mir ungerechte Noten.«
»Ja, ja, das kenne ich. Aber du mußt eine abgeschlossene Ausbildung haben.«
»Du bist doch auch nur Kellner.«
»Aha! Das hat deine Mutter gesagt: Auch nur Kellner. Immerhin arbeite ich im Smoking. Die Bar ist gar nicht so schlecht, in der ich arbeite. Da kommen Leute mit Geld hin. Erstklassiges Publikum, auch wenn es nur eine Kellerbar ist. Du solltest mal sehen, wer da alles kommt ...«
»Sie sagt: Er ist ein Trinkgeldempfänger.«

»So, das sagt sie? Und was ist denn ihr Mann? Ein Kaufmann, nichts weiter.«
»Er verdient nicht schlecht.«
»Und ich? Verdiene ich etwa nichts? Natürlich ist es nicht sehr viel, aber noch lange nicht schlecht. So, so, ein Trinkgeldempfänger! Aber sie hat mich ja immer beleidigt.«
Er will noch Ratschläge geben, Hinweise und Warnungen: der große Konkurrenzkampf. Man muß gewappnet sein mit Tüchtigkeit, mit Wissen und Fleiß. Die Stufen des Erfolges. Man muß sich darauf vorbereiten, mindestens ein Viertel des Lebens ist Vorbereitung. Er sucht nach den treffenden Worten, fühlt sich jedoch machtlos, ohne Kraft. Dieses Kind ist gewachsen, hat eine Meinung, wird beeinflußt, ist ihm entzogen und wurde ohne ihn geformt.
Sie gehen am Main spazieren. Vom Eisernen Steg bis zu den Anlagen, die »Das Nizza« genannt werden, weil dort tropische Pflanzen gedeihen. Jakob denkt nach, aber er schweigt, macht keinen neuen Versuch, den Sohn zu überzeugen.
»Habt ihr euch denn immer gestritten?«
»Oh, nein, wir hatten eine ganz gute Ehe in den ersten Jahren. Du warst sechs oder sieben, als wir uns scheiden ließen...«
»Ich habe es fast vergessen«, sagt sein Sohn.
»Ja, ja«, antwortet Jakob. »Das verstehe ich. Du warst noch klein.«
Sie gehen nebeneinander. Der Junge ist so groß wie sein Vater. Sie sind sich ähnlich, im Gesicht, in den Bewegungen. Beide haben leicht abstehende Ohren. Wenn sie reden, werden sie lebhaft, fuchteln mit den Händen. Einmal in der Woche treffen sie sich. Das steht im Scheidungsurteil. Der Vater darf seinen Sohn einmal wöchentlich sehen.

Der Main riecht nicht gut. Jakob sagt: »Sieh dir diese Dreckbrühe an, darin konnte man vor fünfundzwanzig Jahren noch schwimmen. Ich habe da mal... Ich bin da mal... Über den Main... Vor, ah, das ist lange her...«

Ich traf Lena auf der Straße. Wir haben uns gleich wiedererkannt. Sie bleibt stehen und sagt: »Seit wann sind Sie wieder da? Mein Vater ist noch in Gefangenschaft. Er war beim Volkssturm.«
»Wie geht es?« fragt Jakob. Und dann erzählt er ihr, daß er es am Ende des Krieges bis zum Unteroffizier gebracht hätte. Aber das beeindruckt sie nicht.
Gefreiter war ich, ich wollte ja auch nicht mehr werden. Es gibt ein Bild von meinem Großvater, der war wirklich Unteroffizier. Es hing in der großen Stube. Er hält die Pikkelhaube unter dem Arm und streckt die Brust heraus. Ein Onkel von mir war Baltikumkämpfer. Ein Sozialdemokrat. Eingesperrt, von den Nazis. Weil er Baltikumkämpfer gewesen war, schickten ihn die Nazis wieder nach Hause. Er mußte sich manchmal melden, die gute Führung wollten sie sehen. Er hat dann den Reparaturwagen der Straßenbahn gefahren und hat sich gut geführt.
Jakob trifft Lena, und er sagt: »Mir geht es gut. Ich habe Beziehungen. Soll ich Ihnen mal ein Viertelpfündchen Kaffee für Ihre Mutter bringen? Sie mögen doch Schokolade? Wenn man die richtigen Leute kennt, kann man alles haben. Demnächst mache ich vielleicht ein größeres Geschäft auf.«
Wir kannten uns schon lange. Sie führten das Schuhgeschäft, das vorher einem Juden gehört hatte. Da gingen wir unsere Schuhe kaufen. Aber mein Vater konnte nichts mehr herunterhandeln, wie früher bei dem Juden. Er kam herein und sagte: »Ein Paar Schuhe für meinen

Sohn.« Die werden gebracht, probiert, paßten. Der Preis wurde genannt. »Billig sind sie, fast geschenkt«, sagte der grauhaarige Jude.
Und dann kam der Trick: »Wenn ich für meine Frau und für mich auch noch ein Paar Schuhe kaufe, wieviel Prozent geben Sie mir?«
Immer ein paar Mark gespart. Aber ihr Vater macht das nicht. Er sagte: »Hier steht der Preis dran. Davon kann ich nicht runtergehen. Es tut mir leid.« Keinen Pfennig.
Die Tochter sah ich manchmal im Laden. Wohlhabende Leute, sagte man bei uns. Die wohnen in den neuen Häusern, und wer in den neuen Häusern wohnte, ganz moderne, der mußte schon ein bißchen Geld haben.
Er geht die Treppe hinauf und hat das Viertelpfündchen in der Tasche, dazu noch eine Tafel Schokolade. Gewinne aus seinen winzigen Geschäften. Vor ihrer Mutter ist er ein Geschäftsmann, hat er Bedeutung. Schwer wiegt das Viertelpfund. So ein junger Kerl, und hat schon die richtigen Beziehungen. Aus dem kann etwas werden. Er spricht von großen Transaktionen, während ihre Mutter an der ersten Tasse Kaffee schnuppert. Lena sitzt dabei, die Schokolade liegt vor ihr auf dem Tisch. Sie ist überrascht, daß er tatsächlich gekommen ist. Man kennt sich zwar lange, aber man kennt sich nicht gut. Im Zimmer riecht es nach Kaffee. Möbel aus Eiche und Nußbaum. Aber die neuen Häuser sind jetzt nicht mehr neu, und das Schuhgeschäft liegt in Trümmern.
Lena wollte mich noch nicht. Da war erst noch eine andere. Ich saß neben ihr im Kino. Jede Woche ging ich zweimal ins Kino.
Er sagt zu ihr: »Kennen wir uns nicht?«
Ja, aber sie wissen beide nicht mehr, woher sie sich kennen. Darüber können sie reden, bis das Licht ausgeht.

Aber während der Film läuft und ein Mann sich um ein Mädchen bemüht, auf der Leinwand, in Hollywood gedreht, fällt es ihm ein. »Jetzt weiß ich es. Wir waren zusammen in der Kinderlandverschickung!«
Richtig. Die blassen Großstadtjünglinge und die blutarmen Mädchen kamen zu Bauern, für ein paar Wochen zu Bauern, um Milch zu trinken und gute Luft zu atmen.
»Und da haben wir uns kennengelernt!« sagt er laut im Kino, während sich die beiden auf der Leinwand, in der Manier Hollywoods, küssen, wobei der Mund nicht weit geöffnet werden darf.
Im Allgäu waren sie. Dort gibt es einen Berg, der heißt das Nebelhorn. Über zweitausendvierhundert Meter hoch. Darüber läßt sich reden auf dem Weg nach Hause.
Jakob sagt: »Die Särge standen in zwei langen Reihen. Ich kam da vorbei und bin schnell davongerannt. Jedesmal, wenn ich dort vorbeikam, auf dem Weg zur Schule, habe ich an die Kinder gedacht.«
Und einmal gab es Alarm, gleichzeitig aber war ein Gewitter. Es blitzte, dann donnerte es: ein Donnerschlag, daß das ganze Haus zitterte. Da sprang sein Vater mit einem Satz aus dem Bett, im Nachthemd aus dem Bett, hielt sich am großen Kleiderschrank fest und rief: »Jetzt hat es uns erwischt!«
Darüber hat meine Mutter sehr gelacht und hat es gleich im Keller jedem erzählt. Sie haben alle gelacht, besonders der Postbeamte, der immer bleich wurde und zu zittern anfing, wenn die Bomben fielen. Mein Vater ging hinauf und kam nicht mehr in den Keller. Auch nicht, als die Flak zu schießen begann und wieder Bomben runterkamen.
Ihr Vater war in Rußland gefallen. Das hat sie mir am ersten Abend erzählt, nach dem Kino. Ilse wohnte mit ihrer Mutter in einer Dreizimmerwohnung und hatte ein

Zimmer für sich. Das hat sie immer abgeschlossen, wenn wir drin waren. Und sie hat auch noch das Schlüsselloch zugehängt.
Ilse sagt: »Sie hat einen amerikanischen Freund. Warum auch nicht? Sie ist noch jung. In diesem Jahr wird sie vierzig.«
»Ja«, sagt Jakob, »warum auch nicht.«
»Er ist ein paar Jahre jünger als meine Mutter. Aber das macht nichts.«
»Nein, das macht nichts«, sagt Jakob. Sie liegen im Bett, ohne Kleider, sind erregt, dann leicht matt, sprechen langsam.
Da gingen wir immer hin. Ich wollte sie heiraten. Aber einmal sah ich sie mit einem amerikanischen Soldaten. Sie gingen in der Dunkelheit Arm in Arm. Ich stand vor dem Haus und wartete, weil niemand geöffnet hatte. Da kamen sie und gingen auf die Haustür zu.
Er steht und starrt hinüber, Kälte im Magen, starrt und wartet noch. Dann gehen sie ins Haus. Er hinter ihnen her.
»Ilse!« ruft er. »Ilse!«
Sie sagt: »Ich habe heute keine Zeit. Also bitte, mach hier kein Theater!«
»So, keine Zeit hast du? Aber für den da hast du Zeit, nicht wahr?«
Die beiden gehen weiter, nebeneinander die Treppen hinauf. Im Dunkeln steht Jakob und ruft ihnen nach: »Ich weiß Bescheid! Du betrügst mich! Ich werde mich fürchterlich an dir rächen!« Tränen in der Stimme. Von oben hört er sie einmal lachen.
»Hure!« schreit er hinauf. »Hure!«
Die beiden gehen weiter, er hört den Schlüssel im Schloß, die Tür fällt zu. Hure! denkt er. Hure! Und beginnt zu weinen, denkt aber bereits über seine Rache nach, sucht nach der vernichtenden Möglichkeit. Er zieht es in Er-

wägung: den Amerikaner erschlagen, vor ihren Augen. Aber das hat schon einer gemacht. Der kam in die Wohnung und traf seine Frau mit einem Neger. Der Prozeß war in allen Zeitungen. Sie verurteilten ihn zu lebenslänglichem Zuchthaus.
Er war fast noch ein Kind. Ich kann nichts dafür, daß Jakob sich eingebildet hat, ich würde ihn lieben. Außerdem war ich drei Jahre älter als er. So was geht nie gut. Schließlich mußte ich auch an meine Zukunft denken. In Deutschland wollte ich nicht bleiben. Nichts wie weg von hier. Das war doch kein Land, in dem man leben konnte. Natürlich habe ich ihn mit ins Bett genommen. Da war er auch nicht besonders. Überhaupt war er nichts Besonderes. Er war nett und anhänglich, aber das genügt nicht. Und was war er von Beruf? Das habe ich schon vergessen. Bei den Amerikanern hat er gearbeitet. Irgendwas. Die jungen Kerle suchten sich ja alle einen Job bei der Besatzungsmacht, damit sie was zu rauchen und zu essen hatten. Und so einer war Jakob auch.

Er war ein paar Tage traurig. Besonders vermißte er das Zimmer mit dem Bett. Und er sieht sie noch lange Zeit vor sich, wie sie zur Tür geht, nur im Höschen, wie sie abschließt und das Schlüsselloch zuhängt und dann zu ihm kommt. Das Prickeln auf der Haut.
Ilse hätte ich beinahe geheiratet. Was für ein Glück, daß ich die nicht geheiratet habe. Die ist jetzt in Amerika. Der Soldat hat sie mitgenommen.
Das wollen die Frauen heute nicht mehr wissen, wie sie sich den Amerikanern an den Hals geschmissen haben. Ja, das waren die Sieger, und wir waren ein Dreck.
Ein Amerikaner hat zu mir gesagt: »Ich war in ganz Europa, aber keine Frau ist so leicht zu kriegen wie die deutsche.«

»Kunststück«, habe ich gesagt. »Ihr Kaugummifresser, habt ihr denn jemals Kohldampf geschoben? Und die besten von uns, die sind gefallen. Es sind nicht genug Männer da. Hinter Stacheldraht sitzen sie.«
Mein Vater hat damals Dächer nur gegen Ware repariert. Da war er aber schon nicht mehr bei uns. Er ist meiner Mutter davongelaufen. Sie hatte ihn erwischt bei einer anderen. Das ging schon ein paar Wochen, ehe sie es merkte. Ich wohnte bei meiner Mutter.
Ilse ist in Oklahoma.

# 6

Das große Auge ist über ihm. Er kann es nicht sehen, aber er weiß, daß es ihn beobachtet, eine runde Pupille, streng und unerträglich wie die Sonne, wenn er versuchte, hineinzusehen. Er will sich wieder verteidigen, fühlt aber Schwäche, fast Verlegenheit. Einen Augenblick oder eine Ewigkeit ist er demütig.

Und dann hat er die Vorstellung, er gehe in einer Prozession, ganz am Ende des Zuges, wo ihn niemand kennt. Alle sind Bittgänger. Aber er hat sein Entschuldigungsschreiben in der Tasche. Darauf vertraut er, bis er erschrickt und laut sagt: »Ich habe es selber geschrieben!«

Es ist ungültig, hat keine Wirkung. Im Gegenteil: es ist eine Belastung. Jetzt hat er Angst, will langsam gehen, den Zug verlieren, sich zurückfallen lassen, seitwärts verschwinden.

»Eine Geige habe ich gestohlen, zweimal ein Brötchen in der Bäckerei. Und ich habe... Nein, es waren drei oder vier Brötchen!«

»Aha! Der Jakob«, sagt der Bäckermeister Dimmler und knetet mit seinen knochigen Armen den Teig. Er knetet und walkt die graue Masse. Jakob lehnt sich mit dem Rücken an den Backofen. Er spürt die Wärme durch seine Hose. Bald ist Weihnachten, ist Winter mit viel Schnee.

»Willst du dir den Hintern anwärmen?«

Die Gesellen lachen. Er möchte am Backofen stehenbleiben und am Daumen lutschen. Er darf hierbleiben. Die mit Mehl bepuderten Männer sind freundlich zu ihm. Sie nicken ihm zu, und er fühlt große Freundschaft für sie, ohne es sagen zu können. Schöne Hosen haben sie an: kleine schwarze und kleine weiße Karos. Der Teig riecht

gut. Das Mehl ist weiß: Schnee, der draußen fällt. Hier darf er sein, am Backofen, bei den Männern, die Brot machen können.
Die Brötchen belasten ihn. »Es waren höchstens drei oder vier...«
Und die Geige?
»Sie wurde zurückgebracht, sie ging nicht verloren.«

Unter uns wohnte ein Mann, der war von Beruf Portefeller. »Er macht Brieftaschen und Portemonnaies aus Leder«, sagte mein Vater.
Der Portefeller fährt jeden Morgen mit dem Fahrrad nach Offenbach. Dort sind die Lederfabriken. Sonntags spielt er auf seinem Schifferklavier. Er hat sich ein Schifferklavier gekauft, versteht aber nichts davon. Er zieht und drückt einfach den Blasebalg und spielt mit den Tönen. Es wird nie eine Melodie daraus, nur eine Folge von Tönen. Das ist sein Sonntag. Seine Frau und seine beiden kleinen Töchter hören ihm zu. Sie bewundern ihn. Ein stiller Mann, der mit den Tönen zufrieden ist, der am Montag wieder nach Offenbach fährt. Die ganze Woche nicht auf dem Schifferklavier spielt. Sonntags macht er den Versuch einer Musik. Man hört nie etwas von ihnen – nur das Schifferklavier.
Jakobs Mutter sagt: »Das ist eine gute Ehe.« Ein Vorwurf. Sie ist sich nie ihres Mannes sicher. Deshalb diese Spitzen und versteckten Anklagen.
»Haben wir etwa keine gute Ehe?« ruft sein Vater. »Soll ich vielleicht auch auf so einem Ding herumdudeln, den ganzen Sonntag lang?«
»Er ist so zufrieden«, sagt seine Mutter. »Du bist nie richtig zufrieden.«
»Ich werde mein Geschäft vergrößern. Noch ein paar Jahre brauche ich, dann ist es ein richtiges Geschäft.«

»Es ist auch jetzt schon ein richtiges Geschäft.«
»Unsinn! Es ist noch nichts.« Später, am Abend, besinnt er sich und sagt: »Wir können eigentlich doch ganz zufrieden sein. Wenn ich an unsere ersten Jahre denke...«
Unter uns spielt der Mann noch auf seinem Schifferklavier. Ich lege mich auf den Boden und kann so besser hören, was er spielt. Ein zufriedener Mann, eine gute Ehe.
Am Montagmorgen beginnt der Lehrer mit Musik. Oben auf dem Klassenschrank liegt eine Geige. Die holt er herunter, öffnet den Geigenkasten, weiß, daß ihm jetzt alle Kinder erwartungsvoll zusehen. Die Vorbereitung ist wichtig. Der Bogen, mit Collophonium: das ist Könnerschaft, das muß man gelernt haben. Der Lehrer lächelt, es macht ihm Freude.
Er legt die Geige ans Kinn, ruckt mit dem Hals wie eine schluckende Henne, holt mit dem Bogen aus. Die Kinder singen mit. Die Geige hat immer einen kleinen Vorsprung, fiedelt vor ihnen her. Langsam geht der Lehrer beim Spielen durch die Bankreihen. Er trägt wie immer einen grauen Anzug und sieht noch immer aus wie Präsident Roosevelt.
»Trara, die Post ist da, trara, die Post ist da! Von weitem hört man schon den Ton...«
Das war das erste Lied, das Jakob lernte, die erste Geige, die er hörte, vom besten Lehrer, den er je hatte.
»Du singst sehr schön, Jakob...«
Das Lob glühte in ihm nach. Er war jetzt begeistert von Musik, ging an diesem Nachmittag in die Schule, als alle weg waren, und stahl die Geige mit dem Geigenkasten. Er klemmte ihn unter den Arm und trug ihn nach Hause. Die Mutter war nicht da, der Schlüssel lag unter der Fußmatte. In seinem Zimmer packte er die Geige aus. Er imitierte seinen Lehrer. Das Kinn vorgereckt, und dann wird die Geige daruntergeschoben. Mit großer Gebärde den

Geigenbogen. Er kratzt über die Saiten, aber es kommt keine Musik, kommt nicht »Trara, die Post ist da...«
Tief stöhnt sie auf, als würde sie mißhandelt. Schrille Schreie auf den dünnen Stahlsaiten. Er packt sie wieder ein. Sie hat ihm nicht gehorcht. Aber er besitzt sie jetzt. In diesem Kasten liegen alle Möglichkeiten der Musik. Er schiebt ihn unter das Bett und denkt an den Mann, der ein Stockwerk tiefer auch vergeblich auf die Harmonien wartet.

Bist du eigentlich musikalisch, Toni? Ich kann mich nicht daran erinnern. Mein Vater sang oft, aber er konnte nicht viele Lieder, und deshalb grölte er immer: »Wawawü, wawawa!« Das ging meiner Mutter auf die Nerven. Es war auch wirklich nicht schön. Beim Rasieren, wenn er sich einseifte; vor dem Waschbecken, wenn er sich einseifte: immer dieses wawawü, wawawa.
Jakobs Mutter sang zu Weihnachten mit ihrer Schwester, wenn der Christbaum brannte. »Ich singe die erste Stimme...« Und seine Tante sagte: »Ich die zweite Stimme.« »Stille Nacht, heilige Nacht...«
Später sangen wir dann nicht mehr. Aber mein Großvater, der sang noch lange. Dein Urgroßvater, den hast du nicht mehr kennengelernt. Englische Lieder. Er war in Amerika und hat schwer gesoffen. Dreißig Biere und dreißig Schnäpse konnte der vertragen. Ein Vermögen hat er mitgebracht aus Amerika. Häuser hat er gekauft und Aktien. Das alles hat er in zehn Jahren verjubelt.
Jakob sieht die Frau vor sich, die seine Großmutter war. Schmallippig, mit einer großen, wie gemeißelten Nase. Eine wortkarge Frau. Anspruchslos ihrem Mann ergeben. Gibt es nicht mehr.
Auf dem Küchentisch lag eines Morgens ein Zettel, darauf stand: »Liebe Bertha, ich fahre mal schnell nach Amerika.

Ich bin bald wieder zurück, oder ich lasse Dich und die Kinder nachkommen. Ich will wenigstens mein Glück einmal versuchen. Wenn es mir gelingt, ist es auch Euer Glück... Dein Dich liebender Wilhelm...«
Er blieb acht Jahre, und als er zurückkam, sagte sie nur:
»Da bist du ja wieder...«
Das war auch eine gute Ehe.

Wie er da stand, im Zimmer mit den teuren Möbeln, die ihr nicht gefielen, weil sie immer daran denken mußte, wie teuer sie gewesen waren. Er stand, den Hartmann auf dem Kopf, die schwarze Melone. Hände in den Taschen und klimpert mit den Goldstücken. Nicht einmal den Hut hat er abgenommen. Klimpert mit seinem Geld. Und dann geht er durch die Zimmer, prüft die Zimmer, ob sie noch so sind, wie sie waren, als er wegging, vor vierzehn Tagen. Baden-Baden, Bad Homburg, dort hat er Roulette gespielt. Pferderennen, Frauen. Im grauen Anzug, paspeliert, von einem der besten Schneider angefertigt. Eine dicke Zigarre raucht er. Hat den Hut ein wenig ins Genick geschoben, während er durch die Zimmer geht. Sie hinter ihm her, auf Pantoffeln, schweigend. Vier Söhne stehen beklommen und sehen ihren Vater an. Er streicht jedem über das Haar.
»Es fehlt euch doch nichts?«
Und dann in der Küche: Er zieht die Hand aus der Tasche, legt Goldstücke auf den großen Tisch, fährt noch einmal in die Tasche, klimpert ein bißchen. Wieder Gold. Die Söhne schauen es an. Es ist ein kleiner glänzender Berg.
»Das reicht doch eine Weile, Mutter?«
»Ja, das reicht uns, Vater...«
Als hätten sie ihre Vornamen aufgegeben, haben sie damit angefangen, sich Mutter und Vater zu nennen. Ihre Ehe ist nur eine Freundschaft: das Mütterliche, das Väterliche.

Sechs Söhne hätten sie. Zwei sind bald nach der Geburt gestorben. Die Kinder sterben früh.
Vier Söhne stehen jetzt um den Tisch.
Einer wird in Frankreich fallen – 1918.
Einer stirbt an multipler Sklerose, im Jahre 1931.
Es bleiben zwei: der Onkel, der den Reparaturwagen der Straßenbahn fährt, Sozialdemokrat mit guter Führung. Und Jakobs Vater.
Er hat noch immer den Hut auf dem Kopf, sorgt so im Vorübergehen für sie. Die schweigsame Frau in Pantoffeln und mit der Schürze bewundert ihn. Sie fühlt sich geborgen in ihrem Irrtum, denn er hat Gold auf den Tisch gelegt und wird immer wieder Gold bringen. In Amerika verdient, in Deutschland angelegt, aber mit lockerer Hand verwaltet.
Sie sehen ihn wieder gehen, begleiten ihn zu fünft an die Tür. Er sagt: »Ich komme bald wieder und sehe nach euch.« Dazu nickt er freundlich, küßt seine Frau auf die Wange und fährt dem Jüngsten durch die Haare. Dem Ältesten droht er leicht mit dem Finger und sagt: »Daß du mir anständig zur Mutter bist. Und gib ein bißchen acht auf deine Brüder.«
»Ja«, sagt der Sohn und hat es auch getan, bis er nach Frankreich gehen mußte.
Als er auf der Treppe ist, rennen die Söhne schnell zum Fenster. Sie wollen ihn sehen, wie er die Straße entlanggeht. Sie sehen ihn auch, aber er geht nicht zu Fuß. In eine Kutsche steigt er ein, die er unten warten ließ. Die Pferde traben an. Die Söhne rufen ins Zimmer: »Mutter, da fährt der Vater, in einer Kutsche! Und da sitzen zwei Frauen bei ihm in weißen Kleidern und mit großen Hüten!«
Jakobs Großmutter beugt sich nur einmal kurz aus dem Fenster. »So«, sagt sie, »da fährt er...«

Später hat sie mehr gesagt. Sie hat ihn verteidigt gegen die Vorwürfe der Söhne: »Ich bin mit ihm verheiratet! Nur ich! Euch geht das alles nichts an!«
Jakob erinnert sich daran. Sein Vater hat ein paarmal gesagt: »Und nicht einmal den Hut hat er abgenommen.«

»Und warum war mein Urgroßvater so reich?« fragt Toni. »Ihr seid es ja alle nicht. Ihr seid arm, nach heutigen Verhältnissen.«
»Weil er in Amerika beim Ausbau einer Bahn geholfen hat. Da wurden Nebenlinien gelegt, kleine Städte gegründet. Er und sein Partner hatten einen Vertrag mit der Bahn. Sie schlugen Holzbaracken auf und schenkten Alkohol aus. War ein Abschnitt fertig, wurden die Baracken verladen und an die nächste Baustelle gebracht. Wieder aufgebaut. Hotels nannten sie die Baracken. Die Schlafgelegenheiten waren teuer. Das konnten sie sich leisten, sie waren ohne Konkurrenz. Als er genug Geld hatte, ließ er sich ausbezahlen und fuhr nach Deutschland zurück. Er hatte Heimweh, hat mir mein Vater erzählt.«
Toni fragt: »Und wie reich wäre er jetzt? Ich meine, wenn er noch lebte?«
»Ärmer als wir.«
Das versteht Toni nicht. Es widerspricht seiner ausgeprägten Wertschätzung des Geldes. Wieso kann ein Mann, der einmal reich war, so arm werden? Dann muß er doch ein Dummkopf gewesen sein. Ihm, Toni, würde das nicht zustoßen können. Anlagen in der Automobilbranche, Tankstellen, Reparaturwerkstätten, vielleicht selber eine Fabrik gründen. Nicht nur mit eigenem Kapital, sondern mit Partnern, wie sein Urgroßvater. Auch die sozialdemokratische Regierung garantiert den Großverdienern Riesengewinne, wie die Christlichen. Daran wird sich nicht

viel ändern. »Ich bin informiert. Ich lese Zeitungen und Wirtschaftsnachrichten.«
Jakob sieht seinen Sohn nachdenklich an und sagt eine Weile nichts. Dann aber beginnt er nachzurechnen, ist überrascht, daß ihn diese Rechnung, zu der ihn Toni angeregt hat, nicht schon früher interessiert hat.
»Wenn dein Urgroßvater nur die Häuser hätte behalten können, die ihm in Frankfurt gehörten, dann wären das heute ungefähr sechs Millionen Mark.«
Dabei kratzt er sich am Kopf; dabei denkt er: auch ich wäre dann reich.
Und Toni erkennt: das meiste davon bekäme ich, denn ich wäre einer der direkten Erben.
Im größten der Frankfurter Häuser war unten ein Café. Das Haus steht unverändert. Und wenigstens dieses Haus wollten die Söhne retten. Als sie erkannt hatten, daß ihr Vater wie eine Lawine war, die nicht mehr aufgehalten werden konnte, forderten sie eine Überschreibung. Die Hälfte der Mieteinnahmen sollte ihm zugesprochen werden, dieses Geld könnte er verjubeln, das Haus jedoch könnte weder von ihm verkauft noch von ihm mit Hypotheken belastet werden.
Es sind jetzt nur noch drei Söhne, die vor ihm stehen, die er zuerst auslacht, dann aber beschwichtigt: »Ich werde mein Testament machen. Ihr werdet zufrieden sein.«
Der Älteste sagt: »Das muß mit der Hand geschrieben sein. Darüber muß stehen: Mein Letzter Wille. Wenn ich mich nicht irre, muß es mit dem Satz beginnen: Im Vollbesitz meiner geistigen Kräfte...«
»Und weißt du, was er ihnen geantwortet hat? Er hat gesagt: ihr sollt euren Willen haben.«
Sie bekamen dann jeder ein Schreiben. Das begann: »Im Vollbesitz meiner geistigen Schwäche enterbe ich meine Söhne...«

Danach kamen die Gründe, einzeln aufgeführt. Aber das hat er nur als einen Riesenspaß betrachtet. Er hat mächtig darüber gelacht. Dann hat er ein richtiges Testament geschrieben und seine Frau als Alleinerbin eingesetzt, er hat ihr jedoch geraten, jedem der Söhne einen Anteil zu geben. Er schrieb auf ein geschlossenes Kuvert: »Im Falle meines Todes.« Sie wußten alle, daß dieser Brief in der Schublade des Nachtkastens lag. Aber er hat danach noch über fünfundzwanzig Jahre gelebt. Als er starb, war kein Pfennig mehr da. Es wurde nur eine Liste von den Möbeln und von seinen Kleidern gemacht. Ein ganzer Schrank voll mit Kleidern: Anzüge, Mäntel, Fräcke. Die konnte man nicht mehr tragen, weil sie aus der Mode gekommen waren. Da hätten die Leute gelacht, wenn man so auf die Straße gegangen wäre.
Aber du und ich, wir haben davon manchmal noch eine Hose oder eine Jacke getragen, vom Flickschneider umgeändert, denn es waren die besten Stoffe, die du dir denken kannst. So was wird heute nicht mehr gewebt. Und der Schrank, der bei deiner Großmutter im Schlafzimmer steht, dieses Riesending aus Eiche, der ist auch noch von ihm. Außerdem noch ein paar Teppiche, aber die sind jetzt abgetreten. So ein Teppich hält ja auch nicht ewig. Ehe er ganz pleite war, gab er meinem Vater und meinem Onkel je eine dicke Rolle Goldstücke. Damit wurde dein Großvater Dachdeckermeister, und dein Großonkel bezahlte ein Häuschen an, in dem er jetzt noch wohnt. Es hat nicht lange gereicht, das Gold.
Die Großmutter starb viel früher. Er war Kellner geworden, in dem Café, das ihm einmal gehört hatte. Er hatte eine Freundin. Die nannten alle »Pfläumchen«, weil sie Fräulein Pflaum hieß. Sie war eine Kettenraucherin, und meine Großmutter sagte: »Sie raucht Zigaretten...«

Das klang verächtlich und enthielt die Gewißheit, eine Frau, die Zigaretten rauche, könne ihr nie den Mann streitig machen.
Er hat gesagt: »Zehn Jahre habe ich gelebt wie ein Fürst...«
Als sie gestorben war, ging er weinend neben uns her. Er sah nicht gut aus auf diesem Weg zum Friedhof, denn sein teurer Sommerpaletot war an den Ärmeln schon ein bißchen dünn, und die schwarze Melone hatte er vorher über Dampf bürsten müssen. Die war auch nicht mehr so neu.
Er sah nicht, wo er hinlief, sah sehr hat er geweint. Auf dem Fahrradweg ging er und wäre beinahe von einem Radfahrer umgefahren worden. Sie mußten ihn führen und ihm sagen: »Vater, paß doch auf, du gehst ja auf dem Fahrradweg!«

Jakob geht morgens zu seinen Großeltern. In den hohen Betten liegen sie nebeneinander. Der alte Mann liest Zeitung, deutsche und englische. Die beiden liegen da nebeneinander unter den mächtig gewölbten Plumeaus, die mit Daunen gefüllt sind. Die Betten haben sie aus ihrem alten Hausstand. Sie waren durch keine besseren zu ersetzen.
»Ei, der Jakob, und schon so früh«, sagt sein Großvater. Er gibt ihm eine Mark, holt sie aus dem Nachtschränkchen neben dem Bett, in dem auch der Brief liegt, den nie jemand empfangen wird: »Im Falle meines Todes...«
Hier hat er ihr ein kleines Denkmal gesetzt: »...für ihre Treue.«
Gewaltige Betten, mit hohen Kopf- und Fußteilen. Und sie steht auf aus dem Bett, in dem sie die meiste Zeit ihres Lebens allein gelegen hat, und geht einkaufen. Kuchen für Jakob. Ein Nußtörtchen. Deshalb kommt er oft, denkt schon während des Weges an das Nußtörtchen.

Und manchmal geht Jakob zu dem Café, wo er Kellner ist. Er hat hellblaue Augen, weißes Haar. Und in den Augenwinkeln hat er viele kleine Fältchen. Es sieht aus, als würde er immer lächeln, ein Augenzwinkerer, der mehr weiß.
Er trägt das Tablett mit den vielen Tassen, den Kannen und den Kuchen. Eine weiße Schürze, darüber ein weißes Kellnerjackett. Das Café ist lang und nicht sehr breit. Dort geht er stundenlang hin und her. Er redet nicht viel, er bedient. Wenige Spuren des Alters, nur das weiße Haar. Die Gesichtshaut ist noch straff gespannt.
»Ich bringe dir Schlagsahne und Obsttorte...«
Und auch noch, als alles schon knapp geworden war in Deutschland. Er ist der gleiche Mann geblieben. Sonntags geht er zu den Pferderennen nach Niederrad. Vorher stellt er den Wasserkessel auf, wartet, bis der Dampf aus der Tülle zischt, und dann mit der Bürste. Erst Dampf, dann die Bürste: der graue Derbyhut. Manchmal gewinnt er beim Pferderennen. Er trinkt, aber er schwankt nie, und er ist schweigsam während des Trinkens. Er denkt. Einmal haben sie ihn gesehen, wie er sechs oder sieben Stunden an einer Theke stand, allein. Trank allein, grinste zwei seiner Söhne an, als sie ihn heimholen wollten, und sagte: »Nicht der Mühe wert.«
Sie wollte nicht ins Krankenhaus. In dem großen Bett wollte sie bleiben. Dort hat Jakob sie zum letztenmal gesehen. Sie sagte gerade: »Nein, ich gehe nicht ins Krankenhaus.«
Sie guckten auf dem Friedhof alle durch das kleine Fenster, hinter dem sie aufgebahrt lag. Und sie haben alle geweint. Jakob sieht seinem Vater nicht ins Gesicht. Er steht neben ihm und spürt, wie der Vater zu beben beginnt. Dann geht er schnell aus der Halle hinaus.
Und Wochen später gehen sie da alle hin und streiten über die Blumen. Geranien, Stiefmütterchen, Eiskraut, das immer grün bleibt, und drumherum eine Buchsfassung,

weil es schön aussieht und dem Grab eine Einfassung, etwas Abgegrenztes gibt. Gießkannen voll Wasser. Ein Gespräch mit einem Steinmetz, der von Steinarten redet, die dauerhaft sein sollen.

Und am Morgen geht Jakob wieder einmal in die Wohnung. Sie liegen nebeneinander in den hohen Betten. Aber es ist nicht seine Großmutter, sondern Fräulein Pflaum, die alle Pfläumchen nennen. Sie raucht auch im Bett Zigaretten. Man sagt, sie wäre fünfunddreißig Jahre jünger als er.

»Ei, der Jakob...«

Und noch immer bürstet er seinen Derbyhut, dämpft ihn über dem Wasserkessel, wenn er sonntags zum Pferderennen geht. An den anderen Tagen trägt er die Tabletts.

Jakob sieht ihm zu: Er geht an die Tische, zieht seinen kleinen Block hervor, wiederholt die Bestellungen: ein Kännchen Kaffee... Dreimal Baumkuchen... Einen Kognak ...Das holt er vom Buffet. Später rechnet er es aus, wieder auf seinem kleinen Block, streicht mit der Hand das Geld von der Tischkante, kassiert. Er sagt: „Vielen Dank.« Zu jedem, der ihm ein Trinkgeld gibt: »Vielen Dank.«

# 7

Und das zieht vorbei.
Wir reiten auf dem Rücken von Mäusen. Auf ganzen Heeren von Mäusen. Schiefer und Mäuse sind grau, sagt Jakobs Vater. Er sitzt rittlings auf dem Dach eines Frankfurter Patrizierhauses. Aber da war ich doch dabei.
Mir fällt jetzt etwas ein, Toni. Eigentlich bist du ein Kapitalist. Ich verstehe zwar nicht viel davon und habe mich auch nicht sehr darum gekümmert. Aber du träumst von den Millionen deines Urgroßvaters und läßt dir die Haare lang wachsen und setzt dich auf die Frankfurter Hauptwache, um zu protestieren. Da hat dich die Polizei verprügelt. Da wurde schon oft geprügelt. Da geht es um Geld. Sieh es dir genau an: es geht um Geld. Und warum willst du dir nicht endlich die Haare schneiden lassen? Du hörst nicht auf mich. Kein Wunder, sie hat dir eingebleut, ich sei ein Trinkgeldempfänger. Ich habe nie richtig protestiert, aber ich habe auch nicht so oft an die Millionen gedacht, die wir haben könnten.
Und wahrscheinlich hat sie dir auch erzählt, ich hätte ein Pferd gestohlen. Aber das ist nicht wahr. Ich habe nur aufgepaßt, damals. Das war bei Dörnigheim. So ein kleines Kaff. Natürlich war ich beteiligt, das gebe ich zu.
Ich fühle mich gar nicht so schlecht. Um neun Uhr abends fange ich an. Aber da ist noch kein Betrieb. Ich habe dann noch Zeit und kann mindestens eine Stunde Zeitung lesen. Die Zeitungen kosten mich nichts. Die Gäste lassen sie bei der Garderobe liegen. Sie sind immer einen Tag alt. Aber das macht nichts, denn was gestern passierte, ist auch heute noch ganz interessant.
Um vier Uhr morgens habe ich Dienstschluß. Dann ziehe ich meinen Smoking aus und gehe nach Hause. Dann sind

die Musiker müde und die Mädchen auch. Ich trinke noch ein Bierchen, höchstens zwei oder drei. Das machen alle Kellner. Dann gehe ich zu Fuß nach Hause. Das brauche ich: ein bißchen frische Luft. Dieser Zigarettenqualm. Du verstehst. Jeden Morgen eine halbe Stunde zu Fuß. Das machen nicht alle Kellner.

Da habe ich doch gestern gelesen, sie fliegen mal wieder auf den Mond. Ich frage mich, was wollen die da? Das nehmen die alles so furchtbar wichtig. Und was ist dabei herausgekommen? Eine Bratpfanne! hat neulich jemand zu mir gesagt. Die Schutzhülle ist hitzebeständig, und diese Entdeckung ist für eine neuartige Bratpfanne verwendet worden. Da setzt nichts an, es kann nie etwas darin anbrennen. Jemand hat es erzählt. Gestern – oder war es heute?

Willst du dir nicht endlich die Haare schneiden lassen? Du kannst ja auch mit kurzen Haaren protestieren. Wenn du mich fragst: Ich sehe da keinen Unterschied. Du rauchst doch nicht etwa Haschisch-Zigaretten? Ich weiß da Bescheid. Das machen sie doch jetzt alle. In der Bockenheimer Landstraße, da ist so ein Lokal. Die Verteiler sitzen dort herum. Es ist nicht gesund, macht gleichgültig gegen alles. Es genügt ja, daß du die normalen Zigaretten rauchst. Die sind auch nicht gesund. Du solltest mal lesen, wieviel Menschen jedes Jahr daran sterben. Ich rauche auch nicht mehr soviel wie früher. Man muß auf seine Gesundheit achten.

Warum fragst du nach der Geige? Ich habe dir doch gesagt, sie wurde zurückgebracht. Meine Mutter hat sie nämlich schon einen Tag später gefunden. Das hätte ich mir denken können, wo sie doch täglich mit dem Scheuerlappen in jede Ritze fuhr. Auch unter mein Bett. Da stand der Geigenkasten.

Jakob geht mit seinem Vater zur Schule. Sie haben gewartet, bis es dunkel geworden ist. Er muß den Geigenkasten tragen, trägt alle Möglichkeiten der Musik zurück. Seine Mutter hat ihn verprügelt. Das ist immer noch besser als der erste Vorschlag, den der Vater gemacht hat: »Er trägt sie morgen früh hin und sagt zu seinem Lehrer: Ich habe die Geige weggenommen...«
Er schimpft während des Weges zur Schule: »Wenn sie nun verschlossen ist, du Hornochse! Was machen wir dann?«
Darin liegt schon der Beginn der Versöhnung. Sie sind fast Komplizen, besser noch: Verbündete, die ein Unrecht wiedergutmachen.
Fast alles kann geflickt werden im Leben. Und das beruhigt den zitternden Jakob.
Die Schule ist nicht verschlossen. »Da hast du Schwein gehabt«, knurrt sein Vater. Sie schleichen die Treppe hinauf, Vater und Sohn, sind wie Diebe in der Nacht. Lautlos und dunkel liegen die Korridore. Auf Zehenspitzen gehen sie durch diesen Geruch von Kreide und nassem Schwamm. Vornweg schleicht Jakobs Vater, aber seine Schuhe knarren. Jakob hinter ihm denkt: Um Gottes willen, seine Schuhe!
»Wo ist jetzt deine Klasse?«
An diesen Weg will er nicht mehr denken, er muß jedoch daran denken, muß es noch einmal zu Ende bringen, weil es in ihm ist.
Wir sind dann in die Klasse gegangen und haben die Geige wieder auf den Schrank gelegt, und mein Vater hat gesagt: »Das darfst du niemand erzählen!«
Ich habe es auch nie jemandem erzählt.
Ich bin musikalisch. Manchmal gehe ich zu unseren Musikern hin und sage: Ein Gast möchte gern das oder das Lied hören... Das tue ich allerdings nur, wenn mir ein Lied

besonders gut gefällt und ich es lange nicht mehr gehört habe. Unsere Musiker nicken mit den Köpfen und spielen es, ohne zu fragen. Am liebsten höre ich die Lieder von dem blinden Neger. Ich habe gelesen, bei jedem Konzert müßte ihn jemand an den Flügel führen. Dann beginnt er zu spielen und reißt die Leute von den Stühlen. Ich habe vergessen, wie er heißt. Er heißt ... Wir haben auch einen Neger im Lokal. Er hat in Vietnam gedient und will nicht mehr nach Amerika zurück. Jetzt macht er Dienst in der Garderobe. Blind ist er nicht, aber ich glaube, er liebt Männer. Er strickt Hosenanzüge für Frauen. Damit verdient er sich ein schönes Stück Geld dazu. Er kann nämlich besser stricken als die meisten Frauen. Den muß ich mal nach dem Namen des blinden Negers fragen.
Sehr gern hätte ich ein Instrument erlernt. Ich habe nie mehr gewagt, danach zu fragen. In unserer Familie spielt niemand ein Instrument, obwohl wir vielleicht doch musikalisch sind. Aber wer weiß das schon genau?

»Bei Jesus!« sagt der strickende Neger. »Nach Amerika gehe ich nie wieder. Die haben mich nach Vietnam geschickt, und dieser Nixon würde mich auch noch ganz woanders hinschicken. Die meisten von euch sind negerfreundlich, weil sie vorher judenfeindlich waren.«
»Und willst du immer den Leuten aus dem Mantel helfen, hier in der Garderobe?«
»Ich lebe nicht schlecht. Strickanzüge werden die große Mode. Jede Woche mache ich einen Strickanzug.«
»Du bist doch drüben geboren.«
»Und was glaubst du, was das für ein Mist war? Im Ghetto bin ich aufgewachsen. Im Niggerviertel. Vier Brüder hatte ich. Aus keinem ist etwas Gescheites geworden. Und meine Alten, die haben sich immer darüber gestritten, wer wem den Tripper angehängt hat.«

»Meine haben auch gestritten. Aber nicht wegen des Trippers. Die hatten andere Gründe.«
»Und mit deiner Frau, wie war es mit deiner Frau?«
»Auch gestritten.«
»Es war eben falsch zu heiraten. Ich werde nie heiraten.«
»Das glaube ich dir.«
»Jakob«, sagt der noch junge Neger, und die Stricknadeln klappern dabei in seinen langfingrigen Händen, die auf den Handflächen hellrosa sind. »Jakob, du bist nie weit herumgekommen.«
»Manchmal habe ich daran gedacht, nach Amerika zu gehen.«
»Das ist lustig. Du wolltest nach drüben, und ich wollte hierher.«
»Ich hatte einen Großvater...«
»Das ist nichts Besonderes. Jeder hat einen Großvater. Aber ich habe meinen nie gekannt.«
Kundschaft. Zwei Herren. Sie suchen natürlich Mädchen. Sie kommen herein und schauen sich um.
»Bißchen leer hier, Herr Ober...«
»Es wird sich machen, meine Herren. Wir haben vier Tänzerinnen. Sie treten in einer halben Stunde auf. Dann werden Gäste kommen.«
Zwei Whiskys. Jakob geht zur Bar und gibt die Bestellung auf. Er trägt einen Smoking. Er hat am Abend in der Zeitung gelesen. Er hat dem Neger zugesehen, der fast perfekt deutsch spricht und in jeder freien Minute mit den Stricknadeln die Maschen herunterklappert. Die große Mode. Oft kommen Frauen zu ihm und schauen zu. Er ist eine Attraktion geworden. Außerdem ist er immer lustig. Er hat die Bewegungen, das Auftreten eines Tänzers. Er will nichts von Frauen wissen. Das merken die Frauen und interessieren sich noch mehr für ihn und seine Strickanzüge. Er muß Maß nehmen bei ihnen.

Ich kassiere und sage: vielen Dank. Das Trinkgeld in meiner Hand. Vielen Dank.
Das gefällt Toni nicht, und er hat auch gesagt: »Du bist nie weit herumgekommen.« Das sagt er wegen meines Großvaters, der hat Eindruck auf ihn gemacht.
Er ist im Stehen gestorben. Die Amerikaner kamen von Hanau her, wie Napoleon. Sie umgingen die Stadt. Für Frankfurt war der Krieg vorbei. Das haben sie alle gedacht. Auch mein Großvater. Er stand neben dem Tor, um ein bißchen frische Luft zu atmen. Pfläumchen saß im Keller. Es gab nur noch wenige Kanonen, die auf Frankfurt schossen. Störfeuer.
Die Granate schlug dreißig Meter neben ihm ein. Das ist bei schwerem Kaliber ein Volltreffer. Er hat noch ein paar Sekunden gelebt.
Als sie ihn fanden, war er tot und hatte beide Hände um die Eisengitter des Tors geklammert. Er stand.
»Weit, weit bin ich herumgekommen. Ich war in Polen, aber da wollte ich nicht hin.«
Ich habe mich versteckt in einem Kirchturm. Sie haben mich leider gefunden. Nicht die Polen, die Deutschen. Ich sollte gehängt werden. Dann kamen Partisanen und überfielen uns. Einer hing schon. Ich konnte davonlaufen und war ein Versprengter. Am gleichen Tag haben mich die Polen in ein Gefängnis gesteckt. Sie trauten mir nicht. Ich hatte nämlich in meiner Brieftasche ein Bild.
Darauf war ich in Arbeitsdienstuniform zu sehen und trug eine Hakenkreuzarmbinde.
In dem Gefängnis saßen vierzig Mann. Die hatten alle einiges auf dem Kerbholz. Und da ging das Hängen wieder los.

Sie deuteten auf die Hakenkreuzbinde. Dann drohten sie ihm mit der Faust.

Sie wußten nicht, welche Uniform ich auf dem Bild trug. Einer hat mich während des Wegs zum Gefängnis immer mal wieder in den Hintern getreten. Das war nicht sehr angenehm, kann ich dir sagen. So alle zwei oder drei Minuten, und dabei hat er gerufen: »Nazi! Nazi!«
Ich habe nach jedem Tritt gesagt: »Aber ich habe mit alldem nichts zu tun. Ich bin doch viel zu jung!«
Das haben die natürlich nicht geglaubt. Kein Wunder, wer hat damals schon einem Deutschen was geglaubt? Es war ein Zufall, daß dort das Gefängnis noch stand. Ein kleines Städtchen war es. Alles kaputt, aber das Gefängnis stand noch. In der Nähe gab es auch noch einen Kirchturm. Da haben sie die Glocken geläutet, als die Deutschen abzogen. Ein paar Tage später sah ich die Russen. Aber schon vorher mußten ein paar an den Galgen. Ich gebe zu, die hatten es verdient. Davon redet man heute nicht mehr viel. Es ist ja auch schon lange her, und die Toten kann man nicht mehr sehen.
Hast du dir schon einmal überlegt, warum man nie tote Vögel sieht. Das ist seltsam: es gibt Millionen Vögel, aber fast nie sieht man einen toten. Das habe ich neulich in einem Buch gelesen. Da stand: Warum sieht man fast nie tote Vögel?

Sie hörten den Lastwagen in den Hof fahren. Seine Ladung polterte von der Pritsche. Es war Holz: Balken und Bretter. Ein Mann gab Kommandos.
Von dieser Stunde an lauschten sie auf jeden Hammerschlag der Zimmerleute. Manchmal ging einer der Männer zum Zellenfenster, zog sich an den Gitterstäben hoch und spähte durch die Blenden. Zuerst war es ein Gerüst, mit einer Treppe, wie eine kleine Rednertribüne. Bald wuchsen rechts und links zwei vierkantige Pfosten hoch, die einen Querbalken trugen.

Anderthalb Tage bauten die Zimmerleute. Dann wurde es wieder still im Hof.
Das Gerüst war abgedeckt mit einer grauen Plane. Mit dieser Verkleidung sah es aus wie ein ungeschickt gebautes Zelt. Sie hatten von Anfang an gewußt, was da aufgestellt wurde: der Galgen.
Die Zelle war groß, aber sie war nicht groß genug für vierzig Männer. Eiserne Betten standen an den Wänden und ließen in der Mitte des Raums gerade noch Platz für einen klobigen Tisch und einige Hocker. Auf einem Wandbrett standen Waschschüsseln, und aus den Trinkbechern daneben ragten Zahnbürsten. Die Männer hatten sie in der Zelle vorgefunden und benutzten sie. Sie wuschen und rasierten sich regelmäßig.
Jakob war der Jüngste von ihnen, ein magerer Jakob mit Angst in den Augen.
Er konnte nicht mit ihnen sprechen. Sie erkannten ihn nicht an. Ein Unbeteiligter war er für sie, und sie sagten zu ihm: »He, du junger Spund, hol Wasser für uns! Putz den Suppenkessel!« Sie gaben ihm noch Befehle, und er führte sie aus.
»Das war ein Tag, Anfang Mai, ich saß auf dem Boden und hatte mich mit dem Rücken an die Wand gelehnt. Ich war so müde, ich wäre im Stehen eingeschlafen. Und einer von uns sollte am nächsten Morgen gehenkt werden.«
Einer von ihnen wußte es bereits: morgen früh.
Er lag reglos auf dem Bett und starrte gegen die Decke. Er war vierzig Jahre alt, aber das war ihm nicht anzusehen. Nichts ist ihm anzusehen, denkt Jakob. Nichts vom Mord an vielen Menschen. Blaß, sehr blaß.
Als es fast dunkel in der Zelle geworden ist, wird von draußen plötzlich das Licht eingeschaltet. Den Raum betritt ein Mann, den sie alle kennen. Sie hatten von ihm

gehört, hatten ihn gesehen, wie er Anleitungen gab, unten bei dem Holzgerüst.
Er trägt Uniform und am Koppel eine Pistole. Eine schwarze Aktentasche hält er in der Hand. Stumm sehen ihn die Gefangenen an. Er nennt den Namen. Der Verurteilte sagt nur: »Hier.«
Der Mann geht zu dem Bett. Er zieht einen Hocker heran und setzt sich neben das Bett.
»Ich denke, du weißt, wer ich bin?« sagt er.
Der Blasse hat sich aufgesetzt und fährt mit einer nervösen Handbewegung durch sein Haar. »Der Henker...«, sagt er.
»Wir sagen dazu Scharfrichter... Ich bin gekommen, um eine Zigarre mit dir zu rauchen. Wenn du willst, können wir auch ein Glas Schnaps miteinander trinken... Es ist bei uns so Brauch.«
Aus der Tasche holt er eine Kiste Zigarren, eine Flasche Schnaps und zwei kleine Gläser.
Sie trinken sich schweigend zu. Dann zündet sich jeder eine Zigarre an. Alle Gefangenen schweigen. Sie haben sich zurückgezogen, beobachten genau. Die Gläser werden mehrmals geleert.
Der Scharfrichter beginnt ein Gespräch. Fließend deutsch, mit leichtem Akzent. Er spricht vom Wetter, von der vergangenen Getreideernte, von Großstädten, die sie beide kennen. Er spricht vom Krieg, seinen Folgen und vom Haß in der Welt. Er habe gegen niemand einen Haß.
Er schweigt ein paar Sekunden und fragt dann: »Du trägst mir nichts nach?«
Der Blasse gibt keine Antwort. Der Scharfrichter beginnt, über seinen Beruf zu sprechen. Sein Gesicht nimmt einen melancholischen Ausdruck an. Er wird von den Menschen gemieden, sagt er. Aber einer müsse es doch tun.

»Nicht wahr? Wenn der Staat diese Strafe vorsieht, muß es doch einen geben, der sie vollzieht?«
Schwerfällig beginnen die Gedanken des Verurteilten zu mahlen. Er starrt den Uniformierten an, und ganz allmählich begreift er: der andere ist gekommen, um im voraus um Vergebung zu bitten für das, was er morgen tun würde. Morgen früh würde er von ihm mit einer präzise funktionierenden Apparatur getötet. Jetzt bat der Henker den Mörder um Vergebung.
Sie trinken sich zu. Der Gefangene spürt die lösende Wirkung des Alkohols. Seine Furcht ist wie weggeschwemmt. Manchmal lacht er, und die blasse Gesichtsfarbe verschwindet. Sein Gesicht wird jetzt rötlich. Um zu zeigen, daß er ohne Angst ist, ruft er plötzlich in die Zelle:
»Was glotzt ihr?«
Da wenden alle die Augen ab.
Der Scharfrichter redet leise. Der Verurteilte hört ihn wie von weitem: »Du trägst mir nichts nach? Es ist bei uns so Brauch.«
»Quatsch!« ruft der Blasse. »Ich trage dir nichts nach!«
Die Wache kommt herein: zwei Männer, die vor der Tür gewartet haben. Sie mahnen zum Aufbruch.
»Noch eine Viertelstunde«, sagt der Scharfrichter und schenkt die Gläser voll. »Der Tod dauert kaum eine Sekunde«, sagt er. »Tatsächlich ist es nicht so schlimm wie Zahnziehen.«
Sie trinken sich zu.
»Wieviel sind es morgen.« fragt der Blasse.
»Vier, du bist der vierte.«
Als weitere zwanzig Minuten herum sind, geben sie sich die Hand.
»Auf morgen...«, sagt der Blasse.

»Auf morgen«, erwidert der Scharfrichter und legt noch zwei Zigarren auf den Hocker.
Dann geht er. Er schwankt ein wenig beim Hinausgehen. Er hat schon vorher mit drei anderen getrunken.
Der unterernährte Jakob zittert. Er friert und hat noch lange gefroren. Sie haben ihn bald entlassen. In die amerikanische Zone. Und viel später hat er mit seinem Sohn darüber gesprochen.
Toni will es nicht glauben, und Jakob ruft: »Wenn ich es dir sage, es ist die reine Wahrheit! So freundlich sind da die Henker!«

# 8

Ich erinnere mich: etwas hat mich getroffen. Das war... Sie werden es mir sagen. Die Stelle, der Platz, der Augenblick.
Er sucht den Absprung, kann ihn nicht finden, glaubt aber, ihm nahe zu sein.
Er erwachte plötzlich, sah sich um, als müsse er darüber nachdenken, wo er sich befand. Dann fragte er: »Habt ihr Musik hier? Ich möchte Musik hören. Ihr wißt schon, etwas von dem blinden Neger.«
Die zwei Schwestern sahen sich ratlos an. Aber sie brauchten nicht zu überlegen.
Sein Kopf sank wieder zurück, und er fragte nichts mehr.

Wir saßen auf dem Haus »Zur goldenen Waage.« Darüber steht in der Chronik: »1618 gebaut. Ein besonderes Kleinod Frankfurts. Ein Beispiel für meisterhaften Fachwerkbau.«
Ziemlich hoch, aber nicht so hoch wie die Kirche.
»Köstliche Giebel und Erker schmückten die alten Bürgerhäuser. Das Haus ›Zum Widder‹ am Fünffingerplätzchen im Herzen der Altstadt, zwischen der Goldhut- und Flößergasse...«
Das Metzgerhöfchen. Anno Domini 1280.
Auch die alten Häuser brauchen neue Dächer. Ich war dabei.
Standen nicht mehr, als ich zurückkam. Gras wuchs auf den Halden, schon kleine Bäumchen. Birken hauptsächlich. Von Frankfurt aus an den Rhein. Am Eisernen Steg lagen die weißen Schiffe. Der Motor tuckerte. Vorn wölbte sich die Bugwelle. Weißer Schaum, treibt nach hinten ab. Ferien.

Und als sie vorüber waren, mußte jeder in der Klasse sein schönstes Ferienerlebnis erzählen.
Jakob stand auf und sagte: »Ich bin mit meinem Vadder un meiner Mudder an de Rhein gefahrn. Mit'm Schiff. Bis nach Bingen sin mer gekomme...«
»Junge«, sagte der Lehrer, »sprich hochdeutsch!«
Und dabei reden die Frauen auf der Schirn genauso. Wo die vielen Metzgerstände sind. »Fraache, kaafe se Fleischwurscht...« Mein Vater redet so und meine Mutter auch.
Frankfurt. Hat noch immer die besten Würstchen der Welt. Sie waren in der Johannitergasse. Auch da gibt es Dächer. Die Hurengasse. Jakob sieht seinen Vater, wie er in ein Fenster hineinguckt: »Guten Tag, schöne Frau...«
Häuser, von unten bis oben vollgestopft mit Huren, die in kleinen Zimmerchen fleißig arbeiten.
Alte Häuser, nicht sehr hoch. Er dachte, ich hätte es nicht gemerkt, daß er in ein Fenster stieg. In der Mittagspause. Ich mußte Wurst und Brot holen.
Der Herr Dachdeckermeister stieg ein. Erblich belastet: Sohn seines Vaters. Kommt wieder heraus mit scheinheiligem Gesicht, hat sich gerade die Hose wieder zugeknöpft und sagt: »Du hast aber lange gebraucht für die Wurst und das Brot.«
Und da sollen Unmengen von Brandbomben gefallen sein. Die Huren schmorten in den Kellern. Andere Huren fahren jetzt mit dem Auto.

Habe ich mich etwa geniert, den Kinderwagen zu schieben?
Toni sitzt darin, und wir gehen zum Ostpark. Ein Kleid mit Volants, hast du gesagt. Das ist jetzt modern. Die

Schwäne füttern. Im Winter kommen die Möwen. Krieg haben wir dort gespielt. Da stehen noch Bäume, die ich gut kenne. Alt geworden.
In eure Wohnung wollte ich nicht ziehen. Nur dreißig Tage. Morgens bin ich ihm auf dem Weg zum Bad begegnet. Er hat mich nie leiden können. Mit jemand, der einen nicht mag, kann man nicht das Bad teilen. Das hättest du einsehen müssen. Auch dein Vater ist schuld, nicht nur ich.
»Ich habe es gewußt«, sagte ihr Vater.
Jawohl, immer alles gewußt. Hinterher.
Bei uns war das große Zimmer frei. Meine Mutter brauchte es nicht. Preiswert. Mein Vater hatte auch sein Pfläumchen gefunden. Meine Mutter war jetzt allein in den drei Zimmern.
Ich habe angeschafft:
Einen Kleiderschrank.
Tisch mit Stühlen.
Schlafzimmer aus Birke.
Wellensittich mit Käfig.
Gasherd mit drei Flammen.
Wohnzimmerschrank mit Glasvitrine.
Teppich aus Velours.
Kleider mit Volants.
Kinderbett mit Seegrasmatratze.
Wohnzimmercouch zum Auseinanderklappen.
Rauchtisch mit Glasplatte.
Und nun zieh da mal einen Strich drunter und rechne es zusammen. Da wirst du staunen!
Und auch du würdest staunen. Aber du wolltest von Anfang an nicht, daß ich deine Tochter heirate. Ich habe geleistet, was alle Männer leisten. Habe ich mich etwa gedrückt, vor irgend etwas gedrückt?

Lenas Vater sagt: »Das beste wäre, ihr macht Schluß. Eine klare Trennung. Ihr paßt nun mal nicht zusammen.«
Haben wir nicht zusammengepaßt? Wir hatten es schön in den ersten Monaten. Wir lagen zusammen in einem Bett. Das hat dir gefallen. Ich weiß es noch genau. Und dann kam Anton. Ich wollte den Namen nicht. Habe nachgegeben. Wollte Frieden haben.
Drei Jahre lang habt ihr gesagt: Das Kind muß katholisch getauft werden. Ich wollte ihn evangelisch taufen lassen. Meine Mutter wollte und mein Vater, wenn ich ihn besucht habe: evangelisch. Wieso habt ihr da alle reingeredet? Schön dumm muß ich damals gewesen sein, daß ich mir das habe gefallen lassen.
Nachher ging er zu Fuß zur Taufe. Evangelisch.
Ihr braucht gar nicht so hämisch über unsere Familie zu reden. Wir hatten andere Sorgen als ihr. Keine Kohlen im Keller. Das weiß ich noch genau. Wir fuhren morgens mit einem geliehenen Leiterwagen in den Osthafen. Hafenstraße. Ich war dabei. Und noch ein Arbeitsloser, den mein Vater gut kannte. Jawohl, das sollt ihr wissen. Er hat immer für uns gesorgt. Natürlich haben sie beide Fehler gemacht. So was kommt vor in einer Ehe. Wir haben auch welche gemacht. Es hätte nicht zu sein brauchen. Scheidung. Schon wegen Toni nicht.
Wie man da steht, vor einem Richter, und muß erzählen. Und der Richter fragt: Wann haben Sie die ehelichen Beziehungen zueinander abgebrochen? Was geht das den an, frage ich? Aber du hast alles haarklein ausgebreitet. Jeden Krach hast du noch gewußt. Jeden kleinen Fehler, den ich gemacht habe. Ich hatte das längst vergessen.

Er weckt Jakob schon früh. Hebt den Verschlafenen aus dem Bett. »Wir gehen Koks holen.«

Der Leiterwagen rumpelt. Jakob sitzt darauf. Die beiden Männer schieben. Ihre Schritte neben dem Wagen, auf dem Pflaster. Jäckel heißt der andere Mann. Hat auch eine Familie in einer Mansarde. 1930. Spätherbst. In diesem Morgen steckt schon der kommende Frost. Sie haben Jakob mit Kohlensäcken zugedeckt.
»Damit du es warm hast...«
Sie reden, sind bitter. Holen sich die Bitterkeit vor den Schaltern, wo sie das Stempelgeld empfangen. Tausende von Gesichtern unter Schirmmützen. Selbstgedrehte Zigaretten. Und sie warten. Geld wird abgezählt. Dann gibt es Fleisch mit der weißen Sauce.
Im Hafen liegen die Berge aus Kohlen. Lastwagen fahren leer hinein, kommen beladen heraus. In der großen Kurve fallen die Brocken herunter. Dort stehen ein paar Dutzend und warten auf das, was in der Kurve abfällt.
Sie rennen zu gleicher Zeit los, sammeln in die Säcke. Fallen räuberisch darüber her. Die Fahrer nehmen die Kurve schnell. Sie wissen Bescheid. Das Jahr geht zu Ende.
Drei oder vier Säcke jeden Tag. Im Keller ausgeschüttet, betrachtet, abgeschätzt: Für wieviel Wochen?
Es reicht noch nicht. Aber im Hafen stehen jetzt noch mehr Arbeitslose. Jeden Tag weniger Kohle.
Dann beginnen sie nachzuhelfen. Mit langen Bohnenstangen stoßen sie genau bei der Kurve in die Ladung. Die Kohle prasselt herunter. Einige Zentner.
Das geht ein paar Tage. Die Fahrer drohen mit den Fäusten. Die arbeitslose Meute droht zurück. Bis die Polizei kommt.
Sie laufen davon. Trillerpfeifen. Sein Vater und der Mann, der Jäckel heißt, schieben den Wagen. Jakob sitzt auf den Kohlensäcken und hat Angst.

Es ist Schluß mit den geschenkten Kohlen. Jetzt steht ein Posten im Osthafen. Er trägt ein Gewehr. Sie wissen, daß es vorbei ist. Darüber reden sie auf dem Heimweg, sind bitter.
Der andere Mann sagt: »Was riecht denn hier so?« Sie prüfen Jakob, seine Hosen.
»Mein Gott«, sagt sein Vater. »Jetzt hat er vor Angst in die Hosen geschissen.«
Er leidet um seine Hosen, schleicht hinter dem Vater die Treppe hinauf, wird in eine große Zinkbütte gestellt und mit heißem Wasser abgeschrubbt. Seine Mutter hat die Waschküchenschürze umgebunden. Mit hochgekrempelten Armen seift sie ihn ein.
Später kommt die Tante, die Frau des Sozialdemokraten, und sagt: »Das würde alles nicht passieren, wenn die Sozialdemokraten am Ruder wären...«

Möbel aus Eiche und Nußbaum, in den neuen Häusern, die jetzt nicht mehr neu sind. Da gehe ich hin und habe drei Rosen in der Hand, schön eingewickelt in Seidenpapier. Für ihre Mutter, Lenas Vater soll sehen, daß ich weiß, was sich gehört.
Einen Anzug habe ich mir machen lassen, grau mit feinem Nadelstreifen.
»Das ist erste englische Qualität«, hat der Schneider gesagt. Er wollte sechshundert amerikanische Zigaretten dafür.
Ich sage: »Vierhundert.«
Er sagt: »Fünfhundert!«
Dann dreht er den Stoff, knautscht ihn, streicht ihn wieder glatt. Es ist wahr: keine Falten. Der Stoff knittert nicht. Noch eine Probe: Er zieht einen Faden, hält ein brennendes Streichholz darunter. Es stinkt wie nach verbranntem

Horn. Und das ist von allen Proben die untrüglichste: Schafwolle. Diese Prüfung ist nicht zu überbieten. Nur Schafwolle kann so stinken.
Der Schneider redet auf Jakob ein. Er preist seine Machart. Natürlich trägt man eine solche Qualität nur zweireihig. Mit langem Jackett und weiten Hosen. Man darf nicht am Stoff sparen. Das sähe billig aus. Zwei Reihen Knöpfe, schwarz. In die Schultern ordentlich Watte. Damit stellt man was vor. Auf Taille gearbeitet.
»So einen Anzug gibt es in ganz Frankfurt nicht mehr«, sagt der Schneider. »Was sind schon fünfhundert Zigaretten? Ich zünde sie an, verpaffe sie. Aus! Sie sind Luft. Aber diesen Anzug werden Sie noch in zehn Jahren tragen...«
Das ist überzeugend. Der Stoff hat wirklich etwas Englisches. Er ist eine Anlage, verzinst sich, steigert das Ansehen.
Wie du kommst gegangen, so wirst du empfangen. Das ist ein altes Sprichwort.
»Darin werden Sie aussehen wie ein Amerikaner«, sagt der Schneider und klopft Jakob auf die Schulter. »Außerdem...« Er blinzelt. »Sie haben's doch. Das sehe ich auf den ersten Blick.«
Wie ein Amerikaner? denkt Jakob. Das gefällt ihm. Wer möchte heute schon aussehen wie ein Deutscher?
In diesem Anzug und mit den drei Rosen in der Hand ist er gekommen und will sagen: Lena und ich wollen heiraten.
Ein Riesensessel aus Leder. Wir hatten daheim keinen Sessel wie diesen. Der ist für ihren Vater. Das hatte ich mir gleich gedacht, als ich ihn das erste Mal sah. Es saß nämlich nie jemand drin, wenn ich zu Besuch bei ihnen war. Aber jetzt ist er aus der Gefangenschaft zurückgekommen. Und er sitzt in dem Ledersessel. Für ihn reserviert.
Lena sagte: »Er will dich kennenlernen. Ordnung muß sein, meinte er.«

»Hast du ihm gesagt, daß wir heiraten wollen?«
»Nein, das habe ich ihm noch nicht gesagt. Das mußt du machen.«
Lena hat zwei Grübchen, wenn sie lacht. Kleine weiße Zähne. Mäusezähnchen, sage ich, und wir lachen. Wir gehen im Stadtwald spazieren. Da gibt es viele Lichtungen, wo man weich liegen kann. Und allmählich macht es ihr Freude, nur am Anfang hat sie sich immer gesträubt. Wenn jemand kommt, und wir liegen hier so? Aber es kommt doch kein Mensch. Wir sind ganz allein.
Aber wenn doch... Bestimmt keiner... Mein Rock! Ich passe auf.
Jakob!
Ja.
Hat es dort nicht...
Nein, das ist der Wind.
Und der Mann im Ledersessel, die Stimme aus dem Ledersessel: Junger Mann, wie stellen Sie sich das vor? Sie haben nichts, und Lena hat auch nicht viel, obwohl wir früher einigermaßen vermögend waren, wie Sie ja wissen. Warten Sie noch zwei Jahre. Was sind Sie denn eigentlich von Beruf?«
„Ich bin...«
»Wie ich höre, arbeiten Sie bei den Amerikanern, aber einen Beruf haben Sie nicht.«
Jakob sagt: »Ich bin vermögend.« Dabei knöpft er die Jacke seines zweireihigen Anzugs auf, damit sie beim Sitzen nicht knittert. Man muß da aufpassen.
»Ja, vermögend.«
Er hat nämlich nicht so einen Anzug. Eine alte Hose hat er an, die ist geflickt. Das Hemd ist auch nicht mehr ganz neu. Höchstens zehn Zigaretten wert. Der ganze Mann, wie er da vor ihm sitzt – nicht mehr als dreißig Zigaretten. Schuhe inbegriffen.

Die Mutter steht und schaut besorgt. Lena sitzt auf der Couch. Sie ist weit weg. Nur die beiden sitzen sich gegenüber und messen sich. Der Alte ärgert sich über die Schwäche seiner Hose, der Junge freut sich darüber. Sie stärkt ihn, gibt ihm das Gefühl der Überlegenheit. Außerdem hat er seinen Auftritt geprobt. Ich komme da herein, Rosen in der Hand. Die Haare frisch geschnitten. Und dann werde ich ihm gleich eine Zigarette anbieten. Ihre Mutter hat ja auch den Kaffee angenommen. Mehrere Pfund habe ich hingetragen, in kleineren Portionen. Sie war sehr dankbar.
»Das werde ich Ihnen nie vergessen«, hat sie gesagt.
Ihr Vater sagt jedoch: »Vielleicht sind Sie jetzt vermögend. Zigaretten, Kaffee und Schokolade. Aber Sie wissen doch, daß eine Währungsreform bevorsteht. Wie vermögend sind Sie dann noch? Es wird nicht lange vorhalten. Haben Sie Grundstücke, Werte?«
»Ich besitze Brillanten«, sagte Jakob. Er sieht, wie Lena erschrickt, weil sie weiß, daß er keine Steine besitzt.
Aber ich muß doch etwas sagen. Er überfährt mich sonst. Der alte Fuchs versucht es mit jedem Wort. Da muß ich mich wehren. Und woran glaubt er? Werte. An Brillanten glaubt er ganz bestimmt. Sie sagt nichts, sitzt nur dabei und hat die Hände im Schoß liegen. Die Mutter sagt auch nichts, aber ihr Gesicht verrät alles. Angst haben sie vor ihm. Die Mutter hat den Umgang geduldet, keine Einwände, obwohl sie die Entwicklungen voraussah. Und Lena? Sie ist schwach geworden. Nicht sofort, aber allmählich gab sie dem Drängen nach.
Jetzt ist er zurückgekommen und will hier mit dem eisernen Besen...
»Lena und ich lieben uns!« sagt Jakob und zieht das Päckchen Chesterfield. Er schlägt es mit der rechten

Hand gegen den ausgestreckten linken Zeigefinger, so daß gleich zwei Zigaretten vorschnellen. Das hat er bei den Amerikanern gesehen. So machen es die Sieger.
Ihr Vater schüttelt nur den Kopf. Er nimmt keine Zigarette an.
Warum sagt sie nichts? Und ihre Mutter? Wo sie doch immer betont hat... Werde ich Ihnen nie vergessen... Aha! Es zieht wohl nicht mehr, seit er wieder da ist?
Und nun kommt die Erwähnung des ehemaligen Geschäfts, der Hinweis, daß bereits Verbindungen bestehen, die Möglichkeiten, wieder in der Branche Fuß zu fassen. Die Menschen werden Schuhe kaufen, jahrelang werden sie neue Schuhe kaufen, wenn das Geld stabil geworden ist.
»Ich habe eine kaufmännische Lehre. Ich habe bei einer Zeitung gearbeitet... Wahrscheinlich werde ich schon in nächster Zeit ein größeres Geschäft eröffnen.«
»Was für ein Geschäft?« fragt Lenas Vater.
»Das weiß ich noch nicht genau, ich habe mehrere Eisen im Feuer.«
Ihr Vater nickt nur. »Wie ich höre, leben Ihre Eltern nicht mehr zusammen.«
Das weiß der alles. Er hat herumgehorcht. Wer weiß, bei was für Leuten der sich informiert hat?
»Die Ehe soll ja nicht besonders glücklich gewesen sein. Ihr Vater ist Dachdecker...«
»Ein Meister!« unterbricht Jakob.
»Ja, ja. Warum arbeiten Sie nicht mit Ihrem Vater zusammen?«
»Weil ich...« Beinahe sagt er: Weil ich nicht schwindelfrei bin. Verbessert aber den Gedanken: »Weil ich höhere Ziele habe!«
»Jeder von uns muß jetzt klein anfangen. Die Branche Ihres Vaters hat auch eine gewisse Zukunft.«

Klein anfangen. Als hätte ich nicht klein angefangen. Zum Arbeitsamt bin ich gegangen. Entlassener Kriegsgefangener. Und da hat der Sachbearbeiter gesagt: »Eine Zeitlang müssen Sie auf dem Bau arbeiten.«
Das habe ich gemacht. Ein Postamt sollte wieder aufgebaut werden. Alle möglichen Leute wurden da hingeschickt, die keine Ahnung hatten. Faule Brüder waren es. Keiner hatte so richtige Lust zum Arbeiten. Am Morgen kamen sie zu spät. Einer brachte immer Kartoffelschnaps mit, den wollte er verschachern. Ein anderer hatte davon zuviel gesoffen und fiel vom Gerüst, in einen Bottich mit ungelöschtem Kalk. Da hat er sich schnell die Hosen heruntergerissen, weil ihm der Kalk sonst die Haut verbrannt hätte. Wir haben fürchterlich gelacht.
Lena! Warum sagt sie nichts?
»Haben Sie keinen Kontakt mehr zu Ihrem Vater?«
»Doch, doch, sehr guten Kontakt.«
Aber das ist ja auch nicht wahr. Die andere Frau gefällt mir nicht.

Viel später erzählte Lenas Vater:
An dem Jungen stimmte nichts. Der Anzug war zu protzig. Dahinter steckte kein ehrlich verdientes Geld. Er prahlte mit seinen Zigaretten, rauchte mir ununterbrochen etwas vor und legte große Kippen in den Aschenbecher. Ich gebe zu, die habe ich mir später gedreht, als er gegangen war. Das ist schließlich keine Schande, das hat damals jeder gemacht.
Als ich den sah, dachte ich sofort: keine Zukunft. Rosinen im Kopf, und mit den Rosinen hat er Lena getäuscht. Ich verstehe nicht, wie sie auf ihn hereinfallen konnte. Ich habe sie gefragt, und sie hat gesagt: »Er kam immer wieder. Und dann sind wir einmal tanzen gegangen. Er

war ganz lustig. Im Anfang wollte ich auch gar nicht, aber es war doch sonst niemand da...«

»Aber was hat er denn für Qualitäten?«

»Er ist so gutmütig...«

Als wären das Voraussetzungen für eine Ehe. »Denke daran«, habe ich gesagt, »es ist für ein ganzes Leben! Du kannst einen Besseren haben als den da!«

Und meine Frau... Was wissen schon Frauen? Da kommt das Bürschchen, bringt ihr echten Bohnenkaffee mit, und schon hat sie Dreck in den Augen. Außerdem waren sie beide noch viel zu jung. Der Altersunterschied stimmte auch nicht. Lena war einige Monate älter als Jakob.

Ich sagte: »Da warten wir noch ein bißchen. Nur nicht gleich heiraten. Ich habe nichts dagegen, daß ihr zusammen ausgeht. Du wirst schon merken, daß er eine Null ist.«

Leider hat sie es zu spät bemerkt. Gewußt hat sie es damals schon, da bin ich ganz sicher. Es wäre ein Fehler gewesen, hätte ich ihr den Umgang mit Jakob verboten. Die Zeit mußte es an den Tag bringen. Man kennt das ja bei jungen Leuten. Verbietet man ihnen etwas, dann wird es doppelt interessant.

Von seinen Zigaretten habe ich nur selten eine angenommen. Das möchte ich betonen. Ich habe immer nur die Kippen geraucht, wenn er gegangen war. Da bin ich korrekt.

# 9

»Und vor allem will ich eine Audienz beim Papst!«
»Was will er?« fragte die ablösende Schwester. »Will er vielleicht einen Pfarrer?«
»Nein. Er phantasiert nur. Er redet und redet. Vor einer Stunde hat er einmal laut gelacht. Er hat gesagt: »Guten Tag, schöne Frau...« Das muß lustig gewesen sein, denn so laut hat er bisher nicht gelacht.«
»Lacht er denn so oft?«
»Nicht sehr oft. Er hat auch einmal fast geweint. Da muß er an etwas Trauriges gedacht haben.«

Warum haben sie mir mein Kinderbett weggenommen? Denn an meinem Kinderbett war ein kleines Gitter zum Hochklappen. Da konnte niemand an mich heran.
Märchen haben sie erzählt, das hat auch schon mein Vater immer gesagt.
Die Märchen sind alle nicht wahr. Meine Mutter konnte gut erzählen. Jeden Abend wollte ich ein Märchen hören. Der Froschkönig, Hans im Glück, Die Bremer Stadtmusikanten, Tischlein deck dich, Goldesel streck dich und Knüppel aus dem Sack... Hahaha! Der Wolf und die sieben Geißlein... Das haben wir in der Schule gespielt. Ich war der Wolf. »Was rumpelt und pumpelt in meinem Bauch herum...«
Die Leute haben geklatscht, als das Stück fertig war. Wir mußten noch einmal auf die Bühne hinaus, in der Turnhalle, und alle haben geklatscht.
Meine Mutter und mein Vater waren auch da. Sie saßen ganz vorne. Es hat ihnen gut gefallen. Sie nickten mir zu, mein Vater hat seine großen Hände zusammengeschlagen, daß ich sein Klatschen genau heraushören konnte.

Er konnte auch ganz gut erzählen, aber er brauchte eine längere Anlaufzeit. Er mußte erst warm werden, und manchmal hat er die Märchen durcheinandergebracht. Wenn er einmal den Faden gefunden hatte, ging es ohne Schwierigkeit.
Und was macht es schon, daß er mal schnell auf eine Hure gesprungen ist, damals in der Johannitergasse.
Er hat immer hart gearbeitet. Wenn er arbeitete, lief ihm der Schweiß übers Gesicht. Oben auf der Stirn fing es an, viele kleine Tropfen. Dann liefen ihm die Tropfen bis ans Kinn und fielen herunter. Auf den Dächern war es heiß im Sommer. Vom Schiefer prallte die Sonne ab. Im Winter war es kalt und gefährlich. Sehr kalt. Da hing ihm immer ein Tropfen an der Nase, den schnuffelte er hoch, aber der Tropfen kam immer wieder. Er ärgerte sich darüber, wischte mit dem Ärmel über die Nase. »Verdammt!« sagte er dann.
So ein Tropfen ist lästig und stört im Winter beim Arbeiten.
Neben dem Bett sitzt er, neben dem Gitter, das hochgeklappt werden kann, und beginnt: »Also, das war so... Da gab es einmal eine Königin, die saß am Fenster und nähte... Moment, da kommt erst noch was mit einem Spiegel. In den hat sie hineingeguckt und hat gesagt: Spieglein, Spieglein an der Wand...«
»Das ist doch ganz falsch!« sagt die Mutter. »Sie stach sich in den Finger, und dann fielen ein paar Blutstropfen in den Schnee...«
Sie streiten wieder. Jakob wartet, beginnt zu weinen. Die Tränen sind warm, er spürt sie auf den Wangen, und hoch über ihm sind die Stimmen, die sich wegen eines Märchens bekämpfen.
Der Butzemann kommt! Die Nachteulen fliegen jetzt draußen! Kleine Kinder müssen schlafen. Aber wenn die

Tür zu ist, und es ist dunkel im Zimmer, leben sie vor der Tür noch ein paar Stunden weiter. Sie gehen noch nicht ins Bett, führen ein geheimnisvolles Leben. Er kann sie hören. In der Küche sitzen sie und sprechen. Er liegt hier und versäumt es, wo es doch so wichtig ist, weil sie bestimmt über ihn reden.
Ich habe dir auch Märchen vorgelesen, Toni. Ich habe für dich ein dickes Buch gekauft. Grimms Märchen. Das brachte ich einmal abends mit nach Hause. Ich weiß noch genau, wie du dich darüber gefreut hast. Grimms Märchen sind die besten. Überhaupt habe ich einmal gehört, die Deutschen hätten die schönsten Märchen der Welt. Das kann ja sein, aber deshalb können uns die anderen auch nicht besser leiden.
Als ich kurze Zeit in russischer Gefangenschaft war... Ich wurde entlassen: zu schwach, unterernährt. Die Ärztin guckte mich nur an, dann schüttelte sie den Kopf und sagte: »Du gehst nach Hause, Knabe. Und komm nie wieder!«
Als ich in russischer Gefangenschaft war, gab's ein Gerücht. Sie haben gesagt: Jeder deutsche Soldat soll mit einem Tritt in den Hintern entlassen werden. Dazu sollten kräftige russische Soldaten eingestellt werden, die mit großer Wucht treten können... Ein paar tausend mit großen Füßen und Riesenstiefeln...
Wenn ich dir sage, das haben viele von uns geglaubt.
Und da sitzt er oben auf dem Dach, reitet auf dem Dachfirst, Jakobs Großvater, Tonis Urgroßvater. Er lacht und lacht. Aber warum lacht er so?
Über den Wolf und die sieben Geißlein. Über den Papst und über die Geige, über die Siebenmeilenstiefel. Und überhaupt. Denn haben Sie schon mal gesehen, wie Menschen Suppe essen? Mit Gesichtern wie Bulldoggen,

Gesichtern scharf wie Messerklingen, und da löffeln sie die Suppe hinein. Sie sperren das Maul auf und löffeln einfach so hinein. Dann macht der Adamsapfel einen kleinen Sprung. Die Suppe ist weg.
Und der große Vater nickt. Oder ist es die Uhr? Die macht tack! Tack! Wenn der große Zeiger springt.

»Er hat empfindliche Ohren«, sagte seine Mutter
»Was soll das heißen?« fragte Jakobs Vater.
»Nun ja, das Kind ist nervös. Jakob zuckt zusammen wenn er laute Geräusche hört. Und dann verzieht er sein Gesicht.«
»Das hat uns noch gefehlt, daß er empfindlich ist. Der hätte wohl in einem Schloß zur Welt kommen sollen, wie?«
»Er hält sich oft die Ohren zu«, sagte seine Mutter.
Das ist auch so eine Sache, die Ohren. Wenn er seine Handballen dagegendrückt, kommt nichts von draußen herein. Dazu kann man auch die Augen schließen, dann kann ihn niemand erreichen. Er ist fort, fast unsichtbar, oder die anderen sind fort und unsichtbar. Es ist ein Versteck: Augen und Ohren schließen.
Das probiert er oft. Er liegt in seinem Kinderbett und beginnt mit den Ohren, danach die Augen, lockert die Isolierung wieder und läßt es langsam zu sich herein: das, was draußen ist.
Aber nicht bei jedem Geräusch zuckt er zusammen. Pferde hört er gern. Er liebt den Gang der Pferde auf der Straße. Klapp – klapp – klapp. Im Bett liegt er und lauscht nach draußen: Die Frauen klopfen die Betten aus. Sie klopfen Teppiche auf den Teppichstangen in den Hinterhöfen. Sie klirren und klappern mit den Tellern und Tassen. Sie rufen sich zu, machen ein Schwätzchen, von Fenster zu Fenster, reden auch übereinander von Fenster

zu Fenster, während Essen auf dem Herd steht, der mit Koks und Briketts geheizt wird.
Und dann die Hufe der Pferde. Der Bierwagen für die kleine Kneipe an der Ecke. Da wird Apfelwein und Bier getrunken, sie essen Handkäse und Brot dazu.
Starke Pferde. Man hört ihre Kraft bis in den dritten Stock. Die Straße dröhnt, wenn sie das Bier anfahren.
Der Milchwagen. Davor ist ein müder Gaul, hat immer den Kopf tief hängen, bewegt den knochigen Schädel unendlich langsam, schielt herüber, wenn Jakob das struppige Fell streichelt. Müde, sehr müde und auch alt. Wird bald Pferdefleisch, hat jemand gesagt. Dagegen sträubt er sich und hat den Milchmann gefragt. Jakob ist empört, aber der Milchmann sagt: »Der kriegt eins mit dem Hammer auf den Kopf, das spürt er gar nicht mehr...« Und das meint er nicht böse, denn er haut ihm zärtlich auf die Flanke und schnalzt mit der Zunge dabei.
Der Eismann kommt bestimmt. Von Enkheim her. Dort werden die Eisstangen gemacht.
Der Eismann klingelt mit einer Messingschelle und ruft: »Der Eismann ist da! Der Eismann ist da!«
Ein braunes, gutgenährtes Pferd, noch nicht so alt, geht etwas schneller als der Gaul des Milchwagens. Kennt genau seine Strecke. Wenn der Eismann eine der großen Stangen hineingetragen hat, beginnt er langsam anzuziehen, kennt die nächste Adresse.
Jakob kann sie alle am Gang unterscheiden, denn es ist wahr, was seine Mutter gesagt hat, er hat empfindliche Ohren. Besonders aber verabscheut er Stimmen, die sich streiten.
In dieser Gegend wird viel gestritten. Man kennt die Schreier mit Namen. Ihre Stimmen explodieren. Am

lautesten ist es freitags, in der Nacht. Am Freitag hat es Geld gegeben, den Wochenlohn. Dann haben die Männer etwas getrunken.
Keiner ist so schlimm wie der Maurer im Nachbarhaus. Jeden Freitag betrunken.
Wenn Jakob ihm auf der Straße begegnet, macht er einen großen Bogen um diesen Mann.
Mit seiner Frau wohnt er im letzten Stock. Gleich nebenan, wo hoch oben das kleine Fenster ist. Freitags gibt es Hiebe. Sie schreit jämmerlich. Eines Tages fing sie an, das Fenster zu öffnen und in die Nacht hinauszuschreien: ein Notruf, eine Nachricht an alle.
Aber der Maurer ließ sich davon nicht schrecken. Sie streckte den Kopf zum Fenster hinaus, und er schlug ihr den Hintern voll. Sie schrie: »Jetzt schlägt er mich mit einem Schuh!«
Das andere Mal war es ein Pantoffel oder der Ausklopfer oder ein Stock. Dazu macht sie gräßliche Stimmen: »Huhhuhuuuhu!«, unterbricht ihr Gejammer nur, um genau zu berichten, was der Maurer jeweils mit ihrem Hinterteil treibt.
Während dieser Züchtigung hielt sich Jakob die Ohren zu. Sein Vater allerdings öffnete das Fenster und rief: »Du verdammter Saukerl, läßt du jetzt endlich deine Frau in Ruhe! Willst du wohl in deine verwanzte Koje kriechen!«
In einer Nacht holten sie den Maurer ab und zwangen ihn zu einer Entziehungskur. Sie brauchten vier Polizisten, um ihn die Treppe hinunterzuschaffen, und dabei hat er geweint und endgültige Besserung gelobt.
Seine Frau streckte am nächsten Tag fröhlich den Kopf aus dem kleinen Fenster und rief der ganzen Nachbarschaft zu: »Jetzt hat er, was er verdient!« Das erklärte sie genau

und gab ihrer ehrlichen Hoffnung Ausdruck, daß er mindestens sechs Monate in einer geschlossenen Anstalt bleibe.
Jakobs Mutter schüttelte nur den Kopf und sagte: »Wir sind anständige Leute...«
So was hätte es bei uns nie gegeben. Aber bei uns hat es ja auch allerlei gegeben. Verhauen hat er sie nicht. Da hätte ich eingegriffen, darauf kannst du dich verlassen. Natürlich wäre mein Vater stärker gewesen als ich. Er war wirklich sehr stark. Er konnte eine hundert Pfund schwere Leiter mit einem Arm an den Dachhaken hängen. Du verstehst ja nichts davon. Das waren zwei Leitern, ineinandergeschoben. Nicht einmal anstrengen mußte er sich dabei. Ja, so stark war dein Großvater.

Das ist auch so eine Sache, die Ohren. Manches kommt leise auf ihn zu, ist an ihn gerichtet und wird von ihm empfangen, geht zum Ohr hinein, wird verstanden. Wenn es sie nicht gäbe, die Ohren, dann wäre das ganze Leben eine Pantomime. Und dabei fällt ihm ein, daß er Stimmen vergißt. Wenn er zurückdenkt: Da sah ich Menschen vor soundso viel Jahren, aber an ihre Stimmen kann ich mich nicht mehr erinnern. Ich weiß nur noch, was sie sagten.
Sie haben das Radio erfunden, das Telefon, für das Ohr gemacht. Von überallher kommen Stimmen.
Ein paar Straßen weiter wohnte ein Taubstummer, der hat sein Leben lang nichts gehört. Er konnte gut Fußball spielen, wurde aber immer sehr zornig, wenn seine Mannschaft verlor. War auch sonst oft zornig, hat den anderen mit der Faust gedroht, weil die anderen Kinder Gehör und Stimmen hatten. Mußte später nicht zum Militär, nicht in den Krieg. Da hat er gelacht und sich gefreut.

Vielleicht hat er sich manchmal geschämt, weil er taubstumm war, denn er schrieb ein paarmal auf einen Zettel: »Lieber taubstumm als blind...« Dazu hat er mit dem Kopf genickt.
Ich habe auch genickt und habe zu ihm gesagt: »Du hast recht...« Auch darüber hat er sich gefreut. Er war jedesmal mißtrauisch, wenn er jemand den Zettel vorhielt. Sie haben alle genickt und haben alle gesagt: »Ja, du hast recht...«
Aber Musik... Musik konnte er nicht hören. Radio – zwecklos für ihn. Kein Telefon.
Jetzt sind sie alle stumm. Haben keine Stimmen mehr. Sie bewegen den Mund, gestikulieren. Ein ganzes Haus voller Menschen, eine ganze Straße voll, eine Schulklasse mit vielen Kindern, ein Schulhof mit Kindern. Sind es hundert, sind es dreihundert Menschen? Aus den Haustüren kommen sie, gehen jeder mit eigenem Gang, haben ihre eigenen Gesichter, sind alle stumm.
Jakob sieht sie alle: die große Pantomime. Lieber taubstumm als blind...
Ich stand mit ihm vor der Litfaßsäule in der Nähe unserer Straße, auf einem kleinen Platz. Da hat er auf ein rotes Plakat gedeutet. Der Student Richard Voss wird geköpft.
Rotes Plakat.
Vom Scharfrichter Emil Käs.
Im Namen des Volkes.
Der Sprachlose fährt sich mit dem Zeigefinger über die Kehle und verzieht das Gesicht. Dann aber freut er sich, daß auf dem roten Plakat nicht sein Name geschrieben steht.
Immer mal wieder so ein rotes Plakat an Litfaßsäulen. Der Mann hat zu tun: Scharfrichter Emil Käs. Er kommt von irgendwoher angereist und hat eine große Kiste dabei.

Das Fallbeil. Oder das Handbeil, in schwarzem Samt. Messerscharfe Schneide für den Hals. In Preungesheim wird der Kopf abgetrennt. Immer mal wieder.
Aber diesen Richard Voss haben wir gekannt. Er wohnte nämlich in unserer Straße. Er hatte ein Fahrrad, da war ein bunter Wimpel dran. Viele Studenten kamen zu ihm mit Fahrrädern und mit Wimpeln. Die fuhren sonntags in den Taunus. In den Wäldern haben sie gesungen.
Flugblätter soll er verteilt haben. Hochverrat. Kopf ab.
»Er ist noch so jung«, sagt Jakobs Mutter und verzieht das Gesicht.
»Laufen lassen«, sagt Jakobs Vater.
»Er wird geköpft...«, flüstert die Bäckersfrau und reicht Brot über die Theke, klingelt mit der Registrierkasse.
Der Postbeamte, der später bei den Bombenangriffen so schrecklich zittert, sagt: »Ja, ja, es ist schlimm.«
Der Eisenbahner sagt auch etwas, verzieht auch das Gesicht.
Dann kommt es durch das Radio. Der Tod aus dem Lautsprecher. Am Morgen haben sie es gemacht.
Und wer hat da wieder gesagt: »Die kriegen den Kopf zwischen die Beine gelegt, weil das besonders ehrenrührig ist...«
Das erste Radio brachte mein Vater mit. Er trug es unter dem Arm. Ein schwarzes Gehäuse mit hundert Drähten.
Eine Muschel, aus der es aufjaulte. Kreischende Stimmen, Gespenster, die miteinander rangen. Da hielt sich Jakob wieder die Ohren zu. Aber dann kam plötzlich Musik, die Stimmen hatten sich geordnet.
»Es spielt!« sagte sein Vater.
»Ja, es spielt«, sagte die Mutter und war voller Anerkennung. Jakob lachte und freute sich, und aus dem Lautsprecher sang die quäkende Tenorstimme: »O Donna

Clara, ich hab' dich tanzen geseh'n, o Donna Clara, du bist wunderschön...«
Aus diesem schwarzen Kasten kamen die Nachrichten der Welt. Er stand auf einem Schränkchen in der Küche. Wenn die Nachrichten angekündigt wurden, rief sein Vater: »Ruhe! Wollt ihr wohl eure Klappe halten!«
Sie hörten von Erdbeben in Japan und von anderen Katastrophen. Namen, viele Namen: Hindenburg, Hitler, von Papen, Hugenberg...
Die Wahlergebnisse vom Juli 1932. Die Nationalsozialisten werden die zweitstärkste Partei Deutschlands.
Das alles interessiert Jakob nicht. Aber Jakobs Vater, der die kommunistischen Versammlungen besucht, hört genau zu.
Die fünfundzwanzig Punkte des Programms der Nationalsozialistischen Deutschen Arbeiterpartei. »Hört euch das an!« sagt er. Diese Punkte gefallen ihm. Es ist für jeden etwas dabei, und besonders gefällt ihm, daß ein gesunder Mittelstand geschaffen werden soll. An sein Alter denkt er. Und da gibt es den Punkt fünfzehn: »Wir fordern einen großzügigen Ausbau der Altersversorgung...«
»Gewinnbeteiligung an Großbetrieben.«
»Alle Staatsbürger müssen gleiche Rechte und Pflichten besitzen.«
Viele Punkte, die vielen gefallen. Von da an geht Jakobs Vater nicht mehr in die kommunistischen Versammlungen.
Der Onkel, der Sozialdemokrat, den sie später einsperren, widerspricht seinem Bruder. In der Küche stehen sie und brüllen sich an, zwei Brüder mit verschiedener Gesinnung.
»Ein Diktator! Das hat uns gerade noch gefehlt!«
»Du hast keine Ahnung! Die Sozis taugen nichts. Das haben sie bewiesen. Was haben sie denn für uns je erreicht?«

Jakob versteht es nicht. Er zockelt neben ihnen her, als seine Eltern zum Wahllokal gehen. Das ist etwas Geheimnisvolles. In kleine Kabinen gehen sie alle und kritzeln etwas auf ein Stück Papier. Heimlich, abgeschirmt, damit es keiner sieht.
Sein Vater wählt die fünfundzwanzig Punkte, seine Mutter auch, weil ihr Mann es so befohlen hat.
Der Sozialdemokrat versucht immer wieder, mit seinem Bruder zu reden. Er reißt den Mund auf, redet mit den Händen. Sie verstehen sich nicht, reden aneinander vorbei. Was hat er gesagt? Der Klang seiner Stimme ist verloren. Er bleibt stumm.
Jakob erschrickt. Er will etwas sagen, aber er merkt, daß er selber tonlos ist. Zu seinem Vater und seiner Mutter. Zu Onkeln, Tanten, Großvater und Großmutter.
Zu dem Vater seiner Frau und zu Lena. Ganz besonders zu Lena.
Toni! will er sagen.
Zum Lehrer, zu Freunden und ganzen Versammlungen von Menschen will er sprechen.
In der Kellerbar: zum schwulen Neger, zu Gästen und seinem Chef. Bestellungen will er aufgeben – bleibt aber stumm.
Kennedy und der Bürgermeister und der Götz von Berlichingen...
Und auch die anderen wollen sprechen, versuchen zu erwidern, die tausend Gesichter sind sprachlos, sehen verzweifelt aus, weil sie nichts mitteilen können. Die Sprache ist fort, die Ohren empfangen nichts mehr.
Lena! Toni! Und danach die anderen! Das Wichtige bleibt unausgesprochen.

# 10

Jakobs Mutter sagt: »Wenn er es doch nicht kann. Hast du nicht gehört, was dein Geselle erzählt hat? Er kannte einen, der war auch nicht schwindelfrei, und eines Tages ist er runtergefallen. Er hat immer gedacht, er könnte es doch, er würde sich daran gewöhnen. Er hat sich aber nie daran gewöhnt.«
Jakobs Vater sitzt in der Küche, sagt kein Wort. Er starrt vor sich hin und denkt: Er macht mir einen Strich durch die Rechnung. Ich habe mir das alles anders vorgestellt. Ein gemeinsames Geschäft, langsam vergrößern. Ein Häuschen anbezahlen, dahinter ein großer Hof. Überdacht, mit Lagerschuppen. Jakob und ich. Ein Familienunternehmen. Größere Aufträge. Es wird jetzt gebaut, überall wird gebaut. Und nach dem Krieg wird noch mehr gebaut. Aber es ist wahr: Er kann es nicht. Eines Tages würde er herunterfallen, dann hätte ich ihn umgebracht.
Aus der Traum! denkt er. Mit Fremden kommt man nicht weit. Ein Unternehmen wie dieses muß in den Händen der Familie liegen.
Er beginnt zu singen: »Wawawü-wawawaa!« Er singt wütend, zeigt seine Verachtung, geht durch die Zimmer, schlägt Türen zu und singt: Wawawü-wawawaa! Und Jakob hört genau, was er meint. Scheißkerl! will er sagen, was er schon einmal auf dem Kirchturm gesagt hat.
Kaufmännischer Angestellter in einer Lebensmittelgroßhandlung. Da gehen sie zu zweit hin. Sein Vater stellt sich vor, vergißt nicht zu sagen: »Ich bin selbständiger Handwerker.« Er erwähnt, daß sein Sohn leider nicht zu diesem Beruf tauge.

Dabei weiß Jakob nicht, in welche Ecke er schauen soll. Der Makel wird hier offen ausgebreitet, und er muß ihn ertragen. In einem großen Büro, vor einem Schreibtisch, hinter dem ein mächtiger Mann sitzt. Der Chef einer der bekanntesten Lebensmittelgroßhandlungen der Stadt Frankfurt. Natürlich gibt es hier Aufstiegsmöglichkeiten. Im Augenblick etwas gedämpft, des Krieges wegen. Aber in Friedenszeiten: Waren aus allen Ländern. Kaffee aus Brasilien, Kokosnüsse aus Afrika, Zucker aus Kuba, Gewürze aus Indien, Tee aus China, ganz besonderen Tee, der berühmt ist. Und so weiter und so weiter. Die ganze Welt liegt in diesen Lagerhallen, sagt der Mann hinter dem Schreibtisch.
Aber das ist nicht mehr wahr. All das lag einmal dort. Die Gerüche sind noch da, hocken in jeder Ecke, in den Holzbohlen, den Dachsparren. Vielleicht gibt es noch kleine Vorräte in gut verschlossenen Klammern. Ein paar Türen sind immer zu. Die Lehrlinge wispern, daß dahinter allerlei Seltenheiten verwahrt werden.
Für wen? Für die Bonzen der Partei, sagen die Lehrlinge. Jedem zugänglich, mit den Händen zu greifen, waren nur noch Rosinen. Sie kommen in kleinen Säcken aus Griechenland. Jeder Lehrling hat die Taschen voll Rosinen.
»Dort habe ich eine kaufmännische Lehre angefangen.«
Aber warum muß ich Heringsfässer saubermachen? Und die schweren Kisten, die ich tragen muß? Dörrobst muß ich abwiegen und in Tüten füllen. Getrocknete Kartoffeln werden umgefüllt. Sie riechen nicht gut. Vieles hier riecht nicht gut.
Und so ein Rothaariger läuft da herum, der kommandiert den ganzen Tag. Er hat eine dicke Knollennase, die aussieht, als hätte er sie zu Fastnacht gekauft: eine dieser Pappnasen, mit Schnurrbart darunter.

»Jakob!« ruft er. »Jakob! Wo bist du?«
Das haben wir gespielt, im Herbst, wenn es früh dunkel wurde in unserer Straße. Einer hat sich versteckt, die anderen mußten dann rufen: »Jakob, wo bist du?«
Jetzt war es nicht mehr lustig. Heringsfässer und Kieler Sprotten, Ersatzkaffee und stinkende Kartoffeln, Kisten, Kasten, Pfefferminztee.
»Jakob! Wo bist du?«
Das ist eine kaufmännische Lehre. Was lerne ich denn dabei?
Jeden Morgen mit dem Fahrrad. Er tritt langsam in die Pedale, denkt an das, was ihn erwartet, stellt das Fahrrad ab unter dem Wellblechdach, wo all die anderen Fahrräder stehen. Dann zieht er seinen grauen Kittel an. Sie tragen alle den grauen Kittel, vorn geknöpft, mit zwei Seitentaschen. Es gibt nur wenige weiße Kittel. Das sind die Aufgestiegenen. Soundso lange gedient, Aufstiegsmöglichkeiten genutzt, im Krieg etwas gedämpft. In der Berufsschule klingt das anders: das Märchen vom königlichen Kaufmann. Soll und Haben. Sie sitzen in den Bänken, sind fast alle Kittelträger, sprechen davon, daß sie ausgenutzt werden. Ladenschwengel, Portokassenjünglinge. »Aber so ist das immer gewesen«, sagt einer. »Sie verdienen an uns. Was wir zu lernen haben, könnten wir in einem Jahr lernen.«
Das ist so eingerichtet, und jeder findet sich damit ab. Weil wir bei ihnen lernen dürfen, müssen wir damit einverstanden sein, drei Jahre fast umsonst zu arbeiten. Wer jung ist, darf nicht viel verdienen, muß Erfahrung sammeln. »Toni, kennst du den Spruch: Lehrjahre sind keine Herrenjahre...«
Das haben sie eigens für uns erfunden. Ich will dort nicht mehr hingehen, zu den Heringsfässern. Seefahrer

will ich werden, auf einem Schiff. Westindienfahrer. Mein Vater hat mir erzählt, bei Sturm wären die Wellen dort so hoch wie unser Haus. Eine Mütze mit Schnüren daran. Goldene Knöpfe an der Jacke. Im Krieg gibt es keine Westindienfahrer.
»Los, ihr Faulenzer!« ruft der Knollennasige, und sein roter Schopf steht widerspenstig in die Höhe. »Jetzt werden Kisten aufgeladen. Arbeiten müßt ihr, sonst schwillt euch der Kamm. Das ist nicht gut für euch!«
Eines Tages werde ich... werde ich...
Zehn Jahre hat er gelebt wie ein Fürst. Der Rest – Kellner. Zehn Jahre lang hat er sich für sein amerikanisches Geld bedienen lassen. Danach hat er gedient. War er nicht zufrieden dabei? Niemand hat ihm Befehle erteilt. Auch nicht, als er Kellner geworden war. Denn das ist eine Abmachung. Da kommt also ein Gast und macht seine Bestellung. Er engagiert mich, und ich nehme das Engagement an. Das hat Lena nie verstanden. Kellner, das ist ein Kaufmann, das ist kaufmännisch. Und außerdem muß der Gast noch »Herr Ober« zu mir sagen.
Wie oft habe ich es dir schon gesagt? Geht der Mann deiner Mutter etwa im Smoking zur Arbeit? *Er* nicht, aber ich. Du hast es selber gesehen. Natürlich habe ich es nicht gern, wenn du in Nachtlokale gehst. Dazu bist du noch zu jung. Du weißt ja, was hier so alles gezeigt wird.

Und dann kommt Feitelstein, steht plötzlich vor ihm. Woher kommt er? Ah, ich weiß, was er will. Ich kann es ihm nicht abschlagen, denn Feitelstein hat mir geholfen.
Feitelstein hat mich nie im Stich gelassen. Was wäre ich ohne ihn?
Und befiehlt: »Jakob, du mußt die Mädchen ansagen. Kennst du genau die Nummern. Kann ich nicht ansagen, weil ich spreche nicht genügend gut das Deutsche.«

»Kann nicht der andere Kellner?« fragt Jakob.
»Nein, kann Luigi noch weniger sprechen als ich.«
Es ist wahr, der Italiener kann nur Bestellungen aufnehmen. Mehr hat er in einem Jahr nicht gelernt. Wir sind zwei Kellner, drei Barfrauen und der Chef. Dann noch vier Musiker und meistens vier oder fünf Tänzerinnen.
»Und der Neger?« fragt Jakob. »Kann er nicht?«
»Es geht nicht«, erklärt Feitelstein. »Was wird sein, wenn werden Gäste kommen? Niemand wird stehen und wird ihnen die Mäntel abnehmen. Was für ein Lokal ist das, werden sie sagen, wenn sie da stehen mit Frauen, und niemand kommt für ihre Mäntel.«
»Es ist gut«, sagt Jakob. »Ich mache das, aber nur zur Aushilfe, bis der Ansager wieder gesund ist.«
Er weiß, was jetzt kommt, erinnert sich an die Peinlichkeiten, sucht Auswege, andere Möglichkeiten, aber muß es doch hinter sich bringen, weil er es schon einmal getan hat.

Anton, den alle Toni nennen, kommt bestimmt. Ich weiß es.
Da ist die Treppe, und da kommt er herunter, die Hände in den Taschen. Warum trägt er nur diese lange Mähne?
Jakob geht sofort auf ihn zu, will erklären: »Hör mal, unser Ansager hat ein Magengeschwür. Ich muß aushelfen und die Ansage machen.«
Sie stehen sich gegenüber, ein paar Sekunden, in denen sie nach Worten suchen.
»Setz dich dort in die Ecke. Das ist mein Revier. Was willst du trinken, Toni? Ich bringe dir am besten ein Glas Bier. Du trinkst doch nicht etwa Schnaps oder Whisky?«
Ich war nur gekommen, um ihn anzupumpen. Er hat immer Angst, ich könnte ein Trinker werden. Irgendwo hat er gelesen, daß der Durst des Urgroßvaters manchmal auf

den Enkel übergeht. Aber das ist Quatsch, ich trinke am liebsten Cola.
»Ein Bier?« fragte er.
»Na schön, ein Bier«, sagte ich. Dann geht er zum Buffet, mein Vater, und holt das Bier. Wie soll ich ihn beschreiben? Er sieht aus wie ein Kellner, als wäre er sein Leben lang Kellner gewesen.
Und Jakob, vom Buffet aus, schaut mißtrauisch herüber, fragt sich, was sein Sohn so spät noch in der Bar will, vergißt ganz, daß er der Grund des Besuches ist, versucht eine Beschreibung, sucht die Erklärung für den jungen Mann, der sein Sohn ist, kommt zu keinem befriedigenden Ergebnis. Die langen Haare stören ihn. Er hält die Langhaarigen für töricht, weiß aber, daß sein Sohn nicht töricht ist. Ist er gerissen? Nein, eher biegsam, elastisch und geschickt für jede Art von Geschäft.
Ich kenne ihn, meinen Vater: Zuerst macht er Umstände, dann aber drückt er mir doch das Geld in die Hand. Er hat nie zurückverlangt, was ich von ihm geborgt habe.
»Geht alles gut?« fragt Jakob. »Was macht deine Arbeit?«
»Prima«, sagt Toni. »In dieser Woche habe ich schon drei Autos verkauft. Ich werde erster Verkäufer.«
»So«, sagt Jakob und betrachtet seinen Sohn genau, sucht etwas von sich in seinem Sohn, etwas, das unverwechselbar wäre. Es ist viel von ihr dabei, denkt er. Automobilbranche: Er weiß genau, was er will. Das habe ich nicht so genau gewußt.
»Einen Kleinwagen habe ich mir gekauft. Provision, du verstehst?«
»Einen Kleinwagen?« fragt der Vater.
»Ja, und ich wollte dich fragen, ob du mir nicht mal etwas leihen kannst?« fragt der Sohn.

»Etwas leihen? Wieviel denn?«
»Zweihundert Mark hätte ich nötig.«
»So viel?« sagt Jakob und zieht die Augenbrauen hoch. Sie bleiben eine ganze Weile oben. Toni sieht, wie er nachdenkt, während er seine Gäste bedient. Er sagt sich: Ich werde es ihm natürlich zurückgeben.
Dann kommt Jakob wieder an den Tisch und fragt: »Für was?«
Ich brauche zwei neue Reifen für den Wagen und eine Stoßstange.«
»Könnte der Mann deiner Mutter nicht...«
»Nein, du weißt doch, ich wohne nicht mehr bei ihnen. Ich möchte auch nichts von ihm. Ich konnte ihn nie richtig leiden.«
»Aha!« sagt Jakob. »Ich kann ihn auch nicht leiden. Ich muß jetzt gleich ansagen. Du weißt, ich konnte es dem Feitelstein nicht abschlagen.«
Nein, das konnte er nicht, denn der kleine Feitelstein hat ihm geholfen. Er hat ihn zu einem Kellner gemacht, als mein Vater nicht mehr wußte, was er anfangen sollte. Ich weiß da Bescheid. Die beiden haben früher Geschäfte miteinander gemacht. Das ist schon viele Jahre her. Mein Vater arbeitete damals in einer amerikanischen Tankstelle. Der kleine Jude machte halbe-halbe mit einem amerikanischen Soldaten. Wenn mein Vater an der Zapfsäule Dienst hatte, fuhr der Soldat mit einem Spezialwagen vor. Da war hinten ein Tank drin, der sechshundert Liter faßte. Jeden Tag ein paar tausend Liter. Die haben ein Riesengeschäft gemacht. Allerdings nur die beiden – meinen Vater haben sie mit einem Trinkgeld gekauft. Für ihn war es viel.
Eines Tages ist die Sache geplatzt. Er hat Feitelstein nicht verraten. Dem Amerikaner ist nichts passiert, meinem

Vater auch nicht. Er wurde verhört, dann haben sie ihn hinausgeworfen.
Daran erinnere ich mich noch schwach. Meine Mutter schrie in der Wohnung herum: »Wir haben die Polizei im Haus! Das ist in unserer Familie nicht üblich! Auf meinen Vater hätte ich hören sollen. Ein Versager bist du! Aber mein Vater hat es von Anfang an gewußt!«
Damals war ich noch sehr klein, aber ich merkte, daß etwas vorging. Sie hat es ihm auch später noch oft genug unter die Nase gerieben. So daß er und ich es nicht vergessen konnten.

»Du mußt nicht denken, daß ich das gern mache, Toni...«
In der Kellerbar war an diesem Abend ein kleiner Laufsteg aufgebaut. Als die Kapelle einen Tusch spielte, ging mein Vater ans Mikrofon. Er sah kurz zu mir herüber und zuckte mit den Achseln. Dann hörte ich seine Stimme über die Verstärker: »Meine Damen und Herren, ich begrüße Sie im Namen der Direktion und wünsche Ihnen vergnügte Stunden. Wir beginnen jetzt mit unserem Programm. Eine einmalige Schau zu einmaligen Preisen... Als erstes sehen Sie: Miß Magermilch!«
Es kam eine ziemlich Dürre, die hatte winzige Brüste. Sie machte nicht gerade viel, trippelte nur so über den Steg und zeigte sich fast nackt. Das war alles. Da habe ich schon ganz andere Sachen gesehen.
Mein Vater hatte sich einen Augenblick zu mir an den Tisch gesetzt, hatte vor sich hin genickt und gesagt: »Was glaubst du, was ein Mann alles machen muß, damit er sein Auskommen hat.«
Ich sagte: »Du mußt dich nicht entschuldigen. Ich finde nichts dabei.«
Später kam Feitelstein an unseren Tisch. Er trug einen blauen Anzug, der garantiert seine sieben- bis achthundert

Mark gekostet hatte. An seinem kleinen Finger funkelte ein dicker Brillant. Er gab mir die Hand und sagte: »Recht ist, daß der Sohn tut seinen Vater besuchen. Einen scheenen starken Sohn hat er, unser Jakob. Un tichtig un fleißig isser, unser Jakob...«
Danach sagte mein Vater an: »Miß Vollmilch!« Die hatte einen dicken Busen und einen schwabbeligen Hintern.
Er steht wieder am Mikrofon und ruft: »Die hängenden Gärten der Semiramis!« Mein Gott, hatte die Frau Hängetitten. Aber vielleicht gibt es Männer, die das gern sehen.
Dann: »Miß Soldat!« Die hatte einen Stahlhelm auf dem Kopf, trug ein Holzgewehr, und auf jeder Brustwarze klebte das Eiserne Kreuz.
Er kam wieder zu mir an den Tisch, hatte die Brauen wieder hochgezogen und drückte mir zwei Hundertmarkscheine in die Hand.
»Es geht dir also gut?« fragte er. »Das freut mich. Hör mal, willst du jetzt nicht gehen? Ich meine, das ist nicht der richtige Platz für dich. Du weißt ja, man kann sich nicht immer die Arbeit aussuchen. Die zweihundert brauchst du mir nicht zurückzugeben. Das andere auch nicht, was ich dir vorher geborgt habe. Komm, ich bringe dich zur Tür.«
Von vorn machten sie ihm schon Zeichen. Ein Musiker nickte ständig mit dem Kopf zum Nebeneingang hin, aus dem vorher die Frauen gekommen waren.
»Laß mich noch mein Bier austrinken«, sagte ich.
»Na gut«, seufzte er und ging wieder an das Mikrofon. Er stand dort, machte ein finsteres Gesicht und sagte nur: »Madame Pissoir!«
Danach saß er neben mir und sagte nichts mehr. Die Frau ging über den Steg und trug einen Nachttopf auf dem Kopf, als wäre es ein Hut. Sonst trug sie fast nichts.
Das Ende der Nummer war, daß sie gemeinsam auftraten: Miß Magermilch, Miß Vollmilch, die hängenden Gärten

der Semiramis, Miß Soldat und Madame Pissoir. Sie hatten sich eingehängt und tanzten so etwas wie einen Cancan. Das war ein ziemliches Geschwabbel – bis auf Miß Magermilch, bei der nichts schwabbeln konnte.
Der Applaus war sehr schwach.
»Ich muß jetzt bedienen«, sagte mein Vater. »Laß von dir hören und halte dich sauber...«
Da geht er und trägt Tabletts mit Gläsern und Flaschen an die verschiedenen Tische. Er sieht nachdenklich dabei aus, fast hochmütig. Ich weiß, was er denkt.
Draußen in der Garderobe saß ein Neger, der hatte Stricknadeln in der Hand. Er grinste mich an und strickte, ohne hinzugucken. Es sah aus, als wären seine Hände kleine Maschinen, die ganz automatisch arbeiteten.

# 11

Jakob steht auf der Treppe und wippt mit einem Fuß. Er hält einen Gummiball in der Hand, ein Geschenk, denn er hat Geburtstag gehabt. Welche Treppe war das wieder? Vor der Bäckerei, die Kellertreppe, wo sie das Mehl hineintragen.
Männer gehen gebückt unter dem Doppelzentner. Ein Sack nach dem anderen, mehlbestäubt, mit dem Lastwagen gebracht.
An einem seiner Geburtstage haben sie gesagt: er war ein häßliches Kind. Warum war er so häßlich?
»Alle Kinder sind häßlich, wenn sie zur Welt kommen«, sagt seine Mutter. »Du warst nicht häßlicher als die anderen. Sehr klein warst du und hattest die Augen geschlossen. Dein Vater, der Rohling, hat gesagt: Er sieht aus wie ein verschrumpelter Affe.«
Und Jakobs Vater sagt: »Als er geboren wurde, fuhr ich mit dem Fahrrad zum Krankenhaus. Sie war nicht zimperlich. Es wäre nicht sehr schlimm gewesen, hat sie gesagt.«
Das hört Jakob auf der Treppe, als sie herunterkommen, sein Vater und noch ein Mann, der Jäckel heißt, der auch arbeitslos war und jetzt nicht mehr arbeitslos ist.
»Was glaubst du, was mir passiert ist?« sagt sein Vater. »Während ich an ihrem Bett saß, wurde mein Fahrrad gestohlen.«
»Damals wurden viele Fahrräder gestohlen«, antwortet Jäckel.
»Ich hatte es draußen abgestellt und in der Aufregung vergessen, es abzuschließen. Da ist einer gekommen und hat es gestohlen.«
»Viele Fahrräder«, sagt Jäckel.

»Wie wollen wir ihn nennen?« fragte er.
Sie sagte: »Jakob.«
»Weil ein Onkel von dir Jakob hieß? Der war doch ein Erbschleicher.«
»Das macht nichts. Der Name gefällt mir.«
»Hast du mir nicht erzählt, daß er sich die besten Brocken herausgepickt hat? Eine goldene Uhr... Und gesagt hat: Die nehme ich, zum Andenken an den teuren Toten. Und der wollte auch sonst noch das Beste. Zum Andenken... Das kennt man ja.«
Und was hat sie gebracht aus Bad Ems? Dort hat nämlich der Onkel gelebt, den ich nie gesehen habe. Zwei Tage war sie fort, und dann kommt sie zurück und hat mitgebracht: einen silbernen Trinkbecher zum Ineinanderschieben. Das war etwas für feine Kurgäste. Die trugen den im Lederetui. Das Etui war auch noch dabei. In Bad Ems ging der deutsche Kaiser oft zur Kur. Der Zar aus Rußland kam auch. Der Zar hat sich dort ein Schloß bauen lassen. Wenn man das sieht, wird einem klar, warum sie den umgebracht haben. Ich habe es in der Zeitung gesehen. Nach Bad Ems bin ich noch nie gekommen. Was soll ich auch da? Ich gehe nie zur Kur.
Eine alte Schnupftabakdose, auch aus Silber. Zwei Bettvorleger, die waren aber nicht echt. Drei große Regenschirme.
Jakobs Vater sagt: »Und dafür bist du bis nach Bad Ems gefahren? Dabei kommt nicht einmal der Fahrpreis wieder heraus.«
»Aber das Haus, denk an das Haus!« sagt sie. »Es ist eine Hypothek drauf. Wenn die Sache mit der Hypothek geregelt ist, wird das Haus verkauft. Danach kriegt jeder seinen Anteil.«

»Wieviel Erbschleicher seid ihr denn gewesen?« fragt er.
„Wir waren vierzehn.«
»So viele? Da kommt nichts mehr dabei heraus.«
»Es hat dann noch Jahre gedauert, bis das Geld vom Haus kam«, sagte Jakobs Vater. »Wir haben immer darauf gewartet, denn ich brauchte ein neues Fahrrad. Manchmal war ich nahe daran, mir selber eines zu holen. Ich habe gedacht: Einer hat es mir weggenommen, jetzt hole ich mir ein anderes. Ich habe es aber doch nicht getan.
Das Geld vom Haus kam vier Jahre später. Es war nicht gerade viel. Ich habe drei Jahre gebraucht, bis ich wieder ein Fahrrad hatte. Tausende von Fahrrädern wurden damals gestohlen.
Wir haben dich dann doch Jakob genannt. Nach einem Onkel von ihr, der ein Erbschleicher war... Rede nicht dazwischen! Glaub mir, Jakob, der war es. Daran beißt keine Maus einen Faden ab!«

»Wo gehen wir hin?« fragt Jakob.
»Wir gehen irgendwohin. Ich weiß es noch nicht genau.«
»Was hast du in die Tasche gesteckt?« fragt Jakob.
Einen silbernen Trinkbecher und eine silberne Schnupftabakdose. Wenn ich sie verkaufen kann, kriegst du...«
«Bring das Geld erst nach Hause«, sagt seine Mutter.
»Ja, ja, ich bringe es erst nach Hause.«
Sie gehen nebeneinander. Sein Vater hält ihn an der Hand. Er hat immer warme Hände, auch im Winter. Aber jetzt ist noch nicht Winter. Jetzt ist grauer November. Den ganzen Weg zu Fuß. Er hat kein Fahrrad mehr.
»Wenn ich wieder ein Fahrrad habe«, sagt sein Vater, »dann binde ich vom auf der Stange ein Kissen fest. Da kannst du dich draufsetzen, und wir fahren spazieren.«

Er grinst zu Jakob herunter, hat Hoffnungen. Vor ein paar Tagen hat er zu seiner Frau gesagt: »Hör mal, der silberne Trinkbecher und die Schnupftabakdose...«
»Was denn?« fragte sie.
»Wir könnten sie verkaufen.«
Das wollte sie nicht, das wäre pietätlos. Aus Bad Ems, von dem Onkel, wo der Kaiser und der Zar...
Er schlug auf den Tisch und rief: »Ich brauche ein Fahrrad!«
Dann hat er das Silberzeug geputzt. Er hat es gescheuert und poliert. Es wurde blank, es blitzte wie neu. Das machte ihm Laune, und er beginnt wieder einmal zu singen: »Wawawüü-wawawaa!« denkt dabei an ein Fahrrad und an das, was vielleicht noch übrigbleibt: eine gute Mahlzeit und vielleicht noch ein bißchen mehr. Er überlegt: »Wenn ich gut verkaufe... So ein Becher ist unter Brüdern seine zwanzig Mark wert.«
Und die Schnupftabakdose? Vielleicht auch zwanzig Mark. Das wären immerhin zusammen...
Sie gehen nebeneinander, sind auf der Zeil, auf dem Weg zur Hauptwache. Da sind die großen Kaufhäuser. Manche haben jüdische Namen. Metzgereien, Konditoreien. Ein paarmal bleiben sie stehen und schauen durch die Fensterscheiben. Apfelkuchen und Bratwürste. Bei den Konditoreien zieht Jakob seinen Vater am Arm. Er soll stehenbleiben. Vor den Fleischerläden verharrt er ohne Aufforderung.
»Mein Vater hat gesagt: Einmal möchte ich sechs Bratwürste zu einer Mahlzeit essen...«
In der Tasche das Silber. Der Zar und der deutsche Kaiser.
»Warum haben sie den nicht umgebracht? Sie ließen ihn leben, den feigen Trottel. Stell dir vor, Jakob, zu dem sagen sie heute noch Majestät...«

Konstablerwache. Aber hier sind nicht die richtigen Juwelierläden. Ganz früher gab es hier ein Stadttor mit Pferdeställen. Da kamen die Reisenden an, aus Friedberg, aus Gießen. Jetzt ein Restaurant, das heißt »Haferkasten«. Der große Platz dröhnt vom Lärm: Pferdewagen, dazwischen langsam fahrende Autos, die mit ihren Hupen kläffen. Hier, auf diesem Platz, gab es Aufstand, Schiesserei, Barrikaden. Jakobs Vater weiß es von seinem Vater. Er gab es weiter. Die Berichte wurden dünner, waren kaum mehr zu glauben. Der deutsche Einheits- und Freiheitskampf. Spärliche Mitteilungen, über viele Jahrzehnte verteilt. Jakobs Vater, mit dem Silberzeug in der Tasche, sagt nichts davon. Viel später einmal: »Hier haben sie aufeinander geschossen...«

Da steht einer auf der Hauptwache und trägt ein weißes Schild vor der Brust. Der Mann steht ohne Bewegung, ist wie ein Denkmal. Was will er? Er will den anderen etwas mitteilen. Vor seiner Brust hängt das Schild, an einem Strick.

Ich kenne den Mann. Ich habe lange nicht mehr an ihn gedacht.

Auf das Schild hat er die Worte geschrieben: »Ich mache alles...«

Jakobs Vater zieht seinen Sohn hinter sich her. Er will das Schild lesen. Viele wollen es lesen. Sie buchstabieren, gehen mit dem Kopf nahe heran. Der Mann steht ungerührt und sagt nichts. Die Straßenbahnen klingeln. Aussteigen, einsteigen. Der Mann hat ein trostloses Gesicht.

»Komm«, sagt Jakobs Vater. »Wir müssen weiter.«

»Was hat der Mann?« fragt Jakob.

»Er hat Hunger.«

Das kann Jakob verstehen. Manchmal kommen alte Männer an die Wohnungstür, nehmen den Hut herunter, und dann murmeln sie demütig etwas vor sich hin. Die haben auch Hunger. Er weiß, was das ist.
»Toni, du weißt nicht, was das ist.«

Beim Juwelier müssen sie warten. Leise Glöckchen haben geklingelt, als sie eintraten. Jakob hat solche Glöckchen noch nie gehört. Er geht zurück zur Tür, stellt sich davor und schaut hinauf. Sein Vater will ihn dort wegziehen: »Komm!«
Ein Herr und eine Dame wollen hinausgehen, müssen zwei Sekunden warten. Der kleine Hund der Dame beginnt wütend zu bellen, als hätte er in Jakob einen Feind erkannt. Und dann ihr Blick, ehe sie hinausgeht. Von oben nach unten und wieder zurück.
Der Juwelier hält die Tür auf. Er trägt eine graue gestreifte Hose und eine schwarze Jacke aus feinem Stoff. Er verbeugt sich tief. Überall ist Glas. Dahinter liegen Schatullen, auf schwarzem Samt glitzert es. Jakob hat ähnliches noch nie gesehen.
Aus der Verbeugung hochfahrend, herrscht der Juwelier seinen Vater an: »Was wollen Sie denn hier?«
»Ich habe... Wenn Sie da mal sehen wollen? Das ist eine alte Schnupftabakdose. Ein Trinkbecher, Silber. Hier ist eingraviert: Bad Ems. Sehen Sie...«
»Machen Sie, daß Sie rauskommen!«
»Ich will es verkaufen. Meine Frau hat die Sachen geerbt.«
»Sie sollen machen, daß Sie rauskommen, mit dem gestohlenen Zeug. Soll ich die Polizei rufen?«
Jakobs Vater wird weiß im Gesicht. »Gestohlen?« fragt er verblüfft. »Sie!«
Drei oder vier Männer kommen angelaufen. Sie drängen ihn zur Tür. »Hinaus! Hinaus!« Der Juwelier wedelt mit der

Hand. »Was hat dieser heruntergekommene Plebs hier zu suchen!«
Schön klingen noch einmal die Glöckchen, als sie beide durch die Tür auf die Straße geschoben werden.
Er sagt nichts, geht weiter, hält Jakobs Hand. Und jetzt sieht er dem Mann ähnlich, der das Schild vor der Brust trug.
Nach hundert Metern kehrt er um. Er geht mit Jakob wieder vor das Geschäft. Er deutet darauf und sagt: »Siehst du, Jakob, der da drin, das ist ein Lump.«
Der silberne Trinkbecher, die Schnupftabakdose, an einem Morgen des Jahres... Jakob überlegt und sagt nur laut: »In Frankfurt, und ich war klein. – Steine muß man haben, Grundstücke, Werte. Denn jetzt kommt bald das stabile Geld, sagt Lenas Vater.«
Und er hat doch verkauft. In einem kleinen Geschäft. Bei einem kleinen Juwelier. Da ist er hineingegangen und hat gesagt: »Hier ist mein Ausweis. Ich will zwei Erbstücke verkaufen.«
Der Mann hat mißtrauisch durch seine Brille geguckt, zögernd auf den Ausweis und dann auf das Silber. Sie haben gehandelt.
»Für dreißig Mark ging es weg«, erklärt der Vater später seiner Frau. »Ich war zuerst beim falschen.« Dabei macht er noch einmal das finstere Gesicht. Aber nur einen Augenblick. Es ist nur der Schatten der Kränkung. Dann aber bekämpft er die Niederlage mit Bratwürsten, denn er ist in eine Metzgerei hineingegangen und hat gesagt. Geben Sie mir zwölf Bratwürste.«
In einer Konditorei hat er gesagt: »Geben Sie mir zwei Tafeln Schokolade!«
Er hat Scheine wechseln lassen, sich Geld herausgeben lassen und hat Jakob dabei angeschaut. Er grinst, und

dabei meint er: Wir haben Geld, Jakob, wir kaufen, was uns schmeckt.
Ein Fahrrad hat er anbezahlt. Es ist gebraucht, aber immerhin besser als das, was sie ihm bei Jakobs Geburt gestohlen haben. Er wiederholt: »Damit fahren wir spazieren, Jakob.«
Vor der Bratpfanne steht er und läßt die Würste brutzeln.
Eine kleine Familie, in einer kleinen Wohnung, vor eine gefüllten Pfanne. Sie stehen zu dritt davor und warten.
»Sie sind durchgebraten«, sagt Jakobs Vater ungeduldig.
»Nein, sie brauchen noch eine Weile«, widerspricht sie.
Später sagt er: »Auf der Hauptwache...« Er kaut mit vollen Backen. »...auf der Hauptwache sah ich einen der hatte sich ein Schild umgehängt und hatte draufgeschrieben: Ich mache alles...«
»Ein armer Kerl«, sagt seine Mutter.
»Ja«, stimmt Jakobs Vater zu. »Das ist ein armer Schlucker...«

# 12

Sie tragen Schilder vor der Brust oder an langen Stangen. Die Schilder schaukeln über den Köpfen der Kolonnen, als wären sie lebendig und wichtiger als die Menschen, von denen sie getragen werden.

Die Bornheimer Landwehr ist eine breite Straße. Da kommen sie, ein zusammengerotteter Haufen. Sie marschieren mit ihren Schildern. Männer und Frauen. Sie ballen die Fäuste und rufen: »Rot Front!«

Mit den Fäusten drohen sie zu den Häuserfassaden hinauf, wollen etwas mitteilen mit den Schildern und ihren Rufen.

Jakobs Mutter hat ein ängstliches Gesicht. Sein Vater zieht die Stirn kraus. Der Zug wälzt sich heran. Vorn geht einer, der eine rote Fahne trägt. Er blickt starr geradeaus, sieht aus wie ein Mann, der feierliche Schwüre abgelegt hat und erfüllt ist von seiner Bestimmung: Ich bin ein Fahnenträger!

Und auf den Schildern steht... Jakob hat es vergessen. Nieder... Nieder mit irgend etwas... Es lebe die große Weltrevolution.

Nieder! Nieder!

Am Ende des Zuges ein paar abgehärmte Weiber. Sie schieben Kinderwagen, und darin sitzen winzige Kinder, haben den Mund aufgerissen und plärren. Es klingt wie: »Nieder! Nieder!«

Am Rande der Straße stehen die anderen, die Zuschauer, und schweigen.

So ist das immer, denkt Jakob jetzt. Es gibt die Marschierer und die Zuschauer. Und die Marschierer tragen Schilder

oder Abzeichen oder Armbinden oder Ausweise und Uniformen. Sie tragen die Uniformen, damit man sie erkennt.
Mein Sohn, da geht er mit seinen langen Haaren durch die Straßen. Und ich weiß genau, daß er denkt: Ich bin anders als ihr. Er denkt auch: Ich bin anders als du.
Die anderen schweigen. Was sollen sie auch sagen? Sie haben nichts zu sagen.

Da wohnt ein Mann in der Ringelstraße. Dieser Mann beginnt von unten her, bei seinen Stiefeln. Die Hosen sind braun, und weiter oben ist er auch braun, bis zur Mütze. Wenn er die hohen, blankgeputzten Stiefel trägt, ist er ein anderer Mann. Er marschiert, tritt auf, und sein Tritt geht durch ihn hindurch. Er vibriert unter seinem Tritt, bis hinauf ins Gesicht.
Wenn er mit dem Fahrrad fährt, zu der Fabrik, in der er arbeitet, ist er ein ganz gewöhnlicher Mann. Er trägt Knikkerbockerhosen oder Hosen, die mit Fahrradspangen unten zusammengehalten werden. Er hat ein Täschchen. Darin ist der Topf mit Kartoffelgemüse, mit Blutwurst und Gurken. Seine Frau hat es für ihn gekocht. Er ist nur ein Arbeiter und ein Esser. Seine Uniform hängt im Schrank, und die Stiefel stehen davor.
Zwei- oder dreimal in der Woche zieht er die Uniform an. Seine Bewegungen werden dabei bestimmter. Er geht aus dem Haus, hat jetzt ein anderes Gesicht, trägt die Stiefel und damit Verantwortung, denkt sich als Würdenträger, hat die Würde eines Generals. Und so kommt er daher: Uniformgesicht, auch ein Fahnenträger, hält die Hand an einem Dolch, der Ehrendolch genannt wird, mustert die Kinder und die Erwachsenen mit strengen Augen. Die Kinder hören auf zu spielen und weichen ihm

aus, wenn er vorbeimarschiert. Sie sprechen nicht mehr, schauen hinter ihm her.
Der Mann greift an, wenn er seine großen Stiefel trägt.
Er hat eine Tochter. Jakob hat mit ihr gespielt. Hickelkreis und Städteraten. Auf eine Mauer sind sie zusammen geklettert mit anderen Kindern. Jakob hat ein paarmal ihr Höschen gesehen. Das hat ihn beschäftigt. Manchmal hat er auf sie gewartet.
Er sieht sie genau. Kaum wagt er mit ihr zu sprechen. Sie ist heilig, weil sie die Tochter des Stiefelträgers ist. Sie starb später in dem Keller des gleichen Hauses, zusammen mit der Mutter. Der Vater war vorher gestorben – in Polen, wo auch Jakob in Stiefeln hinmarschieren mußte.

Die vielen Schilder, Toni, ich habe sie alle gelesen. Mein Vater sagte: »Sie streiken wieder.« Das stand nämlich auf ihren Schildern. Sie wollten mehr Lohn. Das waren die besten Schilder. Aber sie haben ihn trotzdem nicht bekommen. Denn wenn die mehr Lohn bekamen, stiegen flugs die Preise, und so hat man ihnen wieder abgenommen, was sie mehr bekommen hatten.
Ich weiß Bescheid, Toni. Das ist heute noch so. Es ändert sich nichts. Glaub mir, es hat keinen Sinn, ein Schild zu tragen.
Und dann sieht er ihn wieder. Er steht an seinem Bett und trägt noch das Schild: Ich mache alles. Aber es ist nicht der Fremde, es ist der Vater. Er steht auch nicht auf der Hauptwache, sondern auf dem Brückengeländer der alten Brücke. Und Jäckel, der geschäftige Jäckel, trägt das Schild. Sie haben einen Karton ausgeschnitten, haben mit Tinte daraufgeschrieben: »Der Todesspringer«.
Dieses Schild haben sie auf eine Latte genagelt. Jäckel trägt es hoch über seinem Kopf, während Jakobs Vater auf

dem Brückengeländer steht und auf die Zuschauer wartet. »Ein Todesspringer ist mein Vater...«

Das war Jäckels Idee. Er sagte: »Damit machen wir Geld. Du springst, und ich kassiere.«

»Warum machen wir es nicht umgekehrt?« fragte Jakobs Vater.

»Weil ich es nicht kann. Dir macht es doch nichts aus, von oben herunterzuspringen.«

»Es macht mir zwar nichts aus, aber das Wasser ist kalt. Es ist erst April.«

»Das ist ja gerade die Attraktion. Sie werden stehenbleiben und werden sich fragen: Springt er nun wirklich ins kalte Wasser? Während sie dort stehen, werde ich auf sie einreden. Fünf Kinder hat er daheim, werde ich sagen. Eine kranke Frau. Du weißt, wie ich reden kann, wenn es darauf ankommt.«

»Ja, das weiß ich!«

»Sonntag nachmittags müssen wir anfangen. Da gehen die Leute spazieren, die was in der Tasche haben. Außerdem haben sie dann Zeit. Du darfst nicht gleich springen. Du mußt oben stehenbleiben, und ich gehe mit einem Sprachrohr und mit dem Schild... Wenn ich sage: Meine Damen und Herren, das ist einmalig!, dann kannst du springen, denn dann habe ich schon was einkassiert.«

»Ich werde mir eine Erkältung holen, das ist sicher.«

»Ich reibe dir nach jedem Sprung die Brust mit Schnaps ein. Und eine leichte Erkältung ist doch nicht schlimm...«

Und Jäckel, der emsige Jäckel, hat ein Sprachrohr gebastelt aus einem Stück Weißblech, ein Marmeladeneimer war es. Er hat einen Trichter daraus gedreht und ihn mit dem Hammer zusammengeklopft. Die Öffnung für den Mund hat er mit einer Zange umgebogen.

Eine Turnhose hat er auch gefunden. Sie mußte geflickt werden. »Hinten war sie kaputt«, sagte er. »Meine Frau hat sie in Ordnung gebracht. Doppelt genäht.«
Von einem Bruder, der bei der Marine gedient hat, erzählt er auf dem Weg. Er schleppt alles: eine Decke, ein Handtuch, das Schild. Jakobs Vater hat sich das Sprachrohr unter den Arm geklemmt. Die Turnhose, die bei der Marine gedient hat, trägt er in der Tasche.
»Ich komme mir vor wie ein Bettler«, sagt er. »Wo ist der Schnaps?«
»Hier, ein kleines Fläschchen. Das ist reiner Alkohol. Den habe ich in der Apotheke gekauft.« Jäckel zeigt die Flasche. Sie ist sehr klein. Jakobs Vater betrachtet sie zweifelnd.
»Was willst du? Das reicht aus. Jedesmal, wenn du gesprungen bist, trockne ich dich gut ab. Dann gieße ich ein bißchen auf die Hand und reibe dir Brust und Rücken ein. Nur die Brust und der Rücken sind wichtig.«
Und Jäckel tut, was er sagt. Ein ebenbürtiger Partner ist er. Hoch über den Hüten der Zuschauer wackelt das Schild hin und her: Der Todesspringer...
Er trompetet die große Misere in das Blech, ist nicht zu überhören, bedrängt die Ohren der Neugierigen. Sie sammeln sich auf der Brücke, bleiben stehen, warten. Der Himmel ist bedeckt, ein unfreundlicher Tag im April.
Fünf Kinder! Eine kranke Frau! Dort oben steht er, ein verzweifelter Mensch! Er wird sich in die eisigen Fluten stürzen! Signale durch das Blech des Marmeladeneimers. Jäckel rennt hin und her.
Auf dem Brückengeländer steht Jakobs Vater, wie versteinert. Schamrot im Gesicht. Er hört zu, muß zuhören. Eine Viertelstunde hoch über dem Wasser.
Und Jäckel kassiert die kleinen Münzen. Er springt auf die mutmaßlichen Spender zu: »Meine Dame... Mein Herr... Eine kleine Spende... Eine winzige Spende nur!«

Dann wieder die Rufe mit dem Sprachrohr. Bettelei, denkt Jakobs Vater, und sein Gesicht wird finsterer. Rechts sieht er die Kirchtürme Frankfurts, links liegt Sachsenhausen. Stromabwärts fahren Schiffe mit qualmenden Schornsteinen.
»Meine Damen, meine Herren! Das ist eine einmalige Sensation!«
Endlich. Er springt, scheint einen Augenblick stillzustehen in der Luft, waagerecht. Der Fall wird schnell. Kopf voran, verschwindet er in dem dunkelgrünen Wasser. Konzentrische Ringe ziehen ans Ufer. Der Kopf des Mannes taucht auf. Er schwimmt mit hastigen Stößen auf die Frankfurter Seite zu.
Jäckel beginnt zu laufen, gerät außer Atem. Das Kleingeld hüpft in seiner Tasche, während er zum Brückenbogen rennt, Schild und Sprachrohr in der Hand.
Unter dem Brückenbogen treffen sie sich. Jäckel arbeitet mit dem Handtuch. Er reibt und rubbelt, und dabei triumphiert er: »Wir haben was verdient. Du wirst staunen, was wir verdient haben!«
Jakobs Vater sagt nur: »Verdammte Scheiße.«
Das Fläschchen mit dem Alkohol. »So«, sagt Jäckel.
»Jetzt paß auf.« Jäckel: der Manager, der Kassierer, der Sanitäter.
Die Decke über die Schultern. Ein paar Neugierige bleiben stehen. Auf der Haut brennt der reine Alkohol. Es geht ganz gut. Zitternd vor Kälte sagt der Todesspringer:
»Jetzt zähle das Geld.«
Es sind nur Kupfermünzen: Zehnpfennigstücke, Fünfpfennigstücke. Jäckel zählt zweimal. Etwas mehr als vier Mark. »Das läppert sich, mein Lieber. Wenn du achtmal springst...«

Er ist viermal gesprungen. Danach half auch der Alkohol nicht mehr gegen die Kälte. Sie zählen wieder Geld. Unter dem Brückenbogen sitzen sie und addieren die Pfennige.
»Hast du mich beschissen, Jäckel? So wenig?«
»Beim letzten Sprung kam fast nichts zusammen. Ich konnte mir die Schnauze fusselig reden.«
Sie teilten die zwölf Mark. Jakobs Vater hat noch eine Stunde danach mit den Zähnen geklappert.

Am nächsten Sonntag ist Jakob dabei. Mit seiner Mutter steht er beim Brückengeländer. Sie sagt: »Komm da herunter! Du bist wohl verrückt geworden!«
»Geh nach Hause«, sagt er und steht in der Turnhose wieder oben. »Geh mit dem Kind nach Hause!«
»Komm herunter!« ruft sie. »Lieber gehe ich putzen, als so einen Blödsinn mit anzusehen. Die Schande!« ruft sie und schlägt die Hände vors Gesicht.
Da sagt er nichts mehr und springt, ehe Jäckel seine Litanei durchs Sprachrohr rufen kann.
Mit ausgebreiteten Armen springt er, sieht aus, als würde er fliegen, fällt dann schwer wie ein Stein. Jakob schreit und klammert sich an seine Mutter. Ein paar Zuschauer lachen.
»Er soll nicht da herunterspringen!« ruft Jakob.
Und sie haben noch mehr gelacht. Es kamen nämlich noch andere Todesspringer. Plötzlich waren es fünf oder sechs, die auch ihre Kassierer mitgebracht hatten.
»Was denn, was denn?« hat Jäckel durchs Sprachrohr gerufen. »Ihr seid doch gar keine richtigen Todesspringer!«
Die Zuschauer hatten ihre Freude daran und haben noch mehr gelacht. Dann warf er das Schild in den Main, das Sprachrohr hinterher. Kein Geld. Eine leichte Erkältung,

wie es Jäckel vorausgesagt hatte. Meine Mutter ging putzen.

Und passen Sie auf.
Ich glaube, er konnte fliegen.
Ich weiß bestimmt, daß ich von ihm weiß.
Ich bin es nicht gewesen. Manchmal denke ich...
Alle kannten seinen Namen.
An der Ecke haben sie gestanden und haben von ihm gesprochen. Eine Leiter von hundert Pfund konnte er mit einer Hand heben. Unsere Bäckersfrau hat ihn gut gekannt. Ein tüchtiger Mann, haben sie gesagt. In unserer Straße haben sie es gesagt.

Jahre später geht Jakob mit seinem Vater und seiner Mutter über die Brücke. Sie haben sich neu eingekleidet. Jakobs Vater sagt manchmal: »Wir müssen uns neu einkleiden.«
Sie trägt einen Kamelhaarmantel, das findet sie schön. Besonders gefällt ihr das Wort: Kamelhaar.
Er hat Fischgrätmuster und hinten einen Halbgurt. Das ist modern, hat der Verkäufer gesagt. Und Jakob hat einen braunen Mantel. Reine Wolle. Das hat auch der Verkäufer gesagt. Sie haben dafür gespart.
Den Mantel trug ich lange Zeit. Sie hatten ihn nämlich etwas zu groß gekauft, damit ich hineinwachsen könnte. Auf der Brücke war es kalt. Der Wind pfiff von Sachsenhausen her, schnitt ins Gesicht.
Zu dritt bleiben sie stehen. Sie schauen hinunter, wo das Wasser fließt, sagen nichts, denken aber daran, gehen weiter über die Brücke. Bei der Auffahrt sagt die Mutter: »Da bist du hinuntergesprungen.«
»Und ich glaube immer noch, daß Jäckel mich beschissen hat.« Dann fällt ihm etwas ein. Er murmelt vor sich hin:

»Was ein Mann alles machen muß, damit er sein Auskommen findet...«
Und noch früher, da ist eine, die sagt: »Von der Brücke ist er heruntergesprungen. Das ist auch nichts Solides. Das kennt man ja. Ob die ihre Miete zahlen werden?«
Mit einem Knoten im grauen Haar, hinten. Die Frau des Hausverwalters: Immer trägt sie eine Schürze und Pantoffeln. An den Innenseiten durchgescheuert. Da setzt sie Flicken drauf. Flicken auf der Schürze. Überall ausgebessert. Die sagt das. Aber von wem weiß sie es? Man hat ihn auf der Brücke gesehen. Herumgehorcht hat sie. Hat nach den neuen Mietern gefragt. Ganz oben die kleine Wohnung. Eine mißtrauische Schnüfflerin, sieht alles, hört alles.
Auf dem Balkon zieht sie Geranien, die leuchten rot. Vom Balkon ruft sie herunter: »Jakob! Geh weg von der Hauswand!« Und nach drinnen gibt sie die Beschwerde weiter, zu ihrem Mann, dem Hausverwalter: »Der Sohn von denen, der Jakob, der hat das Haus angepinkelt.« »Schweinerei!«. ruft er von drinnen.
Ein pensionierter Beamter, so sagt er wenigstens. Soll bei der städtischen Müllabfuhr gewesen sein. Sie kundschaftet für ihn aus, sucht für ihn nach *Schwachen*. Dann muß er auftreten: stark sein gegen die *Schwachen*.
Das ganze Haus ist von oben bis unten streng verwaltet. Genau in der Mitte sitzen die Aufpasser. Sie suchen nach Feinden. Katzen dürfen nicht gehalten werden. Hunde verboten. Es ist Pflicht, die Treppe zweimal in der Woche zu putzen und einmal zu wachsen, mit Bohnerwachs. Sie kontrolliert. Auf ihren Pantoffeln schleicht sie durchs Haus, ist argwöhnisch, gibt Zeichen nach unten, wo ihr Mann in der Tür steht und auf ihre Kommandos wartet.
Jakob sitzt still vor der Tür, hat mit drei Klammern gespielt. Dann hört er sie, ganz leise. Und was so leise kommt, muß

gefährlich sein. Sie hat ihn noch nicht entdeckt. Er sieht ihr zu. Wie eine gleitende Schlange kommt sie mit hin und her ruckendem Kopf.
Er hat Angst, sitzt mit weit offenem Mund.
Und jetzt findet er ein Mittel gegen sie, es hätte ihm schon damals einfallen können. Er hebt den Finger und sagt: »Der liebe Gott sieht's.«
Bösartig zischt sie, als sie ihn erkennt, fühlt sich ertappt von dem Kind.
»Was sitzt du da und paßt auf?« Geht mit dem Gesicht nahe an ihn heran. »Ist es wahr, daß dein Vater immer von der Mainbrücke springt? Du kannst es mir ruhig sagen...«
»Nein!« ruft er. »Es ist nicht wahr! Weg! Weg!« Er wedelt mit beiden Händen, scheucht sie, die Hexe.
Und dann springt sie fort oder fliegt fort mit ausgebesserter Schürze, geflickten Pantoffeln, stampft mit dem Fuß, hebt sich auf, geht in die Luft.
Wer war das, der anfing, auf ihren Treppenabsatz zu spucken? Wen hat sie nicht gequält im Haus? Die junge Frau, die das uneheliche Kind bekam? Den Möbelpacker, der bei Vollmond soff? Die alte Frau, die immer vergaß, die Treppe zu putzen? Die Kinder, die sie verjagte, wenn sie spielten vor dem Haus?
Jemand hat angefangen zu spucken. Jakobs Vater spuckt auch. Wieselflink fährt sie aus der Tür, kann nie jemanden der Tat überführen. Die ersten gehen um fünf Uhr morgens zur Arbeit. Da muß sie um fünf Uhr aufstehen. Die letzten kommen spät in der Nacht zurück. Sie muß wach bleiben und auf den Rotz lauern.
Ein ganzes Haus, das sich rächt. Ein Haus voller Spucker, die sich von da an besonders freundlich grüßen. Grinsen sich an und nicken sich zu. Gefangene und zwei Aufseher.

Jakob geht mit seinem Vater. Sie sind leise. Sie spucken beide auf die Treppe. Das war das schlimmste aller Häuser. Und auch sie, die Grauhaarige, hat ein Schild gebraucht. Es hing mit einem Reißnagel an der Wand vor ihrer Tür. Darauf stand: »Die Sau, die immer ins Treppenhaus spuckt, muß dieses unterlassen.«

Von Frankfurt nach Sachsenhausen. Sie gehen über die Brücke, Jakob, Lena und Toni. Sie haben sich eingekleidet. Jakob hat das gesagt. Er trägt Fischgrätmuster. Sie wollte einen Pelz. Der Pelz wurde gekauft, auf Raten. Hätte auch noch einen besseren genommen, zu noch höheren Raten. Sie beugen sich über das Brückengeländer, und Jakob sagt: »Da ist er hinuntergesprungen.«
Sie schätzt die Höhe. Toni staunt. Lena fällt ein Urteil: »Dazu wärst du zu feige.«
Er murmelt: »Was ein Mann alles machen muß...«
Und warum bin ich nicht geworden wie mein Vater? Nicht wie mein Großvater? Ich konnte nicht springen.
Sie ist nicht geworden wie ihre Mutter, nicht wie meine Mutter und nicht wie meine Großmutter. Wie ihr Vater ist sie geworden, und sie weiß es. Da geht sie neben uns über die Brücke, trägt den Pelz, für den ich Raten zahlen muß. Was habe ich nicht alles angeschafft. Manches davon haben wir nicht gebraucht, aber in der Wohnung mußte es stehen, mußte im Schrank hängen, sollte gezeigt werden. Im Winter treibt Eis auf dem Fluß. Die Schollen krachen gegen die Pfeiler. Das Eis singt, wenn es bricht. Einmal war der Main zugefroren. Da liefen wir Schlittschuh auf dem Main. Es gibt ein Bild, ich glaube, das heißt: »Der junge Goethe auf dem Eis«. Er trägt einen wallenden Umhang.

# 13

Und wer ruft da wieder: »Jakob, wo bist du?«
Es ist noch einmal der Knollennasige, der Träger des weissen Kittels, in der Frankfurter Großhandlung für Lebensmittel, wo es früher Kaffee aus Brasilien, Kokosnüsse aus Afrika, Zucker aus Kuba, Gewürze aus Indien und Tee aus China gab. Das Angebot ist jetzt bescheidener, wegen des Krieges.
Jakob wird dort herumkommandiert und ist nur ein Lagerarbeiter, obwohl in seinem Lehrvertrag steht, daß er ein kaufmännischer Lehrling sein soll.
Er hat sich versteckt, sitzt hinter Kisten und Kartons, will dem Knollennasigen aus dem Weg gehen, doch der sucht ihn, vermißte ihn sofort unter seinen Domestiken. Es sind wieder Heringsfässer zu reinigen, Dörrobst in Tüten, getrocknete Kartoffeln müssen gewogen werden.
Da habe ich mich versteckt, und die anderen Lehrlinge haben gelacht, weil er mich am Ohr hinter den Kisten hervorzog. Ich habe zu den anderen Lehrlingen gesagt:
»Eines Tages werde ich es ihm zeigen. Eine Kiste oder ein Heringsfaß werde ich ihm vor die Füße schmeißen!«
Da haben sie alle gestaunt. Sie warteten darauf, hofften auf Jakob.
Er steht vor ihnen während der Frühstückspause und erklärt: »Bei der nächsten Gelegenheit wird es passieren.«
Dabei ist sein Gesicht entschlossen. Er versucht die finsteren Falten: das Gesicht seines Vaters, wenn der Zorn hatte.
Kurze Zeit ist er fast ein Held: Die Unterdrückten setzen auf ihn. Er ist die Spitze der Revolution, fühlt sich zu Größe berufen.

Die großen Menschen sind anders als wir. Später, wenn ihre Größe offenbar geworden ist, läßt sich mit Sicherheit nachweisen, daß sie schon in ihrer frühesten Jugend besondere Anlagen in sich trugen und um ihre Bestimmung wußten.

Das erzählt der Direktor der Schule. Hat ein Koppel über der Uniform, daran die Tasche mit der Pistole. Und es ist wirklich eine Pistole darin, denn man kann noch ein Stück des Griffes sehen.

»Ein deutscher Mann kennt keine Furcht!« ruft er vom Rednerpult herunter.

Adolf Hitler war auch ein Held, hat man ihn in der Schule gelehrt. Der König der Meldegänger.

Zu des Führers Geburtstag standen wir alle in der Turnhalle, und der Direktor hielt eine Ansprache. Da war er wie alt? Hitler, wie alt?

Der Direktor redete über den Meldegänger. Die Granaten schlagen ein. Da ließ einer in unserer Reihe einen lautlosen Furz, der fürchterlich stank. Jemand brummte leise: »Mhm...«

Dann fingen ein paar andere an zu lachen, platzten schließlich heraus. Sie steckten an – der Lachkrampf breitete sich aus, störte die Feierlichkeit.

Das Lehrerkollegium hat nach dem Stinker gefahndet. Als er ein Geständnis abgelegt hatte, wurde er streng bestraft. Es darf nicht gefurzt werden, während andächtig über einen Helden gesprochen wird. So stand es in dem Brief, den die Eltern des Schülers erhielten. Er habe vor der Fahne der Nation, während einer Rede über den größten Führer des deutschen Volkes, seinen Winden nicht Einhalt geboten.

Daran muß Jakob noch einmal denken, als er sich stark macht für den Kampf in der Lebensmittelgroßhandlung.

Aber er nutzt sie nicht, die täglichen Gelegenheiten. Nimmt Demütigungen hin: »Geh, und hol mir... Beeil dich, sonst mache ich dir Beine... Schafskopf, was hast du wieder in die falschen Tüten gefüllt...«
Große Reden hält Jakob, um zu beweisen, daß er furchtlos ist: »Man darf sich nicht alles gefallen lassen. Mein Gegenschlag steht kurz bevor. Ich überlege nur noch, wie ich am besten...«
Und da fangen sie an zu lachen. Schlimmer noch: Sie beginnen ihn zu hänseln. Einer sagt zu ihm: »Scheißkerl.« Und das erinnert ihn an das Dach der Kirche, wo sein Vater draußen gestanden und ihm das gleiche Wort zugerufen hat. Er leidet, zweifach, denn er denkt an ein Mädchen, das Erna Haselmann heißt. Für die stiehlt er Rosinen aus den kleinen Säcken, die aus Griechenland kommen.
Es gab Menschen, die haben ihn beeindruckt: seine Helden.
Jesse Owens lief die hundert Meter als erster Mensch in 10,2 Sekunden. Das war in Berlin, wo die Flaggen fast aller Nationen neben dem Hakenkreuz hingen. Max Schmeling schlug Joe Louis k.o., Lederstrumpf und Siegfried, der Drachenbezwinger, der grimmige Hagen von Tronje, Blücher ging über den Rhein, Armin der Cherusker mit hoch erhobenem Schwert, Cäsar in Gallien, Hildebrand und Hadubrand, Buffalo Bill, der Bisontöter...
Er suchte die Gesellschaft der Helden, vor dem Einschlafen. In seinen Wachträumen schlüpfte er in ihre Haut, in ihre Gesinnung, denn er wußte, es würde ihm nicht erspart bleiben: Er mußte dem Knollennasigen gegenübertreten.
Die Knollennasigen beherrschen die Welt, sie mißbrauchen ihre Macht, versklaven ihre Mitmenschen, beuten sie aus. Man muß tapfer sein und gegen sie ankämpfen. Er hat Nachtschweiß. Er magert ein wenig ab. Und daran

sind nicht die Luftangriffe schuld, nicht der Mangel an Schlaf quält ihn. Kurze Zeit war er ein Held gewesen, war beachtet, vielleicht auch beneidet worden, wie früher, als er ein einziges Mal wegen seines Mutes gelobt worden war. Er war durch das reißende Wasser der Oberräder Schleuse geschwommen. Helden müssen sich töten oder sich verstecken, wenn sie ausgelacht werden, denn kein Held verträgt Spott.
»Ich muß es tun!« ruft er und schreckt die beiden müden Krankenschwestern auf, die vor sich hin gedöst hatten. Wach geworden, sagen sie: »Er redet und redet. Er hört nicht auf zu reden ...«

Das ist die Zeit, in der er Erna Haselmann liebt. Fast sechzehn Jahre alt. Geht in ein Gymnasium in Sachsenhausen. Dorthin fährt sie morgens mit dem Fahrrad. Manchmal begegnen sie sich auf dem Weg.
Jakob kennt sie vom Schlittschuhlaufen. Auf dem Ostparkweiher durfte er neben ihr herlaufen. Liegt schon zwei Jahre zurück. Mit klammen Fingern hat er ihre Schlittschuhe angeschnallt. Sie fragt: »Werden dir nicht die Finger kalt?«
Er sagt: »Überhaupt nicht. Ganz warme Finger habe ich.«
Ist jetzt keine Zeit mehr für das Schlittschuhlaufen. Fast jede Nacht fallen Bomben. Er muß trotzdem arbeiten, sie muß trotzdem zur Schule. Und einmal fährt er im Winter mit seinem Fahrrad in ihre Straße und wartet zwei Stunden vor ihrem Haus. In der Hosentasche trägt er ein halbes Pfund Rosinen aus Griechenland. Dann kommt sie herunter. Sie hat ihn gesehen und fragt: »Wartest du auf mich?«
»Nein«, antwortet er. »Ich warte nicht auf dich.«
»Ach«, sagt sie. »Ich dachte, du wartest auf mich.«

Sie wissen beide nichts zu sagen. Vielleicht könnten sie spazierengehen, eine Viertelstunde. Gehen nebeneinander durch den kalten Abend, wissen nichts zu sagen, bleiben störrisch.
»Schade«, sagt sie, schon in der Tür. »Ich hatte gedacht, du hättest auf mich gewartet.«
Er will es aussprechen, will die feierliche Erklärung in letzter Sekunde nachholen und sagt doch: »Nein, es war ein Zufall...«
Dann steht er noch eine Weile vor der Tür, starrt auf die Tür und beginnt zu frieren. Auf dem Weg zurück redet er mit sich, glaubt sich für alle Zeit verloren.
Am nächsten Tag warf er die Kiste. Niemand hatte es erwartet, am wenigsten der Weißkittel. Er schnappte nach Luft, sah ungläubig Jakob und dann wieder die Kiste an. Die getrockneten Kartoffeln lagen über den Boden verstreut.
Er jubelt: »Ich habe es getan! Habe es getan!«
Die Krankenschwestern schauen kaum auf.
Er ist jetzt ruhig, genießt die zehn Sekunden seines Triumphes. Ist ein Held.
»Du hättest mich sehen sollen, Toni! Ihr hättet mich sehen sollen, Lena!« ruft Jakob in das kleine Zimmer.
Sie bewundern ihn, die anderen Lehrlinge. Er ist ein Rebell, der einzige, der es gewagt hat, Widerstand zu leisten. Aber sie ergreifen nicht Partei, sie sind Zuschauer, interessierte Betrachter eines unerhörten Vorganges. Sie freuen sich heimlich, wagen jedoch nicht, ihre Freude zu zeigen. Sie rücken sogar ein wenig von ihm ab und lassen ihn allein. Drei oder vier Meter Abstand, die Meile der Sicherheit zwischen ihnen und dem Täter, der augenblicklich die Verwandlung zu einem Schuldigen erlebt.
Dann kommt die Vergeltung, die Ohrfeige. Immer gibt es Ohrfeigen. Das war schon in der Schule so.

Manchmal denke ich, ich müßte morgens noch zur Schule gehen und hätte meine Hausaufgaben nicht gemacht. Ist das nicht seltsam, wo es doch schon so lange her ist?
Die Rache brennt auf seiner Wange. Der Schlag war hart. Sein Gesicht wird dumm, während er sich die Wange hält und ratlos umherschaut. Sie lassen ihn alle im Stich, hinter seinem Rücken wird es leer. Das verlegene Räuspern entfernt sich. Wie sie jetzt arbeiten! Sie werden plötzlich fleißig, wollen in ihrem Gegensatz zu dem Widerborstigen beachtet werden. Ja, auf seinem Rücken wollen sie sich ein Lob ergattern, denn der Augenblick ist günstig für ein Lob.
Und da sagt einer: »Habe ich die Kisten richtig verpackt? Ich dachte, ich arbeite für morgen etwas vor, dann können wir bis zum Mittag mehr verschickt haben...«
»Ausgezeichnet. Ich bin sehr mit dir zufrieden.«
Und dieses Lob gilt auch den anderen. Sie entscheiden sich alle für das Lob, sind gegen ihn und gegen ihre eigenen Interessen. Jakob begreift es dumpf, während er die Drohung hört: »Bursche, du wirst von jetzt an mehr arbeiten. Du hast zu viele Flausen im Kopf. Los, komm mit, du Faulenzer, ich habe da eine besondere Arbeit für dich...«
Er trottet niedergeschlagen hinter seinem Beherrscher her. Wer hoch steigt, fällt tief. Nicht mehr bewundert, nicht mehr anerkannt. Kein Held mehr. Er hat sich nur dazugemogelt, zu den Helden.
Vom Mogeln war schon einmal die Rede. Im Nebenhaus wohnte eine Frau, die sagte: »Jakob, nimm den Eimer und hole mir Pferdeäpfel von der Straße. Die brauche ich für meine Blumenerde. Wenn du ihn voll hast, bekommst du zehn Pfennige.«
Zwei Stück Blockschokolade gibt es dafür, oder Lakritzstangen. Daran hat man länger. Überhaupt hat man nicht

viel von zehn Pfennigen, wenn man bedenkt, was man dafür leisten muß. Es dauert Stunden, bis der Eimer voll ist. Was aber tut sie? Sie lehnt faul im Fenster und beobachtet die Leute, hat ja auch Zeit dazu, denn das Haus gehört ihr. Davon kann die gut leben, sagten seine Eltern.

Er mischt Erde unter den Pferdedung, hält sich für besonders pfiffig, wird jedoch ertappt, steht vor ihr, ein Sünder, der vor sich hin stammelt: »Ei, ich habe mir gedacht... Und ich hatte es so eilig...«

Sie hebt den rechten Zeigefinger: »Du hast gemogelt. Und so etwas kommt immer an den Tag. Klein fängt es an, groß hört es auf.«

Er will die Buchführung der Sünde ausgleichen. Wenn ich für den ganzen Eimer zehn Pfennige bekam, dann habe ich ihr höchstens für zwei Pfennige Erde hineingetan. Acht Pfennige waren Dung. Und das ist ihm jetzt noch von großer Wichtigkeit. Es ist überhaupt wichtig, daß die Belastungen von ihm genommen werden. Aber da taucht noch einiges auf. Es kommt auf ihn zu, rollt heran wie eine Woge, ist plötzlich da. Eine Schuld, und sie hat auch mit einem Pferd zu tun. Er duckt sich in seinem Bett und hofft auf das kleine weiße Gitter davor, das ihm Sicherheit gibt.

»Ich bin nur mitgegangen«, sagt Jakob.

# 15

Das Pferd ist riesengroß, ein Schatten, der aus dem dunklen Hoftor hinausdrängt und auf ihn zukommt. Lautlos geht dieses Pferd, denn Philipp, der Pferdedieb, hat ihm Lumpen um die Hufe gewickelt.
Jakob sollte nur aufpassen. Vor dem Eingang der kleinen Brauerei sollte er in der Dunkelheit sitzen und leise pfeifen, wenn Gefahr drohe. Er mußte nicht pfeifen. Die Nacht war still. Schlafende Häuser, eine Straße mit Kopfsteinpflaster, Katzen huschen vorbei. Es riecht nach den Misthaufen des Dorfes. Jakob zittert ein bißchen.
Jetzt gehen sie über die Dorfstraße, nicht weit von Hanau. Bis Frankfurt sind es ungefähr zwölf Kilometer. Die Fenster der Häuser spiegeln das Mondlicht, eine milde Nacht im Mai ist es.
Schön ist das Pferd. Es ist voller Zutrauen und nickt beim Laufen mit dem Kopf, läßt sich gut führen. Stalldunst hängt ihm noch an. Manchmal schnaubt es laut. Da schrickt Jakob jedesmal zusammen, als sei ein Kanonenschuß neben ihm losgegangen.
Philipp lacht. Er kann mit Pferden umgehen. »Und weißt du übrigens, was mein Name bedeutet? Philipp, das heißt Pferdefreund. Ist das nicht ein Zufall?«
Er ist einer von denen, die man Schwarzhändler nennt. Er hat das Pferd bereits aufgeteilt in Zigaretten, Schokolade und Bohnenkaffee, in Fett und Fleisch. Ein Bauer wird es vor seinen Pflug spannen, vor seinen Wagen. Der Bauer wird Schinken, Fleisch und Fett und Würste auf den Tisch legen, dazu noch Eier und Butter. Er wird wissen, daß dieses Pferd gestohlen ist. Und das gibt ihm Überlegenheit beim Handeln. Er braucht dieses Pferd so dringend, wie

Philipp und Jakob die Dinge brauchen, die er geben kann. Ein Umschlag von Ware, von Valuta.
Der Bauer hat ein hartes Gesicht mit listigen Augen. Er grinst, er redet, er fuchtelt mit den Händen, er tut so, als wolle er das Pferd doch nicht kaufen. Aber wohin sollen sie jetzt gehen mit diesem Pferd? Der Bauer weiß genau, was er will. Dann kommt auch noch seine Frau herein, hält die Hände verborgen unter der Schürze und nickt mit ihrem Gesicht, nickt mit ihrem dicken Doppelkinn, das hervorquillt, ist ganz auf der Seite ihres Mannes.
Aber da ist zuerst noch der Weg. Er führt am Main entlang, auf der uralten Straße von Hanau nach Frankfurt. Ein Handelsweg, eine Heerstraße, Waren wurden hier hin und her gefahren, Armeen schlängelten sich auf ihr, Kaiser ritten da am Main entlang.
Und auch Philipp und Jakob ritten dort, an einem frühen Morgen, als der Tau aus den Wiesen stieg. Philipp hatte gesagt: »Der Gaul ist stark. Wir können uns zu zweit draufsetzen. Ich trage eine Fuhrmannsschürze und eine Peitsche: wenn jemand fragt, bin ich ein Fuhrmann. Dich habe ich nur mal so mitgenommen. Du kannst dich ganz sicher fühlen.«
Jakob wäre beinahe heruntergefallen, als er aufsteigen wollte. Er fühlt sich überhaupt nicht sicher auf dem Rükken des Pferdes, das jetzt mit unverhüllten Hufen die Straße tritt. Die Welt sieht anders aus, wenn man auf dem Rücken eines Pferdes reitet. Hoch oben, hinter Philipp sitzend, schaukelnd im Gang des Pferdes, sagt er: »So etwas werde ich nie wieder machen.«
Er hofft, mit dieser Reue bereits die Schuld zu verkleinern, führt auch noch andere Entlastungen an. Hunger tut weh, besonders wenn man jung ist. Und Hunger ist außerdem ungerecht. Wie es ja vor Ungerechtigkeiten nur so wim-

melt, die alle darauf hinauslaufen, daß er in der Nähe Hanaus ein Pferd stehlen muß.
Philipp lacht, hat gut lachen, in der Schürze, mit der Peitsche in der Hand, als ein Fuhrmann getarnt. Ich habe später auch einmal darüber gelacht.
Das war ein schwerer Ritt auf der Straße von Hanau nach Frankfurt. Damals habe ich Lena schon gekannt. Sie hat auch von dem Pferd mitgegessen. Ihre Mutter hat Kuchen davon gebacken, Bohnenkaffee gekocht. Aber Lena hat danach doch mit dem Kopf geschüttelt. Sie hat es mir vorgeworfen. Aber war das nicht eine andere Zeit? Und ich war noch sehr jung. Das muß man verstehen. Wieviel Brot gab es dafür, für das Pferd? Damals galt ein anderes Gesetz.
Das hilft ihm ein wenig, es entlastet, und er sagt: »Drei Brötchen habe ich mitgenommen beim Bäcker. Und das Pferd. Natürlich auch noch die Erde im Pferdedung, aber nur für zwei Pfennige.«
Und noch einiges, einiges... Er will überlegen, Summen ziehen, Schuld addieren.
Da war einmal der Gedanke, Lena zu töten. Der fürchterliche Riese eines Gedankens. Er entwickelte sich, aus Zorn und Verzweiflung.
Niemals hätte ich das tun können. Damals, nach der Trennung. Ich habe nur daran gedacht. Ich glaubte nicht mehr leben zu können ohne sie.
Jakob hat weitergelebt.
Es ist Sommer, wieder einmal Sommer. Sie sind am Main, er und die anderen. Wieder einmal an der Schleuse, in Badehosen springen sie in das Wasser. Es ist ein Abenteuer. Wenn die Schleuse geöffnet wird, schießt das Wasser mit großer Geschwindigkeit durch die Floßgasse. Es gibt Strudel und Wirbel. Zu fünft, zu sechst springen

sie hinein, lassen sich treiben, werden mitgerissen, sind begeisterte Schwimmer.
Freunde sind bei ihm. Er denkt, daß sie immer seine Freunde bleiben werden. Der Vater von einem arbeitet im Gaswerk. Richard heißt der Junge. Er wird später bei den Amerikanern einen grünen Personenwagen fahren. Auf der Zeil wird er ihm begegnen, da grüßt er nur lässig aus dem Wagen und fährt weiter, weil er in einem amerikanischen Auto sitzt.
Schreiner, Schlosser, Schmied, Hilfsarbeiter und Invalide, das sind die Väter der Freunde, wohnen alle in der gleichen Straße, essen die gleiche Speise, leben in Wohnungen, die nicht mehr als drei Zimmer haben, kleine Küchen, kleine Keller im Haus, Briefkästen vor dem Haus, auf denen die Namen stehen. Sie haben Mütter, die sich sorgen, die beim Lebensmittelhändler an der Ecke langsam und vorsichtig das Geld auf die Ladentheke zählen, die sich dort treffen, beim Einkaufen, und über ihre Söhne Worte austauschen. Sie sind kritisch, ein wenig mißtrauisch und auf jeden Vorteil bedacht. Es ist wichtig, welcher Ehemann zwanzig bis dreißig Mark mehr in der Woche verdient.
Weit unten, wo das schnelle Wasser auf die ruhige Strömung traf, waren hohe Wellen. Es sah gefährlich aus, und jemand hat gesagt: »Dort ist schon mancher ertrunken.«
Sie schnellen sich durch die Wirbel, kraulen, führen die Kunst des Schwimmens vor, haben auch Zuschauer, wenn sie naß an Land steigen. Achtungserfolge, respektvolle Blicke von Zuschauern, die das Wagnis nicht eingehen, weil sie niemals so gut schwimmen konnten.
Sie sind zu fünft oder zu sechst. Jakob ist dabei. Jakob lacht. Der Tag ist noch lang, hat noch viel Zeit. Und dort, am Main, ist er ein glücklicher Jakob. Er ist geachtet unter seinesgleichen, unter Freunden. Und während sie im

Wasser spielen, hat er das Gefühl, als wären sie alle seine Brüder.
Er liegt jetzt still und sagt: »Es war ein braunes Pferd.« Es klingt wie die Antwort auf ein Verhör.

Und jetzt muß Jakob laufen, er muß rennen, sein Leben hängt jetzt von seinen Beinen ab.
Und warum rennt Jakob so? Weil sie auf ihn schießen. Sie meinen nicht direkt ihn, sie haben ja auch nichts gegen ihn, nicht direkt. Es ist nur aus Prinzip, ein uraltes Prinzip. Deshalb jagen sie ihn über das freie Feld, über die Wiesen. Und die Wiesen hören nicht auf, sie sind flach, keine Bodenwelle, hinter der sich ein Mann verstecken könnte. Dazu kommt, daß er das Leiterwägelchen ziehen muß. Das haben sie ihm angehängt. Er ist beim ersten Zug, wird kommandiert von einem Leutnant.
Der Leutnant, der eigentlich ein Schullehrer ist, hat ihn bestimmt: »Sie übernehmen den Leiterwagen!«
Eine gewisse Beklommenheit hatte sich bei Jakob eingestellt, als er von einem anderen hörte: »Der ist von Beruf Schullehrer.«
»Sie sind verantwortlich für den Wagen!« hatte der Leutnant gesagt. Damit hatte er Jakob an die Deichsel gespannt wie ein Pferd an einen Wagen. Er hat ihn langsamer gemacht, denn mit dem Wägelchen kann er nicht so schnell rennen wie die anderen. Er hat ihn bei Beschuß einer besonderen Gefahr ausgesetzt, die noch gesteigert wird durch die Ladung. Sie wurde immer schwerer. Bis an die Grenze der Belastungsfähigkeit ging der Leutnant.
Fünf Panzerfäuste, sechzig Stielhandgranaten. Es folgten dann dreißig Eierhandgranaten, dreitausend Schuß Infanteriemunition und zwei Tellerminen, die Jakob ganz

besonders unheimlich sind – das alles wurde auf das Wägelchen gepackt.
Dann kamen noch dreiunddreißig Frontkämpferpäckchen dazu, darin ist Schokolade, Gebäck, ein paar Zigaretten, Traubenzucker. Und an diesen Inhalt muß Jakob ganz besonders oft denken. Er wagt jedoch nicht den Griff in den Jutesack, den der Leutnant mit einem Strick zugebunden hat, nachdem er die Päckchen zweimal gezählt hatte.
»Sie sind dafür verantwortlich.«
Eines Tages fand der Herr Leutnant in einem verlassenen Haus, in dem die Schränke noch voller Kleider hingen, eine schwarze Reithose, die hat er angezogen, um seine eigene Hose, die hinten einen Lederbesatz hatte, weitgehend zu schonen.
Die Hose mit dem ledernen Hintern kam auch noch auf das Wägelchen. Gut verpackt in einer Zeltbahn, damit sie nicht naß wird, wenn es regnet. Und nun lastet das Auge des Leutnants besonders schwer auf dem Leiterwagen, denn der Herr Leutnant hängt an seiner Hose, sie ist ihm ans Herz gewachsen. Er will sie später tragen, auf Urlaub und nach dem Sieg will er in ihr herumspazieren. So etwas macht was her: Reithose mit Leder, nach dem Sieg.
Daran glaubt er nämlich unerschütterlich, aber er tut nichts dafür, er schont sich und seine Hose. Im Gefechtsstand ist es sicher und warm, dort ist der Herr Leutnant meist zu finden. Jakob jedoch schont er nicht, er hat ihm eine geballte Ladung angehängt.
»Toni, wenn ich mit der in die Luft geflogen wäre, hätte man von mir kein Stäubchen mehr gefunden.«
Sie fliegt auch eines Tages in die Luft, aber ohne Jakob, denn Jakob ist schlau geworden. Sie haben ihn gezwungen, zur List und zur Schläue.
Aber noch muß Jakob um sein Leben laufen. Er träumt noch jahrelang davon, von den endlosen Wiesen, den

Feldern, die Schlachtfelder genannt werden, auf denen er Haken schlagen muß wie ein Hase. Und hintendran hängt das Wägelchen.
Das sind Granatwerfer. Das steigt auf in einem steilen Bogen und fällt herunter. Plopp! macht es. Plopp! Das spritzt auseinander: Plopp! Und dann bleiben ein paar liegen, immer wieder ein paar, das summiert sich: Plopp!
Dabei denkt Jakob vor Angst an seine Mutter. Es gibt sogar ein paar, die rufen es laut: »Mutter!« Sie liegen und rufen es.
An denen muß Jakob vorbeilaufen, das ist Befehl, denn er transportiert Waffen und Munition. Das geht vor, das ist wichtig. Genauso wichtig wie die dreiunddreißig Frontkämpferpäckchen, die der Leutnant fast jeden Abend mißtrauisch zählt, wenn die Hatz vorbei ist. Sie wird zur täglichen Übung: Lauf, Dauerlauf, Schnellauf. Er möchte davonlaufen, aber er tut es nicht, denn er hat eine Aufgabe: das Wägelchen. Es hüpft hinter ihm her, es ist wie an ihn geschmiedet. Sie sind eine Einheit geworden, Jakob und der Leiterwagen.
Er gewöhnt sich an ihn, er beschimpft ihn, muß ihn ertragen. Und während die anderen rufen, nach der Mutter, nach dem großen Vater, schreit Jakob seinen Leiterwagen an, weil er ihm nicht erlaubt, leichtfüßig aus der Feuerlinie zu flüchten.
Er sieht sie umfallen, und sie rufen: »Mutter!« Sie rufen: »Vater!« Aber sie meinen nicht ihren leiblichen Vater, sondern den lieben Gott. Das fällt Jakob ein paarmal auf: Sie rufen nie nach ihrem leiblichen Vater, nur nach der Mutter und dem lieben Gott.
Er ist jetzt mittendrin in seiner großen Bedrängnis. Auf dem Bahnsteig hatte es schon begonnen, ein ganzer Bahnsteig voller Gejammer, so daß er wünschte, der Zug würde endlich abfahren.

Seine Mutter steht neben ihm und heult, genau wie die Mütter der anderen Rekruten. Sie reißt ihn an sich, preßt den verlegenen Jakob an ihre volle Brust. Sie will ihn festhalten, doch die Lokomotive pfeift das Signal, und da muß sie ihn loslassen. Sie läuft noch nebenher, der Zug wird schneller. Sie ist immer noch da. Sie winkt, reißt die Arme hoch...

Er geht jetzt noch oft zu ihr hin. Sie wohnt noch immer in dergleichen Straße. Sie schaut ihn an, prüft ihn. »Geht es dir gut? Du hast die falsche Frau geheiratet, Jakob.«

Dreiundvierzig Jahre ist er alt. In einem Brief hat sie geschrieben: »Ich wünschte, du wärst noch einmal drei Jahre alt...«

Das wünschten sich die anderen Mütter auch, die damals auf dem Bahnsteig standen. Sie haben es sich gegenseitig gesagt, als sie dem davonfahrenden Zug nachsahen.

Dieser Bahnsteig war der Beginn seines Krieges.

Dann wird er eingekleidet, wird ein Soldat aus ihm gemacht. Unterhose, Unterhemd, wollene Socken, denn im Osten soll es kalt sein. Feldbluse und Feldhose, aber ohne Leder. Die Hosen dürfen nicht zu teuer sein, das ist genau kalkuliert. Es gehen nämlich viele verloren – der Mann ist meistens noch drin, wenn sie verlorengehen.

Auch das ist einkalkuliert. Ein gigantisches millionenfaches Kalkül, der Soldat, von oben bis unten, darf nicht zuviel kosten, denn als Kapitalanlage ist er ein Risiko.

Jetzt kommt die Anpassung. Jakob hat jetzt einen Helm auf dem Kopf. Das Bajonett wird aufgepflanzt. Hieb! Stich! Hieb! Stich!

Das will gelernt sein, denn die anderen lernen das ja auch. In Amerika, in England, in Frankreich, Polen, Rußland... Die ganze Welt hat das zu lernen. Das wird ihm von den

Ausbildern laut und deutlich erklärt. Aber Jakob hat es nie gebraucht. Sie haben ihn auf etwas Falsches gedrillt – daß er einen Leiterwagen ziehen muß, kann niemand ahnen.
Der Leutnant hat die Frontkämpferpäckchen wieder gezählt, fand eine falsche Zahl. Es fehlten fünf. Jakob hatte sie nicht genommen. Die Frontkämpfer hatten sie geklaut und heimlich aufgefressen. Von da ab muß er nachts bei seinem Wägelchen bleiben. Aber wie soll er das machen? In alten Scheunen, in Gräben, im Dickicht unbekannter Wälder muß er neben der geballten Ladung schlafen, weil der Herr Leutnant es befohlen hat.
Und dann kommt doch noch die Erlösung. Sie kommt von oben. Jakob hört die Flugzeuge. Sie marschierten gerade auf einer Landstraße, sind ein gutes Ziel für die Flugzeuge. Sie fegen heran, die Bordkanonen rattern los. Der gesamte erste Zug geht in Deckung. Jakob war einer der Schnellsten. Er ist gewitzt durch Erfahrung, liegt sicher in einem Schützenloch, hat sich getrennt von seinem Wägelchen, das plötzlich in die Luft fliegt.
Die Erde hat einmal gebebt, die Straße wurde aufgerissen, und wo das Wägelchen gestanden hat, ist ein tiefes rundes Loch.
»Wo ist meine Hose?« fragt der Leutnant, nachdem er den Krater auf der Straße gesehen hat. Er blickt dabei Jakob an, als wäre er von seiner Schuld überzeugt.
»Fort«, sagt Jakob. »Mit dem ganzen Wagen.«
Es ist alles fort. Die Panzerfäuste, die Handgranaten und die Infanteriemunition. Alles pulverisiert.
»Sie grinsen?« fragt der Leutnant. Er steht mitten auf der Straße, hat die Arme in die Hüften gestützt und blickt Jakob mit schräg geneigtem Kopf durch seine Brille an.
»Sie Dummkopf!« sagt der Herr Leutnant.

Jakob steht vor ihm und sagt nichts.
»Ausschwärmen!« befiehlt der Herr Leutnant. Der erste Zug muß die Hose suchen. Der Krieg hat eine kleine Pause, wegen der Hose.
Sie finden ein paar Fetzen. »Herr Leutnant, Ihre Hose!« ruft Jakob. Er hält ein Stück des ledernen Hinterns hoch.
Sie fangen an zu lachen, sie freuen sich darüber, daß der Herr Leutnant jetzt keine schöne Hose mehr hat.
Sie erleben den Zorn eines Leutnants: Auf der Straße, neben dem Krater, müssen sie antreten, Vordermann, Seitenrichtung, abzählen. Sie müssen marschieren, müssen singen, Marschlieder, Kampflieder. Sie haben fröhliche Gesichter. Der Leutnant, der eigentlich ein Schullehrer ist, hat ihnen eine unvergeßliche Erinnerung geschenkt.

An der polnischen Grenze gab es viele Wanzen, aber die hatten wir ja auch daheim. Schon lange her. Das war im Jahre... als er neben dem Spielmannszug hergelaufen ist. Das war im Jahre der Wanzen, dann aber kamen die Jahre in dem Haus, wo es immer nach frischem Brot roch. Ein unverletztes Haus, hat alles überstanden, nur der Bäckermeister ist nicht mehr der gleiche. Ein anderer backt jetzt das Brot.
Und dorthin kommt Toni. Er besucht seine Großmutter, Jakobs Mutter. Er trägt ein kleines Täschchen an einem Lederriemen über der Schulter.
»Was ist das für ein Täschchen?« fragt Jakob. »Und was hast du da drin?«
»Das ist jetzt Mode«, erklärt Toni.
»Aber was hast du drin?« fragt Jakob.
»Kamm und Bürste. Für meine Haare...«

Jakob schaut seinen Sohn ungläubig an. Toni hat Haare wie eine Frau, er sieht fast aus wie eine Frau. Es erscheint ihm seltsam.
»Kamm und Bürste?« fragt Jakob gedehnt. »Wenn mich mein Vater mit so einem Täschchen gesehen hätte, hätte er mich ausgelacht.«
Toni lächelt nachsichtig. »Ihr habt euch zuviel gefallen lassen. Das war euer Fehler. Jetzt ist alles anders. Denkst du, wir sollten die Haare tragen wie dieser Generalfeldmarschall von Hindenburg? Den habe ich mal auf einem Foto gesehen. Er soll doch gesagt haben, er hätte nach seiner Entlassung aus der Schule nie wieder ein Buch gelesen. Die Bibel ausgenommen.«
Er hätte ihn gern anders, diesen Anton, den sie Toni nennen. Aber er ist nicht sicher, wie er ihn haben möchte. Er ist ihm entglitten. Sein Blut, aber auch der Sohn seiner Frau. Da kommt anderes, Fremdes auf ihn zu.
Mein Vater hat Scheißkerl zu mir gesagt, weil ich nicht schwindelfrei war. Aber ich habe ihn einmal dabei ertappt, wie er den Hut zog vor einem anderen Mann.
Sein Vater nimmt den Hut, hebt ihn hoch mit einer ausladenden Gebärde, und dabei verbeugt er sich, verbeugt sich viel zu tief vor dem anderen.
»Ein schwerreicher Mann«, sagt sein Vater. »Er hat Häuser, Jakob, mindestens zwanzig Häuser.«
Und vor diesen Häusern hat er sich verbeugt, die Dächer der Häuser gaben ihm Arbeit.
Jakob hat ihn einen Augenblick dafür verachtet. Es paßte nicht zu seinem Vater. Der andere hat nur genickt. Da gab es eine Regung in Jakob: Wieso hat er nur genickt, als sein Vater vorüberging? Tief hätte er sich vor seinem Vater verbeugen müssen.

Was denkt Toni von mir? Toni ist sein Sohn, der Enkel seines Vaters, der Urenkel des Mannes, der in Amerika war, der dreißig Schnäpse und dreißig Biere trinken konnte, ohne zu schwanken. Aber das geht doch noch viel weiter zurück. Jakob versucht sich zu erinnern. Was hat er von ihnen gehört? Woher kamen die alle? Die gingen in Frankfurt durch die Straßen, den Hut haben sie gezogen, Stehkragen hatten die oder nur Kittel. Handwerker waren sie, Handlanger, Händler, Arbeiter, Meister, Könner. Einer war Hutmachermeister. Er hieß Pelissier. Eine Linie aus Frankreich.

»Das waren Hugenotten«, sagt seine Mutter. »Die wurden verfolgt, weil sie die falsche Religion hatten.«

Sie haben aber ihre falsche Religion nicht aufgegeben. Im Westerwald wohnen noch ein paar von denen, haben französische Namen. Das Dorf heißt Welschneudorf.

Eine ganze Versammlung von Vätern. Und haben sie alle versagt?

Haben die Söhne deshalb nicht nach ihrem leiblichen Vater gerufen, als sie zum Sterben gezwungen wurden? Jakob hat es gesehen, als er das Wägelchen zog. Er hat nachgedacht.

Der Mann, der in Amerika war, wurde respektiert. Der Dachdeckermeister genoß Respekt. Jakob hat nicht die Überzeugung, daß Toni ihn je als Autorität gesehen hat.

Ich habe ihm Schuhe und Strümpfe gekauft. Ich habe ihn gekleidet, ihn ernährt. Auf eine Schule habe ich ihn geschickt. Es gab Fleisch zu essen, nicht nur sonntags. Es gab fast jeden Tag Fleisch. Ich ging mit ihm spazieren. Ich saß an seinem Bett. Ich habe mit ihm gesprochen. Ich habe ihm zugehört, als er sprechen lernte. Vorgelesen aus dem Märchenbuch. Fotografiert habe ich ihn. Die Bilder sind noch alle da. Ich habe mich um ihn gesorgt. Ich habe mich um ihn gekümmert.

Aber dann kommt die Ehescheidung, das große Unbehagen einer Ehescheidung. Danach war Toni nicht mehr bei ihm.
»Ich bin keine Respektsperson«, sagt Jakob. Und beinahe möchte er sagen, was seine Mutter einmal geschrieben hat: Ich wünschte, du wärst noch einmal drei Jahre alt.

Mein Vater saß oben am Tisch. Es war sein Platz, der Stuhl gehörte ihm. Lenas Vater hatte seinen Ledersessel, den besetzte auch kein anderer.
Nur einmal sitzt Jakob darin, aber er hat das Gefühl, falsch zu sitzen. Er weiß es zuerst nicht, fühlt sich jedoch unbehaglich. Dann merkt er: Es ist der Sessel ihres Vaters. Er steht sofort auf.
Es ist, als hätten sie ihren Namen darangeschrieben. Er ist ihr Revier.
Und was sagt sein Vater, wenn er nach Hause kommt? Er ruft: »Ist das Essen fertig? Ich habe Hunger!«
Er kommt von den Dächern, er hat etwas geleistet, und das muß respektiert werden.
Er sitzt auf seinem Platz, hat die Arme auf den Küchentisch gestützt, seine großen Hände liegen rechts und links neben dem Teller. Er wartet, er schaut Jakobs Mutter zu, die am Herd steht. Das Essen kocht in den Töpfen. Es ist warm in der Küche. Ein Ofen, der mit Kohlen und Briketts geheizt wird. Die liegen im Keller. Darüber wird jedesmal gesprochen: der Winterbrand. Solche Dinge sind wichtig. Die Winterkartoffeln, auch im Keller, auch von großer Bedeutung.
Die Töpfe kommen auf den Tisch. Jakobs Vater fährt mit der Schöpfkelle hinein, häuft Essen auf seinen Teller. Das Fleisch teilt die Mutter aus, gibt ihm das größte Stück. Dabei macht sie ein Gesicht, als wollte sie fragen: Bist du

zufrieden? Er schneidet mit dem Messer, stopft Fleisch in den Mund. Er kaut und schaut einmal in die Runde.
Beim Essen sieht er aus wie ein Tyrann.
Jakob und seine Mutter schauen ihm nicht zu. Es ist fast, als wäre es unanständig, einen anderen beim Essen zu beobachten. Nimmt einer dem anderen etwas weg?
Sie ißt nur wenig, aber sie geht doch in die Breite. Die Zeiten sind besser, das Essen wird besser. Adolf Hitler hat gesagt: Keiner soll hungern und frieren. Beim Essen sieht sie geduldig aus. Die Dienerin eines Mannes nimmt nur kleine Portionen.
Danach sprechen sie. Messer und Gabel liegen in den benutzten Tellern, aber sie stehen noch nicht auf. Jakob wartet gespannt darauf, daß sie Neuigkeiten erzählen. Sie haben die besseren Quellen, die Nachrichten von höherer Bedeutung.
Wer hat damals den Geldbriefträger Hoffmann erschlagen? Ein junger Kerl. Seine Mutter haben wir gekannt. Sie ging nicht mehr auf die Straße. Aber was konnte sie dafür?
Schmatzen ist beim Essen nicht erlaubt.
Und dann ist da noch eine Frau, die sich verkriecht. Sie trägt mit an der Schuld ihres Mannes. Sie wohnt gegenüber. Einen seltsamen Mann hat sie. Schlich sich im Sommer nachts in den Ostpark. Dort saßen Pärchen auf der Bank, und der seltsame Mann legte sich auf den Bauch, schob sich lautlos heran, um sie zu belauschen. Aber er wollte nicht nur ihren interessanten Gesprächen zuhören. Auf dem Boden ist er gekrochen wie ein Indianer, ganz dicht heran. Ein komischer Lauscher und Beobachter.
»Der wollte sehen, was die treiben«, sagt ein Junge aus der Straße und grinst.
»Aber was treiben sie?« fragt Jakob.

»Sie küssen sich, und dann fährt der Mann der Frau unter den Rock. Die legen sich auch auf die Bank oder ins Gras. Der Mann liegt obendrauf...«
Ein Mann auf einer Frau – das hat Jakob schon gesehen. Bei Seckbach war es. Sie gingen durch die Wiesen und wollten Äpfel von den Bäumen schütteln, bei Seckbach, weil es dort die schönsten Obstplantagen gibt. Plötzlich hebt einer der Jungen die Hand und flüstert »Pst!« und duckt sich. Dann deutet er nach vorn.
Die beiden hören und sehen nichts. Im halbhohen Gras liegen sie unter einem Apfelbaum und halten sich umschlungen. Die Grillen zirpen, die Bienen summen, sonst ist nichts zu hören.
Aber dann hört Jakob doch etwas. Die Frau hat eine eigenartige Stimme, sie jubelt, jauchzt begeistert auf, stößt ein kleines Freudengeheul aus. Der Mann ruckt wild auf und nieder. Jakob sperrt vor Erstaunen das Maul auf. So etwas hat er noch nicht gesehen.
Er hat nur davon gehört. Sein Pimmelchen wird wachsen, ganz besonderen Zwecken soll es entgegenwachsen, hat man ihm erzählt. Die beiden im Gras praktizieren es vor seinen Augen. So also sieht das aus, zum Lachen reizt es.
Als sie losprusten, steht der Mann schnell auf. Er verpackt hastig etwas in seine Hose, hat ein wenig Mühe damit. Dann wirft er mit faulen Äpfeln. Er ist wütend, bückt sich immer wieder nach dem Fallobst und wirft mit großer Wucht. Dabei schimpft er »Ihr Rotzbuben! Den Arsch werde ich euch versohlen!«
Die Männer im Ostpark wurden auch wütend. So etwas können Männer nicht leiden. Sie verprügelten den ungebetenen Lauscher und schleppten ihn zur Polizei. Die

Frauen machen dabei nichts. Sie verhalten sich ruhig und schämen sich.
Er sitzt jetzt im Gefängnis. Jakob und sein Vater gehen über die Zeil in Frankfurt. Am Klapperfeld kommen sie vorbei. Sein Vater deutet mit der Hand: »Dort sitzt er drin.« Ein roter Backsteinbau. Die Fenster sind klein und haben Gitter. Dahinter sitzen die Eingesperrten bei Wasser und Brot. So wird es ihm erzählt, Grauen wird in ihn hineingepflanzt.
Klapperfeld heißt das. Die Bürger Frankfurts haben dieses brachliegende Feld vor der Stadtmauer so genannt. Die Unheilbaren wurden dort ausgesetzt. Sie hielten Klappern in den Händen. Wenn ein Gesunder sich näherte, mußten die Aussätzigen klappern, mußten rufen: Unrein! Unrein! Bis sie starben, mußten sie vor den Mauem Frankfurts leben, durften nie wieder nach Frankfurt hinein.
Jakob kennt die Frau. Sie huscht nur noch. Sie fleht mit den Augen: Laßt mich... Sie wird nicht geschont. Der Kohlenträger hat gesagt: »Die soll sich ihre Kohlen selber in den Keller tragen.« Dabei weiß jeder, daß der Kohlenträger wegen einer Schlägerei im Gefängnis gewesen ist, ein grölender Kerl, der sich jeden Samstag vollsäuft. Das wäre für seine Gesundheit, entschuldigt er sich. Er müsse den Kohlenstaub hinunterspülen.
Er trägt dann doch die Kohlen in den Keller. Er hat sich etwas dabei gedacht, denn im Keller wollte er der Frau mit seinen schwarzen Händen unter den Rock fahren. Sie hat um Hilfe gerufen. Die Leute liefen zusammen. Sie standen vor der Kellertür und haben gegrinst. Zuerst kam die blasse Frau aus der Kellertür, strich sich verlegen das Haar aus der Stirn und ging schnell nach oben.
Dann stapfte der Kohlenträger schimpfend herauf. »Verleumden will sie mich!« Er spuckte aus, kohlrabenschwarz

spuckte er aus, und erklärte: „Nie wieder bringe ich der die Kohlen.«
Beim Essen sagt Jakobs Mutter: »Sie hat es schwer. Sie wird jetzt lange allein sein.«
Die andere Frau hat es auch schwer. Jeder kennt sie, und jeder weiß: Sie hat einen Sohn, der einem Geldbriefträger mit dem Hammer auf den Kopf geschlagen hat. Dabei war er ein fleißiger junger Mann. Niemand hätte es ihm zugetraut. Warum hat er es getan? Vor Gericht hat er gesagt: »Ich wollte mir einen neuen Sonntagsanzug kaufen.« Für das Geld, das der Briefträger in der Tasche trug, hätte er sich vierhundert neue Sonntagsanzüge kaufen können, so stand es in der Zeitung.
Ich weiß nicht, woran ich die Sonntage erkenne, fest steht, daß ich die Sonntage an irgend etwas immer erkannt habe.
Meine Mutter hat sonntags zu mir gesagt: »Willst du Pudding haben, Jakob?« Und ich habe immer geantwortet: »Ja, ich will Pudding haben.«
Die Frauen schämen sich für ihre Männer. Sie sprechen leise davon, auf der Treppe, an der Straßenecke. Sie nicken mit den Köpfen dazu und berichten sich, daß die Männer ihre Feinde sind. Ihre Gespräche haben dann diesen besonderen Klang, einen leicht geringschätzigen Ton, den sie annehmen, wenn sie allein sind und über ihre Männer sprechen. An den Werktagen ist es eine Straße ohne Männer.
Und an einem solchen männerarmen Tag hört Jakob seine Mutter sagen: »Er hat eine andere. Ich habe lange blonde Haare an seinem Anzug gefunden.«
Das ist wieder einmal der Beginn einer ehelichen Misere, die durchgestanden werden muß. Der Großvater hat es doch auch schon so getrieben. Jakobs Vater ist nur ein

Gelegenheitsnascher, der jedoch hin und wieder den Fehler macht, sich des Ehebruchs überführen zu lassen. Sie schweigt nicht dazu, sie kämpft. Ihre Haare sträuben sich, wenn sie den Dachdeckermeister angreift, und sie scheut sich nicht, den großen, kräftigen Mann mit den Händen zu attackieren. Mit allen zehn Fingern fährt sie ihm ins Gesicht. Es gibt Spuren dieser Kämpfe, lange Kratzer im Gesicht des Vaters. Jeder im Haus kann sie sehen. Auch wenn sie nicht zu sehen wären, wüßten sie alle von dem großen Zwist. In der Nacht, wenn sein Vater nach Hause kommt, steht sie hinter der Tür und empfängt ihn. Jakob hört, wie sie auf ihn losgeht.

»Du warst bei einem Weib!« schreit sie. »Bei einer Hure hast du dich herumgetrieben!«

Am nächsten Tag sitzt der Vater beim Essen auf dem Platz, der ihm gehört, oben am Tisch. Aber er sieht jetzt nicht aus wie ein Tyrann. Er wartet schweigend auf das Essen, auf das größte Stück Fleisch. Das ist sein Recht, auch wenn er bei einer Frau gewesen sein sollte.

Er ist gezeichnet, er sieht Jakob einmal an, ist verlegen, räuspert sich umständlich, betastet die Bahnen ihrer Fingernägel in seinem Gesicht, als wolle er zeigen, daß er unter dieser Frau schwer zu leiden habe.

Sein Vater ist auch einer von denen, die den Frauen unter die Röcke greifen.

Sie essen schweigend. Der Hader ist zwischen ihnen. Gras muß über eine solche Sache wachsen.

Nach dem Essen wird er ganz plötzlich fröhlich, er spricht mit Jakob, erzählt das Neue, will ablenken. »Weißt du schon, Jakob?« fragt er.

»Eine deutsche Frau hat eine Goldmedaille gewonnen. Sie warf den Speer im Olympiastadion in Berlin, wo die

Flaggen aller Nationen wehen. Bestleistung im Speerwurf. Tilly Fleischer heißt sie und ist aus Frankfurt.«
Und da ist noch eine Sensation: Erst jetzt kommt an den Tag, daß der Mörder den erschlagenen Briefträger unter das Küchensofa geschoben hat, weil er nicht wußte, wo man einen toten Geldbriefträger am besten versteckt.
Das war im Jahre der großen Olympiade. Davon hat Jakob Bilder gesammelt, die er später seinem Sohn Toni zeigt.

# 15

Lauf, Jakob, lauf!
Nur noch wenige hundert Meter, dann wird er von der Berger Straße her einbiegen in die Straße, in der er wohnt. Er hat Blasen an den Füßen, aber leicht geht Jakob, er sieht heruntergekommen aus, abgemagert, aber er fühlt sich stark. Jetzt muß festgestellt werden, daß ich jemand bin. Sie werden ihn begrüßen, ihn empfangen. Die Fenster werden sich öffnen, denn er kommt heim vom längsten Weg, den er bisher unter den Füßen hatte.
Jakob möchte hüpfen, von einem Fuß auf den anderen. So ist er immer gehüpft, wenn die Schule aus war, trug den Ranzen auf dem Rücken. Jetzt ist es kein Ranzen, sondern ein Militärrucksack. Er gehört ihm, es ist das einzige verwertbare Stück, das er aus der großen Heimsuchung mitbringt. Hat außerdem mitgebracht: Erfahrungen und Wissen.
Die Leiche eines armen Mannes stinkt nicht, behaupten die Leute. Sie sagen, die Reichen stinken fürchterlich, wenn sie erst tot sind. Ich kann euch sagen, das ist bestimmt eine Erfindung der Armen. Denn wo ich herkomme, lag ein ganzer Haufen von armen Schluckern, die haben ungeheuerlich gestunken.
Das sind Aussprüche, die er jetzt von sich geben kann. Damit wird er eine ganze Weile protzen. Er wird sich brüsten: Ich habe die Russen kämpfen sehen, große, starke Menschen, diese Russen. Sie tragen die besten Stiefel der Welt. Er ist ein Kämpfer, zwar ein unterlegener, aber er kann sich mit aufgestützten Armen an einen Tisch setzen und haarsträubende Erinnerungen von sich geben.
Sie sind beide noch da. Seine Mutter schreit auf und reißt wieder einmal die Amme hoch. Dabei sträuben sich ihr die

Haare, wie jedesmal, wenn sie aufgeregt ist. Naturkrause nennt man das, Haare wie Draht. Und an ihren Haaren konnte sein Vater immer erkennen, in welcher Stimmung sie war. Sie waren wie ein Barometer.
Er sieht genauso aus wie früher, ging nicht mit zum Bahnsteig damals, stand aber am Hoftor und winkte ihm nach. Und so sieht der Vater auch jetzt noch aus, als wäre Jakob nur eine Woche fort gewesen. Vor Freude hat der Dachdeckermeister rote Ohren.
Die Wohnung ist die gleiche, die Möbel stehen am alten Platz.
»Schleiflackküche», sagte seine Mutter vor Jahren. »Ein Wohnzimmerschrank, mit Glas vor einem Fach, da kann man die Weingläser sehen.«
»Als ich wieder nach Hause kam, war es mit eurer Ehe nicht mehr weit her.« Auseinandergelebt oder zerrüttet, sagt man.
»Halt!« ruft Jakob. »Schämt ihr euch nicht?« Er meint damit seine Eltern. »Das ganze Haus hört eurem Krach zu.«
Es ist das erste Mal, daß er sich einmischt. Er fühlt sich reif für die Rolle des Schiedsrichters, denn er hat Dinge erlebt, man hat ihn gezwungen, Erfahrungen zu sammeln. Wenn ich erzählen würde... Die Augen würden euch übergehen... Er könnte sie zum Staunen bringen.
Sie glauben, ich verstehe nichts von ihrem Streit. Dies hier ist ein kleines Zerwürfnis, er aber kommt zurück aus einer Tragödie.
Sie hören auf ihn, merken nicht, daß sie ihn in der Rolle des Schiedsmannes bestätigen. Sie erkennen ihn an als einen erwachsenen Mann, und er spricht mit ihnen, hat die Autorität des heimgekehrten Kriegers. »Vater, du gingst zu anderen Frauen.« – Und du, Mutter, hast ihm mit deinem Gekeife diese Wohnung noch mehr

verleidet. Beide tragen Schuld. Das ist nicht neu, und es wird sich wiederholen, aber davon weiß Jakob noch nichts. Wird auch einen Schiedsrichter dulden müssen, hat noch ein paar Jahre Zeit.

Er hat eine Freundin! sagt die Mutter. Es ist nicht wahr! lügt der Vater. Sie schaffen die Voraussetzungen zu einer Trennung. Vielleicht hätte man das noch flicken können, denkt Jakob. Alles ist geflickt. Immer noch eine Ehe, aber schon zu brüchig. Bei seinem Großvater und seiner Großmutter hielt die Ehe jede Belastung aus. Sie war eine Dulderin. Das war meine Mutter nie. Sie griff an, und sie benutzte dazu wieder ihre Fingernägel.

Er geht aus dem Haus, sie geht hinter ihm her. »Ich will sehen, wohin du gehst. Mich kannst du nicht abschütteln!« Ihre Einkaufstasche hat sie fest unter den Arm geklemmt, als wäre etwas Wichtiges darin.

»Was willst du denn mit der Tasche?« fragt er.

»Das geht dich einen Dreck an«, antwortet sie.

Sie spricht von Hurerei, begreift nicht, daß sie nur eine Möglichkeit hat mit diesem Mann: Warten. Er will nicht verlassen, was er als sein Heim bezeichnet. Sie ist ihm vertraut, und er vertraut ihr, denn sie war stark in den schweren Jahren. Eine Liebe besonderer Art, die Jakobs Mutter nicht versteht.

Sie liebt ihn wie am ersten Tag, das Gefühl ist nur verschüttet. Sie kann nicht nachgeben oder ausgleichen. Sie greift an.

Und ihr Zorn wird frisch gehalten durch die Vorstellung:

Er geht zu einer Jüngeren. Das treibt sie an. Sie läuft hinter ihm her.

Wie er da auf der Straße geht, sieht er noch gut aus. Ein großer, kräftiger Mann. Er hat seine Anzüge über den Krieg gerettet, dunkelblauer Stoff mit feinem Nadelstreifen,

zweireihig gearbeitet, trägt den Hut ein wenig schief, nicht zuviel, denn er will nicht unseriös wirken. Ehe er geht, stellt er sich vor den Spiegel, kurz nur, damit es niemand sieht. Schon am Gang ist zu erkennen, daß er zufrieden ist mit sich selbst.
»In den Mundwinkeln hat er sein Grinsen«, sagt eine Tante zu Jakobs Mutter.
Und sie läuft hinter ihm her mit ihrer Einkaufstasche. Einmal allerdings schreit sie in der Küche, am großen Küchentisch: »Ich bringe dich um! Ich mische dir Rattengift in den Kaffee!«
»Das wirst du bleiben lassen«, sagt er, aber sein Gesicht ist nachdenklich geworden, und in den Mundwinkeln hat er jetzt kein Grinsen mehr.
»Was kann ich dafür, Lena? Und wieso muß mir dein Vater die Ehe meiner Eltern ständig vorwerfen? Früher haben sie sich ganz gut vertragen.«
Sie hat ihn nicht vergiftet. Sie griff zu anderen Mitteln. Als er aus dem Haus geht, dunkelblau, mit feinem Nadelstreifen, eilt sie ans Treppenfenster. Sie trägt einen großen Eimer, darin sind Spinat und Wasser. Sie war gerade beim Gemüseputzen, als er aus der Tür ging. Sie nahm den Eimer aus dem Spülstein. Ihre Haare sind gesträubt, doch diesmal ist ihre Erregung kalt. Zehn Liter Wasser und zwei Pfund Spinat.
Damit geht sie zum Treppenfenster. Sie braucht den Eimer nur zu kippen. Sie trifft genau.
Er steht triefend unten vor der Haustür, Spinat auf dem Hut, das Wasser rieselt noch immer an ihm herunter, Spinat auf der Jacke, Spinat hinten im Kragen und vor der Brust. Er holt die grünen Blätter hervor, wirft sie auf den Boden. Sie steht oben und lacht. Tränen kullern ihr über die Backen. Sie muß auch noch bei den Nachbarn

klingeln und es gleich erzählen. Es ist eine große Freude, und auch die Nachbarn beteiligen sich am Gelächter. Sie kann nicht anders, sie muß es immer wieder erzählen, und dabei patscht sie vor Vergnügen ihre Hände zusammen. So applaudiert sie sich auf der Treppe des Hauses unaufhörlich zum Ausbruch ihres Hasses. Sie ist jung in diesem Augenblick.
Er hat nur einmal nach oben geschaut, dann kam er zurück, wortlos, zog einen anderen Anzug an, wortlos, und blieb eine Woche fort.
Und in dieser Woche hat sie ihn gesucht. Sie ging einfach so durch die Stadt, hatte ihre Einkaufstasche wieder unter dem Arm. Ein wenig Rot hatte sie aufgelegt, aber ihr Mund blieb welk trotz des Stiftes, und ihr Haar war störrisch wie immer. Sie betrachtete die Menschen auf der Straße und hegte die wahnwitzige Hoffnung, ihn zu finden, ihn mit ihrer Reue zu überzeugen und ihn nach Hause zu führen, wie sie Jakob früher an der Hand nach Hause geführt hatte, nachdem sie ihn stundenlang gesucht und unermüdlich gerufen hatte: »Jakob, wo bist du?«

Und ich sage dir, die Russen sind uns sehr ähnlich. Und sie können wunderbar singen.
Jakob erinnert sich an die Geige, an »Trara, die Post ist da...«, denn er ist musikalisch.
Unten kamen die russischen Frauen in unser Haus, in die Bäckerei. Das waren Fremdarbeiterinnen, die hatten Hunger. Sie wußten genau, daß sie in unserer Bäckerei ein Brötchen mehr bekamen. Sie trugen Kopftücher und lächelten freundlich. Abends wurden sie mit einem Lastwagen zu ihren Baracken gefahren.
Jakob steht auf der Straße, auf der langen Straße, die leicht abwärts führt. Er hatte Fußball gespielt und wollte nach Hause gehen. Dann kam der Lastwagen, auf dessen

Pritsche die Frauen stehen. Der Gesang der Russinnen war schon von weitem zu hören. Jakob blieb stehen und sperrte wieder einmal den Mund auf. Nur einmal hat jemand die Ursache erkannt. Das war Feitelstein. Er hat gesagt: »Er macht den Mund auf, weil er musikalisch ist. Und wenn er den Mund offen hat, kann er besser hören...«

Der Wagen war schon längst vorbei, da stand Jakob noch immer am gleichen Platz und lauschte auf die dreißig oder vierzig Stimmen der jungen Frauen. Es klang wie Trauer, eine Kopfstimme führte die Klage, die anderen fielen ein mit ihren mitleidigen Stimmen, als klagten sie über einen Gestorbenen oder über das schlimme Schicksal eines Menschen. Das hat ihn angerührt.

Einmal jedoch hat ihn ein Schulfreund beim Zuhören gestört. Der Junge sagte: »Die singen immer, wenn sie transportiert werden. Die freuen sich, wenn sie mit einem Auto fahren können.« Der verstand nichts von Gesang.

»Was verstehst du von meiner Mutter, Lena? Sie ist wie eine Russin, und Russinnen sind stark.«

Sie hat sich immer für ihn in die Bresche geworfen. Sie war ihm nah mit ihrer selbstsüchtigen und ihrer selbstlosen Liebe. Und das war schwer zu unterscheiden, aber sie hatte Wärme. Sie war laut, man konnte sie nicht überhören. Oben schaute sie aus dem Fenster und beobachtete ihren Jakob. Wie eine Glucke war sie. Sie hatte sich ein Kissen auf das Fenstersims gelegt, stützte ihre verschränkten Arme auf und beobachtete ihn genau. Sie war auf dem Sprung.

Darunter hatte er auch manchmal leiden müssen. Wenn sein Vater ihn verprügelte, fiel sie ihm in den Arm.

Jakob stürzte von einer Mauer. Sie war da und trug ihn nach Hause, obwohl er schrie: »Laß mich runter, die Kinder lachen!«

Ein Blumenbeet zertreten, der Gärtner schimpft, sie schimpft zurück und droht ihm mit der Faust.
Kinder prügeln sich auf der Straße, sie stürzt sich dazwischen, reißt ihren Jakob heraus.
Er will schwimmen, in dem kleinen Planschbecken des Ostparkweihers. Sie ist nicht abzuschütteln. Eine Wäscheleine hat sie mitgenommen. Sie bindet ihm die Leine um die Brust. Sie steht am Rande des Beckens, hält die Leine fest in der Hand und beobachtet argwöhnisch, wie er in dem Wasser planscht, das kaum einen Meter tief ist.
Ein Lehrer hat ihn mit dem Stock geschlagen. Zwölf Jahre ist Jakob alt und hat Striemen auf seinem Hintern. Sie merkt es an der Art, wie er sich beim Essen an den Tisch setzt. Sie besteht darauf, ihn zu untersuchen. Der gemarterte Hintern ihres Sohnes treibt sie zu Haßtiraden gegen den Lehrer an. Am Morgen erscheint sie im Gymnasium. Als sie an die Klassentür pocht, heben alle Schüler die Köpfe. So laut hat noch nie jemand angeklopft.
Ihre Stimme ist durch die Tür zu hören. Sie redet mit dem Lehrer, redet ihn nieder. Jakob sitzt verstört in seiner Bank. Die Tür geht auf, wie ein Feldwebel kommt sie herein und befiehlt: »Komm heraus, Jakob!«
Die Striemen will sie vorführen, draußen auf dem Gang will sie dem Lehrer Grausamkeit nachweisen, will ihn überführen. Sie nestelt schon an Jakobs Hose. Er schreit auf: »Nein, ich lasse die Hose nicht runter!«
Er beginnt zu laufen, läuft durch das Schulhaus, versteckt sich vor ihrer gewalttätigen Liebe, hört sie rufen: »Jakob, wo bist du?«
Sie war immer da, war immer zum Angriff bereit. Nur einmal wurde sie kraftlos. Das war, als er ihr sagte: »Ich sollte gehängt werden. Ja, sie wollten mich gleich hinter der Hauptkampflinie aufhängen...«

»Was!« sagt sie atemlos. »Was? Sie wollten dich...« Sie plumpst auf einen Stuhl, ihre Arme hängen schlaff herunter. Sie kann auch einige Zeit nicht mehr aufstehen, weil sie ihre Beine nicht mehr spürt.
Ihre Lippen bewegen sich, aber sie spricht das Wort nicht aus: hängen. Und Jakob begreift in dieser Minute, daß sie gestorben wäre, wenn er ihnen nicht aus der Schlinge hätte schlüpfen können, in der Nähe der polnischen Grenze.

Was wird am Morgen sein? denkt Jakob. Er sieht die beiden Wachtposten vor dem Bauernhaus. Er kann sie hören.
Einer sagt: »Es wird Regen geben.«
Da werden wir wieder frieren, denkt Jakob
»Ich habe Hunger«, sagt der andere.
Ich auch, denkt Jakob.
»Es sind keine Frontkämpferpäckchen mehr da.«
Aha! denkt Jakob.
»Jetzt ist es ruhig, aber sie werden nachstoßen.«
Sie werden es tun, denkt Jakob.
«Um Mittemacht habe ich Panzer gehört.«
Ich habe sie auch gehört.
»Wir sollen einen Gegenstoß machen.«
Er hat Angst. Aber das denkt Jakob nicht, er weiß es nur. Es sitzt in der Höhe des Nabels, aber darüber spricht Jakob nicht mit sich selbst. Es ist jetzt, als gäbe es zwei Jakobs, und einer schämt sich vor dem anderen.
Ich ging mit Toni spazieren und hatte ihm einen Luftballon gekauft. Mit der Zigarette stieß ich aus Versehen dagegen. Der Luftballon seines Sohnes zerplatzte mit einem Knall. Da sah Toni, wie sein Vater vor Schreck zusammenzuckte. Toni hat es nicht vergessen, Ursache und Wirkung standen in einem Mißverhältnis, das hatte Toni schon als Kind

erfaßt. Er hat einen schreckhaften Vater, der keinen Knall vertragen kann, mehr hat er allerdings nicht begriffen.
Zweimal Jakob, und einer schämt sich vor dem anderen.
Er hat die Fähigkeit, besonders heftig zu erschrecken, so scheint es Jakob. Er kann keinen Knall vertragen, keine Explosionen mehr, keine Detonationen, und ganz und gar haßt er Kanonaden.
Sie haben ihn falsch gedrillt, als er Feldgrau trug.
Darüber hat er mit dem schwulen Neger gesprochen, der an der Garderobe steht. Der Neger hat gesagt: »Das ist eine Begabung.«
Feitelstein hat zugehört. Er hat bedeutsam dazu genickt: »Eine große Begabung.«
Und diese Begabung war es, die Jakob antrieb.

»Sie werden durchstoßen, das ist klar«, sagt einer der Wachtposten.
Aufpassen jetzt, Jakob! Er muß auf dem Bauch kriechen, wie der Mann, der im Ostpark die Liebespaare belauschen wollte.
Er hat sich entschlossen, es war ein Befehl aus der Höhe des Nabels, vielleicht eine Handbreit darüber. Er kann den Impuls genau spüren.
Er springt jetzt ab, stößt sich ab von der großen Masse und ist schon nach zwanzig Metern, die er kriechen muß, ein Vereinzelter. Er weiß noch nicht, wie allein er sein wird. Jetzt kann er nicht mehr mit Schonung rechnen, ganz gleich, in wessen Hände er fällt.
Jakob geht fort. Er beendet seine Wehrpflicht, entläßt sich aus eigener Macht. Ich bin jetzt ein Deserteur. Dieses Wort haben sie extra für ihn gemacht. Es hat die Schwere von Feigling, Renegat, Überläufer, Dieb, Verbrecher. Er ist ein wenig atemlos, hört von weitem, daß noch immer

geschossen wird, mit Kanonen, Gewehren und Maschinengewehren. Weit, weit entfernt, wie in einem fremden Land.
Adolf Hitler liegt jetzt im Bett. Jakobs Mutter und sein Vater liegen auch im Bett. Sein Vater schläft allerdings neben einer anderen Frau. Sein Großvater teilt das Bett mit Pfläumchen. Er hat nicht mehr lange zu leben. Adolf Hitler auch nicht.
Jeder weiß, daß der Krieg verloren ist. Soll ich etwa noch bis zum Herbst... So lange kann das noch dauern. Die Erde fällt auf die Gesichter in den hastig ausgeschaufelten Gruben. Darin verschwinden sie für immer. Jakob hat viele gekannt. Die anderen sehen zu.
Motorengeräusch: Da wird Nachschub herangefahren – aber nicht für uns.
Fahnenflucht: Jakob flüchtet vor der Fahne. Auch so ein Wort.
Ein Stück folgt er dem schwachen Glanz einer Straße. Er kommt an Häusern vorbei. Es ist warm in den Häusern. Er könnte in einem Bett liegen, unter einer warmen Decke. Manche Leute haben ein Haus und wohnen darin.
Die Kühe stehen im Stall, Hühner hocken auf einer Stange, ein Hund in einer Hütte – sie haben ein Haus.
Er verläßt die Straße, geht querfeldein. Dann stolpert er über eine Bodenrinne und schlägt lang hin. Die Gasmaskenbüchse kommt nach, es ist, als hätte ihn jemand in den Hintern getreten.
Eine Marschkolonne auf der Straße. Er hört die vielen Stiefel. Sie sind benagelt, damit sie länger halten. Ich bin jetzt allein. Ich habe vergessen, Brot mitzunehmen. Das wird ein langer Hunger für Jakob.
Jakob marschiert, er vertraut auf seine Füße. Er hat das Marschieren gelernt. Aber wohin marschiert Jakob? Er

weiß es nicht. Er denkt an ein Versteck. Verkriechen, wie ein Maulwurf, verschwinden, überwintern. Im Frühling tauchen sie wieder auf, die Tiere, die Winterschlaf gehalten haben. Die Kälte ist über sie weggegangen. Und so denkt Jakob: Überrollen lassen, die Front geht über ihn weg, er aber bleibt noch im Versteck. Und wenn er auftaucht, ist er bereits auf der Seite des Friedens, so denkt Jakob.

In dieser Nacht läuft Jakob sechs Kilometer. Er will nach Deutschland, weiter nach Deutschland, näher an Frankfurt heran, doch das wird ihm nicht bewußt. Er sucht eine Stadt, denn er ist in einer Stadt geboren, ist gewöhnt an die Ansammlung von Häusern. Straßen mit Häuserblocks, die eng aneinandergedrängt stehen, hält er für seine Heimat. Dort ist Sicherheit.

Die sechs Kilometer, die er auf seinen Füßen zurückgelegt hat, zählen nicht, weder auf der Landkarte noch für Jakob. Er trinkt einmal aus einem Bach, das Wasser schmeckt brackig, er kann auch nicht erkennen, wie es aussieht. Es gluckert in seinen Magen hinein, fährt in seine Därme. Zweimal muß er die Hose herunterlassen auf diesem Weg. Dabei denkt er an den Gefreiten Keller. Jakob ist schon aus der Schußlinie. Ihm kann nicht mehr passieren, was dem Gefreiten Keller zugestoßen ist.

Jakob mußte ihn auf einem Wagen zum Verbandsplatz ziehen. Es war das zweite Mal, daß er einen Wagen ziehen mußte. Der Gefreite Keller saß darauf und jammerte: »Beim Scheißen hat es mich erwischt!« Ein Granatsplitter hatte eine Fleischwunde in seine Hinterbacken gerissen. Doch der Gefreite Keller hatte einen Trost: »Gott sei Dank, sonst ist noch alles dran.«

Jakobs Magen knurrt so laut, daß er es hören kann. Ruhr, Cholera, das Wasser war nicht gut: Bakterien.

Sie entwickeln sich, sind kleine Schmarotzer und zerstören einen Menschen von innen her. Alles ist feindlich. Wohin er sich auch wendet, alles bedroht ihn.
Und dann fällt der Hunger über ihn her. Ein Mensch muß essen, daran kommt niemand vorbei. Er versucht, sich zu erinnern. Jemand hat gesagt: »Schon wenn der Mensch geboren wird, schreit er nach Essen, obwohl er nichts von Nahrung weiß. Aber vom Hunger weiß er.«
Mein Vater konnte gut kochen, weil er gerne aß. Bei uns gab es oft Fleisch mit weißer Soße. Gulasch mit Kartoffelklößen hatten wir sonntags. Natürlich auch noch andere Sachen, je nachdem, wie es uns gerade ging. Wir standen am Herd und guckten zu. Schön gar muß der Braten sein, er muß eine knusprige Rinde haben. Schweinebraten, Krautwickel, eine Gans: zu Weihnachten eine gebratene Gans.
Fleischsuppe: mit Nudeln oder Markklößchen. Eierschwamm und Eierstich, Reissuppe, Milchsuppe, Kartoffelsuppe – Erbsen, Linsen, Bohnen, mit Speck.
Mein Vater liebte Eierpfannkuchen. Vor dem Ofen steht Jakobs Vater und schleudert den Eierpfannkuchen hoch. Dreimal überschlägt er sich. Er fängt ihn geschickt mit der Pfanne wieder auf. Er grinst dazu und sagt: »Salto mortale. Der dreifache Salto, das konnten nur die Codonas, die habe ich im Zirkus gesehen...«
Jakob hat einen Film gesehen, da aß Charlie Chaplin vor Hunger seine Schuhe auf. Darüber hat Jakob sehr gelacht. Später durfte Charlie Chaplin nicht mehr gezeigt werden.
Da gibt es eine Straße in der Nähe des Frankfurter Zoos. Die Leute nennen sie die Judenstraße. Jakob geht an der Hand seines Vaters und fragt: »Warum tragen sie immer schwarze Kleider und schwarze Hüte, als hätten sie Trauer?«

»Das ist bei denen so Sitte.«
»Und warum sind sie so blaß?«
Sein Vater erklärt: »Sie sind so bleich, weil sie immer in der Stube hocken...«
Beim Bäckermeister Dimmler standen die Streuselkuchen. Faustdicke Streusel sieht Jakob, während er marschiert. Er träumt, während er marschiert. Es ist, als wäre er eingeschlafen und nur seine Füße würden sich bewegen, weil er ihnen befohlen hat, Entfernungen zwischen sich und die Plätze zu bringen, an denen geschossen wird.
Das Dorf ist leer, ist nur noch wie die Attrappe eines Dorfes. Die Bauern sind fort, leere Schalen sind die Häuser. Sie sind alle verschlossen. Jakob probiert an Türen, er steht vor Fensterscheiben und versucht, in die dunklen Zimmer hineinzusehen. Über den Marktplatz geht er. Eine große, beängstigende Stille. Der Brunnen plätschert. Keine Hunde, kein Gebell, aber die Katzen sind noch da. Sie leben von Mäusen. Die Katzen und Mäuse wissen nicht, was vorgeht auf der Welt, deshalb sind sie noch da. Er marschiert durch das tote Dorf und hört seine Schritte von den Hauswänden auf sich zurückkommen. Durch die Straßen hallen sie, dringen in Gassen, pochen an geschlossene Türen. Hier ist Jakob, auf der Suche nach Nahrung, der ruhelose, vom Hunger geplagte Jakob. Aber das Dorf gibt nichts mehr her.
Er öffnet eine Scheune. Es riecht nach Tieren. Er findet Stroh, verschwindet im Stroh, verpackt sich gut, denn die Nacht ist kalt. Er ist müde.
Weit bin ich herumgekommen. Es ist nicht wahr, was der Neger sagt: Jakob, du bist nie weit herumgekommen. Wenn ich erzählen würde, was ich gesehen habe... Ihr würdet staunen. In diesem Dorf bin ich der einzige lebende

Mensch. Kannst du dir vorstellen, wie das ist? Du kommst in eine Stadt, in der es keine Menschen mehr gibt...
Jakob nimmt seinen Helm ab.
Er fällt in den Traum. Die Würste und Schinken seines Lebens tauchen vor ihm auf. Er gleitet an ihnen vorbei. Die gebackenen Brote des Bäckermeisters liegen in Reih und Glied auf Brettern in der Backstube. Und wenn ich krank war, brachte mir meine Mutter eine Fleischbrühe mit Ei, dazu ein Butterbrötchen.
Jakob liebt es, ein wenig krank zu sein, denn dann ist er Mittelpunkt, dann kommen sie zu ihm, umringen sein Bett, in dem er als ein sehr wichtiger Jakob vor ihnen liegt. Er ist die Hauptperson. In Gedanken fragen sie: Wie geht es unserem Jakob? Wir müssen etwas für ihn tun. Schlecht, sehr schlecht geht es unserem Jakob. Das ist unsere Schuld. Deshalb kommen sie zu ihm. Jetzt hat er sie alle zusammengebracht, die Eltern, die Großeltern, Onkel und Tanten, seine Freunde kommen auch und entschuldigen sich, daß sie ihn nie so richtig anerkannt haben.
Du wirst jetzt unser Anführer sein! sagen sie zu ihm. Sie bringen ihm Anerkennung. Er nimmt die Wahl an und beschließt, ein milder Herrscher zu sein.
Ein Motorrad fährt durch das Dorf.
Jakob erwacht und denkt: Sie suchen mich.
Seine Müdigkeit dämpft das Erschrecken, wischt es wieder aus. Und jetzt wehrt er sich im Traum. Er hat ein Gewehr, damit schießt er auf seine Verfolger. Er sieht sie fallen und ist ohne Erbarmen. Hart ist der Krieg der Katzen und Mäuse, gnadenlos. Hart sind die Bauern, die kein Essen herausrücken. Man muß sie mit Gewehren zwingen. Er ist jetzt ein Marodeur, der Beute macht. Das Gesetz des Räubers ist für ihn möglich. Er genießt die schreckliche Einsamkeit des gefährlichen Außenseiters. Ein Volk zittert

vor ihm. Das ist die Rache dafür, daß sie ihn nicht anerkannt haben. Denn es muß jetzt endlich einmal festgestellt werden, daß ich jemand bin, daß ich beachtet werden muß.
Aber er fällt wieder heraus aus den heldischen Rollen. Er muß flüchten, ein Fliehender, der von großen Hunden mit hängenden Zungen gejagt wird. Hart und unerbittlich ist der Krieg zwischen Katzen und Mäusen. Hinter sich hört er den hechelnden Atem der Hunde.
Lauf, Jakob, lauf.

# 16

Und dann mußte ich zu Eisenmenger gehen. Mein Vater befahl es, nachdem er mit Andreas gesprochen hatte. »Eisenmenger gibt Nachhilfestunden in Mathematik«, hatte ihm Andreas erzählt.

Da war aber noch einer aus meiner Klasse dabei. Der hieß Gerhard Schreiber, und den konnte ich besonders gut leiden. Was wohl aus Gerhard Schreiber geworden ist? Ich könnte ihn suchen, würde ihn einfach eines Tages besuchen und zu ihm sagen: Ich wollte sehen, wie es dir geht.

Das ist nämlich besonders schade, daß man sich aus den Augen verliert. Ich kenne das, Toni. Das ist immer so.

Andreas war auch so einer. Aber von ihm weiß ich, wie es ihm erging. War fünf Jahre älter als ich und ein Muster an Fleiß, aber trotzdem kein Musterschüler, ging auf das gleiche Gymnasium wie ich. Er war lange Zeit der Anführer in unserer Straße, und er hat zu mir gesagt: »Du wirst mein Nachfolger.«

Als Andreas mit seinem Köfferchen aus der Straße hinauslief, um sich bei der Infanterie zu melden, da war Jakob ein Anführer ohne Gefolge. Sie waren alle fort. Er hatte es bald begriffen: Sie würden nie wieder mit ihm spielen. Er ging allein zu den Plätzen der gewesenen Abenteuer. Er suchte das Spiel. Ich will mich wieder einmal freuen, dachte er. Das hat Jakob noch oft gedacht.

Ein vorzüglicher Schüler war Andreas. Wollte Offizier werden, ist es auch geworden. Er hatte keinen Vater mehr, nur eine Mutter. Ich habe einen Vater, mein Vater hatte einen Vater, und der hatte einen Vater. Andreas hat einmal gesagt: »Dein Vater ist ungeheuer stark. Man sieht es ihm schon an.«

Für dieses Lob hat ihn Jakob besonders hoch geschätzt, denn er wollte, daß alle wußten, wie stark sein Vater war. Ich habe ihn einmal gesehen, da bekam er Streit mit einem anderen Mann. Vor einer der vielen Suppenküchen, die es damals gab, standen wir, und der andere wollte sich vordrängen. Angerempelt hat er meinen Vater. Er hat nur seine schwere Faust gehoben und ganz ruhig zu dem anderen gesagt: »Kerl, ich mache einen Putzlumpen aus dir...«
Der Mann hat auf diese Faust geblickt, hat nichts mehr gesagt, ist ganz brav wieder an seinen Platz zurückgegangen.
Vor Eisenmenger steht Jakob, es ist das erste Mal, und Eisenmenger sagt: »Du kannst ja mit dem Gerhard Schreiber aus deiner Klasse die Nachhilfestunden nehmen, dann kostet es nämlich nur einsfuffzig.«
Und was kann er denn, der Jakob? Prozentrechnung und Gleichungen mit soundso viel Unbekannten? Das kann er nicht, der Jakob. Aber an den Fingernägeln kauen, während er rechnet und das Gefühl hat, sein Kopf sei angefüllt mit Steinen – das kann er. Und deshalb schlägt ihm Eisenmenger mit dem Kratzgriffel auf die Finger und ruft: »Schweinchen! Schweinchen! Fingernägelkauer!«
Darüber müssen die beiden Nachhilfeschüler sehr lachen. Sie platzen heraus, hinter der vorgehaltenen Hand. Lustig ist die Mathematik auf diese Weise, für einsfünfzig die Stunde.
Seine Augen waren wie eingesperrt hinter den dicken Brillengläsern. Ein gewaltiger Glatzkopf war Eisenmenger, trug immer dunkelgestreifte Hosen beim Unterricht, dazu eine schwarze Weste. Nicht mehr ganz sauber, die Hose und die Weste. Suppenflecken und andere Flecken, die er nicht sehen konnte, weil es in seinem Zimmer stets halb dunkel war. Als wäre es früher Abend draußen, so war

das Licht in diesem Zimmer. Und darin sitzt Eisenmenger vor seinen Schülern am Tisch und plagt sich mit ihnen. Er schreibt mit dem Kratzgriffel auf eine Schiefertafel, denn so spart er Papier. Ist die Rechenaufgabe gelöst und die Lösung vorgeführt, spuckt er auf die Tafel und wischt alles mit einem Lappen wieder aus. »So einfach ist das«, sagt er und klopft Jakob wieder mit dem Griffel auf den Kopf.
»Ja, ja, an alles denkt er, der Jakob. Phantasie hat er, seine Gedanken wandern zuviel herum. Konzentrieren kann er sich nicht auf die Mathematik, der Jakob.«
Dann zahlen die beiden Schüler, ein Markstück und noch einmal fünfzig Pfennige legen sie jeder auf den Tisch. Eisenmenger steckt die Geldstücke in seine Westentasche. Er hinkt zur Tür. Ein großer alter Mann mit einem Spitzbauch. Links knickt er beim Gehen ein, ein ungelenker Tolpatsch, der ein Meister der Zahlen ist, von dem aber Gerhard Schreiber sagt: »Er kann zwar Mathematik, aber sieh doch, was ihm das geholfen hat.«
Wenig hat es ihm geholfen. Er trug viel Wissen in seinem großen Kopf mit sich herum, aber er konnte es nur zu kleiner Münze machen. Markstücke, Fünfzigpfennigstücke.
Manchmal fuhr er mit zwei Fingern schnell in die Westentasche hinein. Er hob dabei den Kopf, suchte, wollte prüfen, was ihm der Tag eingebracht hatte. Das mache ich auch hin und wieder. Vielleicht tun es alle, die mit wenig zufrieden sein müssen. Sie sind eingespannt in ein System. Es wird befohlen, was sie verdienen dürfen. Jakob hat lange über dieses System nachgedacht. Etwas fiel ihm auf: die Gleichheit der Männer, die wehrlos sind.
Von denen habe ich viele gekannt. Man sagt: Sie spuren nicht. Stell eine Lokomotive neben ihre Schienen: Räder, die durchdrehen, nutzlos verbrauchte Kraft.
»So ist das!« ruft Jakob und meint damit: Sie können ihre Kraft nicht auf die Schienen bringen. Aber Lena begreift

es nicht. Sie will es nicht begreifen. Auch mein Vater hat lange darunter leiden müssen, er war in das gleiche System gepreßt. Vielleicht dachte er, ich wüßte das nicht. Die Söhne wissen es immer von den Vätern. Aus diesem Grunde versickern ihre guten Ratschläge. Eine Anmassung sind die Belehrungen der Ohnmächtigen.
An dem Morgen, an dem Eisenmenger auf den Schulhof kam, hatte er wahrscheinlich nichts in seiner Westentasche gefunden. Es war in der großen Pause. Er steht am Schultor und winkt. Einem gewissen Schüler namens Leppin winkt er zu, nachdem er ihn durch seine dicken Brillengläser entdeckt hatte.
Die Schüler beißen in ihre Frühstücksbrote. Sie haben fünfzehn Minuten Freiheit, zum Spielen, zum Schwätzen und um ihre Brote hinunterzuschlingen. Die Lehrer gehen gemächlich nebeneinander auf und ab. Auch Frühstücksbrote, eingewickelt in Butterbrotpapier. Von ihren Frauen. Sie haben Frauen zu Hause. Nur der Direktor ißt kein belegtes Brot. Er wohnt neben der Schule, frühstückt mit seiner Frau, einer besonders strengen Frau, wie alle Schüler wissen.
Eisenmenger winkt noch immer. Er fragt einen Schüler: »Das ist doch Leppin, der da vorn? Er soll einmal herkommen.«
Leppin denkt nicht daran zu kommen. Er läßt melden, daß er in den nächsten Tagen bei Eisenmenger erscheinen werde, um zu bezahlen. Er geht weiter mit den anderen, immer auf und ab. Er beißt in sein Brot, kaut mit vollen Backen, schaut einmal herüber zu Eisenmenger, geht weiter.
Und nun humpelt Eisenmenger los. Eine ungelenke Wucht, so marschiert er auf dem Schulhof. Einen schwarzen Hut hat er auf seinem Kopf sitzen, schwarz mit zerbeulter Krempe. Über der Weste und der befleckten

Hose trägt er einen alten Überzieher, den hat er falsch geknöpft. Im Gehen muß er geknöpft haben, als er nach links einknickte und dabei die Knopfleiste verschob. Er hat es nicht bemerkt. Die Aktentasche in seiner Hand schwingt weit bei jedem Schritt nach vom. Ein Riese ist er, überragt alle, die sich auf diesem Schulhof bewegen. Auch die Lehrer, die in einer Reihe stehenbleiben und argwöhnisch zu ihm hinblicken. Leppin wendet mit seinen Freunden, als Eisenmenger ihn gerade erreicht hat. Eisenmenger läuft ins Leere, muß die Wendung mitmachen. Die Drehung bringt seinen massigen Oberkörper ein wenig aus der Balance. Er muß mit den Armen rudern. Er soll gesagt haben: »Ist das der Dank, daß ich dir zwanzig Nachhilfen gestundet habe?«
Es wird still auf dem Schulhof. Alle blicken auf Eisenmenger. Das Lachen der Schüler beginnt langsam, es breitet sich aus, wird ein hell klingendes Gelächter, in dem die Kinderstimmen der unteren Klassen mitschwingen. Der große Mann bleibt stehen. Der Schüler Leppin hat ihm irgendeine Antwort hingeworfen: In den nächsten Tagen. Er würde ja zahlen.
Noch immer steht er und schaut hilflos umher. Er weiß nicht, wie er aussieht.
Und nun kommt der Herr Direktor. Jakob kennt ihn gut, er wird ihn noch besser kennenlernen.
»Hinaus!« befiehlt der Direktor. Sein Arm ist ausgestreckt und weist zum Tor.
Eisenmenger zieht den schwarzen Hut. Er zieht ihn dreimal. Er geht mit eingezogenem Genick davon, katzbuckelnd, devot. Als er an der Reihe der Lehrer vorbeihinkt, zieht er ihn noch einmal. Die Herren sehen die Schmisse auf seiner rechten Wange. Ein Korpsstudent war Eisenmenger in seinen jungen Jahren.
Die Herren grüßen nicht.

Das Gejohle der Schüler schiebt den gewesenen Lehrer aus dem Tor. Es begleitet den Geächteten, während er schnell davonhinkt.
Fast zwei Meter lang war Eisenmenger. Studienrat soll er einmal gewesen sein. Im Ersten Weltkrieg am linken Bein schwer verletzt. Ausgestoßen aus irgendeinem Grund. Niemand hat je erfahren, warum Eisenmenger das Betreten deutscher Schulen verboten war. Eine Affäre? Ein Halbjude? Vielleicht ein Kommunist?
Als er wieder mit seinem Griffel Zahlen auf die Schiefertafel kritzelte, fragte er nur einmal kurz: »Habt ihr es gesehen? Ich war in eurer Schule.«
Jakob und der Schüler Gerhard Schreiber haben nichts geantwortet. Eisenmenger sagte etwas später: »Es zählt nicht.«
Ich kann es übrigens nicht leiden, wenn jemand den Hut zieht. Vielleicht habe ich mir deshalb nie einen Hut gekauft. Ich weiß, ihr glaubt mir nicht, aber es ist wahr: Ich habe noch nie einen Hut besessen.

»Wie sehe ich aus?« fragt Jakobs Vater. Er muß einen wichtigen Geschäftsbesuch machen, hat sich vor dem Spiegel betrachtet. Seinen dunkelblauen Hut hat er aufgesetzt, den wird er ziehen. Er wird grüßen und seinem Auftraggeber Respekt erweisen. Dann wird er Dächer für ihn reparieren dürfen. Das beginnt mit dem Hut. Wir kennen das schon.
Jakobs Mutter sagt: »Er wirft sich wieder groß in Schale.« Darin klingt Mißtrauen an. Sie mustert ihn mit einem schrägen Blick, denkt an Frauen, besonders an Frauen, die jünger sind als sie.
»Na los, sag schon. Ist alles in Ordnung?«

»Dreh dich herum«, sagt sie, hält eine Kleiderbürste in der Hand. Sie bürstet seinen Anzug ab, während er vor ihr steht. »So ist es gut, so kannst du gehen.«
Sein Vater zündet sich eine Zigarre an. Er unterstreicht damit die Bedeutung des Tages, macht sich jetzt auf den Weg, um seine Zeit und sein Können zu verkaufen.
Jakob steht dabei. Er sagt nichts, aber er denkt: Wie wichtig muß der Mann sein, den er nun besucht.
Sein Vater hat davon gesprochen, wie reich dieser Mann ist. Nach dem Vermögen wird der Kunde eingestuft. Und wie lebt solch ein Mensch? Morgens, wenn er aus dem Bett aufsteht, zieht er seinen Morgenrock an. Dann steigt er in die Badewanne. Aber er hat auch nur Wasser in der Wanne, sagte sein Vater.
Und die Frau des Mannes? Die Frau eines solchen Mannes hat nicht gerade sehr viel zu tun. Wenn sie gefrühstückt hat, ruft sie nach dem Chauffeur. Sie setzt sich in das große Auto und fährt ihre Kleider spazieren. Auch das hat sein Vater gesagt, und dabei hat er gelacht, denn Jakobs Mutter verzog das Gesicht, hörte es nicht gern, daß es Frauen gab, die nichts anderes zu tun hatten, als ihre Kleider spazieren zu fahren. Darin liegt nämlich eine Ungerechtigkeit, die von den Männern nicht mehr erkannt wird.
»Ich weiß da Bescheid«, sagt Jakobs Mutter. »So eine kann sich pflegen, die muß nie Kartoffeln schälen.«
»Ist es dir etwa zuviel Arbeit, für uns die Kartoffeln zu schälen?« ruft Jakobs Vater. »Soll ich dir auch noch Bedienstete anschaffen?«
Eine wunderliche Vorstellung ist es für Jakob, daß es Menschen gibt, die sich Diener halten können. Ein Diener dient, er hat einen Herren, und dieser Herr nimmt ihm

die Freiheit. Wie kann sich nur ein Mensch freiwillig zum Sklaven machen?
Und da fällt ihm ein: In der Volksschule war einer, der wurde nach dem Unterricht mit einem großen Auto vor dem Tor abgeholt. Ein blasser, zarter Knabe war es. Der Wagen war so groß, daß er aufrecht hineinspazieren konnte. Der Diener hielt ihm die Tür auf, mit gezogenem Hut stand er und wartete, bis der Junge sich gesetzt hatte.
So etwas gibt es heute nicht mehr, Toni. Aber ich habe es damals selbst gesehen. Allerdings... Wenn ich recht überlege... Vielleicht gibt es das schon wieder.
Jakob steht drei Meter von dem Auto entfernt. Er hustet laut, hofft, daß der Junge ihn sehen wird, daß er einmal mitfahren darf, denn er hat noch nie in einem Auto gesessen. Aber der Junge schaut nicht zu ihm hin. Auch der Diener sieht ihn nicht an. Solche Menschen sehen die anderen nicht.
Ich habe mich noch lange darüber geärgert, daß ich gehustet habe.
Was der sich einbildet, dieser bleiche Schwächling. Er weiß noch nicht, wer ich bin. Wundern wird er sich über mich. Ich habe nämlich eine Flugmaschine erfunden. Und das ist gewiß: So etwas könnte sich der nicht ausdenken.
Das ist die Zeit, in der Jakob vom Prinzip des Fallschirms begeistert ist. Im Kino hat er Fallschirmspringer gesehen. Das beschäftigt ihn. Wenn nämlich die Dachdecker Fallschirme tragen würden, könnten sie getrost vom Dach herunterfallen. Große Pläne hat Jakob. Im Wäscheschrank liegt der Stapel der Bettücher. Man kann sie zusammennähen, sie werden mit Holzleisten versteift. Dünne Seile müssen gefunden und angebracht werden. Sie werden unter der Schulter befestigt. Und nun kommt

der große Wind, er bläst hinein, bläht die Tücher auf. Ich springe von einem Baum, der Wind trägt mich fort. Vielleicht ein paar hundert Meter. Das ist zwar nicht sehr weit, aber immerhin: Ich fliege.

Ich werde sie alle versammeln. Die Freunde will er zusammentrommeln und auch die Schüler seiner Klasse. Vor allem den Jungen mit dem Diener. Dann werde ich den Fallschirmsprung vorführen.

Er weiß auch schon einen geeigneten Platz: der Hang, der steil zum Ostpark abfällt. Dort haben wir gesessen und haben zu viert einen Stumpen geraucht. Im Kreis haben wir gesessen, und jeder durfte an dem Stumpen ziehen. Andreas war auch dabei.

Dorthin geht er um die Mittagszeit. Die Schule war früh aus. Er hat einen Stumpen in der Tasche, etwas Reibfläche und ein paar Zündhölzer. Es ist Juni, das Gras steht hoch. Er will Kirschen stehlen. Überall stehen hier die Bäume, mit hellroten und mit dunkelroten Kirschen. Er kann sich die Sorten aussuchen. Aber er wartet noch, sitzt in dem hohen Gras und pafft ein paar Züge an dem Stumpen. Von hier aus kann er weithin in die Mainebene hineinsehen. Der Tabakrauch beizt die Zunge. Es ist ein Vergnügen, sagt er sich

Er führt hier ein heimliches Leben. Niemand kann ihn sehen, aber es ist, als könne er alle beobachten und wisse alles über sie. Die Mittagsstille liegt über den Wiesen, brütende Sonnenglut. Jakob ist erfüllt von seiner augenblicklichen Zufriedenheit. Er ist überlegen, denn der Tag gehört ihm. Der Hang mit den Büschen, die Bäume voller Kirschen, das Gras, in dem er sitzt: sein Eigentum. Er überblickt sein zukünftiges Leben, glaubt, daß er es beherrschen wird, souverän, ist wieder einmal gewiß, ein Auserwählter zu sein.

An diesem Hang werde ich ihnen meine Flugmaschine vorführen, wenn der große Wind kommt.

Andreas ist gefallen. Er war Leutnant und bekam einen Kopfschuß. Seine Mutter soll im Treppenhaus aufgeschrien haben, als der Postbote den Brief brachte. Von da an geht Jakob dieser Mutter aus dem Weg. Wenn er sie von weitem sieht, verschwindet er schnell in einem Haus. Er hat beinahe Angst vor ihr, es ist die Scheu vor ihrem Schmerz. Ist nicht mehr die gleiche Mutter.
Wir bekamen um diese Zeit ein elektrisches Bügeleisen. Das war ein Ereignis, eine Seltenheit, denn so etwas gab es nicht mehr zu kaufen. Jakobs Vater hatte das Bügeleisen besorgt.
»Die Wäsche wird viel schöner damit«, sagte die Mutter.
Wir haben das elektrische Bügeleisen bestaunt. Es hatte eine Verkleidung aus glänzendem Chrom, darin tickte es leise, wenn der Strom eingeschaltet wurde. Jakobs Mutter fuhr damit auf dem Leinen hin und her. Jakob sah ihr zu.
Ich weiß nicht warum, aber ich sah es gern, wenn meine Mutter bügelte. Die frische Wäsche hatte einen Geruch, den ich besonders liebte.
Jakobs Mutter sprach von Andreas, während sie bügelte: »Ein guter Junge. Man sah es schon an seinem Gesicht. Bestimmt war er tapfer. Jungens wie er sind tapfer. Jakob, du mußt nicht tapfer sein.«
»Soll er etwa ein Feigling sein?« fragte sein Vater.
»Das verstehst du nicht«, sagte sie. »Ich weiß schon, wovon ich rede.«
»Verdammt«, sagte er, »ich bin nicht für Krieg, aber wenn wir diesen Krieg verlieren, geht es uns allen dreckig.«
Und Jakobs Großvater, der weitgereiste, schüttelte nur den Kopf. »Wir können diesen Krieg nicht gewinnen. Ich kenne Amerika.«

Aber was würde sein, nach einem verlorenen Krieg?
»Die Deutschen haben schon viele Kriege verloren«, sagte der Großvater.
Und die Mutter, mit dem Bügeleisen hin- und herfahrend über weiße Wäsche, redet leise mit ihrem Jakob. Die anderen müssen es nicht hören, es geht sie nichts an. Sie gibt Ratschläge: Niemals der erste sein wollen, sich nicht vordrängen, sich nicht freiwillig melden. Aber sicher wäre der Krieg bald aus.
»Jakob, du hast noch Zeit.«
Im Haus gegenüber wohnte eine Familie Häusler, die hatte neun Kinder. Der Frau wurde das goldene Mutterkreuz verliehen, das hatte sie sogar um den Hals hängen, wenn sie im Bäckerladen Brot einkaufte. Wenn die spazierengingen, schlängelte sich die Familie wie ein Wurm aus dem Tor. Vorne gingen er und sie. Dann folgten der Größe nach die anderen. Die beiden Ältesten trugen je eines der Kleinsten, denen die Rotzschnudeln bis zum Mund hineinliefen. Drei der Kinder waren leicht schwachsinnig und besuchten eine Hilfsschule. Eine schlampige Familie, mit den Merkmalen der Schwäche und Anfälligkeit, wie Rachitis und Zahnfäule im Kindesalter.
Mein Vater hat gesagt: »Der Alte schafft keinen Streich mehr. Dieser Faulenzer macht nur noch Kinder. Er lebt vom Kindergeld.«
Und weißt du, was er gesagt hat, der Kindermacher, als er davon hörte, daß Andreas gefallen war? Er reißt sein Maul auf und sagt: »Das ist kein Grund zur Trauer. Ich wäre stolz, wenn einer meiner Söhne für das Vaterland fallen würde.«
Jakob ging noch immer zu Eisenmenger, sah ihm noch immer zu, wie er beim Rechnen auf die Tafel spuckte, und Eisenmenger schlug ihm noch immer mit dem Kratzgriffel

auf die Finger. Aber er sagte es auch: »Jakob, du hast noch Zeit...«
Die Familie Häusler hat den Krieg überlebt. Keine Abstriche. Die Töchter sind Huren, gehen in Frankfurt auf den Strich. Vor ein paar Wochen, oder waren es ein paar Monate, habe ich eine bedient.
Sie kommt die Treppe herunter mit einem Mann. Jakob erkennt sie sofort. Es ist ein Häuslergesicht. Er geht an ihren Tisch und fragt nach der Bestellung. Sie schaut ihn an und sagt: »Bist du nicht Jakob? Du hast doch bei uns gegenüber gewohnt?«
»Ja«, sagt er. »Ich bin Jakob.«
Und sie plappert drauflos, erzählt, daß es allen gut ginge, daß ihre Schwestern eine Menge Geld verdienten. Sie natürlich auch. Sie meint es gut mit Jakob und sagt zu ihrem Freier: »Bezahl schon mal. Und gib ihm ein reichliches Trinkgeld.« Dabei wedelt sie mit der Hand zu Jakob hin: eine großzügige Geste.
Eine Flasche Sekt bestellen sie, lassen die Hälfte stehen.
»Sag mal«, fragt sie und legt den Kopf ein wenig schief, »weit hast du es nicht gerade gebracht, wie?«
»Ich bin zufrieden«, sagt Jakob.
»Ist ja auch egal« meint sie. »Ist alles nur provisorisch. Bei mir auch, alles nur provisorisch.«
Der Mann zahlt. Er sagt: »Der Rest ist für Sie.«
»Vielen Dank«, sagt Jakob und streicht das Geld von der Tischkante in seine Hand.
Sie hat noch eine Frage, ehe sie gehen: »Du hattest damals einen Freund. Er ist gefallen. Wie hieß der wieder?«
»Er hieß Andreas«, sagt Jakob.
Ich habe ihr draußen bei der Garderobe in den Mantel geholfen. Sie hat sich sehr freundlich bedankt.

## 17

Steigen muß Jakob, hoch hinauf muß er steigen.
Er sieht seinen Vater, wie er den Fuß auf die Leiter setzt. So fängt das an: der linke Schuh, der rechte Schuh die Sprossen hinauf. Jakob weiß genau, wie die Sohlen dieser Schuhe aussehen, die zu seinem Vater gehören, denn er sieht sie jeden Tag. Jakob hat ihm nachgeschaut, hat gewartet, bis er von oben die Aufforderung hörte: »Na, komm schon.«
»So bringen die Vögel ihren Jungen das Fliegen bei: Nachmachen! Nachmachen!« hat ein Geselle gesagt.
Und Jakob macht es seinem Vater nach. So ist das, seit ein paar Tagen: der Alte steigt hoch, der Junge folgt. Er macht noch überflüssige, verkrampfte Bewegungen, verbraucht mehr Kraft als sein Vater, muß mit dem Gedanken kämpfen, daß eine Tiefe zu ihm hinauflauert. Dann hört er die Sprüche seines Vaters: »Von oben sieht die Welt anders aus, was Jakob?«
Ganz anders sieht sie aus, fünfzehn, zwanzig Meter über dem Boden. Höher hinauf reichen die ersten Versuche des Meisters mit seinem Sohn noch nicht. Er wird ihn noch an seine Grenze heranführen. Auf dem Dach eines Kirchturms wird sich Jakob ängstigen. Und von da an wird er immer vor der Höhe zittern, er kann den Blick in die Tiefe nicht ertragen.
Sein Vater wird erkennen müssen, daß sein Jakob nicht die Fähigkeiten zu einem Dachdecker hat. Das wird ihn betrüben, denn er hat in Jakob den Erben gesehen, den Fortführer seines Handwerks. Daran hat er geglaubt, seit er ihn aus dem Gymnasium nehmen mußte. Er wird

noch andere Versuche mit Jakob wagen: kaufmännischer Lehrling in einer Lebensmittelgroßhandlung, kaufmännischer Lehrling in der Frankfurter Tageszeitung, die »Generalanzeiger» heißt und zehn Pfennig pro Exemplar kostet.
Und das erkennt Jakob immer wieder als eine Gewißheit: Es ist schwer, hier etwas Ordentliches zu werden. Habe ich das nicht meinem Lehrer gesagt?
Er muß Dachdecker werden!
Es ist gut, ich will Dachdecker werden.
Natürlich hätte ich auch etwas anderes werden können. Wer hat denn behauptet, daß ich nicht alles mögliche hätte werden können? Eines Tages werde ich... Bestimmt werde ich...
Es beginnt morgens. Früh muß ich aufstehen. Alle stehen sie so früh auf. In der Küche sitzen sie und verschlingen das Frühstück. Die Männer gehen die Treppen hinunter, kommen aus den Türen. Morgens kann man sehen, wie viele Männer trotz des Krieges noch in dieser Straße wohnen.
Steigen, hinaufsteigen, immer nach oben: unter Gebälk durchgehen, daß man den Kopf einziehen muß. Die großen Spinnen krabbeln auf ihren langen Beinen davon, haben viel zuviel Beine.
Aus Dachluken kommt er, steht plötzlich in der großen Helligkeit. Draußen auf dem Dach, der Wind fährt in die Kleider, und die Stimmen klingen anders, denn der Wind zerreißt die Worte, die Jakob mit seinem Vater spricht.
An einem Morgen steht Jakob mit seinem Vater auf dem Schlachthof der Stadt Frankfurt.
Sie können von hier aus den Main sehen. Drüben ist der Dom und noch ein paar Kirchen mit alten Namen. Die Häuser auf der anderen Seite sehen aus, als kämen sie aus Jakobs Baukasten: schönes, friedliches Spielzeug.

Manchmal hat Jakob noch Sehnsucht nach seinem Spielzeug.
Es sind zwei Jahre her, daß er den großen Baukasten zum letztenmal aufstellte, daß er die alten Zinnsoldaten marschieren ließ. Ich stellte sie auf, in Reih und Glied. Mein Vater und seine Brüder haben damit gespielt. Ein paarmal haben sie davon gesprochen. Ich habe sie verpackt, in der Mansarde liegen sie jetzt, in einer Schachtel. Toni wollte sie nicht haben.
Der Main glänzt in der Sonne, man könnte hier auf dem Dach sitzen bleiben und ein bißchen herumgucken.
»Los, los«, sagt sein Vater. Er will ihn antreiben, aber dann bleibt er neben Jakob stehen und schaut hinunter in den großen Hof.
Unter ihnen ist das Gedränge von Schweinen, Kühen und Schafen. Am lautesten sind die Schweine. Sie quieken und schreien ihre Ratlosigkeit über den gepflasterten Hof. Die Kühe stehen dicht aneinandergedrängt. Sie haben die Köpfe mit den Hörnern, die sie nicht zu gebrauchen verstehen, und dann löst sich dieser langsame Schrei aus den offenen Mäulern, baßtief, ein gemeinsames gedehntes Muh! Sie warten, haben nur noch eine kurze Zeit.
Eine Herde von Schafen hofft auf Gras. Schafsköpfe, Schafspelze, ein blökendes Gewimmel. Jakob hört Urstimmen, etwas wie Protest.
Dies ist ein Geschäft, eine besondere Arbeitsstätte. Männer beherrschen diesen Tumult der Tiere. Sie glätten den Protest, immer der Reihe nach. Sie greifen einzelne Stimmen heraus, führen sie zu den Bänken und machen sie stumm.
Bäää! blökt der Schafsbock noch ein letztes Mal, dann fällt er, und seine Beine bewegen sich in der Luft, als wolle er schnell davonlaufen, obwohl er doch seinen kleinen Tod nicht mehr abschütteln kann.

»An die Arbeit!« sagte Jakobs Vater. »Meinen Lehrmeister hättest du haben müssen. Er hatte ein steifes Bein, er war einmal wo heruntergefallen, der schlug mir mit seinem Stock fast jeden Tag übers Kreuz. Das war damals noch so. Zuerst muß ein Lehrling geduckt werden. Ich hoffte immer, er würde abstürzen. Das war ein Hund, kann ich dir sagen. Den habe ich gehaßt. Ich habe ihm gewünscht, daß er eines Tages herunterfällt. Aber nicht gleich aufschlagen... Am Dach sollte er hängenbleiben, verstehst du? An den Hosenträgem oder so. Nur ein bißchen Angst, ein bißchen strampeln... Aber er war ein guter Dachdecker, ich habe viel bei ihm gelernt.«
Akkordarbeit an den Schlachtbänken. Die Männer haben Erfahrung. Sie haben ein Handwerk gelernt und beherrschen es meisterhaft. Sie ernähren eine Stadt. Sie müssen schnell sein, dulden keinen Aufschub, keinen Widerspruch, keine letzte Neugier.
Die Kuh will nach links, sie will nicht den geraden Weg gehen. Sie hat links etwas gesehen oder gehört, das sie interessiert, das sie noch erfahren möchte. Es gibt jetzt keine Erfahrungen mehr. Sie muß dem Schlächter dienen. Langsam fällt sie, hebt verwundert den Kopf, als würde sie staunen. Dann sinkt ihr Kopf, und es sieht aus, als hätte sie begriffen, daß sie mit dem Schlächter zusammenarbeiten muß. Er hat sein Bestes getan, hat sie so gut behandelt, wie es ihm möglich war.
»Das muß sein, hat mein Lehrmeister gesagt«, erklärt Jakobs Vater. Oben auf dem Dach... Mit dem Stock hat er ihn geschlagen.
»Das muß sein...« Jakobs Vater hat diesen Spruch oft hören müssen, und auch Jakob hat ihn sich angeeignet und ihn Toni vorgehalten, bis ihn Toni eines Tages beschämt: »Das ist die einfachste aller Vereinfachungen,

eine dumme Formel, nichts weiter!« Von da an sagt Jakob nicht mehr: Das muß sein. Toni ist klug. Er weiß genau, was er will. Jakob steckt die Niederlage ein, sie macht ihn stolz – auf seinen Sohn.
Auch der Große Kurfürst schlug seine Beamten mit dem Stock. Jakob hat es in der Schule gelesen. Es stand in einem Buch. Mit dem Stock hat er Tugend gelehrt. Der Lehrer sagt es, der Lehrer billigt es. Ein Staat entsprang dieser Strenge, aus Zucht und Ordnung geboren: die Idee eines Staates. Das Gesicht des Lehrers ist verklärt, als er sagt: Preußen! Das klingt, als wäre er mit Freuden bereit, sich den kurfürstlichen Stock über den Rücken ziehen zu lassen.
Jakob und sein Vater stehen nebeneinander auf dem Dach des Schlachthofes und schauen hinunter.
»He», sagt Jakobs Vater nur. Er treibt jetzt nicht zur Arbeit an, denn sie sehen ihn kommen. Er wird von zwei Männern geführt: ein Tier wie ein Berg, ein riesiger brauner Ochse. Zotteln in seinem Fell, darunter wölben sich Muskeln, verschieben sich, gleiten in den vorgeschriebenen Bahnen. Langsam geht das Tier. Es ist seine Art des Gehens, sein Tempo kann nicht beschleunigt werden, eine unbeirrbare Masse, die sich in einem braunen Fell vorwärts schiebt. Ochsentrott über das Pflaster des Schlachthofs. Die Männer sind vorsichtig, sind auf der Hut. Sie beobachten scharf, und ihre Gesichter verraten die Anspannung.
Ich habe das gesehen, vom Dach herunter. Wenn er wollte... Wenn er denken könnte...
Sie sind jetzt zu dritt auf dem Dach. Ein Schornsteinfeger hat sich zu ihnen gesellt, Ruß im Gesicht, Zylinder auf dem Kopf. Er hat nicht gegrüßt, er hat sich nur als Zuschauer eingereiht. Sie sind drei stumme Zeugen, wissen, was dem Tier bevorsteht.

Noch hat das Tier Würde. Langsam geht es. Geht es vielleicht sogar feierlich? So langsam hat es den Wagen gezogen, den Pflug. An sich selbst und an die Last war es gewöhnt. Eine riesige wiederkäuende Zufriedenheit. Klein und dünn hüpfen die Männer um das Tier herum. Sie folgen einem genauen Plan, Hand in Hand arbeiten sie. Sie beginnen beim Kopf, bei diesem quadratischen Schädel mit den kurzen dicken Hörnern.

Blitzschnell – das ist der Schußapparat. Ein dünner Knall, das Tier steht noch. Es sucht mit glotzenden Augen, begreift nicht, was geschieht. Es hat einen Wagen gezogen, wartet vielleicht auf seinen Wagen. Hin und her bewegt es den schweren Kopf, ist noch gewaltig, verbreitet noch einmal Respekt. Grollend ist der Schrei, dröhnt vorwurfsvoll aus der Tiefe des Brustkorbs. Schnell sind die Männer, sie müssen das Tier überzeugen, das nicht an seinen Tod glauben will. Langsam stirbt ein Koloß. Das Leben wehrt sich noch. Hin und her schaukelt der Kopf.

Der Schlag steht in der Luft. Er wird geführt ohne Haß. Ein Schlag mit einem großen Hammer. Er hat gewisse Abläufe. Das Instrument wird angehoben. Es muß mit Gewicht fallen, muß bei diesem Fall seine Masse vervielfachen. Eine Idee steckt in dem Schlag. Der Schlag wird dem Tier genau angemessen.

Langsam bricht der Ochse in die Knie, seine Beine sind ihm jetzt fremd. Sie knicken ein. Es ist die Pose der Unterwerfung. Der Schlächter hat das Tier entehrt. Aber er kann ihm noch immer nicht sein Tempo aufzwingen. Das System funktioniert noch, wie ein Blasebalg sind die Lungen, pumpen Sauerstoff in den Körper. Arbeiten muß der Mann, um den Tod in das Tier hineinzutreiben.

Die Klinge. Sie blitzt kurz auf, leistet in der Hand des Mannes Maßarbeit. Der Stich ist dem Tier angemessen

wie der Schlag, trifft ein Zentrum. Der Schnitt muß gelernt sein.
Jetzt gibt das Tier nach, das Fleisch gibt nach. Der Ochse fällt, er liegt am Boden, eine zuckende Masse, aus der eine Klage aufsteigt, ein ersterbender Vorwurf. Jakob kann es hören.
Jakob ist auf der Seite dies Ochsen, er wird immer auf der Seite der Ochsen sein. Das Tier rührt sich nicht mehr, es ist ein Berg aus Fleisch. Die kleinen Männer haben es besiegt.
Jetzt erst grüßt der Schornsteinfeger. Er hebt seinen Zylinder würdevoll hoch und sagt: »Guten Morgen.«
Sein Vater zieht die Mütze: »Guten Morgen.«
Man müßte den Ochsen helfen. Sie müßten so etwas haben wie die Berechtigung, alt zu werden, die Gewißheit des friedlichen Grasens. Vereine sollten gegründet werden für die Ochsen. Fürsprecher und Fürsorger hätten da unbedingt Pflichten zu erfüllen. Möglichkeiten müssen gefunden werden für die Ochsen. Und überhaupt... Denn Jakobs Mitleid breitet sich aus über diese ganze Stadt, einen Erdball umfaßt sein Mitgefühl. Er sieht gigantische Aufgaben, glaubt, seine wahre Bestimmung zu erkennen. Wer hilft den Ochsen, den Kühen und Schafen? Wer beschützt die Dachdecker und Schornsteinfeger? Es muß etwas getan werden. Ich, Jakob, sage euch, daß es so nicht weitergeht. Ich werde es euch lehren, und wenn es sein muß, mit dem Stock!
Sein Vater herrscht ihn an: »Los jetzt, steh hier nicht faul herum!«
Jakob seufzt im Traum und begreift, daß man zumindest ein Kurfürst sein muß.
So ist das auf den Dächern: Wenn sich ein Schornsteinfeger und ein Dachdecker auf einem Dach begegnen,

grüßen sie sich mit Respekt. Sie achten sich, weil sie ein besonderes Handwerk verstehen, weil sie in Gefahr sind und vielleicht auch, weil sie beide die Welt von oben sehen.

Manche Tage erscheinen Jakob öde. Dann sitzt Jakob in der Küche auf dem Boden und spielt. Blinde Tage, sie haben kein Licht, etwas fehlt in ihnen, und er weiß nicht, was es ist, obwohl er doch glaubt, er könnte es herausfinden oder sich daran erinnern wie an etwas, das er schon einmal gewußt hat.
Es ist langweilig im November, sagt Jakob.
Gegen Weihnachten zu verdrücken sich die Kinder von der Straße und sitzen in den Zimmern. Sie fehlen ihm. Er sucht mißmutig in Kisten und Schachteln, kramt herum, geht durch die drei Zimmer, schaut seine Eltern vorwurfsvoll an, muß Grießbrei essen und warten, aber er weiß nicht, auf was. Die Eltern sind schuld: Es ist eine Kluft zwischen ihm und ihnen. Er setzt seine verstockte Miene auf. Sie merken, daß er sie herausfordern will.
Ich soll spielen, sagen sie. Er soll etwas mit sich anfangen, meinen sie.
Auf die Straße will er gehen, will die Kinder suchen, will unten vor den Häusern auf die Klingelknöpfe drücken und dann zu den Fenstern hinaufrufen: Kommt herunter und kümmert euch um Jakob!
Spielen! befehlen seine Eltern. Sie wollen ihn überlisten und seinen Widerstand ablenken. Mißtrauisch ist Jakob, begreift genau, daß sie ihn harmlos machen wollen. Ein braves Kind wollen wir haben.
Über Zäune gucken, in fremde Fenster hinein, die Gerüche eines Treppenhauses: Wo kommst du her, Jakob? Ja, ja, sagt die alte Frau. Ich habe es immer gewußt. Erzählt

mir von Amerika, sagt Jakob. Es regnet in den Alleen. Manche Menschen haben Kühe. Mit einem Krokodil möchte ich spazierengehen. Ich lege ihm ein Halsband um, dann gehe ich mit meinem Krokodil wie mit einem Hund spazieren. Da werden sie staunen – überall, wo ich vorbeikomme.

Spielen! sagt der Vater. Er meint Erziehung, Dressur, Anpassung, Entwicklung der Phantasie, aber nur in den gewünschten Bahnen. Die guten Kräfte müssen geweckt werden. Das Spielzeug hat höheren Zwecken zu dienen. Das hat Jakobs Vater in Velhagen und Klasings Monatsheften gelesen. Er hat auch gespielt, hat auch in der Küche auf dem Boden gesessen. Sie waren vier Brüder.

Seine Majestät, der Kaiser, hat unten einen beschämenden Zapfen zwischen den Beinen, aber den sieht man nur, wenn man ihn vom Pferd herunternimmt.

Sein Kopf wackelt schon, und die Beine sind allzu krumm. Man muß überhaupt aufpassen, daß er nicht vom Pferd herunterfällt. Jakob nimmt diese Ruine jedoch ernst. Er beschimpft ihn: »Du Dummkopf! Du bist zu nichts zu gebrauchen!«

Dabei ist die Pose des Kaisers überzeugend: Er hält in der hoch erhobenen rechten Faust ein Schwert. Außerdem wurde er mit Respekt angepriesen: Seine Majestät, der oberste Kriegsherr, unser Kaiser.

Er ist ein kleines Denkmal aus Zinn, und er wird immer den rechten Arm mit dem Schwert ausstrecken. Jetzt lebt er in Holland und trägt Knickerbocker, wie Jakobs Vater.

Ein Kaiser ist heilig, der liebe Gott hat ihn nämlich geschickt. Er kommt schon als Kaiser zur Welt, und sogar als Zinnsoldat kostet er ein wenig mehr als die anderen Zinnfiguren.

Unten in der Schachtel liegt das Heft vom Dezember 1914. Velhagen und Klasing, Redaktion in Berlin, Tauentzienstraße. Ein Großonkel Jakobs hat befohlen: Das Heft muß aufgehoben werden, weil darin die Uniformen erklärt sind.
Velhagen und Klasings Heft hat den Großonkel zum Kauf der Zinnsoldaten inspiriert. Denn in diesem Heft ist ein Aufsatz eines Herrn Dr. Weiglin, der genau die Möglichkeiten für das Spiel mit Zinnsoldaten beschreibt. Er benötigte dazu die Seiten 501 bis 512. Auf der ersten Seite ist ein schöner Scherenschnitt: *»Prinz Wilhelm, der spätere Kaiser Wilhelm der I., in Gemeinschaft seines Bruders, des Kronprinzen Friedrich Wilhelm, mit Zinnsoldaten spielend. Zeitgenössische Silhouette.«*
Schleifchen haben die an den Schuhen, feine Hosen, unten mit Bändern und oben schöne Krägelchen. Hübsche, fette Kinder sind es, in Samt und Seide, und jeder hat einen dicken Hintern in der Hose, und jeder hält auch einen Stock in der Hand. Auf dem Sockel einer dorischen Säule proben sie den Krieg, und der spätere Kaiser dirigiert bereits mit weit vorgestrecktem Arm den Ablauf der Schlacht.
Darüber hat Toni sehr gelacht. Erstaunliche Äußerungen gibt er von sich: »Dämlich sehen die beiden aus. Wenn die in meiner Klasse wären, würde ich ihnen jeden Tag in den Hintern treten.«
Jakob denkt nach: Als ich in Tonis Alter war, habe ich sie nicht dämlich gefunden. Bewundert habe ich sie; um ihre Hosen habe ich sie beneidet.
Toni hat gelacht. Das war, als ich mit ihm die Mansarde ausgeräumt habe. Die große Schachtel war noch da, und das fleckige, aus dem Leim gegangene Heft lag auch noch darin. Jakobs Mutter stand hinter ihnen und sagte:

»Damit konnte Jakob früher stundenlang spielen. Willst du sie nicht haben?«
»Quatsch!« sagt Toni nur. Er ist auch zu alt dafür, geht schon im ersten Jahr aufs Gymnasium, oder ist es das zweite Jahr... Wohnt bei Jakobs Frau, die einen anderen geheiratet hat, darf zu Besuch kommen, mit Erlaubnis der Mutter, um seinen Vater zu sehen und auch die Großmutter.
»Ei, der Toni«, sagt sie. »Wie geht es dir, Toni?« Fragt nie nach der Mutter, übergeht sie, ignoriert ihre Existenz, weil sie ihr den Vorwurf macht, sie hätte ihn nicht genug geliebt. Jakob hat keine Fehler, er hat nur kleine Schwächen. Sie, die Mutter, weiß alles über Jakob, aber Lena, die Frau, hat nie etwas über Jakob gewußt. Ein heimlicher Triumph: Die Schwiegertochter hat ihr den Sohn nicht nehmen können. Er ist noch immer ihr Jakob. Und sie hat noch eine Heimlichkeit, die sie aber nicht für sich behalten kann: »Jakob, ich habe für dich gespart... Wenn ich tot bin, Jakob...« Sie flüstert, hat Freude an ihrer Mitteilung, denn auf diese Weise beschenkt sie ihn zweimal: Sie kündigt das Geld jetzt an, er wird es später empfangen. Damit will sie ihn stärken: Jakob, jemand steht hinter dir. Hüte dich vor den Menschen, Jakob...
Aber sie meint damit die Frau, der sie die Absage, die Kündigung der Ehe nie verzeihen wird.
»Ich will das Geld nicht«, sagt Jakob. Peinlich ist ihm die Sparbüchse der Mutter. Sie hat Angst um ihn, wähnt ihn noch immer im Krieg, denn der Krieg beginnt vor ihrer Tür, hat die Ahnung, daß sie draußen über ihn herfallen, wenn sie nicht dabei sein kann: im Jahre 1980, im Jahre 1990 und noch später, im Jahre mit den drei Nullen. Jeden Tag zieht er in den Krieg, jeden Tag nimmt sie Abschied von ihm. Deshalb ist er fortgelaufen, wohnt in einem anderen Zimmer, nicht in diesem Haus.

Sie ist wie ein lebender Vorwurf für ihn: schlurft durch die Wohnung, streicht mit einem Staubtuch über die Möbel, betrachtet verloren Bilder in ihren Rahmen, kocht sich ein kleines Essen, sitzt allein am Tisch, wartet auf ihn und möchte von hier aus noch eingreifen in sein Leben, als wäre es ihr Eigentum.

Jakob stellt seine Zinnsoldaten auf. Preußische Infanterie, bayrische Jäger, Pickelhauben im Stumm, marsch, marsch. Aufgepflanzt ist das Bajonett. Grenadier zu Pferde, französischer Husar, englische Infanterie im Sturmlauf. Auch die Serben sind dabei, dunkelblaues Tuch. Die rumänischen Scharfschützen tragen rotbraune Jacken, die russische Truppe tritt an mit Bart, Kosaken, die aussehen, als wären sie alte Männer. Am schönsten sind die Husaren. Die Wimpel ihrer Lanzen wehen im Wind. Sie galoppieren, und Jakob ist sicher, daß es die Husaren sind, die jeden Krieg gewinnen.

Den lahmen Kaiser stellt er zu den Verlierern. Jakob weiß im voraus, wie die Schlacht ausgeht: Die Häßlichen werden vernichtet.

Davon war auch Dr. Paul Weiglin in Velhagen und Klasings Heft überzeugt: »Unsere herrliche Truppe wird jeden Feind zerschmettern...«

Und das möchte er den Kindern beibringen: »*Wie sollte es da anders sein, als daß das Herz des Knaben sich entzündete an dem kriegerischen Glanze des auferstandenen Vaterlandest? Was draußen in schier unfaßbarer Größe geschehen war, sollte sich in seiner gegenwärtigen kleinen Welt naturgetreu abspielen.*

*Einsichtige Erzieher stellten ausdrücklich die Forderung auf, es solle die Phantasie der Kinder auf diese Weise genährt und gebildet werden, denn wie unter den Großen, so ist auch unter den Kleinen der alte kriegerische Sinn*

*des deutschen Volkes neu erwacht und drängt zu Betätigung.*
*Nicht mehr ist der Kampf mit der Waffe in der Hand ein gottlob überwundenes barbarisches Rechtsmittel, sondern höchste Pflicht und Ehre zugleich.*
*Man sieht, der Zinnsoldat ist auch zu höherer Unterhaltung fähig, und man wird es nicht kindisch schelten, wenn sich auch Große seiner Zierlichkeit erfreuen. Im kindlichen Spiele mit Zinnsoldaten, so streben wir zum Heldentum des Mannes empor...«*
Sie sehen hübsch aus, wenn man sie von oben betrachtet. Jakob baut die Schlacht, er läßt siegen und untergehen. Danach kommt die große Langeweile des Friedens. Er beginnt von neuem: Er konstruiert und zerstört, er ist ein Schöpfer und ein Vernichter. In der Anspannung liegt der Sinn des Spiels. Aber dann kommt der Augenblick, in dem er ihrer müde wird, er hält sie für dumm, für unbeweglich, und er packt seine dummen Helden mit dem lädierten Kaiser wieder in die Schachtel.
Er ist unzufrieden, wünscht sich ein anderes Spiel, eine Erregung, etwas Neues, eine noch nie gewesene Herausforderung: mit einem Krokodil müßte man spazierengehen. Und wirklich, er geht damit spazieren, er geht über die Straße, und er sagt: Haben Sie schon mein Krokodil gesehen?

Steigen muß Jakob, hoch muß er hinaufsteigen. Und dort steht die Leiter.
»Ich weiß es«, sagt er. »Ich weiß es.«
Es ist wieder eine Kirche, und er ist freiwillig gekommen, bis an seine oberste Grenze ist er herangegangen. Er hätte andere Möglichkeiten gehabt, in Kellern und verlassenen Gewölben. Unter der Erde hatte er sich verkriechen wollen,

aber mitten im Dorf ragte die Kirche auf. Er ging auf sie zu, sie war wie ein weit geöffnetes Tor.
Hoch oben hockt Jakob auf dem Turm. Warum bin ich da hinaufgestiegen? Der Wind pfeift durch die Bogenfenster des Glockenstuhls, und Jakob zittert vor Kälte.
Er weiß, wie die Erde von oben aussieht, er erkennt sie aus Vogelaugen, erkennt ihr Muster. Sie ist beschnitten, beackert, gerodet, bebaut: aufgeteilt ist die Erde. Weit kann Jakob über das Land schauen. Ein verzweigtes Haufendorf liegt unter ihm. Es gab nichts her, nicht eine Wurst, nicht eine Krume Brot. Ein verschontes Dorf, kein strategischer Punkt. Die breite Straße führt daran vorbei, läßt es abseits liegen. In der Ferne kann er sie sehen, kleine Wagen fahren darauf hin und her, aufgelöste Kolonnen marschieren, eine ratlose Armee krabbelt ziellos auf ihr herum. So sieht das aus – aus Vogelaugen.
Der Krieg bevorzugt die großen Straßen. Darüber staunt Jakob. Er hat das erst jetzt erkannt, aus der Höhe. Er fühlt sich als listiger Beobachter, der Abstand gibt ihm Überlegenheit.
Die Tauben gurren. Sie fürchten ihn nicht, in den Fensterbögen stolzieren sie auf und ab, auf Simsen und Vorsprüngen putzen sie sich, schlagen mit den Flügeln, streichen ab oder kommen flatternd an. Jakob schaut ihnen zu. Sie dulden ihn. Das Leben einer Taube wünscht sich Jakob. Ich bin ein Deserteur.
Die Gelassenheit der Tauben beruhigt ihn. Sie sind über der Erde, machen Generäle lächerlich, Frontbewegungen völlig unwichtig. Vogelaugen: Da unten geschieht nichts, was den Bereich der Tauben verändern könnte. Nur ein wenig flattern sie auf, als Jakob in hohem Bogen einen Wasserstrahl aus seinem Turmfenster schickt. So etwas haben die Tauben noch nicht gesehen. Vielleicht wundern sie sich darüber, denkt Jakob.

Ich pisse nicht in eine Kirche, auch die Tauben habe ich nicht getroffen.
In den Glockenstuhl des Kirchturms ist ein großes Loch gerissen worden. Es ist fachmännisch angelegt, Werkzeug liegt noch herum. Die Glocke war für den Schmelzofen bestimmt, das ist leicht zu erraten.
»Sie haben dich nicht mehr erwischt«, murmelt Jakob. Er schaut die Glocke fast zärtlich an. Unbeweglich und stumm hängt sie neben ihm, ist wie ein zweites Wesen, das eine Stimme hat. Er schätzt sie in diesem Augenblick als ebenbürtig, obwohl ihr die Patina des Alters ein finsteres Aussehen gibt.
Eine Tafel ist in die Wand eingelassen, im Jahre 179... Die letzte Zahl ist nicht mehr zu erkennen. Eine Stiftung, aus Dankbarkeit. Wahrscheinlich haben sie gefeiert und fröhlich gesungen. Denn da steht es: »Dank für die Genesung von Pein und Siechtum...«
War es die Pest? Krankheit war es auf jeden Fall. Haben die Aussätzigen geklappert? In Frankfurt, eine Gemarkung, die heißt Klapperfeld. Und durften nie wieder nach Frankfurt hinein.
Epidemien breiten sich aus, wenn die Menschen keine Widerstandskraft mehr haben. Dann kommt die große Seuche. Und nach den Heimsuchungen werden die Glocken gestiftet.
Jetzt wird sie nicht mehr läuten, ist seit hundert Jahren stumm, könnte schwingen, sich bewegen. Der Klöppel nimmt einen Anlauf, das Herz der Glocke. Ein Ton ist in sie hineingebaut. Der Ton wartet in ihr, immer der gleiche. An diesem langen Seil haben sie gezogen. Es ist rauh und fast so dick wie Jakobs Unterarm.
»Ehre sei Gott in der Höhe...« steht als letzte Zeile auf der Wandtafel. Es hat uns erwischt, noch einmal davongekommen, jetzt hoffen wir, daß es uns nicht mehr

erwischt. Denkmäler der Dankbarkeit, der Erinnerung an unsere guten Vorsätze. Eigentlich sind wir alle gut. Dieses Motiv hängen wir in einen Turm, dann ziehen wir an dem Seil, und die große Idee beginnt zu schwingen in einem einzigen Ton.

Wenn er seinen Arm ausstreckte, könnte er ihren unteren Rand mit den Fingerspitzen berühren. Er wagt es nicht, denn in der Mitte ist der Sog in die Tiefe, das kreisrunde Loch im Holzboden. Er müßte nahe herangehen.

Die Glocke interessiert ihn, er beschäftigt sich mit ihr. Wenn ich hier am Seil... und wie würde sie klingen? Sie gehört jedem, der sie bewegen kann. Sie dient, gibt Signale: Geburt, Tod, Hochzeit, Kindtaufe, Versammlung, hoher Besuch, dazu noch Feuersbrunst, Überschwemmungen, Gewalteinwirkung, Überfall und jede Art von Not.

Und deshalb haben sie das Wort geprägt: Etwas an die große Glocke hängen.

Mühsam kann er ihre Inschrift entziffern. Erhabene Buchstaben, eine Girlande von Worten, einmal um die Glocke herum: »Ich bin die Stimme des Friedens – so höre mich, o Land, Land, Land.«

Die Leiter ist angelegt zu dem Gebälk hinauf. Wie immer Jakob sie stellen würde, sie überquert die Tiefe. Wenn der Raum viereckig wäre... Aber sie haben ihn rund gebaut für dich, Jakob. Ein Kreis hat seine Tücken. So kann die Leiter nur Halt finden, wenn sie genau den Mittelpunkt des Kreises schneidet. Das ist Mathematik.

Das Gebälk bietet Sicherheit, ein ideales Versteck. Wenn ich oben bin, ziehe ich die Leiter hoch. Niemand kann mich sehen, niemand kann zu mir hinaufkommen. So einfach ist das.

Die erste Sprosse ist ein Kinderspiel. Bei der zweiten beginnt das Wagnis, die dritte gefährdet bereits sein Leben.

Die vierte Sprosse gibt ihn preis. Er schwebt, hängt über dem Abgrund. Von unten hakt sich etwas ein, in der Gegend des Nabels oder eine Handbreit darüber. Sein Gewicht multipliziert sich. Es ist die Energie, die er anwandte, um hochzusteigen. Sie ist gespeichert und entfaltet sich jetzt. Er gehört zu den Menschen, die eine auf solche Weise gespeicherte Energie genau spüren.
Jakob und die fünfte Sprosse.
Es gibt Artisten, Seiltänzer, schwerelose Menschen.
Ganze Berufsgruppen entstanden über der Tiefe. Kühne Konstruktionen schlagen Bogen über die Abgründe. Es sind die Mysterien der Geometrie, der Natur abgelauscht, dann genau ausgeführt. Systeme wurden erfunden. Die Erdanziehung kann berechnet werden, der freie Fall...
Doch was hilft das alles Jakob? Es schwächt nicht sein Zittern auf der Leiter, gibt seinen Armen nicht zusätzliche Kraft. Der Ballast nimmt zu, wird zu einem unerträglichen Druck. Jakob hat sich an seine obere Grenze herangebracht: Die endgültige Sperre fällt.
Er erleidet die Krise. Die Erde beginnt sich zu bewegen, die Perspektive zerfällt, gerade Linien krümmen sich.
Die große Rotation läuft an. Sie hat einen winzigen Mittelpunkt: Jakob.
Dinge tanzen um ihn herum. Er bringt sie in Gang, Ansammlungen von Menschen. Er muß seinen Namen sagen. Verfolger jagen ihn, zertrampeln die Stille mit ihren Stiefeln.
Zwei Krankenschwestern werden aufgescheucht, geben sich Zeichen, sind in Eile und Sorge, umkreisen ihn, ihre Gesten bezeichnen die Krise.

Die große Glocke. Sie schwingt, der Klöppel nimmt einen Anlauf. Am Seil zappelt Jakob, zieht mit aller Kraft, wird von dergleichen Kraft, am Seil hängend, vom Boden

abgehoben. Er kommt wieder unten an und zieht, geht tief dabei in die Knie. Auf der einen Seite Jakob, auf der anderen Seite die Glocke. Vor mehr als hundertfünfzig Jahren in Bronze gegossen: »Ich bin die Stimme des Friedens...«
Sie gibt jetzt Antwort. Schneller mußt du schwingen, schneller! Ich, Jakob, läute die Glocke.
Sie rufen zu ihm hinauf: »Komm sofort da herunter! Halt, anhalten, oder wir schießen!«
Aber die Glocke hält jetzt nicht mehr an. Und er, Jakob, kann nicht aufhören. Die Glocke muß dröhnen. Sie hat einen Auftrag, und sie gehorcht Jakob. Niemand kann es ändern. Die Tauben schwirren davon. Von unten kommen wieder die Befehle. Eine Einheit sind sie geworden, Jakob und die Glocke.
»Das ist Widerstand!« ruft einer von unten herauf.
Schneller! befiehlt sich Jakob. Schneller! Das große Motiv schwingt jetzt voll aus.

»Wir haben uns fast totgelacht über den Burschen«, sagte der Unteroffizier, der ihn mit drei Mann festgenommen hatte. »Als er merkte, daß wir ihn entdeckt hatten, hängte er sich ans Glockenseil und läutete die Glocke wie ein Verrückter. Er wollte nicht loslassen. Jedesmal, wenn er mit dem Seil herunterkam, haben wir uns an ihn gehängt. Die Glocke hat uns zu viert hochgezogen. Er klebte am Seil wie eine Klette. Ich mußte ihm fast die Finger brechen...«

# 18

Er mußte seinen Namen sagen.
Immer schon mußte ich meinen Namen sagen. In der Schule, in der Lehre, beim Militär, als Gefangener, bei Verhören und dann beim Scheidungsrichter. Und manchmal ging ich Treppen hinauf, klopfte an Zimmertüren von Ämtern. Er weiß, wie diese Frage abgeschossen wird: Sie heißen?
Aha! scheinen die anderen zu sagen, wenn er seinen Namen genannt hat. Jedenfalls klingt es wie aha! Und damit ist bereits ein Tatbestand umrissen. Wir werden es schon finden. Da gibt es nämlich schwache Stellen, in die wir sofort hineinstechen werden.
Sie heißen?
Das hat der Feldhüter seinen Vater gefragt und dabei mit der Spitze des Bleistifts auf die Brust des Vaters getippt. Sie wurden erwischt, hatten Äpfel von den Bäumen geschüttelt. Wir konnten sie nicht kaufen. Und dann schrieb der Feldhüter den Namen in ein kleines Buch. Er war bewaffnet, trug einen Hirschfänger an der linken Seite, dessen Griff mit Horn ausgelegt war. Jakob hat ihn beneidet um diese schöne Waffe. Er war davon genauso beeindruckt wie von der Tatsache, daß es Menschen gab, denen ein ganzer Apfelbaum gehörte.
In der Fabrik, in der sein Vater ein paar Wochen gearbeitet hatte: Sie heißen? Ein Mann stellt die Frage, sitzt sicher und warm hinter einem Schalter. Gedehnt und lässig, von großer Überlegenheit zeugend, so fallen die beiden Worte. Sie sind als Kränkung geplant. Der Vater zieht die Brauen hoch, aber er sagt seinen Namen, denn er will um etwas

bitten. Jakob kann den Mann nicht sehen, sein Kopf reicht nur bis zum Schalterbrett. Er hört ihn und weiß genau, was für ein Mann dort sitzt.
Ein paarmal stand er am Fabriktor und wartete auf seinen Vater. Ich habe ihn gesehen, da schob er einen Karren über den Hof.
Der Name wird aufgeschrieben, Dienstgrad, dann die Einheit. So wird das immer gemacht: Es wird aufgeschrieben, wo man hingehört.
Der Hauptmann denkt nach. Er schaut auf das Stück Papier, das er beschrieben hat, dann prüft er Jakobs Gesicht. Er sucht etwas darin, er schüttelt den Kopf: »Was haben Sie sich nur gedacht?«
Wenn er jetzt reden könnte, er wüßte schon, was er zu sagen hätte, aber die Worte fehlen ihm. Er ist nicht frei, das war er nie vor Mächtigen. Er erinnert sich, daß er bei Vorgesetzten jedesmal sprachlos wurde. Selbst wenn sie freundlich waren, hatte er eine blockierte Zunge. Und dieser hier ist nicht unfreundlich. »Wie alt sind Sie?«
Jakob antwortet.
»Mensch!« sagt der Hauptmann. »Jetzt geht es Ihnen ans Leben...«
Ans Leben... denkt Jakob und weiß, was der Hauptmann meint. Da muß Jakob ein bißchen schlucken. Er hat plötzlich zuviel Speichel im Mund. Dieser Hauptmann, der hier in einem Keller seinen Kompaniegefechtsstand eingerichtet hat, würde ihm ganz gern helfen, das spürt Jakob, aber der Hauptmann kann es nicht. Ein langsames, nachdenkliches Nicken. Nichts zu machen, heißt das.
Jakob sucht im Gesicht des Hauptmanns. Sie schieben etwas zwischen sich hin und her: Ob vielleicht doch etwas zu machen wäre. Eine schweigende Beratung, nur Gesten: Der Hauptmann nimmt eine Zigarette aus der

Schachtel. Er hält sie in der Hand, rechts die Zigarette, links das Feuerzeug. Die Zigarette ist ein Mittel für den Aufschub. Man kann Zeit zubringen mit den Vorbereitungen. Besonders langsam und umständlich wird das Tabakstäbchen in der Hand gerollt, dann mit dem einen Ende auf den Tisch geklopft und schließlich mit dem Feuerzeug angezündet.
Eine Pause von Sekunden, von lebenswichtigen Sekunden. Eine kleine Hoffnung flackert in Jakob auf. Das ist ein anderer Mann als die Offiziere, die er kennt. Ein salomonisches Urteil liegt in der Luft, ein väterlicher Spruch.
Jetzt hat die Zigarette ausgedient, jetzt werden die Entscheidungen fallen.
»Warum haben Sie die Glocke geläutet?«
Ich weiß genau, daß Sie Mitleid mit mir hatten. Ich hatte noch nie einen so freundlichen Hauptmann gesehen. Er hat überlegt. Nachgedacht hat er über mich.
Warum habe ich die Glocke geläutet? – Herr Hauptmann, ich stand auf der fünften Sprosse, und da machte ich einen großen Fehler: Ich schaute nach unten. Ich weiß nicht, wie ich den Rückweg geschafft habe. Ich stand wieder neben der Glocke. Den Turm verlassen, ins Dorf gehen, sich verstecken... Aber da kamen sie schon. Es war zu spät, viel zu spät für die Leiter. Und da sah ich das Seil...
Ihr habt ja schließlich auch geläutet, nachdem Hindenburg gestorben war. Bei Kaisern, Königen, Fürsten – und erst beim Papst –, da hört ihr gar nicht mehr auf zu läuten. Es geht euch eigentlich nichts an, warum ich...
»Warum haben Sie die Glocke geläutet?«
Nichts kann er sagen. Steif wie ein Stock steht er vor dem Offizier. Sein Gesicht ist dumm. Er schnappt nach Luft. So hat er schon vor dem Lehrerkollegium gestanden, vor dem Direktor und später noch vor anderen Vorgesetzten.

Warum habe ich nie das Maul aufmachen können? Die Kraft hat ihn jedesmal verlassen.
Ich weiß es, Herr Hauptmann. Jetzt weiß ich es: »Ich wollte hören, wie sie klingt...«
Da muß er sich hinterher auf die Lippen beißen und spürt, wie seine Ohren rot anlaufen. Das liegt in der Familie. Mein Vater bekam stets rote Ohren, wenn er sich über etwas erregte. Das sind Menschen mit einem ausgeprägten Gewissen. Deshalb konnte ich immer so schlecht lügen. Das ist lästig, wenn man nicht lügen kann.
»Sie sind geisteskrank.« Der Hauptmann sieht ihn scharf an.«Haben Sie mich verstanden? Sie sind geisteskrank! Wenn Sie in meiner Einheit wären, gingen Sie jetzt ins Lazarett. Aber so muß ich Sie Ihrem Kompanieführer unterstellen...«
Das war die Entscheidung. Der Hauptmann schreibt auf seinen Block. Dann reißt er das Blatt heraus, ruft einen Unteroffizier und gibt ihm das Blatt. Ich werde in Marsch gesetzt. Die wissen, wo meine Kompanie liegt. Nicht weit von hier, haben sie gesagt.
Von der Tür aus sieht er noch einmal das Gesicht des Hauptmanns, und da hätte er beinahe gesagt: Auf Wiedersehen, Herr Hauptmann.

Der Obergefreite Bender trägt eine Maschinenpistole. Zwei Meter vor der Mündung der Pistole muß Jakob marschieren.
Vorher haben sie ihm ein Stack Brot gegeben, das ißt er langsam auf, während sie über die Landstraße trotten.
Die Soldaten schauen sich um. Jeder sieht, der Junge ist in Schwierigkeiten. Wer so transportiert wird, dem geht es an den Kragen. »Was hat er denn gemacht?« fragt einer.
»Glocke geläutet«, antwortet Bender wichtig.

»Was! Der war das?« Sie lachen. Ja, ein paar lachen über ihn. Sie haben ihn gehört, die Köpfe haben sie erstaunt gehoben, als die Glocke vom Turm dröhnte. Das klang wie Kapitulation. Der Frieden kommt immer überraschend, besonders, wenn der Krieg schon so lange dauert. Hätte das nicht sein können? Ein Waffenstillstandsangebot... Und wie wir später erfahren, soll es Verwirrungen gegeben haben. Feuerbefehle wurden verzögert. Drei Partisanen wurden zehn Minuten später als geplant erschossen. Der Obergefreite Kilian warf sein Gewehr in den Dreck und rief: »Endlich! Die Idioten haben begriffen, daß der Krieg schon lange aus ist!«
Jakob ist auf Transport! Ein Unteroffizier hat gerufen: »Obergefreiter Bender! Sie bringen diesen Mann zu seiner Einheit! Bei Fluchtversuch wird geschossen!«
Jetzt bin ich ein Gefangener. Und das ist seltsam: Er glaubt von jeher gewußt zu haben, daß er eines Tages ein Gefangener sein würde. Aber warum nur? Ich habe es gewußt, kann es aber nicht erklären.
Bender trägt den Zettel in der Tasche, das Blatt Papier, das der Hauptmann beschrieben hat. Jakob hat genau gesehen, daß Bender es in die Brusttasche seiner Uniform gesteckt hat. Der Unteroffizier hat ihm erklärt: »Das geben Sie bei seinem Kompanieführer ab.«
Was steht auf diesem Blatt Papier? Ich kann nicht so ohne weiteres danach fragen. Bender würde es nicht sagen. Bender hat ein teilnahmsloses, stumpfes Gesicht, dazu hat er aber noch etwas von einem eifrigen Angestellten. Es ist der Gegensatz, der den Heuchler verrät.
»Du hast gehört, daß ich schießen muß, wenn du einen Fluchtversuch machst...«
»Was werden sie mit mir machen?«
»Sie werden dich erschießen.«

»Warum? Ich bin doch noch viel zu jung...«
»Fahnenflucht, Menschenskind! Du bist überhaupt nicht zu jung. Du wirst es sehen, sie werden dich erschießen.«
»Es gibt auch noch andere Strafen.«
»Ja, du kannst auch gehängt werden.«
»Nein, da ist mir Erschießen lieber.«
»Das will ich meinen«, sagt Bender. »Hör mal, du siehst, ich behandle dich anständig... Was hast du denn noch so in den Taschen? Du brauchst doch nichts mehr. Ich könnte noch einen Brief für dich schreiben oder...«
Geld wollte er haben, dieser Bender. Nach einer Armbanduhr hat er gefragt, eine lederne Brieftasche hätte ihn außerordentlich interessiert. Jakob besitzt noch ein paar Scheine des wertlosen deutschen Geldes.
»Hier, das kannst du alles haben, aber du mußt meiner Mutter schreiben. Was schreibt man da am besten?«
Bender zählte: »Sechzig, siebzig, achtzig, neunzig...« Er steckte die Scheine in die Tasche. »Da schreibt man am besten, du wärst bei einem heldenhaften Einsatz ums Leben gekommen. Am besten Kopfschuß. Gleich tot, du verstehst. Kopfschuß ist denen am liebsten, da können sie nämlich sagen, er hat wenigstens nicht mehr viel gelitten.«
»Aber wenn die Kompanie meine Eltern benachrichtigt, dann erfahren sie die Wahrheit.«
»Nein, du gibst eine falsche Heimatadresse an. Dein Soldbuch lassen wir jetzt verschwinden...«
Für neunzig Mark diente Bender eifrig. Er erfand eine Heldengeschichte nach der anderen: Panzerangriff, Stoßtrupp, Spähtrupp. Dabei ließ er aber keinen Zweifel daran, daß seine Treue als Bewacher von diesem Nebengeschäft nicht beeinflußt wurde. »Du kriegst glatt eine geplättet von mir, wenn du davonläufst«, sagte er.

Jakob wollte keine zu heldische Todesnachricht. »Schreib nicht, ich hätte einen feindlichen Panzer in die Luft gejagt. Nein, Stoßtrupp auch nicht.«
»Also etwas Schlichtes?« fragte Bender. »Bei einem Feuergefecht hast du deinen Kopfschuß empfangen. Ist das gut so?«
Damit war Jakob einverstanden. Bender schrieb die Heimatadresse auf.
»Wann wirst du den Brief abschicken?« fragte Jakob.
»Ist es dir morgen recht?«
»Aber da bin ich vielleicht noch am Leben.«
»Nein, nein, da mach dir mal keine unnötigen Sorgen. Morgen bist du nicht mehr am Leben.«
Danach schweigt Jakob, denn Bender kann überzeugen. Sie marschieren wieder hintereinander. Die Mündung zielt auf Jakobs Rücken. Wir laufen nicht schnell. Ich habe noch ein wenig Zeit. Das ist ein grauer Tag, die Wolken hängen tief im Jahre eintausendneunhundertfünfundvierzig. Die Erde dröhnt ein bißchen, die Geschütze grollen von weitem.
Die Engel müßten jetzt kommen, wenn es sie gibt. An ihrer Spitze Gabriel mit dem Flammenschwert. Ein Schlag auf Benders Haupt. Jetzt wäre der große Auftritt fällig. Ein mächtiger Gesandter erscheint, er entfaltet die große Schriftrolle, hat das Siegel gebrochen und beginnt zu lesen: Die Begnadigung Jakobs auf der endlosen Ebene im Jahre eintausendneunhundertfünfundvierzig, nachmittags um vier Uhr, denn Jakob hat das Herz des Allmächtigen gerührt. Deshalb wird heute das große Wunder geschehen. Jakob ist ein Auserwählter von diesem Tage an. Er steht unter dem gewaltigen Schutz und ist für große Aufgaben vorgesehen...

Da wird Bender weich in den Knien und stottert: »Ich habe dich doch immer anständig behandelt...«
Und das ist seltsam: Er glaubt von jeher gewußt zu haben, daß eines Tages ein Wunder mit ihm geschieht. Aber warum nur? Ich habe es gewußt, kann es aber nicht erklären.
»Hör auf zu pfeifen«, befiehlt Bender. »Es ist Krieg, und du bist ein Gefangener. Ich glaube, da ist das Pfeifen verboten.«
»Ach«, sagte Jakob erstaunt. »Habe ich gepfiffen? Ich habe es nicht gemerkt.«
»»Brüderlein fein...« hast du gepfiffen. Ich habe nämlich früher Blockflöte gespielt.«
»Aha«, sagt Jakob. »Dann bist du auch musikalisch.«
»Und ob, sehr musikalisch.«
Das wäre immerhin eine Gemeinsamkeit. Jakob muß sie nutzen. »Bender, du hast einen Zettel in der Tasche. Was steht drauf?«
»Wo denkst du hin, das ist geheim.«
»Ich werde es niemand sagen, daß du ihn mir gezeigt hast. Ich sage ja auch nicht, daß ich dir Geld gegeben habe. Was willst du übrigens mit dem Geld? Das ist doch wertlos.«
»Nach dem Endsieg ist es wieder etwas wert.«
»Glaubst du an ein Wunder? Der Krieg ist längst verloren.«
»Sag das nicht. Adolf Hitler wird das Wunder tun.«
»Und wann?«
»Schon in den nächsten Tagen. Er hat es gesagt.«
»Er lügt, außerdem ist er ein Verrückter.«
»Siehst du, mit dir konnte es nicht gut ausgehen. Du hast tatsächlich den Tod verdient.«
»Wenn ich nur wüßte, was auf dem Zettel steht. Du kannst ihn dir ja einmal anschauen. Du brauchst mir nicht viel zu sagen.«

»Ich habe ihn schon gelesen. Ich weiß alles über dich.«
»Bender, das lügst du nur so daher.«
»Paß auf, mir kann ja schließlich nichts passieren... Unser Hauptmann hat geschrieben, du wärst wahrscheinlich geistesgestört, denn warum hättest du sonst völlig grundlos die Glocke geläutet. Aber ob du verrückt bist oder nicht, darauf wird jetzt keine Rücksicht genommen.«
»Euer Hauptmann hat recht. Ich mache die seltsamsten Dinge. Aber das war schon früher so.«
»Bist du tatsächlich verrückt? Ich meine, wie ist das, wenn man verrückt ist? Mir kannst du es ja sagen, ich erzähle es nicht weiter. Aber eigentlich glaube ich dir nicht, daß du verrückt bist.«

Wenn ich Glück habe, gelte ich jetzt als ein Verrückter. Rheinländer war verrückt. Es ist übrigens nicht sicher, daß er Rheinländer hieß, aber wir haben ihn so genannt. Den kannte ich schon, da war ich noch in der ersten Klasse. Irgendwo in Bornheim hat er gewohnt, es muß ganz in unserer Nähe gewesen sein. Mein Vater und meine Mutter kannten ihn auch. Er war überall anzutreffen. Er ging nämlich den ganzen Tag spazieren, weil er nichts anderes zu tun hatte. Er mußte keine Schule besuchen, konnte machen, was er wollte, denn er war verrückt.
Wo ist Rheinländer hingekommen? Ich hatte ihn vergessen. Er ist verschwunden. Niemand hat ihn nach dem Krieg wiedergesehen.
»Wo gehst du hin, Rheinländer«
»Ich gehe in den Ostpark, die Goldfische füttern.«
Jakob und seine Freunde umtanzen den Jungen, der anders ist als sie. »Rheinländer geht Goldfische füttern!«
Er hat tatsächlich eine Tüte mit Brot in der Hand. Er ist verrückt und hat dennoch einen genauen Plan, er weiß etwas mit seiner Zeit anzufangen. Er geht auf riesigen

Plattfüßen, ist überhaupt hoch gewachsen, ist immer gut gekleidet. Jemand gibt sich viel Mühe mit ihm. Während er beim Gehen mit seinen langen Armen schlenkert, erzählt er sich Geschichten. Dann macht er plötzlich einen Freudensprung, er jauchzt laut auf und fängt an zu rennen. Jakob und noch ein paar Jungen laufen hinter ihm her. Rheinländer ist zu lustig. Man kann lachen über ihn, und Rheinländer lacht jedesmal mit. Er legt seinen Kopf schief, zieht die Schultern hoch, und sein Gesicht verschiebt sich zu einer Grimasse. Dann erzählt er eine seiner haarsträubenden Geschichten, die er aus dem Stegreif erfindet.

»Im Ostpark habe ich den schönen Engel gesehen. Er kam auf einem großen schwarzen Schwan...«

Er ist zufrieden mit sich. Die Welt ist ein immerwährendes Wunder für ihn. Die Schwäne auf dem kleinen Weiher, die Goldfische und Karpfen im Wasser - er staunt den ganzen Tag. Als er den Zeppelin sah, der über Frankfurt flog, wollte er dem Zeppelin nachlaufen. Er hat gedeutet und gerufen, während er durch die Straßen rannte. Der Zeppelin muß eines der großen Ereignisse seines Lebens gewesen sein.

Zu Jakob sagt Rheinländer auf der Wiese im Ostpark: Fünfhundertmillionensechshunderteinundachtzigtausendneunhundertdreiundvierzig mal siebenhundertdreiundzwanzigmillionenneunhundertdreiundsiebzigtausendzweihundertsechsundfünfzig.«

Jakob und seine Freunde schauen ihn verblüfft an. Rheinländer hat sie übertölpelt. Und da macht er wieder seinen Luftsprung, lacht laut und erklärt: »Meine Mama hat gesagt, ich wäre zu gescheit.«

Jakobs Vater sagt: »Der braucht im Jahr mindestens sechs Paar Schuhe.«

Ein unermüdlicher Spaziergänger war er, lief seine Jahre in Bornheim ab, lachen konnte er, eine Begeisterung war in ihm. Und dabei schoß er in die Höhe, war zwei Köpfe größer als die anderen Kinder seines Alters. Mit vierzehn bekam er auch noch eine Bärenstimme, dunkle Bartstoppel sprossen um sein Kinn. Er hüpfte noch immer vergnügt durch die Straßen. Das Scheusal konnte sich unbändig freuen.

Soll ich den Idioten spielen? fragt sich Jakob, nachdem sie ihn in den Keller gesperrt haben. Der Obergefreite Bender hat ihn abgeliefert. Jakob trifft noch einen zweiten Gefangenen. Er heißt Kilian und ist ein Mann von dreißig Jahren.

»Wir werden erschossen oder gehängt«, sagt Kilian.

»Mach dir keine andere Hoffnung!«

Aber Jakob hat doch eine Hoffnung, denn auf dem Papier steht, er wäre wahrscheinlich geistesgestört. Doch so etwas muß man beweisen, da genügt es nicht, nur eine Glocke zu läuten.

Im Keller sitzt Jakob mit Kilian hinter einem Lattenverschlag. Jakob hat ein Bild gesehen: Hänsel und Gretel. Sie saßen im Märchenbuch genauso hinter Latten.

Das Märchenbuch habe ich Toni geschenkt.

Das ist die große Frage: Können Verrückte wissen, daß sie verrückt sind? Denn vielleicht bin ich wirklich...

Und da war doch noch einer, nicht gerade verrückt, aber ein bißchen verwirrt. Wir haben ihn den dummen Thomas genannt. Er hatte nur einen Großvater, keine Eltern mehr. Der alte Mann ging am Stock, konnte ihm nicht ständig auf den Fersen sein. Da hat er *Bullermann* für Thomas erfunden. Er hat Bullermann in sein Gewissen gepflanzt, und Bullermann sah alles, wußte alles.

Jakob steht mit Thomas vor der Kellertür des Hauses. Thomas sieht in die dunkle Öffnung hinein, er läuft davon und schreit: »Bullermann kommt!«

Kein verbotenes Spiel, kein Wagnis, nicht einen Apfel hat er vom Boden aufgehoben, keine Nuß vom Baum geschüttelt, keine Beere gepflückt, denn überall war Bullermann.

»Ich habe mein Gewehr weggeworfen, das genügt», sagt Kilian. »Ich wollte nicht mehr mitmachen, verstehst du? Als du die Glocke geläutet hast, habe ich für ein paar Sekunden gedacht: Der Krieg ist aus.«
»Ich bin schuld daran«, sagt Jakob.
»Quatsch« sagt Kilian nur. »Ich war längst reif dafür.«
Im Keller brennen kleine Stearinlichter. Er hört Befehle, sieht Helme, darunter die grauen Gesichter. Sie sind ausgehöhlt, sind wie Gesichter von Brüdern.
Was hätte ich zu Kilian sagen sollen? Warum mußte er auch sein Gewehr wegwerfen? Dafür kann ich nichts. Gelacht haben sie, als sie erkannten, welcher Zufall uns zusammengebracht hatte. Das Verhör wird jetzt gleich beginnen.
Was tuscheln sie da hinten am Tisch? Der Oberleutnant und der Leutnant stecken die Köpfe zusammen. Sie nicken bedeutsam, sind zu einem Ergebnis gekommen. Ein Melder muß zum Kommandeur geschickt werden, denn der Kommandeur muß entscheiden, was mit den Schuldigen geschehen soll. Der Leutnant bestimmt einen Melder. Der muß aber noch warten, bis Jakobs Geisteszustand geprüft ist. Das macht der Leutnant, der seine Hose schonen wollte.
Ich hatte gehofft, ihn nie wiedersehen zu müssen. Ein solcher Mensch vergißt seine Hose nicht.
Das Zeugnis des Hauptmanns, das eine geistige Verwirrung für möglich hält, macht Eindruck. Der Delinquent muß geprüft werden, das stand von Anfang an fest. Diese Aufgabe übernimmt der Herr Leutnant mit Eifer.
Vor den beiden Offizieren steht Jakob. Stramm muß er stehen, aber er ist nicht mehr stramm, seine Uniform hängt an ihm wie ein Sack. Der Kopf sitzt auf einem dünnen Hals. Er wackelt ein wenig, dieser Kopf. Was ist damit, ich kann meinen Kopf nicht stillhalten?

»Warum sind Sie desertiert?« fragt der Leutnant. Weil Bullermann kommt.
»Antworten Sie mir. Wieviel ist sechs mal neun? Fünfhundertmillionensechshunderteinundachtzigtausend-neunhundertdreiundvierzig.
»Warum haben Sie die Glocke geläutet?«
Weil ich im Ostpark den schönen Engel gesehen habe. Er kam auf einem schwarzen Schwan.
So hätte er antworten müssen. Der Hauptmann hatte es ihm deutlich genug gesagt, wie er sich verhalten müsse. Er hätte nicht deutlicher werden können, ohne sich selber zu gefährden. Es gelingt Jakob nicht, das Schauspiel einer gemäßigten Idiotie zu liefern. Da gibt es eine Barriere in ihm. Ich bin zu dumm, den Idioten spielen zu können.
Und wie vollendet wäre dieser Leutnant zu täuschen gewesen, mit Bullermann und dem schönen Engel. Ich bin der Nachfahre großer Könige. In meines Vaters Haus gab es tausend Bedienstete. Meine Mutter hat Haare wie Gold. In unseren Gärten hielten wir wilde Tiere...
Jakob stammelt etwas von Heimweh, von Angst. Er beweist, daß er das kleine Einmaleins beherrscht, und er sagt zum zweitenmal: »Ich wollte hören, wie sie klingt.«
»Der Mann ist völlig normal!« Der Herr Leutnant weiß es, denn er ist Schullehrer und in der Lage, aus drei gegebenen Antworten den Geisteszustand des Delinquenten genau zu erkennen.
Jetzt muß der Melder abgeschickt werden. Er trägt das Gutachten des Schullehrers in der Tasche, die Bekräftigung: Dieser Mann kann verurteilt werden.
Ich weiß, was er gedacht hat. Er hat gedacht: meine Hose.
»Er ist mir schon früher aufgefallen. Er hat eine gewisse Verstocktheit, das liegt in der Nähe des passiven Widerstandes...« sagt der Leutnant und meint, zum wievielten Mal: meine schöne Hose.

»Es gibt jetzt kein Standgericht mehr«, sagt Kilian, als Jakob wieder im Keller sitzt. »Wir werden einfach an die Wand gestellt oder aufgeknüpft. Das tut nicht weh, Jakob. Wenn es soweit ist, mach die Augen zu, Jakob.«
»Ja, ja«, sagt Jakob und nimmt sich vor, tapfer die Augen zu schließen. Immerhin hat er den Trost, daß Bender einen sauberen Kopfschuß nach Hause melden wird.
Zusammengesunken sitzt er auf einer Holzkiste. Kilian steht nahe bei der Tür. Er hat noch Interesse an den Vorgängen draußen, er will noch die Neuigkeiten erfahren. Jakob will nichts mehr sehen, er will sich auf seinen Tod vorbereiten. So haben sie alle einmal gewartet. Die berühmte letzte Stunde, in der man ein Urteil über die Welt fällen muß.
Er fühlt sich solidarisch mit den Hingerichteten aus aller Welt. Es fallen ihm auch gleich ein paar ein, die verbrannt, geköpft, erhängt oder erschossen worden waren.
Wie hießen die wieder? Schinderhannes, die heilige Johanna, Maria Stuart, Stenka Rasin, der Kosaken-Hetman, Klaus Störtebeker, der Seeräuber, Leo Schlageter und einige zehntausend Hexen auf großen Scheiterhaufen und der braune Ochse im Schlachthof, den die Frankfurter zu Fleisch gemacht haben. Und gab es nicht auch ein paar in unserer Nähe...
Da war dieser Student Richard Voss, in Preungesheim geköpft, und dann noch der junge Mann, der den Geldbriefträger Hoffmann mit dem Hammer erschlagen hatte. Jakob denkt nach: Gab es noch andere, die man vielleicht vergessen hat? Nein, es sind nur diese beiden.
Sonst wurde in unserer Nähe niemand hingerichtet.
Eine berühmte französische Kokotte soll auf dem Schafott gerufen haben: »Herr Henker, geben Sie mir noch eine Sekunde!« So wichtig ist den Menschen die Zeit.

»Was glaubst du, Jakob, wie es nach diesem Krieg in Deutschland sein wird?« fragt Kilian.
»Schlimm, sehr schlimm.«
»Deutschland wird eine Wildnis, Jakob. Von diesem Krieg wird sich Deutschland nie wieder erholen. Räuberbanden wird es geben, die Weiber werden auf der Straße geschändet, es wird kein Eigentum mehr anerkannt, die Marodeure ziehen durchs Land... Die Städte bleiben große Trümmerhaufen. Vielleicht stimmt es sogar, was ich gehört habe...«
»Was hast du gehört, Kilian?« Jakob ist doch noch einmal neugierig, er möchte erfahren, wie es in Deutschland nach seinem Tod aussehen wird.
»Ich habe gehört, die deutschen Männer sollen nach dem Krieg alle kastriert werden.«
Danach ist Jakob nicht mehr neugierig. Er hat nur noch Angst – vor dem Erschießen, dem Hängen, dem Kastriert werden. Wenn er all diesen Bedrohungen entginge... Wenn ich davonkomme... Dann will er auch etwas stiften. Aber was? Er hält es für ziemlich sicher, daß er nie zu Reichtum kommen wird, auch wenn er hier noch einmal verschont werden sollte. Eine Glocke kostet immerhin ein Vermögen.
Er verspricht ein anderes, besseres Leben. Wie ein Heiliger will er leben, in Reinheit und Güte. Ein Prediger der Vernunft und Weisheit will er werden, denn wer diese Misere übersteht, erlebt eine Neugeburt und wird zur Weisheit gezwungen. Es ist fast ein Gebet: das Versprechen, ein Heiliger zu werden.

Die Indianer Nordamerikas müssen heldisch im Sterben gewesen sein. Sie sangen am Marterpfahl, unterbrachen ihren Sterbegesang nur, um ihre Peiniger zu schmähen.

Das war klug von den Indianern, erkennt Jakob. Wenn der Tod gewiß ist, nutzt es ohnedies nichts, sich feige zu zeigen. Und ist es nicht wahr, hat sich nicht mancher Feigling der Nachwelt empfohlen, weil er unerwartet gut zu sterben verstand? Er kommt fast zu der Erkenntnis, daß das Verhalten des Sterbenden eine Frage der Eleganz ist.
Eingesperrt in einen Keller, auf einer Kiste sitzend, will er sich eine Brücke bauen, über die er gehen kann. Er will dabei nicht singen und auch seine Peiniger nicht schmähen. Er sucht die für ihn passende Umgangsform mit dem Ereignis, er will sich zu guten Manieren gegenüber dem Tod zwingen.
Das kann man Kindern nicht erzählen. Ich habe Toni nie richtig davon erzählt. Niemand hat die ganze Wahrheit von mir erfahren. Es ist nämlich unmöglich, darüber zu sprechen. Feitelstein weiß einiges über den Tod.
Denn dies, Jakob, ist wichtig: Wenn du ihn fürchtest wie ein Ungeheuer, wird er tatsächlich zu einem Monstrum. Er richtet sich ganz nach dir.
Kilian hat es auch gewußt: »Das tut nicht weh, Jakob. Der eigentliche Moment dauert nur so lange wie ein Ausatmen.«
Jakob stützt sich auf Kilian, er ist sein Vorbild. Ihre Freundschaft ist unerschütterlich, ist bereits tausendfach erprobt. Wieder strammstehen, den Stahlhelm auf dem Kopf. Wir werden gehängt. Der Kommandeur hat es befohlen.
Der Oberleutnant sagt etwas, aber es ist überflüssig: »Ich war für Erschießen. Ich konnte es nicht ändern.«
Jetzt hat der Oberleutnant Schwierigkeiten: Er muß einen Henker finden. Er wird darauf aufmerksam gemacht, daß es sich dabei um einen hochqualifizierten Beruf handelt. Die vier Soldaten des Kompanietrupps sagen:

»Ich kann das nicht...«
»Ich werde zwei Mann bestimmen!« Das ist ein Befehl.
»Nebel«, sagt einer. »Der kann das. Er hat Erfahrung. Er hat die Partisanen fertiggemacht.«
In Rußland hatte Nebel am laufenden Band gehängt. Nebel ist ein Spezialist.
»Nebel!« sagten sie und atmeten erleichtert auf.
Nebel ist klein, untersetzt, hat ein rundes Gesicht und sieht aus wie der gemütliche Wirt einer Dorfkneipe.
»Sie wissen, worum es geht? Können Sie das?«
»Wenn Sie es befehlen.«
»Ich befehle es Ihnen. Was brauchen Sie dazu?«
»Einen Strick brauche ich dazu, so dick wie mein Daumen.«
Nun gibt es die zweite Schwierigkeit: der Strick. Wo soll man in diesen Zeiten gleich einen passenden Strick finden? Das ist eine Aufgabe für den Herrn Leutnant. Er bestimmt drei Soldaten. Sie müssen ausschwärmen und den Strick für Jakob und Kilian suchen. Der Herr Leutnant drängt zur Eile.
Nebel übernimmt die Wache vor der Kellertür. Einen Hocker unterm Arm kommt er und schaut einmal durch die Lattentür. Dann setzt er sich auf seinen Hocker und verschränkt die Amme vor der Brust.
Feldwebel Freitag. Ihm untersteht das Dreiergespann. Der Auftrag gefällt ihm nicht. »Wir bleiben nicht lange hier. Wir werden zurückgeworfen...«
Mit Nebel spricht er nicht, aber Kilian beginnt ein Gespräch mit Nebel: »Du wirst uns also aufhängen?«
»Es ist Befehl.«
»Du würdest deine Mutter aufhängen, wenn es Befehl wäre.«
Nebel zwinkert ein wenig mit den Augen, dann dreht er Kilian den Rücken zu. Er ist gekränkt.

Soldaten schleppen eine Kiste mit Flaschen an der Kellertür vorbei. »Schnaps«, sagt einer. Die Kiste hätten sie aus einem brennenden Verpflegungslager gerettet. Sie lachen laut, haben bereits getrunken.
»Gebt den armen Kerlen was zu saufen«, schreit einer. Es kommt gleich ein halbes Dutzend an die Tür. Sie blicken hinein. »Hier, trinkt etwas. Ihr könnt doch nicht so ganz nüchtern abfahren.«
Kilian trinkt zuerst, dann tritt Jakob vor. Sie schieben den Flaschenhals durch die Latten und heben an. Es brennt in der Kehle. Er schluckt und schluckt. »Genug«, sagt er. »Es ist genug.«
Er wischt mit der Hand über seinen Mund und über die Uniformjacke. Der Schnaps tropft von seinem Kinn. Jetzt stinkt alles nach Fusel.
»Wenn ihr noch was trinken wollt, braucht ihr nur zu rufen.« Sie gehen einer nach dem anderen von der Tür fort. Jakob vermißt sie, sie waren freundlich.
Die beiden mit dem Strick sind ebenfalls freundlich. Von der Seite her treten sie an Nebel heran und wollen ihm heimlich etwas zeigen. Kilian hat es gesehen. Ihr braucht das Seil nicht zu verstecken. Wir sehen es ja sowieso.«
Sie zucken verlegen mit den Schultern und nehmen nun keine Rücksicht mehr. Nebel prüft mißmutig: »Das Seil reicht nicht aus. Es ist nur ein Wäscheseil.«
»Wir haben nichts anderes gefunden. Kann man es nicht doppelt nehmen?«
»Nein, dann wird es zu kurz.«
»Scheiße!« sagt der eine. Sie marschieren wieder los. Ihre Gasmaskenbüchsen klappern beim Gehen. Sie beeilen sich nicht.
Es ist schwer, sich darauf einzustellen. Hoffentlich halte ich es aus, denkt Jakob. Nur kein Theater machen, nur kein Zähneklappem.

Sonnig waren die Tage in Frankfurt, und von weitem sah man die Spitze des Doms. Manchmal bin ich im Main geschwommen. Die Indianer glaubten an die ewigen Jagdgründe. Rheinländer hat gewußt, was er tat: Er ging spazieren. Wir gingen auch oft spazieren. Das konnten wir tun: zu der Kanonenkugel, im dunkelblauen Sonntagsanzug, Blumen auf dem Hut. Die Kirschblüten, davon gibt es ein Bild. Stell dich gerade hin, Jakob.
Gerade stehen, ruhig stehen, das fällt schwer. Etwas zittert tief drinnen. Der Brief des Obergefreiten Bender kam übrigens nie an.
Denn jetzt ist es soweit. Sie haben einen Strick gefunden, der lang und dick genug ist. Von der Stoßstange eines zerschossenen Lastwagens haben sie ihn abgewickelt.
Die Opfer einer Hinrichtung werden immer begleitet. Sie werden geführt: von einem Oberleutnant, der eigentlich Ingenieur ist;
von einem Leutnant, der Kinder unterrichtete;
von einem Feldwebel, der Damen frisiert hat;
von einem Postboten, der jetzt Henker sein muß.
Zu einem Hühnerstall werden sie geführt, von dort geht es zur letzten Station, dem Balken einer geborstenen Scheune.
»Ich war der Erbe eines Hofgutes«, sagt Kilian. Groß und stark ist Kilian. Er kommt aus dem Norden. So haben sie uns in der Schule den Germanen vorgestellt, auf einer Bildtafel. Sie wurde vor der Klasse aufgerollt. Der Lehrer deutete mit dem Stock darauf. So hat Kilian ausgesehen, blond, mit einem harten Kopf.
Der Oberleutnant ist bleich. Er ist nicht groß und stark, er ist auch nicht blond.
Er hebt die Hand. Er sagt etwas. Dann werden sie aus dem Hühnerstall geholt. Der Damenfriseur und der Postbote bringen sie nach draußen. Ein weiter Hof, ein Recht-

eck vor der Scheune. Die Schlinge ist geknüpft, baumelt vom Balken.
Die Erde hat gedröhnt, als sie Kilian an das Seil hängten.
Der Leutnant scheint überzuschnappen, er macht plötzlich einen komischen Luftsprung, landet aber nicht auf den Füßen wie Rheinländer, sondern bleibt auf der Seite liegen, und seine Beine bewegen sich in der schwarzen Hose, als würde er noch einmal marschieren. Der Oberleutnant fällt langsam um.
Sie rennen durcheinander, wissen noch nichts. Nebel und ein paar andere laufen zu einem Misthaufen und werfen sich dahinter auf die Erde. Jetzt erst beginnt Jakob zu denken. Ein Überfall mit Artillerieunterstützung.
Die Erde scheint zu zerplatzen, Flammen schlagen aus der Erde, die Luft wird heiß, wird zu einem Sog. Querschläger schwirren und pfeifen. Mit demütig geneigtem Kopf hängt der Mann am Seil. Er dreht sich langsam im Wind, langsam nach rechts, dann wieder nach links. Er pendelt aus.
Erst jetzt beginnt Jakob sich zu bewegen. Er hat begriffen.
Lauf, Jakob, lauf!
Die Begnadigung Jakobs auf der endlosen Ebene im Jahre… Das kann man Kindern nicht erzählen. Über die Glocke hat er nie gesprochen, Lena weiß es nicht, Toni hat es nie gehört, niemand, der ihn kennt.
Es geht euch übrigens nichts an, warum ich die Glocke geläutet habe…

# 19

Sie sitzen auf dem Boden und warten. Manche schlafen, Jakob schläft auch. Er hat es gelernt, im Sitzen zu schlafen, ist müde genug. Unter der dünnen Schicht des Schlummers weiß er noch, wer und was er ist. So schlafen die Hunde, die Katzen.

Die lässigen Wachtposten haben ihre Maschinenpistolen quer vor der Brust hängen und rauchen selbstgedrehte Zigaretten. Sie reißen Papier von einem Zeitungsrand, schütten Tabak darauf, rollen sich daraus fingerdicke Zigaretten. Diese Männer sind jung und gut ernährt. Sie lachen viel, zeigen dabei weiße, gesunde Zähne. Sie gehen jetzt mit ihren Gefangenen auf eine weite Reise. Sie wollen sie abliefern, dort, wo sie hingehören. Aber die Gefangenen wissen das nicht, sind Besiegte, dösen nur vor sich hin.

Ich wußte nicht, welcher Tag es war. Wir warteten auf dem Bahnhof seit acht Stunden. In den Güterwaggons lag ein bißchen Stroh. Die Lokomotive war noch nicht da.

Da sollen wir hinein. Es sind zwanzig Waggons. Die Türen weit aufgeschoben. Später, wenn wir drin sind, werden sie verschlossen. Jemand hat gesagt: »Die liefern uns an die Amerikaner ab. Die Amerikaner aber überstellen uns den Franzosen. Ihr werdet sehen, wir landen alle im Bergwerk.«

Das ist nicht möglich: Wir sind ausgesucht.

Jakob ist bei den Schwachen, den Unterernährten und Kranken. Das ist in diesen Zeiten keine Schande. Er leidet nicht darunter. Der Mann neben ihm hat seine Krücken vor sich liegen. Wenn er geht, flattert sein leeres Hosenbein. Von dieser Sorte gibt es viele. Sie wissen, wo ihre Arme

und Beine liegen. Die Sieger sind gesund und haben weiße Zähne. So sieht es Jakob.
Ich habe noch meine Arme und Beine. Ich kann meine Hände bewegen. Ich bin unverletzt. Und besonders wichtig ist es, daß seine Finger noch vollzählig sind. Man braucht sie nämlich beim Maschineschreiben. Auf einer Schreibmaschine zu schreiben, das ist alles, was Jakob gelernt hat. Kaufmännischer Lehrling beim *Frankfurter Generalanzeiger.*
Ob es diese Zeitung noch gibt? In der Nähe des Eschenheimer Turms. Stellt euch vor, unsere Zeitung hat pro Exemplar nur zehn Pfennige gekostet. Gibt es nicht mehr. Jakob beginnt dort seinen dritten Versuch. Er will sich dort vorbereiten auf seine Zukunft. Doch da ist vorher noch ein Handel auszutragen, wegen der Heringe. Die Lebensmittelgroßhandlung in Frankfurt am Main hat ihn ausgebeutet. Der Mann mit der Knollennase nahm Rache an ihm.
»Du sortierst Heringe«, sagt er. Und Jakob gehorcht, denn er denkt noch an die Ohrfeige. »Du reinigst auch die Heringsfässer«, sagt der Mann.
»Warum denn nur ich?«
»Du tust, was ich dir sage!«
Die anderen Lehrlinge lachen über ihn. Sie sind jetzt Privilegierte, können zuschauen, wie ein anderer niedere Arbeit für sie leistet.
Nach drei Tagen riecht Jakob nach Hering. Es steckt in den Kleidern, in den Poren seiner Haut, ist mit Wasser und Seife nicht mehr zu vertreiben.
Wenn jetzt Erna Haselmann käme, das Mädchen, für das er Rosinen stahl... Ich würde ihr die Hand geben, und sie würde sagen: Du riechst nach Hering, Jakob.
Die Lehrlinge machen gemeinsame Sache mit dem Vorgesetzten. Sie haben ihren Spaß an Jakob. Sie lachen

über seine Bestrafung. In die Enge gedrängt: Aus dieser Position kann er sich nicht mehr befreien.
Er begegnet nicht Erna Haselmann, aber sein Vater sagt an einem Abend: »Du riechst nach Hering, Jakob.«
Die Mutter zieht die Luft schnuppernd durch die Nase: »Tatsächlich, du riechst nach Fisch.« Er sagt nichts, fährt morgens wieder dorthin, wo er gedemütigt wird. Sie haben auch einen Anführer, einen, der den Chor des Spottes leitet. Im dritten Jahr Lehrling, lang wie ein Baum, mit einem spitzen Fuchsgesicht. »Es riecht«, sagt er. »Jakob muss in der Nähe sein...«
Dieser Junge hatte Einfälle. Jakob, der Heringsschwanz, Jakob, der Heringsbändiger, ein schmaler Hering ist Jakob.
Die Verbindungen mit dem Wort Hering gingen ihm flott von der Zunge. Die anderen applaudierten mit ihrem Gelächter.
Und dann unternimmt Jakob etwas. Sie haben es nicht von ihm erwartet. Jakob greift plötzlich an. Die erste Phase seines Angriffs: Er schlägt zu, mit einem großen Fisch, hat dann rechts und links je einen Hering in der Hand. Er steigert sich, schlägt beidhändig mit den Heringen, trifft den verblüfften Spötter ein paarmal ins Gesicht, treibt ihn dann vor sich her, wirft auch noch Fische hinterher.
Ein Gleichwertiger wäre Jakob jetzt wieder, aber er ist stolz. Der Sieg verleiht ihm die Kraft zur Pose der Verachtung. Er geht zu seinem Fahrrad, holt es unter dem Wellblechdach hervor, wo die vielen anderen Fahrräder abgestellt sind. Die Lehrlinge stehen in einer Gruppe, sehen ihm zu. Einer ruft: »Jakob, wo willst du hin? Mach keinen Unsinn. Jakob, bleib hier. Er hat uns aufgehetzt...«
Dabei mustern sie den Langen mit Blicken. Das Fuchsgesicht wird abgesetzt. So ergeht es den Mächtigen, wenn sie gestürzt worden sind. Die Niederlage trennt sie

augenblicklich von ihren Parteigängern. Jakob ist darüber erstaunt. Aber er winkt dennoch ab. Seine Verachtung ist wortlos: die ausgestreckte abweisende Hand. Niemals wieder will ich mit euch zu tun haben. Eine hoheitsvolle Gebärde. So haben Fürsten ihre Verachtung gezeigt.
Er schielt jedoch noch einmal zu ihnen hinüber, stellt mit Genugtuung fest, daß sie ihm betroffen nachschauen, wäre unter Umständen auch bereit, wieder Frieden mit ihnen zu schließen, in diesem Augenblick jedoch erscheint der rothaarige Vorarbeiter.
Zu spät, Jakob. Jetzt mußt du in die Pedale treten und wegfahren, mußt dich vor deinen Vater hinstellen und bekennen, daß du mit Heringen zugeschlagen hast.
Doch das ist nicht alles. Die Geschichte muß einen Anfang haben, den will Jakobs Vater hören.
»Ich warf ihm eine Kiste vor die Füße, weil er mich schikaniert hat. Schafskopf hat er zu mir gesagt. Er hat mich geohrfeigt.«
»Du hast ihm die Kiste... vor die Füße... Wie lange hast du Heringe sortiert?«
Und nun besteigt der Vater das Fahrrad und tritt in die Pedale. Er fährt den Weg zurück, den Jakob gekommen ist. Dabei denkt er bereits an die Möglichkeiten, die es noch für seinen Sohn gibt, der, wie er genau weiß, kein Schafskopf ist. Das Wort kränkt ihn. Er wird es dem Rothaarigen zurückgeben. Er wird den Lehrvertrag annullieren, er wird auftreten und seinem Namen Respekt verschaffen.
Wir hatten unsere schweren Jahre, aber die liegen hinter uns. Wir lassen uns jetzt nichts mehr vormachen, so spricht Jakobs Vater. Niemand von uns hat je Heringsfässer reinigen müssen. Das findet Zustimmung. Die Familie steht hinter Jakob. Der Onkel, der noch immer den Reparaturwagen der Straßenbahn fährt, meint,

es wäre eine Schweinerei und weit unter Jakobs Würde. Dem Protest schließen sich an: die Tanten, der Großvater und sein Fräulein Pflaum, die um fünfunddreißig Jahre jüngere Geliebte. Unser Jakob, sagen sie und sind sich darin einig, hat Besseres verdient.
»Er geht zur Zeitung!« verkündet der Vater. »Ich war auf dem Arbeitsamt.«
Das ist eine ganz andere Sache. Ich habe einen eigenen kleinen Schreibtisch, darauf steht meine Schreibmaschine. Ich habe die Rotationsmaschinen gesehen.
So hat Jakob Maschinenschreiben gelernt.
Und du glaubst, das wäre nicht besonders viel, wenn einer nur Maschinenschreiben kann. Bedenke, Lena...
Was will er jetzt sagen? Von dem amerikanischen Präsidenten will er sprechen, der als Junge Zeitungen ausgetragen hat. Er war kein kaufmännischer Angestellter bei der Zeitung und ist trotzdem Präsident geworden.
Warum muß ich mich verteidigen? Sie haben ihn zu verschiedenen Zeiten verschieden beurteilt. Was hat ihn gejagt? Woher kamen die Schuldsprüche, die Anklagen, der Tadel, die Verachtung?
Niemand hat mich anzutreiben, auch Lena nicht, und ganz und gar nicht ihr Vater. Ich habe mich verteidigt. Dabei denkt er noch einmal an die Heringe.
Ich komme jetzt heraus aus den Jahren, die mich niedergedrückt haben. Er hat das sichere Gefühl, das gestrenge System lockert sich für ihn.
Denn nun erscheint fauchend die riesige Lokomotive. Dampfzischend gibt sie gellende Signale. Sie scheint auf ihren Schienen aufzustampfen. Die Erde zittert, als sie heranbraust auf zehn eisernen Rädern.
Und so sieht es Jakob: Es ist der Tanz einer Lokomotive. Sie bietet ein Schauspiel, spielt sich auf vor den kraftlosen Männern, deren leere Ärmel und Hosenbeine flattern. Wie

ein Stier zu seinen Kühen, so stürmt die Lokomotive zu ihren Waggons. Sie fährt vor und zurück, rangiert umständlich, dabei läßt sie wieder Dampf, hat Feuer im Kessel, macht einen Höllenspektakel und rempelt ihre Waggons herrisch an, daß sie zusammenzucken und von dem Stoß noch eine ganze Weile beben. Wie ein Triumphgeheul jault es wieder aus ihrer Dampfpfeife auf. Sie ruckt wieder hin und her, steht dann still, ist aber nicht still, sondern scheint gewaltig zu atmen, zu prusten. Wieder ein Stoß nach vorn, die Waggons empfangen ihn demütig, geben ihn weiter bis ans Ende des Zuges. Sie hat sich eingehängt, sie hat ihre Kraft an die Wagen gekoppelt. Der Koloß schnauft nun langsamer, noch immer von Dampf umgeistert. Er wartet jetzt, hat ein tausendfältiges Leben in sich, wartet darauf, vor dem Zug herzustampfen.

Wir werden zurückgebracht nach Deutschland. Auf dem Bahnsteig stand meine Mutter und riß die Amme hoch.
Ist das nicht seltsam? Wir werden in den Krieg hineingefahren und wieder aus dem Krieg hinausgefahren. Das beginnt an einem Bahnsteig und endet wieder an einem Bahnsteig. Einsteigen zum Krieg – aussteigen in den Frieden. Ein regelrechter Ausflug ist das, vom Staat finanziert.
Wer hat das gesagt? Ich habe es gesagt, denn ich habe es selbst erlebt.
Früher war das anders. Da mußten die zu Fuß gehen. Müde müssen die gewesen sein, als sie aus dem Dreißigjährigen Krieg nach Hause wanderten. Von denen kam eine ganze Menge nicht am Ziel an. Im Dreißigjährigen Krieg soll ja auch Menschenfleisch gegessen worden sein.
Mein Onkel hat gesagt: »Als die Baltikumkämpfe rum waren, sind wir geordnet nach Hause marschiert.«

Müde ist Jakob, hat jetzt großes Verständnis für alle Müden.
Ich bin immer gern mit der Eisenbahn gefahren. Lena und ich haben Ausflüge mit der Eisenbahn gemacht. Wir waren am Rhein, im Taunus, im Schwarzwald und in Bayern. Später fuhren wir einmal nach Italien.
Als wir von Frankfurt den Ausflug zum Rhein machten, sagte ihr Vater: »Ich will hoffen, ihr nehmt getrennte Hotelzimmer.« Dabei waren wir damals schon so gut wie verheiratet. Was hätte ich sagen sollen? »Selbstverständlich nehmen wir getrennte Zimmer«, habe ich geantwortet.
Wir haben dann sehr schnell geheiratet. Ihre Mutter kannte die Wahrheit, ihr Vater hatte nur Vermutungen, aber er hat sie nie geäußert. Schön war es am Rhein, da war er noch nicht so verdreckt, so verpestet. Wir haben viele der berühmten Dörfer besucht: Rüdesheim, Bingen, Sankt Goarshausen, Boppard. Von Koblenz aus nahmen wir den Zug zurück nach Frankfurt.
Am Rhein ist es passiert, wahrscheinlich in Rüdesheim, da waren wir besonders lustig und auch leichtsinnig, weil wir viel Wein getrunken hatten.
Es fiel nicht weiter auf, Toni kam etwas zu früh zur Welt. Wer rechnet da schon genau nach? Ich habe mich gefreut, aber Lena fing an zu heulen und sagte: »Mußte das sein? Du hast keinen Boden unter den Füßen, und jetzt kriegen wir auch noch ein Kind.«

Lenas Vater zeigt ein vergrämtes Gesicht: »Wir müssen also in den sauren Apfel beißen...«
Er hat nichts ausgelassen. Dieser Mann hat Jakob nichts geschenkt. Wahrscheinlich hätte Jakob keine Vorstellung von seiner Zukunft, hat er gesagt. Die Hochzeit würde natürlich von den Eltern der Braut ausgerichtet.

»Aber wie ist das mit Ihren Eltern? Sie leben getrennt...«
Er sagte noch immer Sie zu mir. Mit dieser Frage trifft Lenas Vater eine empfindliche Stelle. Jakob redet mit ihnen: »Ihr müßt beide zur Hochzeit kommen. Vertragt euch, wenigstens das eine Mal.«
»Wir haben uns auseinandergelebt«, sagt sein Vater. »Du mußt das verstehen, Jakob. Ich habe nichts gegen sie. Du weißt ja, wie sie ist... Aber wenn sie verspricht, mich nicht zu blamieren, werde ich kommen. Man kann nie sicher sein bei ihr.«
O nein, das kann man wirklich nicht. Jakob weiß es. Und deshalb fleht Jakob seine Mutter an: »Wenn ihr euch bei meiner Hochzeit in die Haare kriegt, bin ich schwer blamiert. Könnt ihr euch nicht dieses eine Mal zusammennehmen?«
»Ich komme nicht«, sagt sie und preßt ihre Lippen zusammen. »Ich lüge nicht für ihn. Was der sich einbildet...«
Und jetzt stellen sich wieder ihre Haare auf vor Zorn.
»Du lügst nicht für ihn, du lügst für mich!« ruft Jakob. Eine Strapaze ist die Vorbereitung für Jakob. Er muß Wege machen, muß die Versicherung des einen zum anderen hintragen und Gegenversicherungen zurückbringen. Ein Waffenstillstand, in dem die Bedingungen genau festgelegt werden: keine Angriffe, kein lautes Gespräch, einfach nur so nebeneinandersitzen, essen und trinken und die Regeln einer unverbindlichen Höflichkeit beachten.
Jakob stöhnt im voraus über die Komödie: »Kein Mensch hat je so geheiratet wie ich.«
Toni sagt: »Meine Mutter dachte von Anfang an, sie wäre besser als er, und er hat ihr das geglaubt.«
Wann hat Toni das gesagt? Jetzt, vor ein paar Wochen, hat er es zu Jakobs Mutter gesagt. Sie hat es Jakob erzählt.

Er hat mit dem Kopf genickt. Am Rhein war es schön. Mit der Eisenbahn sind wir dann von Koblenz aus...

Da sitzen sie beide nebeneinander an der Tafel zwischen all den anderen Gästen. In der Kirche hat sie sich ein paar Tränen mit dem Taschentuch weggetupft, aber jetzt zeigt sie ein angriffslustiges Gesicht, hat dabei die Arme vor der Brust verschränkt, bleibt jedoch schweigsam. Sein Vater ist ernst, ist auf der Hut vor seiner Frau. Jakob sieht plötzlich, daß er älter geworden ist. Er hat nicht viel Zeit, darüber nachzudenken. Ein Bräutigam ist er, der eine lächelnde Braut neben sich sitzen hat. Im ersten Monat.
Zufällig und fremd wie zwei Reisende in einem fahrenden Zug, so sitzen die Eltern nebeneinander. So bleiben sie auch sitzen. Sie schauen zu. Ihr Jakob heiratet. Unbekanntes zieht vorbei, das ihre Gedanken beschäftigt.
Sie lügen für mich, wenigstens lügen sie für mich.
Die Kuchen, die Torten werden aufgetragen. Seine Mutter kaut langsam, mit gespitzten Lippen. Ich weiß, was sie jetzt prüft. Wieviel Eier im Kuchen sind, ob am Kuchen gespart wurde. Und er hat noch ein Glas Wein vor sich stehen. Der Wein hat ihm geschmeckt. Kommt auch vom Rhein.
Es wird viel geredet. Alle Gäste reden zu gleicher Zeit. Am Abend soll es den großen Braten geben. So ist das bei einer Hochzeit.
»Sehr gut ist er, der Kuchen«, sagt seine Mutter plötzlich. Und er antwortet zerstreut: »Ja, sehr gut.« Obwohl er keinen Kuchen gegessen hat.
Die Gläser werden angehoben. Ihr Vater steht auf. Er räuspert sich. Die ersten Worte gehen unter, dann wird es still im Zimmer: »Ich hoffe, die beiden Brautleute werden

ihren Entschluß nicht bereuen und werden eine glückliche Ehe führen...«
Und jetzt steht Jakobs Vater auf. Das Glas in seiner Hand. Er schaut in das Glas, atmet tief ein, sagt aber noch nichts. Er steht da und trägt den Makel der Trennung von Weib und Kind, wie sie alle in diesem Raum wissen.
Sag etwas, rede etwas! Erzähl ihnen, wer du bist, daß keiner dir das Wasser reichen kann, von denen, die hier sitzen. Ich kenne ihn nämlich gut. Er hat seine Schwächen, aber ich habe ihn viele Jahre erlebt. Ich weiß, was er wert ist.
Jakob hofft, daß vom Gewicht seines Vaters etwas auf seine Waagschale gelegt wird. Sie haben einen unsicheren Bräutigam aus ihm gemacht.
»Auf euer Glück«, sagt sein Vater nur. Er trinkt ihnen zu, dann setzt er sich wieder.
Und später stehen sie im Zimmer, halten wieder die Gläser in der Hand. Die beiden Väter sprechen miteinander. Jetzt spielen sie sich voreinander auf, denkt Jakob. Der Vertrag ist unterzeichnet, vom Staat beglaubigt, von der Kirche besiegelt. Die Ehe ist heilig, deshalb kostet es Schmerzen und viel Geld, sie wieder zu trennen.
Sie messen sich, ihr Vater und sein Vater. Die Mütter schauen nur zu. Von ihren Geschäften sprechen die Männer. Sie umschleichen sich, wollen herausfinden, wer der Bessere ist. Jeder will der Bessere sein.
Jetzt flunkern sie beide. Das hat er immer gut gekonnt. Große Aufträge warten auf ihn. Gewaltige Dächer werden in Frankfurt zu decken sein. Er hat die Aufträge schon in der Tasche. Ein Auto hat er auch gekauft, es ginge heute nicht mehr ohne Auto. Er sagt es, und ich weiß genau, daß er nicht einmal Auto fahren kann.

Da will ihr Vater nicht zurückstehen. Er hat bereits die Vertretung für einen berühmten Markenschuh so gut wie abgeschlossen. Sehr einträglich.
Du mußt zugeben, meiner war besser im Aufschneiden. Sie konnten sich nicht ausstehen. Und deshalb haben sie beide mächtig voreinander angegeben. Weißt du, was sie sich gesagt haben, auf unserer Hochzeit? Sie haben sich auf ihre Weise gesagt: Du kannst mich am Arsch lecken...

Der Mann verteilt Brot. Es ist Brot für vierzig Gefangene. So viele passen in einen Güterwaggon. Der Mann kniet vor dem Brot. Er hat es auf eine Decke gelegt, und kniend zerschneidet er es. Er wurde von einem Wachtposten dazu bestimmt. Er bekam ein Messer, das er wieder abliefern muß. Alle blicken sie schweigend auf das Brot. Der Mann arbeitet langsam, mit ernstem Gesicht. Er muß gerecht sein, er darf keinen Fehler machen. Niemand würde ihm einen Fehler verzeihen. Sein Amt ist heilig, ein Brotschneider ist er.
Sie haben uns gesagt, es wäre für drei Tage, dann bekämen wir neues Brot. Es reichte aber nur für zwei Tage. Wir bekamen kein Brot. Sie haben es vergessen oder selbst aufgefressen. Wer im Waggon Brot stiehlt, wird totgeschlagen.
Deshalb kamen wir einen Tag später an. Im Wagen hinter uns haben sie ihn totgeschlagen. Nachdem er überführt war, haben sich alle auf ihn gestürzt. Dann war er plötzlich tot.
Auf der dünnen Strohschütte liegt Jakob zwischen den anderen und schläft. Er wird geschüttelt, sein Kopf wackelt ein wenig hin und her, sein Körper folgt allen Schwingungen der Fahrt. Die Räder rattern über die Schienen, kreischen

in den Kurven, rumpeln über die Weichen. Jakob hört sie unter sich im Schlaf. Er gewöhnt sich an sie. Ein betäubendes Wiegenlied, Eisen auf Eisen, das er vermißt, wenn der Zug hält. Weit sind wir herumgekommen. Ich hätte keine Vorstellung von meiner Zukunft, hat Lenas Vater gesagt. Sie lassen uns nach Hause, da dürfen wir leben, dürfen in Wohnungen wohnen. Wir schütteln das Stroh ab, bringen es nicht mit in die Wohnungen, wenn es unsere Wohnungen noch gibt.
Der Tote von nebenan wird ausgeladen. Dann gibt es eine umständliche Untersuchung mit viel Gebrüll und Geschrei. Ich bin es nicht gewesen. Ich habe noch nie jemand totgeschlagen. Die neununddreißig Mann vom anderen Wagen sind es auch nicht gewesen.
Der vierzigste bleibt liegen. Nach einem Tag der Verhöre fährt der Zug weiter. Aber die Wachtposten lachen jetzt nicht mehr. Sie tragen auch ihre Maschinenpistolen nicht mehr lässig vor der Brust. Sie haben Haß in den Augen. Die Deutschen, sagen sie. Diese verdammten Deutschen. Ich weiß, sie mögen uns nicht. Etwas an uns gefällt ihnen nicht. Ich würde gerne wissen, was es ist.
Und Jakob schläft. Der Zug frißt sich durch die Nacht. Manchmal wacht er auf und hört die Kolben der schweren Lokomotive stampfen. Der Zug poltert über Brücken. Das ist die Oder. Und irgendwann muß es die Elbe gewesen sein, denn in Magdeburg werden sie ausgeladen. Sie bekommen warme Suppe, doch kein Brot. Wo ist das Brot?
Jakob versteht etwas von Brot. Der Sauerteig wird über Nacht angesetzt. Kleine Blasen steigen daraus auf. Der Bäckermeister schüttet das Mehl dazu. Er hat einen besonderen Schwung in der Hand, hat es viele Jahre getan. Jetzt kann Jakob ein paar Stunden nicht schlafen, denn einer sagt: »Wir sind in der amerikanischen Zone.«

Aber wohin fahren wir in der amerikanischen Zone? Die Amerikaner regieren jetzt hier. Da genossen die noch Respekt. Das ist längst vorbei. Aus ist es mit Amerika. Der Neger, der bei uns die Garderobe macht, sagt es auch. »Von dieser Schande erholt sich Amerika nie wieder« Aber da kann er sich täuschen, wir haben uns ja auch recht gut erholt.
Am letzten Tag liegt Jakob nicht – er sitzt. Im Sitzen zieht er die Beine dicht an den Leib. Das stützt den Magen, das ist eine der Methoden gegen den Hunger. Sie wirken alle nicht, es gibt nur eine richtige Methode: essen. Das sagt einer in seiner Nähe. Er muß selber über seinen Witz lachen, verzieht aber gleich das Gesicht. Schmerzhaft muß das Lachen gewesen sein. Es hat seinen leeren Magen geschüttelt.
Wir haben die anderen transportiert, jetzt werden wir transportiert. Hunger und Gegenhunger. Das geht immer so weiter.
Auf solchen Transporten soll es vorgekommen sein, daß die Gefangenen ihre Toten aßen. Obwohl an denen nicht mehr viel dran war, konnten sie davon leben. Bis aufs Skelett abgenagt... Wer hat das gesagt? Ich erinnere mich nicht.
Wir laufen in unseren Skeletten in der Stadt herum. Wir sind eine tolle Konstruktion. Die Skelette werden dann weggeworfen. Man könnte sie natürlich aufheben, aber was sollte man mit ihnen anfangen? Mit der Zeit würden es auch viel zu viele.
Jakob, du bist in der Nähe deiner Stadt. Ja, ja, ich wache schon auf. Ganz wach bin ich. Ganz leicht ist mir. Nur, ich sehe nicht gut. Es flimmert mir vor den Augen. Wenigstens ist es warm. Wir müssen nicht frieren. Im Juni ist es nicht so schlimm, Gefangener zu sein. Wir kommen nach Hause,

haben sie gesagt. Alles wird besser, haben sie gesagt. Es hat sich herausgestellt, daß die deutschen Soldaten nicht kastriert werden. Kilian hat da so etwas behauptet, ehe er gehängt wurde.

Das ist lange her. Das war vor... Ich muß nachrechnen.

Wir haben uns gut erholt, Toni. Nur dreieinhalb Jahre mußten wir noch hungern. Danach wollten sie wieder Geschäfte mit uns machen. Sie tun es heute noch. Das ist eigentlich eine milde Strafe, wenn man bedenkt, was an Strafe alles möglich gewesen wäre.

Da fällt mir übrigens noch ein: Es sollte mit dem Tode bestraft werden, wer Menschenfleisch ißt.

# 20

Aus dem Stroh kriecht Jakob, hat es in den Haaren, in der Uniform. Stroh ist ein gutes Material, die Pferde wissen das, die Bauern und die Soldaten, die in Güterwaggons transportiert werden.
Jetzt ist Jakob kein Soldat mehr. Hier ist die Endstation. Die großen Türen wurden aufgeschoben. Die Gefangenen blinzelten in die Sonne. Das Dorf hieß Lollar. Wer hatte jemals von Lollar gehört?
Und nun muß Jakob sehr staunen, denn er sieht zum erstenmal amerikanische Soldaten. Das sind die feinsten Soldaten der Welt, nicht vom Charakter her, von dem erfährt er nicht viel. Nein, die Hosen und die Jacken bestaunt er. Olivgrüne Uniformen aus bestem Tuch. Ausgehuniformen sind das. Diese Soldaten sehen aus, als wären sie alle beim Generalstab. Tragen dazu Halbschuhe aus weichem braunen Leder, rauchen fortwährend, lachen auch viel, lachen über uns, wie wir aus den Waggons hopsen. Eine maßgeschneiderte Armee von Zivilisten, das sind für Jakob diese Amerikaner.
Angesichts einer solchen Qualität wird ihm noch einmal klar, warum Deutschland den Krieg verlieren mußte. Mein Großvater hat also doch recht behalten. Kein Wunder, der kannte Amerika. Er hat den Frieden leider nicht mehr erlebt.
Sie lachen dann nicht mehr, als wir an ihnen vorbeiziehen. Sie sprechen auch nicht mehr, stehen nur und schauen uns zu.
Langsam, als gingen sie in einem Leichenzug, so schieben sie sich auf die Baracke zu. Wir können nicht schneller, und manche können auch das nicht. Sie setzen sich ganz

einfach hin. Da sitzen sie und starren auf den Boden. Nichts auf der Welt interessiert sie mehr.
Es gibt auch zwei Leichen, die werden aus dem Waggon geholt. Sie wurden nicht erschlagen, sind eines natürlichen Todes gestorben auf dem Stroh. Ein wenig Entkräftung, ein bißchen Krankheit, dazu der Hunger. So etwas summiert sich. Da müssen die Amerikaner staunen.
Und was denkt Jakob? Was wünscht er sich sofort, dieser Jakob, der mehrfach dem Tode entkommen ist, der dem Henker ein Schnippchen schlagen konnte? Er wünscht sich eine amerikanische Hose.
Er möchte das Feldgrau abstreifen, dieses verbrauchte Kostüm der Niederlage. Die alte Haut abwerfen, darunter ist neue, glänzende Haut gewachsen.
Als ich nach Hause kam, haben wir meine Uniform im Ofen verbrannt. Seine Mutter bereitet ihm ein Bad. Sie heizt den Badeofen mit Holz und Kohlen. Zwei Stunden sitzt Jakob in der Wanne, läßt immer wieder heißes Wasser nachlaufen. Dann zieht er sich an. Er hat noch eine gut erhaltene Hose und Jacke. Das beste Hemd wählt er, bindet sich eine Krawatte um. Sonntäglich gekleidet ging er spazieren, schlenderte eine ganze Woche so herum, obwohl die Tage nicht festlich waren. Fast andächtig zieht er jeden Morgen seine Kleider an, und seine Mutter schaut ihm zu und sagt: »So war er früher nicht.«
In den Baracken liegt auch Stroh, allerdings mehr als in den Waggons. Es gibt auch gleich etwas zu essen. Fleisch mit Soße, dazu Kartoffeln, danach für jeden sogar ein Stück Schokolade. Während die Löffel in den Blechnäpfen klappern, marschieren zwei amerikanische Soldaten durch die lange Baracke. Sie halten in der erhobenen

rechten Hand je ein Paket Chesterfield, die wollen sie verkaufen. Fünf Reichsmark soll die Zigarette kosten. Sind das jetzt die Preise?
Die beiden sind hartnäckig, sie laufen mit den Zigaretten auf und ab, verkaufen auch ein paar, aber nicht viele. Wer hat jetzt noch Geld? Und außerdem wird mir todsicher übel, wenn ich jetzt eine Zigarette rauche.
Nach dem Essen werden noch ein paar Zigaretten verkauft, die beiden haben gewartet, sie wußten, daß sich die Sucht nach Tabak steigert, wenn der Bauch voll ist. So tüchtig sind sie, die Amerikaner.
Das haben wir alles von denen gelernt, Toni. Das ist Kapitalismus, den hatten wir ja schon früher, nicht den amerikanischen, den deutschen. Jetzt haben wir den amerikanischen und den deutschen.
Ich habe dann ja auch Sachen gemacht, gekauft und verkauft... Davon will Jakob nicht reden. Es ist eigentlich nicht der Rede wert. Wir wissen, was wir alles gemacht haben. Die Hungersnot, von oben befohlen, aber nur mit gemäßigtem Gehorsam abgedient.
»Gibt es jetzt in Deutschland eine Hungersnot?« fragt der Mann mit den Krücken. Er liegt auch in der Baracke neben Jakob. Obwohl sie nicht viel miteinander sprechen, haben sie sich aneinander gewöhnt.
Und verflucht! Da sind sie wieder, die Wanzen! Sowie es dunkel geworden ist, beginnt ihr Angriff. Jakob kennt ihre Klugheit. Das Wanzenheer weiß etwas von Taktik und Strategie. Vielleicht haben sie sogar Kommandeure. Sie lieben das Elend, spüren es überall auf. Sie werden groß in der Niederlage der anderen. Sie überleben alles: Ihre Gattung hat sich angepaßt, seit Millionen von Jahren.
Und nun müssen wir entdecken, daß sie auch noch tollkühn sind. Jakob wacht auf aus seinem Halbschlaf.

Ein paar Männer laufen in der Baracke umher. »Sauerei!« brüllen sie. Es beginnt zu rumoren in der Baracke. Die Deutschen vertragen keine Wanzen. Im Osten sieht man ihre Existenz gelassener an.
Licht flackert auf. Jemand besitzt noch ein Feuerzeug. Fackeln aus Papier, zuckende Flammenbündel beleuchten die ausgehöhlten Gesichter.
Sie sind zu erkennen. An der Decke sitzen oder krabbeln sie zu Tausenden. Sie lassen sich herunterfallen. Ganze Trupps auf einmal. Wir können es sehen. Wie auf Kommando springen sie ab. So machten das auch die Fallschirmjäger. Dahinter steckt System, Gedankenarbeit, das ist nicht nur Instinkt.
Das hat schon mein Vater gesagt, da wohnten wir noch in den kleinen Mansarden.
Wir müssen etwas tun.
»Ich will raus hier!« ruft Jakob. Er versucht sich aufzusetzen. Er ist ganz wach. Nur, er kann nicht richtig sehen, es flimmert vor seinen Augen: das verschwimmende Gesicht einer Frau. Sie trägt Weiß, eine weiße Haube.

Vor den Baracken war es still. Er fühlte sich sofort allein, so, als wäre er nie mit den anderen verbunden gewesen. Er weiß, was er tun wird, sammelt sich noch, zögert noch vor dem Absprung. Das Blut summt in seinen Ohren. Es ist das Herz, Jakob, es pocht jetzt rascher.
Wir hatten einen blauen Wellensittich, wenn ich ihn in der Hand hielt: das Pochen in meiner Hand, das war sein Herz. Er ist dann plötzlich fortgeflogen, an einem Sonntagmorgen. Wir liefen hinter ihm her. Ich habe ihn noch einmal gesehen, da wurde er bereits verfolgt von den Spatzen.
Hier draußen hört er das Konzert der Schläfer nicht, das hundertfache Atmen, Husten, Räuspern, denn hun-

dert Mann sind in jeder Baracke. Die Türen sind nicht verschlossen, weil die Abortanlagen außerhalb der Baracken liegen. Das ist ein Getrappel. Gegen fünf Uhr morgens beginnt es. Sie können das Wasser nicht halten.
Vier Posten stehen unter Gewehr. Am dritten Tag hat ein amerikanischer Offizier zu ihnen gesprochen: »Dies ist ein Entlassungslager. Sie werden in Kürze in Ihre Heimatgemeinden entlassen.« Er spricht perfekt deutsch, mit hessischer Klangfarbe, der hatte wohl auch eine Heimatgemeinde hier in der Nähe. Warum in Kürze, warum nicht sofort? Welche Erklärung hätte es für den Aufschub der Entlassung geben können? Gerüchte tauchen wieder auf, schleichen durch die Baracken. Das Mißtrauen wächst. Es ist Feindschaft zwischen den Völkern. Und jemand hat gesagt: »Wir haben kapituliert, aber wir befinden uns noch immer im Kriegszustand. Sie werden uns nicht entlassen.«
Die Baracken liegen in einem kleinen Talkessel. Bis hierher weht kein Wind. Die Nacht verhüllt jede Bewegung, verschluckt auch den vorsichtigen Jakob. Niemand sieht ihn, als er davonschleicht.
»Ja, ich bin auch dort davongelaufen. Aber hätte ich es nicht tun sollen? Alles war ungewiß. Vielleicht wäre ich tatsächlich nach Frankreich gekommen, in ein Bergwerk.«
Er ist unterwegs: wegen der Ungewißheiten, wegen des Bergwerks und wegen der Wanzen, die ihn jede Nacht genossen hatten.
Ich wußte, daß ich auf Gießen zu marschierte, aber ich mußte Gießen umgehen. Er ist jetzt kein Deserteur, wie vor ein paar Monaten. Aber was ist er jetzt? Ein entlaufener Gefangener, ein Flüchtling. Und wieder sieht er Häuser, aber sie sind diesmal nicht leer. Da liegen sie in ihren Betten. Sie haben Kühe, Hühner und Hunde. Sie

bellen die Nacht an oder den flüchtenden Marschierer. Er kann nicht in die Häuser hinein, darf nicht anklopfen, muß sich beeilen. Eine große Strecke will er bis zum Morgengrauen zwischen sich und das Lager gebracht haben. Sie werden ihn suchen. Wenn sie abgezählt haben, werden sie sagen: Wo ist er? Er war heute nacht noch hier.
Jakob hat das Marschieren gelernt. Er hört seine Schritte auf der schmalen Landstraße. Die breiten Straßen wird er meiden, auf diesem Weg wird er nur durch kleine Dörfer kommen. Vielleicht hören sie ihn, die Menschen, die jetzt in ihren Betten liegen. Sie werden denken: Da geht einer. Da flüchtet einer, läuft schnell an Gießen vorbei. Der Taunus nimmt ihn auf, die sanften Hügel mit ihren Wäldern versprechen Sicherheit. Und da schimmert ein Fluß im Morgengrauen. Das muß die Lahn sein. Er folgt ihr ein ganzes Stück flußabwärts, marschiert auf ihrer rechten Seite. Zwischen Niederlahnstein und Oberlahnstein mündet sie in den Rhein, das hat er in der Schule gelernt, kann sich noch daran erinnern. Es ist nachbarliche Landschaft, nicht weit von Frankfurt entfernt. Aber es dauert lange, bis einer auf Schleichwegen nach Frankfurt kommt.
Wenn ich der Lahn folge, komme ich an den Rhein. Über Limburg, Bad Ems und... Ah, denkt er, Bad Ems. Da hat meine Mutter eine kleine Erbschaft gemacht. Ich käme dann nach Niederlahnstein. Da soll Goethe im »Wirtshaus an der Lahn« abgestiegen und ein Bohnengericht gegessen haben. Das habe ich einmal gelesen.
Ein Bohnengericht, denkt Jakob, der Marschierer. Er hat wieder kein Brot dabei.
Ich habe übrigens erfahren, daß sie fünf Tage später doch entlassen wurden. Da war ich noch immer unterwegs. In Frankfurt, auf dem Arbeitsamt, habe ich den Mann

getroffen. Wir standen in einer langen Schlange und warteten. Er sagte zu mir: »Du warst ja wohl vom Affen gebissen. Die Amis haben nur mit den Achseln gezuckt. Kein Mensch hat dich gesucht…«
Alt ist der Taunus. Die Kelten haben ihn gemacht, die saßen nämlich lange vor den Germanen dort. Und sie nannten das Gebirge »Dunos«, das heißt Wall. Die Römer verstanden »Taunus«. Auch in der Schule gelernt. Gehört zum Rheinischen Schiefergebirge. Damit arbeitet mein Vater, wenn es ihn noch gibt, meinen Vater.
Er redet in Gedanken mit sich selber, während er marschiert. Es fällt mir immer eine ganze Menge ein, wenn ich unterwegs bin.
In einem Tannendickicht schläft Jakob. Er hat dampfende Wiesen gesehen. Die Sonne stieg auf, und die Wälder rochen nach Harz. Müde war er und dachte vor dem Einschlafen auf dem weichen Boden: Bis Frankfurt ist es noch weit.
Jetzt ist Adolf Hitler tot, und mein Großvater auch. Manche Leute denken, er lebt noch. Niemand hat Adolf Hitler gefunden. Von meinem Großvater weiß ich es genau. Auch von der Witwe Grün, die bekam nämlich einen Herzschlag, als die Granate explodierte. Sie stand im Torbogen und fiel um, als es knallte. Niemand weiß, wo das Grab der beiden ist. Zuerst lagen sie nebeneinander im Hof. Fräulein Pflaum saß bei meinem Großvater und konnte schon nicht mehr weinen. Sie saß nur so da.
Die Witwe Grün hat ein Stockwerk höher gewohnt. Sie konnte meinen Großvater nicht leiden, weil er manchmal trank.
Wir standen an einem Sommerabend vor dem Tor. Jakob und seine Eltern sehen ihn, wie er die Allee überquert und auf das Haus zukommt. Die Witwe Grün sagt etwas, dann hört sie mitten im Satz auf, ihre Stirn umwölkt sich, die

senkrechten Falten der Selbstgerechtigkeit erscheinen um ihre Mundwinkel. Er geht gerade, nur etwas steif. Gehässig sagt sie: »Er hat wieder einmal geladen...«
Die beiden wurden dann zwei Tage später auf einen Leiterwagen gelegt. Das Wägelchen gab nicht genug Ladefläche her, man mußte sie aufeinanderlegen. Die müssen weg wegen Seuchengefahr«, hat ein Mann zu Fräulein Pflaum gesagt. Und sie soll gesagt haben: »Ich kann nicht mitgehen. Meine Beine knicken mir ein.«
Mein Vater ist mit dem Fahrrad zu dem Haus gefahren. Er wollte nachsehen. Er wollte fragen: Ist alles in Ordnung? Die Leute haben zu ihm gesagt: »Hier ist die Stelle. Hier hat er gestanden, aber er war schon tot.«
Er soll ganz ruhig gewesen sein. Mit seinem Fahrrad stand er vor der Stelle und sagte nichts. Er schob es dann die Straße entlang, stieg viel später auf. Er hat ihn gesucht auf dem Frankfurter Hauptfriedhof und auf allen anderen Friedhöfen. Aber niemand wußte in Frankfurt noch etwas von meinem Großvater.

Still ist es im Taunus, wenn der Krieg verloren ist. Die Männer sind fort, und die Kinder trauen sich nicht in den Wald. Kein Wagen fährt vorbei.
Beim Marschieren denkt Jakob: Es fällt mir eine ganze Menge ein, wenn ich unterwegs bin. Ich gehe hier. Nach Frankfurt muß ich. Dort ist einiges geschehen, während er fort war. Er hört seinen Schritt, die Stiefel lärmen in der Stille, die Absätze schlagen hart auf: den immer gleichbleibenden Klang seiner Schritte auf der Straße. Das ist ihm vertraut. Sein Echo läuft neben ihm her.
Jakob hat keine Strümpfe mehr. Er hat Blasen an den Füßen. Er setzt sich an einen Bach und stellt seine Füße in das kalte, schnell fließende Wasser.

Und nun erscheint Knopf. Er trottet die Straße entlang und zieht ein Wägelchen hinter sich her. Solche Wägelchen kenne ich. Was für ein Zufall, daß Knopf ausgerechnet einen Leiterwagen hinter sich herzieht.
Er sieht Jakob, er kommt heran, läßt die Deichsel aus der Hand kippen und fragt: »Was machst du da?«
»Ich bade meine Füße. Ich kann nicht mehr laufen.«
So war das mit Knopf, mit Waldemar Knopf.

Jakob hat die Arme auf den Tisch gestützt. Sein Gesicht ist vom Wein gerötet. Er ist es nicht gewohnt, Wein zu trinken. Wer trinkt schon jeden Tag Wein? Nur jetzt, zur Hochzeit: Wir haben den großen Braten gegessen, Korken aus den Flaschen gezogen. Wir glauben, uns nähergekommen zu sein, denn das ist gut, miteinander am Tisch zu sitzen und die Gläser zu heben. Die Schwere fällt ab, die Vorsicht läßt nach, und wir beurteilen uns milder.
„Von Lollar bin ich damals davongelaufen«, erzählt Jakob, denn ein anderer hat von seiner Gefangenschaft in Rußland erzählt. Noch fünfundzwanzig Jahre lang erzählen sie von der russischen Gefangenschaft.
»In der Nacht habe ich mich davongeschlichen«, sagt Jakob. »Und am nächsten Tag traf ich einen seltsamen Mann. Er hieß Knopf und kam aus dem Konzentrationslager. Dieser Knopf war ein großer Schlaukopf...«
Sie hören ihm zu. Neben ihm sitzt Lena im weißen Brautkleid. Sie freut sich darüber, wie er beim Erzählen Tempo entwickeln kann. Schwiegervater und Schwiegermutter, Jakobs Vater und Jakobs Mutter, sie sitzen am Tisch und hören ihm zu.
Und dann sagt Lena: »Hör auf mit dieser dummen Geschichte. Ich habe sie schon zehnmal gehört!« Aber das ist nicht bei der Hochzeit, sondern schon Jahre später,

ist nicht nach einem großen Braten, nicht bei milder Beurteilung.
Ja, denkt Jakob, damals fiel sie mir schon ständig ins Wort. Die Trennung kam da schon auf uns zu. Sie hat mir die Zeitung versteckt. Ich wollte die Zeitung lesen. Sie hat gesagt: »Ich habe deine Zeitung nicht gesehen.« Aber die Zeitung lag vor einer Viertelstunde noch auf dem Tisch. Sie hat sie einfach weggeworfen. Vieles hat sie weggeworfen. Das war Haß.
Toni sagte zu dem Vater seiner Mutter: »Ich habe die Geschichte auch schon oft gehört. Aber mußte sie ihm vor anderen so über das Maul fahren? Später hat er dann nicht mehr viel erzählt. Er grübelte. Ich sah ihm genau an, daß er über etwas nachgrübelte.«

Sein kugelrunder Kopf sitzt auf einem dünnen Hals, man sieht dem Kopf noch an, daß er vor kurzer Zeit kahlgeschoren wurde: Doch das stört Waldemar Knopf nicht, jeder soll sehen, daß er geschoren wurde.
Am Bach, neben Jakob hockend, sagt er: »Mich hat im Lager jeder nur Knopf genannt. Waldemar ist zu umständlich. Du brauchst Fußlappen. In den Stiefeln da gehen deine Füße kaputt.«
Knopf zerreißt sein Hemd. Aber das ist doch ein fast neues Hemd! Macht nichts, wir kriegen viele Hemden.
Du wirst staunen, wenn du mit Knopf unterwegs bist. Sie werden sich schütteln, sie werden Dinge ausspucken.
»Was glaubst du, was ich alles auf dem Wägelchen habe?«
Brot, Speck, geräucherte Würste, mindestens zehn bis fünfzehn Kilo Lebensmittel, Leberwurst und Blutwurst in Dosen, dazu noch eingekochte Kirschen, Stachelbeeren, Erdbeeren und in einem großen Glas eingeweckte Birnen, die hebt Knopf hoch und sagt: »Erstklassige Birnen.«

Was ist mit seiner Nase? Die wurde ihm eingeschlagen. Keine Zähne mehr, ein Ohr ist verkrüppelt. Knopf lacht und holt eine fast armlange Wurst hervor. »Du mußt etwas essen, du siehst verhungert aus. Wie alt bist du eigentlich? Mit dir wollten sie wohl noch den Krieg gewinnen...«
Wenn er lacht, erkennt man, daß etwas fehlt: die Zähne.
Und dieser Mann kann noch lachen. Er hat Pläne, er vibriert vor Energie, die er nun listig einsetzen wird. Das Leben macht Spaß, man muß es nur richtig angehen. Jetzt herrscht ein anderes Gesetz, das wird ein paar Jahre vorhalten und Knopf begünstigen. Knopf versteht etwas von den sich ablösenden Gesetzmäßigkeiten, ahnt die verborgene Anatomie der Stunde. Jakob muß wieder einmal staunen.
Wie alt bist du denn, Knopf? Etwas über dreißig. Danach stockt das Gespräch, und Jakob fragt nichts mehr.
Mit den Fußlappen läßt es sich gut marschieren. Die beiden gehen jetzt vor dem Wägelchen, umklammern jeder mit einer Hand das glattgescheuerte Querholz der Deichsel. Jakob links, Knopf rechts, ein einträchtiges Gespann, so ziehen sie ein Hab und Gut hinter sich her, an dem Jakob nun Teilhaber wird.
Er hat gegessen, er ist satt, hatte nach langer Zeit Brot zwischen den Zähnen, das in Deutschland gebacken wurde. Sie haben nicht schwer zu ziehen, leicht rollt der Wagen auf der glatten Straße hinter ihnen her. Es ist, als wären sie zu dritt.
Die Sonne steht fast senkrecht über ihnen. Im Gleichschritt gehen sie, jedoch nicht besonders schnell. Wir haben keine Eile. Die Straßen sind uralt, die Fundamente wurden von Römern gelegt, für den Krieg gebaut. Zügige Truppenbewegungen, in jedem Jahrhundert ein paarmal. Jetzt ist Frieden, und das Gras steht schon hoch. Die Bienen summen.

Ein schönes Land, denkt Jakob. Sie marschieren durch Wälder und Wiesenmulden, Höhenzüge verschwimmen im Blau des hohen Himmels. Weit, still ist dieser Himmel, in den sie tief hineinschauen können, als sie am Waldrand stehen, wo sich ein Tal vor ihnen öffnet. Sie sehen die Dörfer liegen, mit Schiefer gedeckt, um die spitzen Kirchtürme gruppiert.

»Da müssen wir hin«, sagt Knopf.

Und das war die Gegend zwischen den Flüssen Lahn und Weil. Dort ist der Taunus ein sanftes Gebirge. Jakob ist schon ein wenig vom geraden Weg nach Frankfurt abgekommen.

Und was macht Knopf, ehe sie in ein Dorf ziehen? Er kleidet sich um. Bisher ging er in einer alten grauen Hose und einer Drillichjacke. Jetzt holt er einen gestreiften Anzug hervor. Jakob schaut wortlos zu.

»Ja, den trug ich im KZ.« Knopf lacht. »Das ist das Ehrenkleid der Nation. Du wirst sehen, wie das wirkt. Davor haben die Respekt.«

Man kennt sie doch, die Bauern. Bei denen muß man hart anklopfen. Zäh sind sie und sitzen auf ihrer Habe wie die Glucke auf ihren Eiern. Man muß sie packen, schon mit dem ersten Anlauf. Und jetzt hat Knopf noch eine Idee: »Ich setze mich aufs Wägelchen, und du ziehst mich. Ich spiele den Entkräfteten. So marschieren wir ein.«

Nun hat er auch noch Holzschuhe an den Füßen. In denen kann er sowieso nicht gut laufen, da ist es schon besser, wenn Jakob den Wagen zieht.

Kann er nicht wenigstens seine Schuhe anbehalten? Er hat doch schon fünf oder sechs Paar in einem Sack liegen. Die hat man ihm geschenkt.

„Wo denkst du hin! Die Holzschuhe gehören zu meiner Uniform. Los jetzt, trab an. Ich habe hier ein Scheinchen, das öffnet Tür und Tor.«

Jakob zieht den Wagen über die holprige Dorfstraße. Ein paar Hühner gackern, stieben davon. Knopf sitzt zusammengesunken auf den Lebensmitteln, die in mehrere Decken eingeschlagen sind. Überzeugend führt Knopf seine Entkräftung vor. Sie sollen ihn sehen, erst dann wird er anklopfen.
Die Häuser haben Fachwerk, kleine Fenster mit grünen Fensterläden, davor blühen Geranien in Blumenkästen. Ausgetretene Stiegen fahren zu den verzierten Holztüren. Ein feister Hahn steht mitten auf der Straße, als wolle er den Weg versperren, stolziert aber dann doch mit rukkendem Kopf zur Seite, reckt noch einmal seinen Kopf, schüttelt den Kamm und kräht ein empörtes Kikeriki hinter ihnen her.
Das Wägelchen rumpelt ein bißchen auf dem unebenen Pflaster. Die Hoftore stehen weit offen, drinnen liegen gewaltige Misthaufen, auf denen die Hühner picken. Und dann erscheint das Gesicht einer Frau. Sie huscht vom Fenster weg, als sie begriffen hat, wer da kommt.
Der Bauer ist mißtrauisch. Er steht in der Tür seines Hauses, schaut aus kleinen Augen, hinter buschigen Brauen hervor, wird schon nach den ersten Worten unsicher, windet sich, im voraus wissend, daß er nicht ungeschoren davonkommen wird. Er ist alt, hat grobe, wie aus Lehm geformte Hände.
Der Entlassungsschein wirkt, da muß der Bauer die Brille aufsetzen. Er liest langsam, nickt mit dem Kopf. »Kommt herein...«, sagt er und schlurft vor ihnen her durch einen kühlen, halbdunklen Flur.
Und auf dem Schein, der Tür und Tore öffnet, wie Knopf sagte, steht auch etwas davon, daß seinem Besitzer weitgehend Hilfe zu leisten sei.
Jetzt hat die Frau Essen auf den Tisch gestellt. Es gibt Schnittbahnen, Kartoffeln und große Speckscheiben.

Auch die Frau ist alt. Sie hat noch kräftige Arme, die von der Sonne gerötet sind. Wohltuend kühl ist es in der großen Bauernküche. Der Mann und die Frau sehen schweigend zu, wie Jakob und Knopf mit den Löffeln in die Schüsseln fahren und sich nacheinander mehrere Portionen auf die Teller häufen.
»So«, sagt der Bauer einmal, »ihr kommt aus dem Konzentrationslager...« Dazu nickt er mit dem Kopf. »Und der da?« Er schaut Jakob an.
»Der kommt auch aus dem Lager«, antwortet Knopf mit Bestimmtheit. Jakob beugt sich tief über seinen Teller. Er sagt nichts.
Der Bauer sinniert: »Ihr seid aber noch jung.« Er benutzt eine alte Anrede, er sagt Ihr, wenn er einen der beiden anspricht. Diese Alten sprechen jedoch nicht viel. Sie spüren Beklemmung in der Brust, da sitzen zwei Männer, deren Anblick Schuldgefühle weckt.
Sie haben gegessen, sie haben frische Milch getrunken. Jetzt beginnt Knopf sie zu schröpfen. »Gebt uns noch etwas mit auf den Weg.«
»Mir habbe nix«, sagt der Bauer. Die Frau zuckt bedauernd mit den Achseln.
»Mengen habt ihr.« Knopf weiß, wie er sie nehmen muß »Ich könnte mit diesem Schein zum Bürgermeister gehen, dann müßt ihr rausrücken mit den Sachen.«
Der Bauer und die Bäuerin denken langsam. Knopf weiß Bescheid: Ich kenne die Bauern. Würste haben sie im Rauch, Schinken und Speckseiten haben die hängen, Butter im Faß, weißes Mehl und gut durchgebackenes Brot, das sich lange hält.
»Ich gehe dann halt mal«, sagt der Bauer, geht mit seinem gekrümmten Rücken, begleitet von den Blicken seiner Frau, die ihn mahnen: Nicht zuviel. Mir habbe nix ...

Und auch diese Blicke kann Knopf sofort deuten: »Nicht zuwenig, Bauer. Ich weiß, was du in deiner Räucherkammer hast!«
Das wußten andere auch. Lange schon stehen Häuser auf diesem Grund. Es gibt da Jahreszahlen in Balken geschnitzt oder gebrannt. Ganz andere haben hier schon an die Türen gepocht, mit dem Büchsenkolben, mit Säbel und Degen, vom Pferd herunter. Bunte Haufen zogen durch das Land, verlangten alle, daß der Bauer sie ernährte. Da war immer etwas in der Räucherkammer. Der Bauer mußte bluten. Jakob hat darüber gelesen. Sie haben die Bauern gequält, Schwedentrunk und ähnliche Sachen.
Die Bauern haben noch die Erinnerung an die Landsknechte im Blut. Sie mustern die Fremden mit schmalen Augen, öffnen ihre Türen zögernd und geben knapp, denn sie ahnen, daß in diesen Zeiten noch andere bei ihnen anklopfen werden.
Knopf verpackt drei Leberwürste und ein Stück Speck im Wagen. Die Frau und der Mann schauen zu. Sie stehen unter der Tür und sehen die beiden davonziehen. Knopf hockt wieder auf dem Wägelchen. Karg war der Gruß, als sie gingen.
Knopf gibt die Richtung an. »In keinem Dorf dürfen wir den Pfarrer vergessen. Sie wohnen meist bei der Kirche. Zieh mich jetzt zur Kirche. Das fährt den Pfaffen in die Knochen, wenn sie uns sehen.«
Manchmal läuten die Glocken in den Dörfern. Friedlich klingt es, heimatlich. Einmal habe ich eine Glocke geläutet. Ich wollte nach Frankfurt, auf dem kürzesten Weg. Und warum läßt sich Knopf fortwährend Eierkuchen backen? Ich kann jetzt keine Eierkuchen mehr essen.
»Wegen der Zähne, Menschenskind. Die harten Sachen kann ich nicht beißen. Ein schönes Gebiß lasse

ich mir später machen. Ein Zahn schöner als der andere.«
Sie schlafen im Stroh einer Scheune. Knopf hat vier Wolldecken. Er teilt sie mit Jakob, er teilt überhaupt alles. Die Pfaffen kommen nicht an die Tür. Sie scheuen die Begegnung, das hat Knopf ganz richtig vorausgesehen. Alte Pfarrköchinnen öffnen die Türen. Sie geben Brot, etwas Wurst, und Knopf verlangt wieder Eierkuchen. Sie geben weniger als die Bauern, wohnen in großen Fachwerkhäusern, haben Hecken um ihre fruchtbaren Gärten gezogen.
Eine Frau deutet auf einen Turm, der wie ein Festungsturm aussieht, mit Schießscharten, aus grobem Stein: »Unsere Kirche, sie ist aus dem siebzehnten Jahrhundert...«
Knopf klappert mit den Holzschuhen und wird mit Lederschuhen beschenkt, die ihm passen, in denen der Pfarrer viele Wege für das Seelenheil seiner Gemeinde gemacht hat. Sie kommen in den Sack. Jetzt besitzt er sieben Paar Schuhe. Er geht aber in den Dörfern noch immer mit den Holzpantinen herum.
Eine Frau öffnet ein Fenster. Sie schaut heraus und erschrickt. Mitgefühl überzieht ihr Gesicht. Sie holt einen großen Klumpen Butter. »Wenn Sie vielleicht drei Vaterunser für mich beten würden...«
Darüber hat Jakob lange nachgedacht. Hat sie sich schuldig gefühlt? Aber er betet dreimal leise das Vaterunser. Das war eine Abmachung, die sollte eingehalten werden. Knopf muß das nicht unbedingt merken.
»Knopf«, sagt Jakob. »Ich muß nach Hause. Meine Eltern wissen nicht, wo ich bin.«
Vielleicht leben sie nicht mehr, wie Knopfs Eltern. Das waren Bibelforscher, die haben ihm eingebleut, nicht zur Wehrmacht zu gehen. Es ist Sünde, eine Waffe in die

Hand zu nehmen. Daran sind die gestorben, in einem anderen Lager.
Die Sünde focht Knopf nicht an, er hatte nur keine Lust, Soldat zu werden. Deshalb hat er sich in Konstanz versteckt. Er wollte über den Bodensee in die Schweiz flüchten. Ein Mann hat ihn verraten. Diesen Mann will er suchen.
Unter den Schätzen auf dem Wägelchen liegt eine Pistole. Sie ist in Ölpapier eingeschlagen. Jakob hat sie gesehen und fragt: »Was willst du mit der Pistole, Knopf?«
Er will den Mann in Konstanz erschießen. Er weiß genau, wo er wohnt. Man darf seinen Haß nicht aufgeben. Der Haß war es, der Knopf aushalten ließ. Sechs Jahre lang hat er an seine Rache gedacht. Der Haß machte ihn stark. Es gab noch etwas, was ihn am Leben erhielt: Er konnte Hosen bügeln. Besser als jeder andere im Lager verstand er es, mit dem Bügeleisen umzugehen. Knopf arbeitete in der Kleiderkammer, und dorthin kamen seine Bewacher und sagten: »Knopf, bügele mir die Hosen.« Sie standen in Unterhosen und warteten, dann gingen sie in ihren frisch gebügelten Hosen zu Frauen. Auch der Kommandant schickte seine Hosen zu Knopf. Einen solchen Könner setzt man nicht auf die endgültige Liste.
»Es wird mir nicht viel passieren, wenn ich ihn erschieße. Aber es muß ja nicht rauskommen, daß ich es war.«
»Knopf, ich muß nach Hause. Sie sorgen sich um mich.«
Der Leiterwagen füllt sich, Knopf weiß das Gewissen der Menschen zu treffen, obwohl er eigentlich nicht viel sagt. Das ist sein Geheimnis: Die Überzeugung verleiht ihm Durchschlagskraft. Er ist berechtigt zu fordern, verlangt die Wiedergutmachung für das Erlittene. So etwas läßt sich umsetzen in Würste, Speckseiten und Brot und ganz besonders gern in eine Wurstart, die Preßwurst heißt und

die so wohlschmeckend nur in dieser Gegend zu finden ist.
Jakob hat den inneren Mechanismus begriffen, die Bauern auch, deshalb sind sie zur Buße bereit, entlasten ihr Gewissen mit Gaben, die sie nicht viel kosten, deren Wert aber täglich wächst. Jakob und Knopf sind in den Taunus eingefallen und verbreiten die Idee der Wiedergutmachung in vielen Dörfern. Das Wägelchen füllt sich mit dem Ausgleich.
»Ich bin vollgefressen«, ächzt Jakob. Sie liegen an einem Waldrand in der Sonne, in dem duftenden Gras. »Wir machen ein Mittagsschläfchen«, meint Knopf und gähnt. »Dann ziehen wir weiter.«
»Haben wir nicht schon genug? Können wir nicht aufhören?«
»Jakob, nie wird es uns besser gehen als jetzt. Wir leben wie die Fürsten. Geh nicht nach Frankfurt. Wir überqueren den Rhein, dann wandern wir durch den Odenwald und den Schwarzwald bis hinunter zum Bodensee.«
»Du willst nach Konstanz?«
»Ja, ich muß ihn noch vor dem Winter erschießen. Aber dazu brauche ich nicht lange. Du wartest in einem Dorf mit dem Wagen, während ich in Konstanz bin und ihn erschieße. Im Winter kriechen wir mit unseren Vorräten dann irgendwo unter.«
Als sie am Abend in einer Scheune auf ihren Decken liegen, nachdem sie Preßkopf und Bratkartoffeln gegessen haben, holt Knopf die Pistole hervor. Er betrachtet sie, er spielt mit ihr und sagt: »Ich werde ihn erschießen.« Und da begreift Jakob, daß er ständig an den Mann in Konstanz denkt und daß er tatsächlich bis nach Konstanz wandern wird.

Bist du nach Konstanz gegangen, Knopf? Hast du deinen Mann gefunden und erschossen? Jakob hat ihn doch noch einmal gesehen, viele Jahre später, in Frankfurt. Und da hat Knopf noch immer voller Haß gesagt: »Ich muß wieder nach Konstanz... Ich habe ihn nicht angetroffen.«
Nur einmal habe ich gehaßt, das war, als ich Lena umbringen wollte. Daran denkt Jakob nicht gern. Aus Haß ein Blutbad anrichten? Das ist lächerlich, darüber kann man nur den Kopf schütteln. Darüber muß Jakob sogar ein wenig lächeln.
Hat Feitelstein gehaßt? Und der hätte Grund dazu gehabt, dem hat man übel mitgespielt. Er hat nur mit den Achseln gezuckt, als ihm Jakob von der Ehescheidung erzählte. »Es lohnt nicht, Jakob. Ich weiß, daß Frauen für Brot Steine geben. Gras soll ihr wachsen vor der Tür.«
Und dann hat er gesagt: »Setz dich zu mir, Jakob. Ich will dir erzählen eine Geschichte vom Haß: Da kannte ich einen Menschen im fünfunddreißigsten Jahr, der hat einem anderen Geld geliehen, weil der zu ihm gesagt hat: Ich habe nicht viel im Beutel, aber ich muß mir einen Überzieher kaufen.
Der andere hat nicht zurückgezahlt. Schweine hat er gekauft, Kühe, aber er hat nicht gezahlt. Und was hat er gemacht, der Gläubiger? Er hat geredet mit ihm, gesprochen hat er mit ihm wohl hundertmal. Und als er merkte, daß der Schuldner nicht wollte zurückzahlen, hat er sein Haus angezündet. Dabei hat ihn ein Mann gesehen, der hat ihn aber nicht verraten, der hat zu ihm gesagt: Hast du viel Geld, gib mir von deinem Geld, dann werde ich nicht sprechen.
Jetzt hat es ihn noch mehr gekostet. Als dem Schuldner das Haus abgebrannt war, hat der gedacht: Ich weiß, wer

das gemacht hat. Und nun hat er dem Gläubiger das Haus angezündet. Der Gläubiger aber, der ging hin und schlug ihn mit einer Eisenstange, weil er gedacht hat: Es kann nur der gewesen sein. Darauf war der Schuldner ein Krüppel, und jetzt mußte der Gläubiger ihm noch einmal viel Geld zahlen und ging für zwei Jahre ins Gefängnis.
Als er rauskam, war er ein armer Mann und wollte sich rächen. Drei Goldstücke hat er noch gehabt, die hat er einem Polen gegeben und hat zu ihm gesagt: Dafür mußt du ihn erschlagen. Der Pole ist zu dem ins Haus gegangen, hat ein schweres Beil gehoben, da hat der Krüppel zu ihm gesprochen: Schlag nicht zu, ich weiß, von wem du kommst. Sag mir erst, was er dir gegeben hat. Der Pole hat gesprochen: drei Goldstücke. Hat der Krüppel gesagt: Gebe ich dir zehn. Geh mit deinem Beil zu ihm zurück und erschlag ihn. Der Pole hat die Hand aufgehalten und ist zurückgegangen, hat auch mit dem Beil geschlagen. Da war der Gläubiger tot, aber den Polen haben sie gefangen, der hat dann alles gesagt, und jetzt mußte der Krüppel zehn Jahre ins Gefängnis. Da ist er gegangen und hat sich erhängt an einem Strick. Nun warense beide tot... Hat sich's gelohnt?«

Ich gehe nicht mit nach Konstanz. Ich will nach Frankfurt zurück. Knopf kann nicht genug kriegen. Er kann nicht aufhören mit seiner Sammlung. »Noch zwei Tage gehe ich mit dir, Knopf. Dann mache ich mich auf den Weg.«
Und der letzte dieser beiden Tage ist ein Sonntag. »Da laufen die alle in die Kirche...« Knopf hat einen ganz besonderen Einfall. Die Straße zur Dorfkirche fällt steil ab. Das ist von weitem zu erkennen. Sie ist eingefaßt von zwei niedrigen Böschungen.

»Wir stellen uns dort oben auf. Wenn sie aus der Kirche kommen, werden uns alle sehen. Dann wissen sie, daß wir hier sind. Du weißt doch, das fährt denen in die Knochen...«
Da will Jakob zuerst nicht mitmachen, aber Knopf kann ihn umstimmen, denn Jakob fühlt sich in Knopfs Schuld.
»Was genierst du dich! Ins Gesicht mußt du ihnen gukken, dann gucken die weg. Ich kenne sie doch. Ich ziehe meinen Anzug an. Du brauchst keinen Anzug, du siehst auch so elend genug aus.«
Knopf kichert, diese Sache macht ihm Spaß. Er will Menschen erschrecken und angreifen, will sie dazu zwingen, seine Vergangenheit zu beachten. Das versucht er Jakob zu erklären. Jakob begreift nur langsam, daß Knopf hier seinen Haß ausstellen will.
»Genier dich nicht, Jakob. Sie müssen aufgerüttelt werden!«
Sie hören die leise Orgel, die Gemeinde singt ein Lied, es ist keine große Gemeinde. Der Zeiger der Kirchturmuhr springt, und die Glocke beginnt zu dröhnen. Was geschieht jetzt?
Die Kirche ist aus, die Türflügel schwingen auf. Da kommt einer heraus, er ist alt, dem hängen die Arme an den Seiten herunter wie Dreschflegel. Dahinter folgen zwei, drei, vier Frauen. Dann wieder ein paar Männer. Das tröpfelt, das sickert heraus aus der Tür auf den Platz vor der Kirche. Es sind keine jungen Männer dabei.
Und nun sehen die Kirchgänger etwas. Fünf Meter über ihnen, auf der Böschung, da stehen zwei Männer. Sie erkennen die Uniformen, wissen sie zu deuten. Die beiden stehen dort oben wie ein Denkmal, bewegen sich nicht, reden nicht.

Dort müssen sie alle vorbei. Ihre Blicke sind scheu, huschen weg, heften sich auf die Straße. Knopf hat es gewußt, denn es ist Sonntag, und sie haben gebetet.
Es gab einen Mann, der stand auf der Frankfurter Hauptwache. Er hatte ein Schild umhängen: Ich mache alles. Da kam ich vorbei. Knopf hat es geschickter angefangen. Das zeigt sich schon nach einer Viertelstunde.
Die Bauern murren, aber sie geben reichlicher als sonst. Jakob hält sich im Hintergrund. Knopf wird ihm unheimlich, er ist nicht zu bremsen, steigert sich ins Maßlose: »Gebt, Bauern, gebt! Was habt ihr dem lieben Gott versprochen, noch vor ein paar Minuten? Habt ihr ihm wieder etwas vorgelogen?«
Vor Fenstern stehend, im Halbdunkel der Korridore, in den Küchen und Bauernstuben, Knopf schnattert seine Sprüche herunter. Er sprudelt über, ist von einer Beredsamkeit, vor der die Bauern stumm werden. Auch Jakob sagt nichts. Er verpackt alles auf dem Wagen und denkt: Morgen gehe ich nach Hause.
Und warum bist du nicht gegangen, Jakob? Die Frau war schuld. Sie hat nämlich gesagt: »Wir haben fünf Kammern. In jeder steht ein Bett. Da könnt ihr schlafen.«
«Ich schlafe in der Scheune, Jakob«, sagt Knopf. »Ich kann nicht in einem Bett schlafen. Ich bin es nicht mehr gewöhnt.«
Jakob wollte im Bett schlafen, in einem richtigen Bett. Die Bäuerin heizt auch noch in der Waschküche an, macht heißes Wasser. »Da könnt ihr euch abschrubben ...«
Ein großer Bauernhof, Kühe im Stall und auf der Weide, Schweine grunzen, und Dutzende von weißen Hühnern steigen im Hof herum. Die Frau ist derb, aber gut gewachsen. Sie ist etwa dreißig Jahre alt. Beim Gehen vibrieren ihre großen Brüste unter dem Kleid.

»Die hat Feuer«, flüstert Knopf Jakob zu. »Merkst du das nicht?«
Nein, Jakob hat es noch nicht bemerkt. Sie hat braune Augen, die huschen nicht weg, die schauen einem gerade ins Gesicht. Und braunes Haar, im Nacken geknotet. Sie ist beweglich und schnell mit ihren Händen. Flink schneidet sie Brot und Wurst. Sie hat Most aus dem Keller geholt, schenkt die Gläser voll. Zwischendurch streut sie den Hühnern Körner in den Hof. Dabei sagt sie: »Jung bist du noch. Wo kommst du her?«
Sie steht plötzlich in der Waschküche. Knopf ist schon gegangen. Er wollte noch Most trinken, da wäre nämlich ein bißchen Alkohol drin, hat er behauptet.
»He!« sagt Jakob überrascht und dreht ihr den Rücken zu. Sie ist ohne Scheu: »Zeig doch mal. Dreh dich mal um.« Sie greift nach seinem Arm und zieht ihn herum. Sie betrachtet ihn interessiert. Ihr Gesicht ist dabei ernst, konzentriert. So etwa wird sie aussehen, wenn sie eine Kuh kauft. Sie wird die Kuh anfassen, wird ihr über die Flanke streichen. »Du«, sagt sie, »mein Mann ist gefangen, und meine Mutter ist taub, die hört überhaupt nichts mehr.«
Dann nickt sie ihm zu und geht aus der Waschküche hinaus. Sie hat soeben eine selbstverständliche Abmachung getroffen. Das Leben ist einfach für diese Frau. Es besteht aus Frühling, Sommer, Herbst und Winter. Und im Juni ist ihre Zeit, da denkt sie an den Mann. Sie sagt es ihm später.
Als Jakob aus der Waschküche kommt, sitzt ihre Mutter vor dem Haus. Die Frau ruft der Alten ins Ohr: »Mutter, wir haben Einquartierung!«
»Wieso!«
»Das sind Flüchtlinge.
»Warum?«

Ihr Gesicht ist wie aus Stein gehauen, um den zahnlosen Mund hat sie einen Fächer aus tiefen Falten. Sie hört fast nichts, aber ihre Augen glänzen neugierig. »Einquartierung?« fragt sie. »Ich dächt, de Kriech is aus.«
»Er ist so gut wie aus. Du weißt doch, die Deutschen haben kapituliert.«
„Werd' noch geschosse?«
»Nein, es wird nicht mehr geschossen.«
»Dann is gut.«
Knopf fragt nach Schnaps. Er hat jetzt reichlich gegessen. »Ein Schnäpschen, nach dem Essen, Bäuerin?« fragt er.
Sie geht in den Keller und kommt mit einer dickbauchigen grünen Flasche zurück. »Das ist Zwetschgenwasser«, erklärt sie, während sie zwei Gläser vollschenkt.
Jakob muß husten, aber Knopf spitzt die Lippen, fischmäulig grunzt er: »Ah, das ist gut.«
Knopf trinkt auch noch Jakobs Glas aus. Die Frau greift energisch nach der Flasche: »Nichts gibt's mehr. Der Schnaps ist stark.« Sie läßt sich beschwatzen von Knopf. »Gut, noch einen, das ist der letzte. Du kannst Apfelwein trinken. Ich bringe dir eine Flasche Apfelwein.«
Mit der Flasche in der Hand zieht Knopf ab: »Ich gehe schlafen. Ich bin müde.«
Die Decke in der Kammer ist niedrig. Die Fliegen summen noch, durch das offenstehende Fenster kommt der Geruch von Dung. Jakob liegt in einem großen Bauernbett. Er kann noch nicht schlafen. Uralt ist das Bett, die Schränke haben Generationen gedient. Hier haben schon viele Menschen geschlafen.
Die Frau kommt leise herein. Sie hat noch gearbeitet. Sie trägt ein langes weißes Nachthemd, das zieht sie langsam über den Kopf. Sie faltet das Hemd einmal zusammen und

legt es sorgsam auf einen Stuhl. Sie hebt die Bettdecke hoch und legt sich nackt neben Jakob ins Bett.
Die Nacht ist hell. Jakob hat die Frau gesehen. Es ist ein Sonntag im Juni. Mit weit aufgerissenen Augen hat er sie genau gesehen.
Kein Wort spricht sie, wartet drei Atemzüge lang, dann wendet sie sich Jakob zu und fährt mit der Hand unter sein Hemd. Ruhig sind ihre Bewegungen. Sie beginnt etwas, das längst schon verabredet war, ist in völliger Übereinstimmung mit dem Augenblick.

Die Frauen: Jakob erinnert sich. Die Frauen fragten, wann die Hauptkampflinie das Haus erreichen würde. Ich konnte es ihnen nicht sagen.
Das Artilleriefeuer geht über das Haus weg. Es ist Mitternacht. Man kann bereits das Gewehrfeuer genau unterscheiden. Jakob hat Schutz gesucht in diesem Keller. Er hat nur ein paar Minuten Zeit, dann muß er mit seiner Kompanie weitermarschieren. Die Frauen überfallen ihn mit Fragen. Sie tragen Kopftücher und dicke Mäntel. Es ist nicht zu erkennen, wie sie wirklich aussehen. Die Frauen reden aufgeregt durcheinander. Sie stehen um ihn herum, und er hört gleich dreimal die Frage: »Werden sie uns vergewaltigen, wenn sie kommen?«
Er kann nichts sagen, wird verlegen, sucht nach einer beruhigenden Antwort. Eine Frau sagt: »Dann möchte ich vorher noch ein Kind von einem deutschen Soldaten haben.«
Sie schauen ihn plötzlich alle an. Er versteht ihre abwägenden Blicke genau. Sein Gesicht wird ratlos. Ein Kindergesicht unter einem Stahlhelm. Sie sprechen es aus: „Er ist doch noch ein Kind.«

Dann ist es plötzlich Spott: Ob er denn überhaupt etwas in der Hose habe? Eine Hand tätschelt seine Wange, eine andere Hand faßt grob nach seinem Hosenschlitz. Jakob läuft davon. Er erinnert sich: so verzweifelt waren die Frauen.
Kraftvoll und ruhig ist die Bäuerin. Kurz nach vier Uhr stand sie auf. Sie ging mit dem ersten Tageslicht an ihre Arbeit. Es drang kaum in seinen Schlaf.
Spät erwacht Jakob an diesem Morgen. Als er in den Hof kommt, sitzt Knopf schon vor dem Haus. »Wir sollten weiterziehen, aber meinetwegen können wir hier noch einen oder zwei Tage bleiben. Hier ist es gut.«
»Ja, ja«, sagt Jakob und sucht mit den Augen die Bäuerin. Er sieht sie erst um die Mittagszeit. Sie kommt mit einem knarrenden Ochsenkarren angefahren, ihre Mutter sitzt neben ihr. Wie sie da oben zusammengekauert hockt, erinnert ihn die Alte an einen Affen.
Die Frau lächelt ihm zu, sie hilft ihrer Mutter vom Wagen. »Ich mache dann das Essen«, sagt sie und schaut Jakob ins Gesicht. Mit der rechten Hand macht er eine fahrige Bewegung durch sein Haar.
Sie hatte keine Zeit zum Reden. Sie arbeitete, wollte bei der Arbeit keine Hilfe haben. »Ihr seid nur Städter«, sagte sie und machte dann eine kleine Andeutung: »Heute abend...«
Knopf und Jakob gingen ein bißchen umher, hinter das Haus auf die Wiese, durch die Ställe, dann wieder auf die Dorfstraße hinaus. Jakob legte sich später noch einmal auf das weiche Bett. Er schlief sofort ein. Später ertappt er Knopf, wie der mit einer Flasche Schnaps unter dem Arm aus dem Keller kommt. »Das ist nicht richtig, Knopf!« tadelt ihn Jakob. »Wir sind hier Gäste.«
»Die merken das doch gar nicht.«
»Nein, das geht nicht!« ruft Jakob zornig.

»Na, dann laß mich wenigstens einen Becher füllen, den stelle ich hier in die Scheune und trinke ihn heute abend.«

Dieser Abend ist anders als der vorangegangene. Knopf ist angetrunken. Jakob kann es an seinen Augen erkennen. Er hat mehr genommen als nur den einen Becher. Knopf will auch kaum etwas essen. »Ich bin plötzlich so müde«, sagt er und verschwindet in die Scheune.

Sie hat noch zu arbeiten. Er sitzt vorm Haus in der Dunkelheit und hört sie im Stall. Sie spricht mit ihren Kühen. Es klingt, als spräche sie mit einem kleinen Kind.

Eine halbe Stunde später steht er auf und geht die hölzernen Stiegen hinauf.

Sie kommt schon nach wenigen Minuten zu ihm in die Kammer. Sie trägt wieder das weiße, lange Nachthemd, zieht es langsam aus und legt es wieder auf den Stuhl. Er rückt zur Seite und macht ihr Platz im Bett.

Sie ist anders als gestern. Sie zittert ein wenig, und er bemerkt sofort, daß sie den ganzen Tag daran gedacht hat.

Etwas in ihr ist aufgebrochen. Sie stöhnt einmal tief auf, ein langes Stöhnen, das ihn erstaunt, weil er denkt, er hätte es irgendwann in seinem Leben schon einmal gehört. Er möchte sich erinnern.

Sie spannt sich, wird starr wie im Krampf und lockert sich plötzlich zu einer Beweglichkeit, die ihn völlig überrumpelt. Selbstvergessen entlädt sie ihre Kraft. Ihre Triumphe rollen über ihn hinweg wie Brandung. Das geht weit über ihn hinaus. Er ist dabei unwichtig geworden.

Unaufhaltsam wird Jakob klein. Diesen Energien ist er nicht gewachsen, sie schüchtern ihn ein.

Jakob, für dieses Spiel bist du noch zu schwach. Schwitzen muß Jakob unter der blauweiß karierten Bettdecke. Die Kammer füllt sich mit ihrer Stimme.

Dann spürt sie, daß er aufgegeben hat, wird allmählich ruhiger. Mit der Hand fährt sie einmal über sein verschwitztes Gesicht. Jetzt ist er ganz aus der Stimmung, hält diese Minuten für eine Niederlage.
Sie liegt neben ihm, atmet tief. Unvermittelt fragt sie nach ein paar Minuten: »Ist es wahr, haben die Amerikaner in Japan eine Bombe geworfen, die eine ganze Stadt auf einmal zerstört hat?«
»Das ist wahr«, sagt er.
»Das ist schlimm«, sagt sie.
Ihr Haar ist aufgelöst und bedeckt seine rechte Schulter. Ihr Haar ist so trocken wie Heu. Er denkt nach, macht sich Sorgen: Ein Kind?
»Mir ist es gleich. Es war nix mit meinem Mann. Es hat nicht geklappt, aber der Hof braucht einen Erben.«
So einfach ist das? »Aber wenn er zurückkäme und fände ein Kind...«
»Dann muß er es annehmen«, sagt sie schroff.
Das klingt hart. Darüber muß Jakob nachdenken. Sie ist heiß, sie will lieben und gebären. Verachtet sie etwa ihren Mann, weil er gefangen ist? Ihr Haar riecht nach Heu. Juni, das ist ihre Zeit, da denkt sie an den Mann, und deshalb hat sie Jakob genommen, weil der zufällig durch den Taunus marschierte.
Und wie war das mit Ilse, die in Oklahoma ist? Sie ging mit dem Amerikaner die Treppe hinauf, und ich stand unten. Lena: auch die Treppe hinauf mit ihrem Mann. Früher war ich ihr Mann, weil ich zufällig...
Große Unruhen gab es auf den Straßen in Frankfurt. Jakob will sich an etwas erinnern. Ich war dabei. Auf der Hauptwache wimmelte es von Menschen. Ein Ameisenhaufen. Ich würde gern auf dem Land wohnen, da ist es stiller. Aber wer kann sich das leisten? Nur die

privilegierten Schichten. Deshalb gibt es die Unruhen in Frankfurt. Alle wollen raus aus Frankfurt.
Sie haben Frankfurt kaputtgemacht. Wer hat das getan? Das schiebt einer dem anderen zu. Deshalb wird sogar geschossen. Jakob hört den ersten Schuß.

Die Bäuerin setzt sich im Bett auf: »Was war das? Das war ein Schuß!«
Zuerst dachte ich, Knopf wäre übergeschnappt, aber Knopf war nur betrunken.
Jakob fährt mit den Füßen in seine Stiefel. Er poltert die Stiegen hinunter, denkt nicht daran, daß er nur ein kurzes Hemd trägt. Er läuft zur Scheune. Dort wird er vorsichtig, denn er hört Knopf in der Scheune herumbrüllen. Durch einen fingerbreiten Spalt kann er Knopf sehen.
Knopf steht mitten in der Scheune. Er hat seine gestreifte Montur angezogen. Warum nur? Er fuchtelt mit den Händen, redet, als würde er zu einer großen Versammlung sprechen. In seiner rechten Hand sieht Jakob die Pistole.
Die Bäuerin kommt heran, sie hat ihr Kleid übergezogen. Zu zweit spähen sie durch den Spalt und hören erstaunt, was Knopf da von sich gibt. »Wir haben hier zu bestimmen!« ruft er. »Es muß eine neue Regierung gebildet werden. Volksräte werden eingesetzt!« Er hebt den linken Zeigefinger, droht mit diesem Finger, als wäre die Pistole in seiner Hand nicht Drohung genug. »Denn vor allem, meine Herren, das Eigentum muß gerecht verteilt werden. Es hat Gleichheit zu herrschen!«
Knopf hat zuviel Schnaps getrunken, und jetzt will er plötzlich die Welt verändem. Oder will er sie ganz und gar beherrschen?
Er schlägt sich nämlich an die Brust und ruft: »Die Könige werden abgeschafft! Die Königinnen müssen aufs

Schafott! Das Beamtentum wird in Ketten gelegt!« Dabei schwankt er hin und her, hat Mühe, sein Gleichgewicht zu halten. Er macht Pausen, in denen er nachdenkt. »Enteignung!« brüllt er.

»Du mußt hineingehen und ihm die Pistole abnehmen«, sagt die Bäuerin ruhig.

»Enteignung, mit Waffengewalt!« brüllt Knopf und schießt in die Luft. Dort, wo die Kugel getroffen hat, rieselt feiner Staub herunter.

»Ja, ja«, sagt Jakob. »Ich werde hineingehen.« Er bleibt jedoch noch vor dem Scheunentor stehen. Die Mutter der Bäuerin kommt über den Hof gehumpelt. Sie hat nichts gehört, hat nur das Licht gesehen, war neugierig und ängstlich zugleich. Mit einem großen Reisigbesen ist sie bewaffnet, hält den Kopf vorgestreckt und sieht nun aus wie die Hexe aus einem Märchenbuch, in dem Jakob als Kind gerne las.

Jakob schiebt langsam das Scheunentor auf. Er geht einen Schritt hinein und ruft: »Knopf, was machst du? Bist du verrückt geworden?«

Knopf fährt herum. Er ist wütend. »Ich mache Revolution!« ruft er.

„Du bist betrunken!«

Knopf schwankt hin und her. »Betrunken? Ich? Und betrunken? Da sieht man es wieder! So ist das Volk... Mit Waffengewalt werden wir...« Er hebt den Arm und zielt mit der Pistole auf Jakob. Da huscht Jakob schnell aus der Scheune hinaus, denn vor dieser Art Revolution hat er Angst.

»Du mußt hinein und ihm die Pistole abnehmen«, drängt die Bäuerin.

»Ja, ja«, sagt Jakob.

Er beginnt, mit Knopf zu sprechen, will ihn bitten, die Pistole aus der Hand zu legen. Wie leicht könne da etwas passieren.
»Ungeheuer viel muß passieren!« ruft Knopf.
Aber doch nicht hier, nicht jetzt. Vorsichtig macht Jakob einen Schritt hinein. Knopf hat eine nachdenkliche Pause. Er starrt zu Boden, will etwas sagen. Jakob bringt wieder zwei Schritte hinter sich, auf Knopf zu.
In diesem Augenblick kommt der dicke rotbraune Hahn um die Ecke. Er hat Licht gesehen, hat Stimmen gehört: die Signale des Morgens. In diesen Irrtum flattert er neugierig hinein, hätte auf seiner Stange bei seinen Hühnern sitzenbleiben sollen. Er schüttelt sich, schaut umher, hat noch nicht den richtigen Platz für sein erstes Krähen gefunden. In der Scheune pickt er zwei-, dreimal etwas vom Boden auf.
Jakob steht neben Knopf. Nur ruhig jetzt! Nichts zeigen von der inneren Unruhe, die Angst genannt wird.
»Knopf, geh jetzt schlafen und leg die Pistole aus der Hand. Wir gehen auch schlafen.«
Jakob will vorsichtig nach der Pistole greifen. Das nimmt Knopf allerdings übel. Sie ringen miteinander. Jakob hat beide Hände um den Pistolenlauf geschlossen. Das geht hin und her, bis Knopf das Gleichgewicht verliert. Er fällt zu Boden und reißt Jakob mit.
Die Alte steht im Scheunentor und lacht kreischend auf. Unter dem kurzen Hemd hat sie Jakobs Hintern gesehen und noch etwas mehr. Sie reißt das zahnlose Maul auf und wiehert schrill, während sie mit dem Besen auf die beiden deutet, die noch immer am Boden liegen und um die Pistole ringen. Dann aber besinnt sie sich darauf, daß sie hier eingreifen und Frieden herstellen müsse. Sie schwingt

den großen Reisigbesen und schlägt auf die beiden ein. Jakob und Knopf spüren den harten Besen. Sie liegen am Boden, bedrängen sich gegenseitig und sind wehrlos der Alten ausgeliefert, die gewaltig zu dreschen beginnt.
»Das ist doch Irrsinn!« ächzt Jakob und versucht, den rechten Arm Knopfs in eine Richtung zu drücken, die niemand gefährlich werden kann.
»Willst du wohl aufhören!« ruft er.
»Nein!« brüllt Knopf. »Die Revolution muß jetzt beginnen... Von Konstanz aus!«
Nun beteiligt sich auch der Hahn. Er tippelt heran, er stellt sich in Positur, reckt sich auf und kräht sein letztes Kikeriki in den vermeintlichen Morgen. Denn in diesem Augenblick löst sich der Schuß. Der Hahn steht regungslos. Er hat keinen Kopf mehr, sauber hat ihn die Kugel abgetrennt. Der Hahn fällt auf die Seite, bleibt aber nicht liegen, sondern steht wieder auf und rennt flügelschlagend ohne Kopf über den Hof. In einer geraden Linie wirbelt er aus dem Hoftor hinaus auf die Straße.
Knopf ist erschrocken. Jakob hat jetzt die Pistole in der Hand. Knopf kommt zu sich. Die beiden rappeln sich auf, und Knopf sagt: »Ich dachte... Ich dachte...«
»Was hast du gedacht, Knopf?«
»Ich dachte, ich wäre in Konstanz.«
Die Bäuerin kommt nicht mehr in Jakobs Bett. Sie geht in ihre eigene Kammer. Knopf liegt im Stroh und schnarcht.
Am Morgen hat Jakob die Vorstellung, er habe schlecht geträumt, aber er weiß: es ist wahr. Wir haben das wirklich erlebt. Ich, Knopf, die Bäuerin, ihre Mutter und der Hahn.
Er löste sich leicht von dem Hof und der Bäuerin, hoffte, hier kein Kind zurückgelassen zu haben, dachte aber andererseits: So schlecht hätte es mein Kind hier nicht.

Und Knopf sagte: »Ich gehe über den Rhein...« Er wird jetzt sein Wägelchen allein hinter sich herziehen.
Leicht trennt sich Jakob auch von Knopf, der steht noch eine ganze Weile und winkt mit der rechten Hand.
Jakob marschiert, er ist wieder unterwegs, marschiert jetzt nach Hause, am Ende aller Kriege.
Jakob hat Würste in seinem Rucksack, eine Speckseite, die trägt er nach Hause. Die will er vorweisen, seine Beute. Einfach ist das Leben: es besteht aus Frühling, Sommer, Herbst und Winter. Das ist einleuchtend, das ist beruhigend. Da muß Jakob zufrieden lächeln, und er denkt, nur so zum Spaß: Ich habe die Revolution von Konstanz verhindert.

# 21

Erna Haselmann hat geheiratet. Der Mann soll Leutnant gewesen sein, der kam noch früher nach Hause als Jakob. Wie hat er das nur gemacht, er ist jung und gesund? Er hat blonde Haare, so ein richtiger Offizierstyp ist er, einer von den Deutschen, die der Feind besonders gern kastriert hätte, wenn Kilians Behauptung zutreffend gewesen wäre. Jagdflieger soll er gewesen sein. In den letzten Kriegsmonaten war der in Reitstiefeln in Ernas Leben getreten.
Das kennt man doch. So einer kommt umgeschnallt daher, zu den Reitstiefeln trägt er die Reithose, die Uniformjacke ist auf Taille gearbeitet, dazu hat er noch ein Koppel mit Pistolentasche. Der macht dann den ersten Besuch bei den Eltern, legt die Hand an die Mütze, schlägt die Absätze zusammen. Und später schauen sie ihm heimlich durch die Gardinen nach, wie er aufrecht und forsch über die Straße marschiert. Und er weiß genau, daß sie am Fenster stehen, um ihn von hinten zu betrachten. Damit kann Jakob nicht konkurrieren. Er ist nur der kleine Rosinenbringer, der Schlittschuhläufer vom Ostparkweiher, der Freund aus der Kindheit oder bestenfalls der Jugendfreund.
Erstaunt dreht er sich um, als sie ruft: »Jakob!«
Erna springt vom Fahrrad, denn auf Fahrrädern kamen sie langsam die Straße entlanggefahren. Welch ein Zufall.
Jakob war erst eine Woche daheim. Sie hat Jakob von hinten erkannt.
Die Radfahrerin deutet auf den Radfahrer und sagt: »Darf ich vorstellen, mein Mann.«
Sie heiraten alle. Und nach der Hochzeit geht die Frau rechts neben dem Mann über die Straße. Darauf achtet

Jakob in der ersten Zeit, auf die rechte Seite. Warum? Weil der Mann früher sein Schwert links trug, die Frauen wären sonst über die Bewaffnung gestolpert. Und wenn Jakob nach seiner Hochzeit Bekannte auf der Straße trifft, stellt er vor, mit einem Blick nach rechts: »Meine Frau...«
Jetzt will auch noch Toni heiraten, obwohl ich ihm gesagt habe, damit solle er sich Zeit lassen. So eilig sei es ihm nicht, meinte er. Aber in zwei Jahren wäre es dann soweit. Was machen wir, wenn Toni heiratet? Wir sind geschieden. Wer von uns beiden geht zur Hochzeit? Das gleiche Theater wie damals bei mir. Wahrscheinlich ist es besser, wenn ich nicht gehe. Sie kann mit ihrem Mann kommen, dann fällt es nicht so auf. Sie ist schließlich die Mutter.
Und so etwas kann einem passieren: Wir begegnen uns. Wir konnten uns nicht mehr ausweichen. Lena war feuerrot im Gesicht. Sie sagt: »Mein Mann...« Und der andere verbeugt sich, und ich verbeuge mich auch, aber nicht zuviel, und sage: »Angenehm...«
Was für ein Blödsinn, das rutscht einem so raus. Als ob mir das angenehm hätte sein können. Der Teufel soll euch beide holen! hätte ich am liebsten gesagt. Aber wir hatten ja Waffenstillstand geschlossen, wegen Toni. Da waren wir ein Jahr geschieden, den anderen hätte ich ohnedies in der nächsten Zeit treffen müssen, um über Toni mit ihm zu sprechen. Ich bin schließlich der Vater und muß wissen, unter welchem Einfluß mein Sohn steht.
Wie konnte ihr Vater behaupten, ich hätte keine Zukunft? Ich bin versichert und habe auch meine Familie versichert. Im Falle von Krankheit, Unfall oder Tod sichert uns die Versicherung. Dafür arbeite ich. Ich habe überhaupt immer gearbeitet. Nach einem bestimmten Tarif werde ich bezahlt, und nach Tarif bekomme ich Lohnerhöhung. Das

summiert sich mit den Jahren. Ich war jahrelang in der amerikanischen Tankstelle. Bis ich entlassen wurde. Ich wechsle nicht gern meine Stellung. Jetzt bin ich schon lange Zeit Kellner. Ich kriege Prozente und ein Fixum. Keine Versicherung mehr für meine Familie, denn es ist ja nicht mehr meine Familie.

Dazwischen gibt es eine Zeit, Jakob? Ja, da war ich einmal Hilfsarbeiter in einer Fabrik. Das hat mir gar nicht gefallen. Und die Zeitung? Daran denkt Jakob nicht gern. Das war die Zeit, in der ich Lena verloren habe.

Das war der Schuldspruch, die Verurteilung zum geschiedenen Mann.

Dagegen muß er sich wehren. Er zählt seine Leistungen auf. Und die bestehen darin, daß er leistete, was alle Männer leisten müssen, wenn sie geheiratet haben.

Er kaufte zwei Betten. Sie schliefen aber in den ersten Monaten nur in einem Bett. Sie wohnten in einem Zimmer bei ihren Eltern. Die Eltern mischten sich ein, ihr Vater nicht mit besten Absichten. Er gab den Versuch nicht auf, Jakob abzuwerten. Dann zogen sie aus, in ein Zimmer bei Jakobs Mutter. Und die mischte sich auch ein, allerdings mit guten Absichten, doch nicht weniger lästig.

Es braucht seine Zeit, bis man richtig wohnt. Da muß er viele Wege mit dem Fahrrad fahren, um eine Wohnung zu suchen. Er kann jetzt keine Geschäfte mehr machen, die amerikanischen Zigaretten sind nur noch wert, was sie tatsächlich kosten. Wir verdienen längst wieder stabiles Geld, jeder kann damit Zigaretten kaufen oder Schokolade, oder Fleisch und Wurst. Lena entwickelt einen erstaunlichen Appetit. Oder ist es bereits Tonis Appetit? Heiße Fleischwurst mit Senf: Jakob kann es kaum glauben, wieviel sie davon essen kann.

Sie hat einen Bauch. Jakob geht mit seiner schwangeren Frau über die Straße. Manchmal schaut er dabei auf die

Wölbung ihres Leibes, nach rechts schaut er und denkt: Mein Gott, wir kriegen ein Kind.
Das spornt ihn an. Wir brauchen eine Wohnung. Wir wollen wohnen mit dem Kind. Es gibt aber keine Wohnungen, die Trümmerhaufen werden gerade erst abgeräumt. Viele Kilometer mit dem Fahrrad, kreuz und quer durch Frankfurt. Monatelang bin ich in Frankfurt herumgefahren.
Die Besitzer mustern ihn nachdenklich. Er sieht nicht so aus, als könne er eine hohe Miete bezahlen.
Da muß Jakob auftrumpfen: »Hören Sie, ich habe eine feste Stellung bei den Amerikanern. Ich verdiene gut. Haben Sie etwa Angst, ich könnte die Miete nicht zahlen?«
Sie sehen die gefärbte amerikanische Feldbluse und die amerikanische Hose. Er hat sie sich gewünscht und er hat sie bekommen. Diese Kleidung kann allerdings kaum überzeugen.
Und wie sagte Feitelstein später? Zwischen Daumen und Zeigefinger prüft er die Qualität des Stoffes: »Du mußt dich besser anziehen, Jakob. Schöne Kleider mußt du tragen. Kennst du doch die Menschen... Wie du kommst gegangen, so wirst du empfangen.«
Aber damals gingen wir alle in gefärbten amerikanischen Hosen und Jacken. Man kann ja schließlich nicht den besten Anzug tragen, um eine Wohnung zu suchen.
Und dann kommt er eines Tages nach Hause, geht in das Zimmer, seine Mutter geht hinter ihm her. Er holt zwei Schlüssel aus der Tasche und sagt: »Wir haben unsere Wohnung!«
Stolz war Jakob, denn es schien aussichtslos, je zwei Zimmer mit Küche und Bad zu finden.
»Ich habe eine Wohnung gefunden!« sagt Jakob laut.
Dieser Satz gibt seiner Verteidigungsrede Gewicht. Hier beweist er seine Qualität als Oberhaupt einer Familie, ein

Ernährer ist er, ein sich sorgender Ehemann. Ein Beschützer ist Jakob, hält zwei Schlüssel in der hoch erhobenen Hand. Da lächelt seine Frau, und seine Mutter nickt anerkennend.
Schön war es, wenn Lena gelächelt hat. *Sie* war dann schön.
Die Nachricht muß schnell zu Lenas Eltern getragen werden. Am Sonntag zieht er seinen zweireihigen Anzug an, es ist der gleiche, der ihm für fünfhundert amerikanische Zigaretten angepaßt worden war. Er bietet Lena den rechten Arm, eingehängt gehen sie und nicht zu schnell. Ein rücksichtsvoller Ehemann ist Jakob. Und erfolgreich ist er, sitzt bei Kaffee und Kuchen am Tisch der Schwiegereltern, hat die Knöpfe seines zweireihigen Jacketts geöffnet, man muß aufpassen wegen der Falten. Er erzählt: »Schweres Geld hat sie mich gekostet, die Wohnung.«
Sein Schwiegervater sieht ihn prüfend an. Jakob weiß, was er denkt. Ob ich vielleicht doch Geld über die Währungsreform gerettet habe? In Form von Brillanten. Und wieviel könnte das gewesen sein?
Lena hat ein zufriedenes Gesicht. Sie spürt, wie sich Toni in ihr bewegt. Sie beschreibt die Wohnung genau, hat auch schon gewisse Vorstellungen. Das Schlafzimmer das Wohnzimmer... Sie plaudert heiter, sagt zwischendurch einmal: »Ich kann so schlecht sitzen.« Legt dabei die Hand auf ihren Bauch, atmet tief ein. Toni wächst und wächst.
Wahrscheinlich wird es ein großes Kind. Die Schwiegermutter sagt es. Der Schwiegervater glaubt, man könne da nichts voraussagen. Ein großes Kind, sagt Jakob, denn das wünscht er sich: einen großen Sohn. Und Lena sagt mit ahnungsvollem Gesicht: »Ja, ja«, und legt dabei wieder die Hand an ihren Leib.

Ihr Vater bekam später die Vertretung des von ihm erwähnten Markenschuhes. Er fährt ein Auto. Jakobs Vater, auch ein Auto, zwei oder drei Jahre später. Es gibt viel zu viele Autos. Ich bin ein Fußgänger, ich war immer ein Fußgänger. Natürlich nimmt er die Zeit aus, in der er mit dem Fahrrad fuhr. Nicht lange ist mein Vater mit seinem Auto gefahren. Er ist tot.
Mein Vater ist tot.
Als Toni noch klein war, habe ich ihm ein Fahrrad gekauft. Es war natürlich falsch, ihm ein Fahrrad zu kaufen. Aber das Fahrrad war billig, und ich habe gedacht: das ist eine günstige Gelegenheit. Als er alt genug dafür war, es zu fahren, war es gefährlich, Fahrrad zu fahren. Damals starben viele Kinder auf den Straßen.
Ich weiß, ich weiß, es war ein Fehler von mir. Aber es ist trotzdem eine Schweinerei. Mein Sohn kann nicht einmal mehr mit seinem kleinen Fahrrad fahren.

Eine neue Wohnung: das ist erregend. In den Zimmern laufen sie hin und her. Ihre Stimmen schallen zwischen den leeren Wänden. Die Schritte hallen, als wären es riesige Räume. Ist aber nur eine kleine Wohnung. Und die soll jetzt eingerichtet werden. So etwas kostet viel Geld. Sie wägen ab, stellen sich vor: hierher die Couch, und dorthin... Das paßt nicht gleich zusammen, das fügt sich nicht ohne Widerspruch. Nur mit den Betten gibt es keine Probleme. Damit fangen wir an.
Jakob lädt die Betten auf einen geliehenen Drückkarren, den schiebt er einige Kilometer durch Frankfurter Straßen. Das hat mein Vater mehrmals getan. Ich sitze obendrauf. Jakob auf dem Wagen fühlt sich königlich, denn von hier kann er die Erwachsenen sehen, ist größer als alle Erwachsenen.

Die Betten passen in das Schlafzimmer. Wo sollten sie sonst stehen? Es gibt Menschen, die haben kein Schlafzimmer. Wir haben es, wir sind daran gewöhnt. Wir wollen nichts entbehren, und nacheinander haben wir angeschafft, woran wir gewöhnt sind.
Ich habe gekauft, ich habe anbezahlt und kleine Raten abgezahlt. Eine Wohnung füllen Jakob und Lena mit Gegenständen. Sie haben jeder einen Schlüssel in der Tasche. Von hier gehen sie weg, hierher kehren sie zurück. Sie schließen ihre Tür auf, treten ein, es ist ihre Wohnung. Es gibt jetzt keine Hungersnot mehr in Deutschland. Wir besitzen etwas. Ich habe dafür gearbeitet, wir haben es ausgesucht und hierher bringen lassen.
Ich habe angeschafft: einen Kleiderschrank.
Einen Tisch mit Stühlen.
Schlafzimmer aus Birke.
Wellensittich mit Käfig.
Gasherd mit drei Flammen.
Und... Und... Und...
Da zieh einen Strich drunter und rechne es zusammen.
Du wirst staunen. Aber er zählt nicht weiter auf, hat es schon mehrmals getan. Es hat keine Wirkung mehr, beeindruckt nicht, weil wir daran gewöhnt sind und weil fast alle Männer, die eine Frau heiraten, die gleiche Leistung bringen müssen. Lena weiß genau, was sie ihrem Mann zumuten darf. Sie behauptet es und kann es mit Logik beweisen. Mit dieser Logik beginnt aber Lena erst, als die Gegenstände schon ein wenig verbraucht sind. Die Couch ein bißchen durchgesessen, der Kühlschrank nicht besonders modern, man nimmt auch andere Tapeten jetzt. Es gibt noch bessere Qualitäten. Sie werden angepriesen in Zeitschriften, Katalogen, im Fernsehen.

Und da waren plötzlich die gewohnten Gegenstände nicht mehr die gleichen. Es war ein eigentümlicher, nicht zu verstehender Wertverlust eingetreten. Besonders schnell verliert die Kleidung. Ein Mensch, eingekleidet von Kopf bis Fuß, kostet eine beträchtliche Summe. Darüber wird sich Jakob noch oft wundern.
Es bleiben ihm noch ein paar Jahre unbedrohter Zufriedenheit in der Zweizimmerwohnung: er, Lena und Toni. Ihr Name steht an der Tür. Wir hatten eine glückliche Ehe, sagt Jakob, denn er hat die Möglichkeiten zum Vergleich. Ich kann mich erinnern, wie das war, als mein Vater aus zog.
Er war plötzlich fort. Eine leere Stelle. Er fehlt in den Zimmern. Ein Bett bleibt leer, ein gemachtes Bett, das so aussieht, als warte es auf ihn, als könne er jederzeit wieder auf den Gedanken kommen, darin zu schlafen. Er liegt aber in einem anderen Bett.
Ich habe ihr den Gefallen getan, ich bin noch einmal zu ihm gefahren. Ich habe ihn gefragt: »Willst du nicht mehr nach Hause kommen? Da gehörst du doch hin.«
»Das ist der Johannistrieb!« hat seine Mutter gerufen, ehe er abfuhr. »Der alte Bock wird noch einmal wild!«
Die Nachbarn haben gesagt: »Der kommt wieder, der ist ans Brot gewöhnt.«
Die Nachbarn haben sich getäuscht. Auf der Treppe stand Jakobs Mutter und schimpfte über ihren Mann. Von jeher habe er es mit den Weibern getrieben. Der Postbote von nebenan grinste und meinte, mit wem hätte er es sonst treiben sollen?
»Hör auf!« sagte Jakob. »Er ist schließlich mein Vater.«
Sie konnte nicht aufhören, sie hatte noch viel zu sagen, und sie brauchte ihr Publikum. »Alles haben wir

glücklich überstanden. Jakob ist gesund aus dem Krieg zurückgekommen, und nun fängt der alte Narr noch einmal an, verrückt zu spielen. Natürlich mit einer viel Jüngeren.«
Er steht vor ihm. »Du bist schließlich mein Vater«, sagt Jakob zu ihm.
»Wie geht es dir, Jakob?« fragt er. »Bist du noch in der amerikanischen Tankstelle?«
Ganz anders ist diese Wohnung als das, was Jakob kennt. Das Wohnzimmer geht in das Eßzimmer über. Stilmöbel, schwere Sessel. Die Frau war schon einmal verheiratet, ihr Mann ist gefallen. Tatsächlich ist sie viel jünger als Jakobs Mutter. Sie ist zierlich, hat ein schmales Gesicht und braune Augen, eine unauffällige Frau. In dieser Wohnung leben sie zusammen. Er hat jetzt zwei Wohnungen.
Die Frau gibt sich Mühe mit Jakob. Ich weiß, das ist das Gewissen. »Möchten Sie eine Tasse Tee?« fragt sie. Jakob möchte keinen Tee, sagt zögernd: »Eigentlich wollte ich...«
Hatte die Absicht zu erklären, daß er gleich wieder gehen wolle.
»Na los, nimm schon eine Tasse«, sagt sein Vater.
Und auch er gibt sich Mühe mit Jakob, es ist zu spüren, und diese Mühe zerstört ihre Vertrautheit. Seine Augen sind nicht ruhig wie sonst. Sie weichen Jakob aus.
So hat er ausgesehen, wenn sie ihn ertappt hatte, denkt Jakob. Guten Tag, schöne Frau... Wir sind anständige Leute... Ich kann mich erinnern, denkt Jakob.
Hat er sich vor mir geschämt?
Einmal habe ich ihn gesehen, da stieg er auf einem Dach herum. Ich kam gerade aus der Schule und wollte nach Hause gehen.
Jakob schaut von unten zu. Er ruft hinauf, sein Vater winkt mit der Hand und sieht Jakob an, dann dreht er sich wieder

um und arbeitet weiter, mit langsamen, bedächtigen Bewegungen. Er war hoch oben, Jakob stand lange und sah ihm zu.
Ihm schien, sein Vater war von großem Ernst und einer nicht zu erschütternden Konzentration, während er arbeitete. Und ähnlich war auch sein Blick, es war darin die Aufmerksamkeit eines Mannes, der an Gefahr gewöhnt ist.
Jetzt ist er fahrig, Ansätze von Verlegenheit, Jakob kann es spüren. Es ist wie eine Gegenüberstellung.
»Ich fange noch einmal neu an, Jakob... Ich werde versuchen, dir das später einmal zu erklären. Jetzt ist es noch zu früh. Wenn ich dir helfen kann... Du kannst immer auf mich zählen...«
Jakob sagt nichts mehr. Er wird nicht wiederkommen.
Sein Vater sagt: »Du kannst dich doch an Jäckel erinnern? Er ist groß im Geschäft. Bis zur Währungsreform hat er geschoben. Dann hat er mit zwei Grundstücken angefangen. Jetzt baut er gleich drei Häuser auf einmal.«
»Jäckel von der Mainbrücke?«
Ja, dieser Jäckel von der Mainbrücke hat es weit gebracht. Er hatte sogar die Stirn, zu Jakobs Vater zu sagen: »Dein Betrieb ist zu klein. Nimm es mir nicht übel, aber das sind zu große Aufträge für dich.«
Da muß man staunen, was aus einem Menschen werden kann. Er hatte die Idee mit dem Todesspringen. Nur die Idee, gesprungen ist ein anderer.
»Er schanzt mir manchmal kleinere Aufträge zu«, sagt Jakobs Vater. »Hast du ein Mädchen, Jakob?«
»Wahrscheinlich werde ich bald heiraten.«
»Du hättest mein Geschäft übernehmen können, aber es ging ja nicht.« Es war das letzte Mal, daß er davon sprach.

«Dagegen war nichts zu machen.«
Es klingt resigniert, enthält vielleicht auch die Behauptung, in der amerikanischen Tankstelle könne Jakob nicht reich werden. Dabei ist er dort aufgestiegen. Er ist der Vertreter des Tankstellenmanagers geworden. Er hat sein Schulenglisch verbessert, hat Vokabeln gelernt und jeden Tag amerikanische Zeitungen gelesen. So etwas schult die Sprache. Jetzt beherrscht er zwei Dinge, mit denen er sich ernähren kann: Maschineschreiben und englisch sprechen.
Die fremde Frau hält sich im Hintergrund. Sie war fast die ganze Zeit in der Küche, klapperte ein paarmal mit den Töpfen. Das Gewissen. Wie kann das anders sein: Peinlich sind die Söhne der Ehefrauen, wenn sie vor den Geliebten der geflüchteten Männer stehen. Von den Verlassenen werden die Söhne planvoll eingesetzt, die Söhne wissen es meistens nicht.
»Da ist nichts zu machen«, sagt Jakob zu seiner Mutter.
»Ich glaube nicht, daß er zurückkommt.«
»Das soll ihm kein Glück bringen«, sagt sie und hat Haß in der Stimme. Jakob kann es genau hören.
Der Vater hat dann auch nicht mehr viel Glück gehabt.

Klein waren diese Anfänge, aber so etwas wächst sich immer aus. Vorhänge müssen an die Fenster, damit die anderen nicht reingucken können. In fremde Schlafzimmer gucken die anderen nämlich besonders gern. Das steht manchmal in der Zeitung. Das wäre auch leicht möglich, denn die nächste Hauswand ist keine zehn Meter entfernt. Man grüßt sich von Fenster zu Fenster.
Einen Monatslohn kosten die Vorhänge. Jakob sagt: »Meine Mutter hat das alles selber genäht.«
Lena kann nicht nähen. Sie kann auch nicht gut kochen, muß es lernen, ist auch gewillt, sich anzustrengen. Das

muß Jakob auch. Sind wir etwa nicht zufrieden? Wir sind es.
Toni ist gesund. Er wächst. Man kann ihn auf eine Waage legen und feststellen, daß er ständig zunimmt. Man kann ihn messen mit einem Meterband und über die hinzugekommenen Zentimeter staunen. Und dann kann man ihm zuschauen, wie er plötzlich durch das Zimmer geht. Die Beine sind zwar noch krumm, aber er geht auf seinen Beinen.
Geht dann zur Schule, an Jakobs Hand. Die große Uhr ist noch da. Jakob erinnert sich. Tack! machten die Zeiger. Sie sieht immer noch aus, als wäre sie vergoldet. Vielleicht liegt auch die Geige noch in irgendeinem Zimmer. Sie gehörte ja schließlich zur Schule.
»Erzähl mir, wie es in der Schule war, Toni.«
Dreißig oder vierzig Fotografien habe ich von ihm und von Lena gemacht. Sonntags, wenn wir spazierengingen. Und wir gingen oft spazieren. Toni durfte den Fotoapparat tragen. Eine ruhige Zeit.
Toni lernt rechnen. Er hat beide Arme aufgelegt, sitzt am Tisch und murmelt: »Sieben mal sieben.« Er schreibt in ein Heft, schreibt nicht mehr mit Tinte und Feder. Eine Mine zum Auswechseln ersetzt die Feder. Gibt es überhaupt noch Tinte?
»Das kleine Einmaleins«, sagt Toni. Das prägt sich ein, Jakob weiß nicht warum, hat auch nie darüber nachgedacht. Das kleine Gesicht ist jetzt vom Denken zerfurcht, ragt nur wenig über den Tisch hinaus, schaut einmal auf, hat den Mund offenstehen, wie Jakob, wenn er sich über etwas wunderte: »Sieben mal sieben.«
Lena schläft auf der rechten Seite. Sie legt ihren Kopf stets auf die geöffnete rechte Hand. Nur wenn sie krank ist, liegt sie auf dem Rücken. »Ich kann nicht schlafen«, sagt sie in einer Nacht. Er schaltet die kleine Lampe ein

und betrachtet sie besorgt. Es ist vielleicht eine Grippe. Er schaltet die Lampe wieder aus. Dieser Augenblick bleibt. So kann er Lena immer sehen, eine Momentaufnahme seiner Frau.
Ein wenig Ratlosigkeit war in ihrem Gesicht, keine Härte. Sie hat viele Gesichter. Sie kann anschmiegsam sein, verträumt, erschreckt, neugierig und ungeduldig, freudig überrascht, immer ihm zugewandt und offen für ihn. Bis sich ihr Gesicht schließt. Das wird auf ihn zukommen: Härte, Entschlossenheit und Zorn. Er liest aus diesem anderen Gesicht sogar Haß und, wie ihm scheint, angeborene Tücke.
Und was hat sein Vater im Schlafzimmer oft gerufen! »Mußt du jeden Abend erst trompeten, ehe du in die Federn steigst?«
Sie putzt sich die Nase. Es ist tatsächlich wie ein Trompetenstoß, mit großer Energie ins Taschentuch gepustet, die unüberhörbare Absicht, mit gereinigter Nase zu schlafen. »Das muß sein«, hat seine Mutter gesagt. »Ich atme nämlich nachts durch die Nase.« Und während sie das mindestens hundertmal sagt, hat sie mindestens hundertmal das Gesicht des Besserwissers. So etwas prägt sich ein.
Manchmal sagt Lena: »Du verdienst nicht genug. Ich komme fast nicht aus mit dem Geld.«
Eine Kaffeetasse hat Jakob an die Wand geworfen. Das hat gekracht, sagt er sich erleichtert, hat sich ein Ventil geschaffen, denn er fühlt sich wie ein Gefangener.
Jakob sitzt im Wohnzimmer auf der Couch. Er hat den Kopf in die Hand gestützt, starrt vor sich hin. Lena kennt ihn: jetzt hat er ein fremdes Gesicht. Er begreift, daß Zeit vergangen ist, daß nichts geschieht mit ihm. Er war in Bewegung, war unterwegs und hat sich wehren müssen.

Nun ist er angekommen in dieser Wohnung, ist nicht mehr unterwegs. Manche Tage erscheinen ihm öde. Blinde Tage, sie haben kein Licht. Etwas fehlt in ihnen, und er weiß nicht, was es ist, obwohl er doch glaubt, er könnte es herausfinden oder sich daran erinnern.
Jakob spielte mit Zinnsoldaten. Er ließ siegen und untergehen. Er konstruierte und zerstörte, war ein Schöpfer und ein Vernichter. In der Anspannung lag der Sinn des Spiels. Danach kam die große Langeweile des Friedens.
In dieser Wohnung lebt er mit seiner Familie. Morgens geht er zur Arbeit. Wenn er Spätschicht hat, muß er nachmittags gehen. Ich trete auf der Stelle. Ich fahre mit der Straßenbahn hin und her, immer die gleiche Strecke.
Sie haben sich viele Wünsche erfüllt, mit der Erfüllung vergaßen sie sofort den Wunsch. Er ist unzufrieden, wünscht sich ein anderes Spiel, eine Erregung, etwas Neues, eine noch nie gewesene Herausforderung: Wollte er nicht mit einem Krokodil spazierengehen?
Englisch und Maschineschreiben haben ihn befördert. Wenn der Manager nicht in der Tankstelle ist, hat Jakob zu befehlen. Dabei erfährt Jakob, was Macht ist. Vierzehn Männer arbeiten unter seinem Kommando, er gibt jedoch keine lauten Befehle. Er sagt: »Meier, Sie bedienen die Zapfsäule Nummer acht...« Meier gehorcht ohne Widerrede.
Ein kleiner Befehlshaber ist Jakob geworden, aber er hat nicht vergessen, daß er lange Zeit an den Zapfsäulen dienen mußte. Sie sind noch alle da: Er hat den Knollennasigen nicht vergessen, nicht die Heringsfässer und die Ohrfeigen.
Lehrer, Arbeitgeber, Brotgeber genannt, Offiziere, Unteroffiziere und andere Vorgesetzte, die polnischen Partisanen, die ihn in den Hintern traten, der Vater seiner Frau,

die Ämter und Beamten, Adolf Hitler und seine Genossen, die Bettler, der Mann, der das Schild vor der Brust trug, und sein Vater, als er auf der Brücke stand, um für Geld in den Main zu springen. Kilian! Und andere noch, die gedemütigt wurden oder selber Demütigungen austeilten. Er ist ein Jakob geworden, der keine lauten Befehle geben kann.
Sie rechnen in Gallonen. Die elektrische Pumpe summt. Die Amerikaner sitzen in ihren großen Autos und warten, bis der Tank voll ist. Dann bezahlen sie mit Coupons. Das fährt rein und raus, die großen Maschinen surren leise. Jakob hat sie mit Benzin gefüttert. Sie vermehren sich, überfluten die Straßen, sie leiten eine andere Zeit ein: die amerikanische.
»Gott schütze uns vor Amerika«, sagt der Neger in der Garderobe. Hat wohl auch seine Erfahrungen, kennt den geheimen Mechanismus.
Ich weiß, daß mein Vater sich vor mir geschämt hat. Ich habe so getan, als hätte ich es nie bemerkt. Und er hat so getan, als glaube er mir.

Aufgepaßt jetzt! Denn es muß nun endlich festgestellt werden, daß ich jemand bin, daß ich beachtet werden muß! Jetzt kommt der große Wind, und ich besteige meine Flugmaschine. Der Wind bläst hinein, bläht die Tücher auf. Ich werde fliegen. Ihr werdet mich fliegen sehen.
Da müssen sie staunen, und Lenas Augen werden riesengroß. Jetzt wird etwas geschehen. Der Stillstand war eine Täuschung. Ich vertraue auf meine Maschine. Jetzt werde ich springen, ganz heimlich werde ich abspringen. Ihr lacht über meine Flugmaschine, aber meine Maschine trägt mich, auch wenn ihr es nicht glaubt.
Seht ihr, wie ich fliege?

Es geht aufwärts mit Jakob. Da erscheint zuerst Feitelstein und sagt: »Tausend Mark im Monat. Ich zahle im voraus.«
Dann kommt der amerikanische Soldat, der es bis zum Sergeanten gebracht hat. Will es aber noch weiterbringen, denn er ist smart. Behauptet von sich, dem Sinne nach, die Nutzung der ungesetzlichen Möglichkeiten ließe ein smarter Amerikaner nicht ungenutzt verstreichen. Jakob, die Zukunft liegt auf der Straße. Und deshalb brauchen wir dich, Jakob. Eine Schicht, das sind acht Stunden. In dieser Zeit ist Jakob Herr über bedeutende Benzinvorräte der amerikanischen Armee. Er hält die entscheidende Position.
Und was hat Jakob zu tun?
Ein wenig wegschauen, die Vorschriften weitherzig auslegen, während der Sergeant bei der Tankstelle vorfährt und mehr Benzin tankt als erlaubt ist. Hier lagern unvorstellbare Mengen. Wir holen jeden Tag nur ein paar tausend Liter, sagt der Sergeant.
Und Feitelstein erklärt: »Das ist, als wenn eine Maus kommt zu einer Mühle, wo sie Getreide mahlen, und nimmt ein einziges Korn.« Dazu nickt er mit dem Kopf.
Er besorgte die Coupons, der amerikanische Sergeant ließ sich einen Spezialtank in seinen schweren Wagen bauen. Jakob hatte nur seinen Männern zu sagen: »Er gehört zu einer Spezialeinheit. Er tankt große Mengen.«
Der Sergeant war fleißig, aber er kam nur, wenn Jakob die Schicht leitete. Jeden Tag ein paar tausend Liter. Jeden Tag kam die Maus und holte ihr Korn, und Jakob gewöhnte sich ans Wegschauen.
Feitelstein verkaufte an deutsche Tankstellen, hat zehn Monate lang verkauft und dabei gut verdient, ließ aber auch andere zu Gewinn kommen: seine Verkaufsfahrer,

die mit einem Dreirad auslieferten, den amerikanischen Sergeanten und Jakob.
Tausend Mark in die Hand. So etwas gibt der Ehe Auftrieb. Die drei Zimmer haben Tapeten, die nun plötzlich nicht mehr zu ertragen sind. Was hat Lena alles gekauft! Die Wohnung wurde sofort neu gestrichen. War immer aufgeschoben worden, weil anderes noch nötiger gewesen war.
Ein Pelzmantel, es ist der zweite, eine Reise, Ausfahrten in den Taunus, in die Nähe des Bauernhofs, wo Jakob denkt: Ich würde gerne wissen... Geht aber nicht dorthin, um nachzusehen, ob ein Kind ihm ähnlich sieht.
Feitelstein hat immer pünktlich gezahlt. Und Jakob hat die Scheine bei Lena abgeliefert. Er hat sie mit Freude in Lenas Hand gelegt. Denn das ist der Stoff, der die Ehe festigt, das gibt Sicherheit. Die Worte klingen freundlicher, wenn der Mann und die Frau von der Zukunft sprechen. Ich bin wichtig, denkt der Mann und kann es seiner Frau beweisen. Und sie beweist Vertrauen, schlüpft an ihn heran, ist zärtlich, weil sie sich beschützt fühlt.
Jakob kannte Männer, die haben sich jeden Freitag geschämt, wenn sie ihre Lohntüten auf den Tisch legten. Deshalb tranken sie vorher, um so ihre Frauen mit besserem Gewissen beschimpfen zu können. Hätten gern die Ausbeuter beschimpft, aber die waren nicht erreichbar.
Keiner war so schlimm wie der Maurer im Nachbarhaus. Seine Frau streckte ihren Kopf aus dem Fensterchen, wenn er sie freitags schlug. Jakob hörte sie schreien und hielt sich die Ohren zu.
Sie trinken heute noch. Niemand hat wirklich begriffen, warum sie am Freitag trinken. Sie könnten am Samstag, am Sonntag oder an anderen Tagen...
Lena ist nicht eingeweiht. Sie glaubt an den erhöhten Monatslohn, hält lächelnd die Hand auf und verplant

Jakobs Gewinne für die Familie. Zweckmäßig wird das Geld angelegt. Es dient einer guten Sache, es glättet das Leben, macht es geschmeidiger.
Bei diesem Geschäft gibt es keine Geschädigten. Feitelstein hat gesagt: »Wo ist das Unrecht? Es gibt kein Unrecht. Der Staat? Er hilft uns nicht auf die Füße, helfen wir uns also selber auf die Füße...«
Jakob fühlt sich keinem Staat verpflichtet.
Und dann wird er eines Morgens gleich von zwei Staaten abgeholt. Das viereckige Wägelchen hält vor dem Haus. Zwei amerikanische Militärpolizisten und zwei deutsche Polizisten in blauer Uniform steigen aus. Die Amerikaner tragen auffällige Armbinden. Sie blicken kurz auf den Briefkasten. Jawohl, hier wohnt er. Sie poltern zu viert die Treppen hinauf, reden laut auf der Treppe, jeder kann es hören, jeder erkennt die Wichtigkeit ihres Auftrages.
Schwerbewaffnet sind sie, stehen vor der Tür und erklären Lena, daß sie Jakob verhaften müssen.
»Um Gottes willen!« ruft sie. »Was hat er denn getan?«
Ihr Schreck bestätigt den Schwerbewaffneten, daß sie hier richtig sind, daß sie hier wahrscheinlich ein kriminelles Nest ausheben. In dieser Wohnung laufen Fäden zusammen. Der Drahtzieher wird in die Mitte genommen, bei Fluchtversuch wird sofort geschossen, was weder Jakob noch Lena bezweifeln.
Die Gesichter der vier Polizisten sind undurchdringlich, abweisend, überlegen: Wir haben unseren Mann gefangen!
Das ist für gewisse Menschen die höchste aller Aufgaben. Jakob hat es schon früh erfahren müssen, das schlägt ihm jetzt gut an. Damit macht er sich Mut: Ich habe das Seil gesehen, an das man mich hängen wollte...
Lena ist mutlos. Ihre Augen sind schreckgeweitet. Sie ist bereit, das Schlechte, das Belastende zu glauben, denn

wie gehen sie mit ihm um! Sie stoßen ihm in den Rücken. Vorwärts, marsch! Und vorwärts, marsch, so verschwindet er aus ihrem Blickfeld, besteigt das Wägelchen und wird davongefahren.
Sie haben ihn zuerst fünf Stunden lang eingesperrt, haben ihn dann drei Stunden verhört. Dabei traf eine schwere amerikanische Faust seinen Magen. Das war nicht gut für seinen Magen. Er entleerte sich vor die Füße des amerikanischen Polizisten, der noch immer die Faust geballt hatte und mehrmals wiederholte: »Das ist einer von den ganz verstockten Krauts!«
Damit streifte er zumindest die Wahrheit, denn Jakob sagte sich: So schlimm wie Hängen kann es nicht werden. So etwas stärkt die Moral des Schuldigen, erhöht die Widerstandskraft. Er sagte nur: »Ich habe gesehen, daß der Sergeant oft tankte. Das konnte ich ihm nicht verbieten.«
»Die Mengen...«, sagte der leitende Offizier. »Zwanzig Gallonen sind erlaubt.«
»Soll ich ihm noch eine...«, fragte der Boxer und hob schon die Faust.
Der Offizier winkte ab.
»Er hat gesagt, er wäre von einer Spezialeinheit. Ich habe ihm das geglaubt.«
Die Hintermänner wollen sie wissen, es gibt da einen Ring von illegalen Benzinhändlern. Jakob bleibt bei seiner Aussage. Er weiß nicht, was seine Gegner wissen, hofft, daß es wenig ist. Später wird er erfahren, daß der Sergeant vorgefahren ist, als Jakob nicht die Schicht leitete. Sie haben ihn festgenommen und verhört. Er hatte geleugnet, in großem Umfang Benzin verschoben zu haben.
Jakobs Tankwarte? Sie haben ihn geschont, weil er nie laute Befehle gegeben hatte. Jakob hat Feitelstein und

den Amerikaner geschont. Der Amerikaner hat Feitelstein und Jakob geschont, und die Amerikaner haben ihren Amerikaner geschont.
Die Drohung an ihn war mittelschwer: Tu so etwas nie wieder, sonst müßten wir dich mit einer Ausgangssperre belegen.
Etwas härter waren die Worte, die an Jakob gerichtet wurden: »Du bist entlassen!« Dann gab der Offizier zwei Militärpolizisten einen Wink. Es war ein Nicken mit dem Kopf zur Tür hin. Die Tür wurde geöffnet, der Offizier schrie: »Hinaus!« Jakob ging auf die Tür zu, die beiden Militärpolizisten grinsten ihn an, falsch war dieses Grinsen, sehr falsch. Der Tritt kam nicht überraschend, Jakob hatte ihn vorausgeahnt, obwohl er nicht nach hinten geschaut hatte. Er war locker in den Hüften gewesen, konnte mit einer geschickten Körperbewegung nach vorn etwas von der Wucht des Trittes abfangen. Es blieb noch genug für ihn übrig, wurde verschmerzt, war nicht wichtig, denn jetzt beschäftigte ihn die Frage, wie es möglich gewesen war, daß sein Rückgrat auf geradezu wunderbare Weise diesen Tritt vorausgesehen hatte.
Da fährt eine Straßenbahn. Es ist die, mit der ich nach Hause fahren müßte. Aber Jakob steigt nicht ein. Er wartet noch. Straßenbahnen klingeln an ihm vorbei, fahren zur Innenstadt, über die Zeil, die Hauptwache, die Kaiserstraße, treffen sich alle am Hauptbahnhof. Die Züge fahren dort ab. Einen Zug besteigen, reisen, davonfahren.
An der Haltestelle drängeln sich die Fahrgäste. Man kann nicht nachdenken, wenn man in der Straßenbahn hin und her geschoben wird. Ich werde jetzt in Ruhe überlegen. Während ich gehe, werde ich nachdenken. Und vor allem muß ich schnell zu Lena. Sie wird sich sorgen. Und ich muß Feitelstein anrufen und ihm alles erzählen. Er wird in

seiner Bar sein, die hat er gekauft vom Gewinn. Ich muß ihn warnen, er muß alles wissen.
Toni hat gefragt, denn er hat gehört, sein Vater sei in einem amerikanischen Jeep davongefahren. Die Kinder hatten auf der Straße darüber gesprochen.
Toni, ich habe dir nicht alle Einzelheiten erzählt. Du wirst dir denken können, wie es war. Ich bin aufgestiegen und wieder abgestiegen. Damals wurde ich entlassen, das war alles. Hast du gehungert? Hat dir etwas gefehlt? Warum hätte ich es breittreten sollen? Das hat sie zur Genüge getan. Reichlich, reichlich.
Und sie hat ihn reichlich zum Nachdenken gezwungen, so daß er erkennen mußte: Die Niederlagen werden erst Wirklichkeit, wenn die anderen sie gegen dich benutzen. Die haben dann gut lachen und können sich aufblasen. So werden die Niederlagen dann mehrfach erlitten. Das will er sagen, sagt aber nur: »Ich weiß, wie das ist, Toni.«
Und wie war es, Jakob? Ein Entlassener denkt vor allem: Ich bin entlassen!
Man gewöhnt sich daran, man muß sich daran gewöhnen, denn dahinter wartet schon der zweite Gedanke und will den Verlust ausgleichen. Das ist aber schwer, jetzt muß glaubhaft gemacht werden, daß die verlorene Position, genau betrachtet, nur ein Übergang gewesen ist. Daß alles nur provisorisch war. Jetzt kommt das Eigentliche. Jetzt müssen wir uns zusammennehmen, Kraft sammeln. Jakob, du bist ausgerüstet für größere Aufgaben. Du gehst auf sie zu. Das Gewesene war nur Vorbereitung, die Vergangenheit gilt als Probezeit.
Ja, sagt Jakob, ja. Denkt daran, in ein Kino zu gehen, in Frankfurt am Main, wo er fast seine gesamte Probezeit abgedient hat, einige Ausflüge und militärische Reisen ausgenommen. Eine Pause des Denkens in einem Kino:

Möchte sich ins Dunkel setzen, auf einen gepolsterten Stuhl, und dem Ablauf der Bilder zuschauen, denn Bilder sind es, die ihn bewegen, Momentaufnahmen, aneinandergereiht, geordnet auf ein Ziel zustrebend. Im Film erreichen die Menschen oft das Eigentliche. Sie kommen an auf einer Plattform des Glückes oder der bescheidenen Vollkommenheit, sind dann nicht mehr provisorisch, haben ihre Prüfungen bestanden. Mitunter wecken sie auch die Hoffnung, daß eine ähnlich ordnende Dramaturgie das eigene Leben verklären könnte.
Oder ist es im Kino auch anders möglich? Spielen da Menschen ihre Schwächen, daß Jakob darüber lachen kann, geben sie dem Betrachter die Möglichkeit, sich weit überlegen zu dünken? Fordern sie nicht dazu auf, zu verachten, Laster und Schwächen zu hassen?
Sie schmeicheln uns im Kino. Wir dürfen verurteilen und richten, dürfen uns als bessere Menschen fühlen. Aus der Schwäche der anderen saugen wir Stärke.
Es herrscht ein Gesetz, Jakob: Die erwiesene Schwäche eines Menschen muß dazu herhalten, alle Schwachen zu entlasten, die sich stark dünken. Und deshalb dürfen die Schwachen keinem Schwachen verzeihen, der öffentlich überführt wurde. Er muß verurteilt werden.
Wie ständen wir sonst da? Wir würden ihn als gleichwertig anerkennen. Wir würden eine Machtposition aufgeben.
Sitzt im Kino und sieht einen Film über das Gute und das Böse. Ein berühmter Regisseur hat ihn in Italien gedreht, versucht damit an die Grundlage zu gelangen: an die Niederlage. Jakob fühlt sich gestreift von der Absicht, weist sie aber wieder von sich, weil er nun unterwegs ist zum Eigentlichen. Er wollte nur eine Pause des Denkens, hat nun die Überzeugung einrasten lassen, die Vergangenheit sei Vorbereitung, gelte als Probezeit.

Ich muß nach Hause zu Lena. Jetzt erkennt er, daß er seine Heimkehr mit Absicht verzögert hat. Ich muß Feitelstein anrufen.
Toni, du weißt, wie sie mich empfangen hat. Daran kann sich Jakob genau erinnern: Sie hat ihn mit Vorwürfen überschüttet, hat von der unterschiedlichen Qualität der beiden Familien gesprochen. Ihre Familie war natürlich ungleich besser zu bewerten. Die Polizei im Haus. Was werden die Leute sagen? Und dann weinte sie und verzog das Gesicht, weinte wie ein kleines Kind, mit Grimasse. Häßlich sah sie dabei aus. Er verstand sie nicht, fühlte sich unverdient gekränkt. Er begann zu erklären, übertrieb die Leiden, die er erduldet hatte, beim Verhör und nach dem Verhör, als er aus der Tür gegangen war.
Ja, das tat ihr leid, aber die Blamage... Und meinte damit Nachbarn und Bekannte. So etwas würde sich herumsprechen. Die Nutzung der ungesetzlichen Möglichkeiten stieß auf Unverständnis, auf totale Ablehnung. Das hätte er nicht nötig gehabt, sagte sie. Lieber wäre sie arbeiten gegangen.
Und dann sieht Jakob, daß sie in einem Sessel sitzt, der von dem Benzingeld gekauft worden war.
Sie spricht von Unehrenhaftigkeit, trägt dabei eine Flanellhose, vom gleichen Geld bezahlt.
»Schlimm war es«, sagt er zu Feitelstein, als er bei ihm in der Bar sitzt. »Meine Frau hat sich aufgeregt. Das Kind hat alles mitgehört. Ich bin nur gekommen, um dich zu warnen und dir alles zu erzählen.«
»Wirst du einen Drink nehmen, Jakob. Stark warst du, Jakob. Hast du nicht gesprochen. Wo ich doch gedacht habe, wenn er kommt in ein Verhör, wird er nicht lange halten. Deshalb habe ich die Bar geschrieben auf meine Frau. Selten habe ich mich so getäuscht in einem

Menschen. Laß mich sagen: Du hast mir geholfen, wenn du mich brauchst, werd' ich dir helfen. Das kannst du betrachten als einen Schwur. Wir müssen überlegen, als was du leben wirst in Frankfurt, der Mensch muß ein Geld haben, wenn er lebt mit einer Frau und einem Kind...«

Darüber sprechen sie lange. Dabei trinken sie Whisky aus schweren Gläsern, nicht zuviel, denn Jakob ist kein Trinker, und die Juden, das ist bekannt, gehen weise mit dem Alkohol um. Sie verkaufen ihn lieber. Und an diesem Geschäft würde Feitelstein den Jakob beteiligen, wenn der Lust dazu hätte. Ein Kellner ist nämlich ein Geschäftsmann. Indem sich der Gast an den Tisch setzt, erklärt er sich bereit, ein Geschäft mit dem Kellner zu machen.

»Du kannst dir überlegen«, meint Feitelstein. »Es ist eine schöne, eine saubere Bar. Man kann verdienen... Aber geh erst und versuche in der Stadt. Wenn du Geld brauchst, wirst du zu mir kommen, ich werde dir geben.«

Jakob ist noch zu spröde. Er betrachtet die Bar, erkennt sie noch nicht als seine Möglichkeit an, wird noch einige Umwege machen, weil er denkt, daß er sich auf den Weg machen muß zum Eigentlichen. Aber dann wird er hierher zurückkommen, um zu bleiben.

Der Gast sitzt am Tisch und trinkt, der Kellner geht mit seinem Tablett und nimmt die leeren Gläser auf.

Diesen Tag wird man sich merken müssen. Jakob trinkt zuviel, dieser Tag war unruhig. Aber es war ein erfolgreicher Tag, so erklärt es Feitelstein. Denn sind sie nicht entkommen? Man wollte sie fangen, überführen. Ist es ihnen gelungen? Nein, es ist ihnen nicht gelungen. Wer also war erfolgreich an diesem Tag?

»Wir«, sagt Feitelstein.

Mein Großvater hat auch viel getrunken, aber nicht am Freitag. Er trank, wann immer er Lust dazu hatte. Trank

allein, brauchte keine Gesellschaft, wollte sie vielleicht auch nicht und hatte zuletzt doch schlechte Gesellschaft: die Witwe Grün. Die konnte Jakob nicht leiden. So ein giftiges Weib, ging auf heruntergetretenen Absätzen, hatte die häßlichen grauen Strümpfe in Falten um die dürren Waden hängen. Sie soll sich zu wenig gewaschen haben, hat mein Großvater gesagt. Über alle Menschen hat sie schlecht geredet.
Und deshalb hat Jakobs Großvater ihr im Treppenhaus zugerufen: »Alte Schlampe!«
Das fährt der Witwe Grün in die Ohren. Da reißt sie den rechten Arm hoch und droht, hat Krallen und dünne Vogelknochen. Im Treppenhaus steht sie und zetert: »Säufer! Säufer!«
Das Echo kommt zurück. Staub rieselt an ihr herunter, kommt aus ihren raschelnden Röcken. Eine ganze Wolke Staub treibt vor dem Wind. Der Wind hat sie weggeweht.
Die Menschen sehen heute anders aus als damals. Sie waschen sich mehr, sehen sich ähnlicher, haben die äußeren Unterschiede fast weggewaschen.
Und Lena sagt: »Er kam nach Hause und war betrunken wie ein Prolet!«.
Dabei weiß sie gar nicht, wie betrunkene Proleten sind. Ich aber weiß es. Zum Totlachen sind sie. Ich habe viele gekannt, und die Mai-Fulder, das waren die lustigsten.
Fulder – so nennt man bei uns einen groben Tölpel. Die Mai-Fulder waren Fuhrleute, mit Pferden und Wagen. Ganz in der Nähe lag der Hof mit genügend Platz für die vielen Pferde und Wagen. Und an den Wagen war ein großes Schild, darauf stand: Mai. So hieß der Fuhrunternehmer. Er war ein Riesenkerl mit einem roten Gesicht, der noch mehr soff als seine Fuhrknechte. In den Wirtschaften stand er an der Theke und klopfte sich an die Brust: »Ich

bin der Fulder-Mai!« Man konnte ihn bis hinauf auf die Straße hören.
Jakob hat ihn oft gesehen. Er wurde respektiert, soll seine Knechte sogar geschlagen haben, wenn sie aufmuckten. Der Erzvater aller Grobiane trug den Fulder vor seinem Namen wie einen Titel, bestrahlte mit seinem Ruhm auch noch die Knechte, die trugen den Titel hinter seinem Namen. Den Fulder-Mai und seine vierzig oder fünfzig Mai-Fulder gibt es nicht mehr. Sein Arzt soll ihn gewarnt und zur Entziehungskur gedrängt haben. Er hat gelacht. Der Schlag hat ihn getroffen.
Freitags saß er hinter dem Tisch und zahlte den Lohn aus. Der Tisch stand im Hof, die Fuhrknechte warteten davor, steckten das Geld in ihre Lederschürze.
Fulder-Mai rief jeden Freitag nach der Lohnausgabe: »In einer halben Stunde will ich euch alle besoffen sehen!«
Das war klug von diesem Mann. Er gab ihnen einen schmalen Lohn, aber einen guten Zuspruch. Außerdem durften sie auch noch seinen Namen tragen. Die Mai-Fulder hörten freitags auf ihren Meister. Sie tranken, bis sie umfielen. Sie prügelten sich in den Wirtschaften, bewarfen sich mit Handkäse und schütteten sich Apfelwein ins Gesicht. Die Wirte haben damals gestöhnt: »Die Mai-Fulder sind wieder hier...«
Hast du von ihnen gehört, Lena? Aber ich... Du mußt zugeben, ich habe fast nie getrunken.
Ich hätte wieder keinen Boden unter den Füßen, sagt sie. Ein erfolgreicher Tag. Toni schläft? Dann ist es gut. Du wirst sehen... Rücke ein wenig zur Seite. Du wirst sehen... Ein bißchen, ich habe nur ein bißchen getrunken. Weißt du übrigens, daß die Juden kaum trinken? Hast du schon einmal einen Juden mit einer Schnapsnase gesehen? Sie mußten aufpassen, sie mußten vorsichtig sein, wegen

der Feinde. Schon ein paar tausend Jahre müssen sie vorsichtig sein.
Und Lena soll es erleben: Es wird jetzt etwas geschehen. Das Eigentliche. Diesen Tag werden wir uns merken müssen. Aufgepaßt jetzt, Jakob! Denn es ist Freitag, und niemand hat wirklich begriffen, warum sie am Freitag die Gläser heben. Könnten doch auch am Samstag oder am Sonntag...
Der Gast sitzt am Tisch und trinkt, der Kellner geht mit seinem Tablett und nimmt die leeren Gläser auf.

# 22

Es ist etwas geschehen, ist schon unterwegs zu ihm. Er weiß es. Er möchte wieder einmal seitwärts verschwinden, aber die Flucht ist sinnlos, denn es hat ihn längst eingeholt, fällt noch einmal über ihn her, wie an dem regnerischen Tag, als Jäckel atemlos in die Wohnung kam, an dem Tag, an dem Jakob zu seinem Vater hatte gehen wollen und doch nicht gegangen war, weil es ihn nicht mehr gab.
Tot.
Jäckel hat es gesagt. Jäckel ist dick geworden, vollgefressen ist er, muß schwer schnaufen, denn er ist die Treppen hinaufgehastet mit seiner Nachricht. Er hat vorher schon andere Treppenhäuser durchmessen müssen, doch niemand war anzutreffen gewesen. Weder die Geliebte seines Vaters noch Jakobs Mutter. Und dann hat Jäckel, denn es fällt ihm stets das Richtige ein, dann hat Jäckel auf dem Einwohnermeldeamt nach Jakobs Adresse gefragt.
So kommt er hierher.
Vor dem Haus steht sein schwerer Wagen, in dem ein Chauffeur sitzt, weil Jäckel nicht mehr so richtig hinter das Lenkrad paßt.
Und der schnelle, noch immer wendige Jäckel, dessen flinke Augen Jakob seit vielen Jahren kennt und der noch immer genauso schnell spricht wie damals auf der Mainbrücke, dieser Jäckel sagt: »Er ist vom Dach gefallen. Er war sofort tot.«
Danach läßt er sich auf einen Stuhl sinken, um zu verschnaufen, braucht dafür jedoch nicht lange und gliedert die Nachricht.
»Vor allem war der Regen schuld! Wenn es nicht geregnet hätte, wenn das Dach nicht naß und glitschig gewesen wäre, dann hätte es nicht passieren können.«

Warum hat es geregnet?
Dann steht Jäckel noch einmal vom Stuhl auf, es war ihm eingefallen, daß er etwas vergessen hatte. Er greift nach Jakobs Hand, schüttelt sie heftig: »Mein Beileid, Jakob. Mein Beileid...«
Er blickt kurz zu Lena hinüber, ist eine Sekunde unsicher, ob er auch hier... Aber sie gehört selbstverständlich zur Familie. »Mein Beileid«, sagt er noch einmal, schüttelt ihre Hand etwas weniger heftig.
Es war ein altes Haus, nicht einmal besonders hoch. Nur vier Stockwerke. Auf dem Dach allerdings wuchs schon ein bißchen Moos. Und nasses Moos, das weiß man ja, darauf rutscht man wie auf Schmierseife. Jawohl, ein Unfall war es. Es gibt Zeugen, und die sind wichtig, wegen der Versicherung. Zwei Zeugen sind es. Sie waren mit ihm auf dem Dach. Sie haben alles genau gesehen, konnten aber nicht helfen, waren zu weit entfernt.
Es tut ihm leid, seine dicken Backen hängen herab, bibbern ein wenig beim Sprechen. Jakob glaubt ihm, daß es ihm leid tut. Und Jäckel hat seine Anteilnahme bewiesen. Bei der Zeitung hat er Jakob untergebracht. Jäckel hat seine Verbindungen. Auf vielen Baustellen kann man seinen Namen lesen: der Bauherr. Da kann man staunen, was aus einem Menschen werden kann.
»Dein Vater«, sagt Jäckel und bekräftigt mit Kopfnicken, »dein Vater, das war ein Mordskerl.«
Was ist jetzt zu tun? Was geschieht nach einem solchen Fall, nach diesem Fall? Die Behörden leiten das alles in die richtige Bahn. So etwas geht automatisch. Ganz bestimmte vorgeschriebene Stationen werden da durchlaufen. Wagen fahren da hin und her, der eine weiß, der andere schwarz. Formulare werden ausgefüllt, Unterschriften müssen geleistet werden.

»Wo ist er jetzt?« fragt Jakob. »Wo ist er?«

Er steckt jetzt mittendrin in der behördlichen Automatik. Aber das kann man erfahren. Jäckel schaut auf seine Armbanduhr. Es ist geschehen vor einer Stunde und zehn Minuten.

Jakob will ihn sehen. Das will er: Sehen will er ihn, will ihn sehen!

Jäckel dreht den Hut in der Hand, steht im Zimmer, ist bereit, Zeit für Jakob und seinen Vater zu opfern, obwohl seine Geschäfte weiterlaufen und die Schaltstelle von ihm besetzt sein müßte. »Ja« sagt er. »Das verstehe ich. Ich will ihn auch noch einmal sehen.«

Der Chauffeur steht neben der geöffneten Wagentür, nimmt aber die Mütze nicht ab. Jäckel will das nicht. Er hat es ausdrücklich verboten. Sie setzen sich in den Fond des Wagens, der lautlos anfährt. Leise schnurren die großen Maschinen. Jakob weiß es, sein Sohn wird es noch besser wissen. Erster Verkäufer ist Toni geworden, das fällt Jakob gerade jetzt ein. Kennt alle Marken, alle Motoren.

Wir fahren durch den Regen. Der Scheibenwischer surrt. Und diese Fahrt hat Jakob oft wiederholt. Manchmal, wenn er in einem Auto saß, oder bei Regen, am Fenster stehend, nach draußen schauend: für eine Sekunde, die Summe in einem einzigen Augenblick. Jäckel hat gefragt, und Jakob hat geantwortet, während der Fahrt.

Er fragt: »Geht es dir gut?«

»Ja.«

Er fragt: »Hast du eine gute Stellung?«

»Nein.«

Das war ein kurzes, aber wichtiges Gespräch. Jäckel wirdetwastun.Erwirdsichfürihnverwenden,beiderZei-tung. Schon bald steht Jakob mit Jäckel vor dem Chefredakteur.

»Er ist der Sohn eines verstorbenen Freundes«, sagt Jäckel. »Sie kennen diesen Fall. Sie hatten ihn in Ihrer Zeitung.« Alle Welt kennt diesen Fall. Aha! Da ist einer gefallen. Und der Fall beeinflußt das Interesse des Zeitungsmenschen ein wenig. Noch nicht genug, doch den Rest besorgt Jäckel. Er hat diesem mächtigen Mann ein Haus verkauft. Der Mann blickt durch eine dicke Hornbrille. Er lehnt sich im Sessel zurück und betrachtet Jakob. Dabei zieht er an seiner Zigarette und bläst dann langsam den Rauch aus.
»Was kann er?« fragt der Mann, will wissen: Was ist dran an ihm, außer daß er der Sohn eines vom Dach gefallenen Dachdeckers ist?
Jakob kann aufzählen: Gymnasium, Soldat, Kriegsgefangener, dann Manager bei einer amerikanischen Tankstelle. War er das nicht? War er etwa kein Manager? Und dann das Erlernte, das, was man nennen kann: Englisch und Maschineschreiben. Die besonderen Neigungen: Geschichte, deutsche Geschichte. Dazu läuft parallel, was man nicht mit Namen nennt, was nicht ausgesprochen wird: Ich habe eine Frau und ein Kind, und hoffentlich, du Brillenträger hinter dem Schreibtisch, hoffentlich paßt dir mein Gesicht und die Nase in meinem Gesicht. Das weiß man nämlich nie, wenn man vor einem solchen Menschen steht und daran denken muß, daß es etliche gegeben hat, denen das Gesicht und die Nase nicht gefallen haben.
Probezeit. Vier Wochen Probezeit als freier Mitarbeiter. Dann wird man weitersehen. Dann kommt vielleicht das Eigentliche, hofft Jakob, während er vor dem Chefredakteur steht, zu dem Jäckel ihn hingebracht hat, eine Woche nach der Beerdigung.
Wer hätte das von Jäckel gedacht? Ich habe mich getäuscht in Jäckel.
Während der Fahrt in seinem Wagen, durch den Regen, hat er gesagt: »Warum mußte er auch noch selber auf

den Dächern herumsteigen? Was hatte er da noch zu suchen? Im Anzug und manchmal sogar im Mantel ist er gekommen und hat immer alles selber sehen wollen. Ich habe ihm viele kleine Aufträge zugeschanzt, aber er konnte sich nicht umstellen. Der Betrieb war zu klein, er war nicht rationell genug. Ich habe gesagt: Geld aufnehmen, vergrößern, vergrößern und wieder investieren. Er wollte kein Geld aufnehmen, dabei drängen die Banken einem das Geld heute nur so auf. Sieh mich an. Mir kann nichts passieren!«

Und Jakob sieht ihn an, sieht ihn, wie er mit dem Sprachrohr in der Hand auf der Mainbrücke hin und her läuft. Er hat es gebastelt aus einem Marmeladeneimer. Und in das Blech schrie er hinein: »Meine Damen und Herren! Fünf Kinder, eine kranke Frau! Eine kleine Spende... Eine winzige Spende nur...«

Die kleinen Münzen hat er kassiert, Jagd hat er auf sie gemacht. Das konnte er meisterhaft, springen konnte er nicht. Unter dem Brückenbogen zählen sie das Geld. Jakobs Vater friert und klappert mit den Zähnen, ist mißmutig und angeekelt, faßt seinen Ekel zusammen und sagt: »Verdammte Scheiße!«

Jetzt hat er gut reden, sitzt neben mir in dem großen Wagen und kritisiert den Vater, weil der sich geweigert hat, Geld aufzunehmen. Was geht ihn das an. Wie kann er einen Mann kritisieren, der tausendmal besser war als er? So denkt Jakob, als er noch nicht weiß, was Jäckel für ihn unternehmen wird, begreift nicht, daß Jäckels Rede eine Trauerrede ist, daß er so traurig ist, wie es Jäckel nur sein kann.

Ungerecht ist Jakob, erinnert sich, daß Jäckel außer dem Sprachrohr auch eine Kartoffelkiste gebastelt hat. Die stand in dem winzigen Zimmer. Er war stolz auf seine Kartoffelkiste. Und an die Kiste hatte er sein Fahrrad gelehnt. Das stand immer dort, obwohl sich die Familie in diesem Zimmer aufhalten mußte. Der Gipfel aber war, daß er sein Fahrrad auch noch angeschlossen hatte, mit einer Kette und einem Vorhängeschloß. Was kann an einem solchen Mann dran sein, der seine Kartoffelkiste und ein angeschlossenes Fahrrad in seinem Wohnzimmer stehen hatte?

Das muß Jakob alles zurücknehmen. Jetzt müssen sie durch lange Korridore gehen, in die fremden Gerüche hinein, die ihn an Krankheit erinnern. Jäckel geht schweigend neben ihm her.

Der Mann in dem weißen Kittel öffnet ihnen die kleine Tür. Er geht behutsam zur Seite, bemüht, leise zu sein, nicht mehr bemerkt zu werden, als es unbedingt nötig ist. Er kennt sie, die da hereinkommen. Sie kommen jeden Tag. Sie weinen, sie schreien manchmal, sind verstört oder versteinert, mitunter auch verheuchelt. Sie sind jung, sie sind alt. Er öffnet ihnen die Tür, er schließt die Tür, gibt ihnen die angemessene Spanne Zeit. Er täuscht sich nicht mehr, sein Zeitmaß ist vollkommen. Er trennt im richtigen Augenblick, entfernt auch Jakob, der schluchzend in dem kleinen Raum steht. Das ist nicht ungewöhnlich, der sich das Gesicht einprägen will, das tun sie fast alle, der nur zögernd hinausgeht, der aber doch gehorcht.

Es gibt nämlich noch andere, die kommen auch hierher Es ist genug jetzt, denn der Schmerz hat den Punkt erreicht, die Talsohle des Schmerzes. Von da wird es sich wieder auffüllen. Langsamer oder schneller wird sich die Leere füllen. Das ist gewiß. Der perfekte Türsteher weiß es. Geht weiter, Leute, geht weiter. Es kommen nämlich noch andere. Der Vorgang ist bekannt. Wir wissen es.

Draußen vor der Tür pustet Jäckel laut in sein Taschentuch, wischt sich über die Augen. Er muß nach seinen

Geschäften sehen, wird Jakob nach Hause fahren. Komm, Jakob, wir fahren nach Hause. Wir gehen, er fährt mich nach Hause.

Die Dachdecker und Schornsteinfeger grüßen sich mit Respekt, wenn sie sich auf einem Dach begegnen. Sie achten sich, weil sie ein besonderes Handwerk verstehen, weil sie in Gefahr sind und vielleicht auch, weil sie beide die Welt von oben sehen.
Denn einem Schornsteinfeger hat er den Sturz abgenommen. Er kam genau in dem Augenblick, als das morsche Holz des Steges reif dafür gewesen war. Das wartete auf den Mann, der kommen und sein Gewicht diesem kleinen Laufbrett anvertrauen würde. Dinge müssen geschehen, müssen aufeinandertreffen, Voraussetzungen müssen erfüllt werden. Jetzt ist es soweit. Wir gehen darauf zu. Der Mann ist unwichtig dabei, der unsichtbare Mechanismus ist gespannt wie eine Feder, funktioniert für jeden, der kommen wird.
Die Zeugen, das sind zwei Männer von etwa fünfundvierzig Jahren mit wetterharten Gesichtern. Sie tragen die grobe Manchesterhose der Dachdecker. Ihre Mützen halten die beiden in der Hand. Es ist nicht wegen Jakob, sondern weil sie von ihrem Meister sprechen. Ihre Rede ist langsam, aber genau, sie haben das Augenmaß für eine solche Sache.
Die Schilderung war umfassend. Die beiden haben den Augenblick noch einmal aufgebaut. Jakob kann den Augenblick sehen.
Wir wissen, daß es regnet, und deshalb will sich Jakobs Vater beeilen. Er steht auf dem First des Daches, steht im dunkelblauen Anzug, trägt eine Krawatte, denn die muß er als Geschäftsmann heute tragen, hat auch den Hut auf

dem Kopf, den Jakob nicht leiden kann, weil er seinen Vater einmal sehen mußte, wie er den Hut zu tief zog vor einem Mann, der nur lässig mit dem Kopf genickt hatte. Der Wind fegt den Regen in sein Gesicht. Er wischt sich über die Augen, kann die Stelle nicht gut erkennen, die repariert werden soll.
Dann sieht er den Holzsteg, der zu einem Schornstein führt. Er ist schmal, vom Alter gebeizt und hat ein dünnes Eisengeländer auf der rechten Seite. Die Schornsteinfeger benutzen ihn, wenn sie den Kamin reinigen.
»Wir sahen ihn da hinaufgehen und warteten, was er sagen würde.«
Die beiden Männer sehen ihn genau. Jakobs Vater steht jetzt hoch über ihnen auf dem Steg. Er deutet mit der Hand, ruft, erklärt. Er gibt Befehle.
Zuerst ist er erstaunt. Er hat etwas gespürt unter seinen Füßen. Mit der rechten Hand umklammert er das Geländer, schaut nach rechts und links, will die Situation abschätzen, will abwägen. Der Steg bricht durch, glatt durch an seiner morschen Stelle, als wäre er angesägt. Er fällt auf das Dach, hat noch keinen Schaden genommen, rutscht auf dem Rücken das nasse Dach hinunter. Er kann sich nicht halten.
»Wir waren zu weit entfernt. Zwei oder drei Meter, aber eher zwei Meter.»
Das Dach ist gestaffelt, eine alte Bauweise, ein nicht zu steil abfallender First, aber genug, genug. Dann kommt der abschüssige Teil, leicht nach innen gewölbt. Er nimmt Schwung auf. Es ist wie bei einer Sprungschanze.
Die beiden Gesellen erstarren. »Nichts konnten wir tun.« Aber sie konnten ihn genau sehen.
Er hat nicht gekämpft, weil er im Bruchteil einer Sekunde den Ablauf begriffen hatte. Sein Gesicht war gespannt,

aufmerksam. Ein wenig unzufrieden soll er ausgesehen haben. Eine Bewegung soll er gemacht haben, mit beiden Händen, als wollte er sagen: Zu spät. Nichts mehr zu machen. Und damit soll er sich abgefunden haben, so sah das aus. Im Bruchteil von Sekunden. Gelassen, den Hut auf dem Kopf, so scheint er da hinuntergefahren zu sein, faßte aber doch seine Kritik noch einmal zusammen, fand das Wort, das er für richtig hielt.

»Scheiße!« hat er gesagt.

Er hat gesagt: »Nichts haben Sie zu Ende gebracht. Alles ohne Abschlüsse. Und einmal waren Sie sogar Heiratsschwindler.« Das hat der Lehrer gesagt.

Wie kommt er darauf? Heiratsschwindler war ich nie.

Dagegen muß ich mich wehren. Und könnte es sein, daß er auf meine Ehe mit Lena anspielt?

»Sie haben sich zweimal versteckt: einmal im Kindergarten und einmal in der Schule. Später haben Sie das gleiche noch öfter getan, aber diese beiden Male waren entscheidend. Sie kamen zu mir ins Gymnasium, obwohl Sie dafür nicht taugten. Ich mußte Sie hinauswerfen und habe zu Ihnen gesagt: Lernen Sie ein Handwerk wie Ihr Vater. Handwerk hat goldenen Boden.«

Dagegen muß ich mich wehren. Es ist nicht wahr, was er sagt. Sie denken, ich sei ein ungebildeter Mensch. Das ist vielleicht wahr, aber fest steht, daß ich gelernt habe, daß ich überall ein bißchen gelernt habe. Sie würden staunen, was ich alles weiß.

Und sie sagen, Jakob hat bei der Zeitung versagt.

Aber auch das ist nicht ganz richtig, denn Jakob hat nicht voll versagt, er hat nur die Erwartungen nicht ganz erfüllt. Etwas mehr Zeit hätte er gebraucht, ein langsameres Anlaufen, wie ein Wagen angefahren wird, von einem Fahrer, der genau weiß, die Leistung des Motors muß allmählich

gesteigert werden. Nur Stümper verlangen im Anfang die volle Leistung.
Das fing vielversprechend an. Jakob hatte den Außenbezirk Hanaus. Morgens fuhr er vom Ostbahnhof ab. Morgens gehe ich aus dem Haus. Toni hat gefragt, er hat die Zeitung aufgeschlagen und gefragt: »Schreibst du in dieser Zeitung?«
Es hat ihn beeindruckt, daß die Worte seines Vaters gedruckt in einer Zeitung stehen würden. Und Lena hat es gefallen.
Der Ressortchef hat zu mir gesagt: »Lesen Sie die Zeitung, lesen Sie jeden Tag Zeitung. Vor allem die Kurzmeldungen, denn in der Kurzmeldung steckt die gesamte Zeitungsschreiberei. Sie waren doch auf dem Gymnasium, wie ich hörte. Es ist zu lernen, aber man muß auch die Nase dafür haben. Manche lernen es nie. Also, versuchen wir es einmal.«
Wir wollen sehen, ob du das lernen kannst, Jakob. Er ist fest entschlossen, niemand zu enttäuschen.
Neben dem Ostbahnhof tuten die Rangierlokomotiven. Jakob steht auf dem Bahnsteig. Er hat Anweisungen empfangen, kennt die Stellen, die er aufsuchen muß, die Menschen, die ihm Informationen geben.
Da sind einmal die Kollegen der Hanauer Zeitungen, dann die Polizeidienststellen, das Bürgermeisteramt, überhaupt alle öffentlichen Ämter.
Du mußt jetzt gehen, Jakob, und berichten, was in der Stadt geschieht oder schon geschehen ist. Das mußt du in Worte bringen. Sie versuchen es jetzt alle noch einmal mit dir, Jakob. Deine Frau hat gelächelt, dein Sohn war stolz. Und du stehst jetzt hier auf dem Bahnhof, wo der Zug einläuft, der nach Hanau fährt, denn in Hanau ist Krieg, und der Krieg ist es, den du beschreiben sollst. Du mußt ihn nur aufspüren, mußt ihn nur erkennen.

Dieser Beruf verlangt bestimmte Qualitäten. Es müssen bemüht werden: die Augen, die Ohren, die Sprache und ein gewisser Instinkt, der Nase genannt wird. Erforderlich sind weiter: Begeisterung und starke Nerven.
Das Wichtige wird an den Anfang gesetzt, so hört es Jakob von seinem Ressortchef, und der muß es wissen, der ist bei der Zeitung grau geworden. Aber was bleibt, wenn das Wichtige berichtet ist? Dann muß man das Unwichtige kontrastreich und interessant verkaufen. So sagte es der Redakteur, der ein paar Tage in der Redaktion versuchte, Jakob die Grundbegriffe der journalistischen Arbeit beizubringen.
In der Kürze liegt die Würze, dann kommt hinzu Klarheit und spannender Aufbau. Wie er das so sagte, klang es einleuchtend. Jakob nickte mit dem Kopf und schrieb sich die Kernsätze dieses Kurzlehrgangs auf ein Blatt Papier.
In der Redaktion erwartet man von ihm, daß er sich einarbeitet. Seine Frau erwartet von ihm das gleiche, dazu aber noch ein wenig Karriere. Sein Sohn hofft, den Namen des Vaters in der Zeitung lesen zu können, denn so viel kann er bereits lesen. Und außerdem wünscht er sich, daß die Artikel seines Vaters besonders groß ausfallen. Er will sie ausschneiden und seinen Freunden zeigen: Das hat mein Vater geschrieben. Mein Vater steht in der Zeitung.
Wichtig ist der Polizeibericht. Ein amerikanischer Neger hat einen anderen amerikanischen Neger mit dem Messer gestochen. Was ist dabei wichtig? Das Messer und die Wunde? Das Mädchen an den Anfang oder an das Ende? Außerdem gab es noch zwei Autodiebstähle, einen Motorradunfall und eine Ausstellung, in der persische Vasen gezeigt wurden. Das ist alles – damit fährt Jakob wieder nach Frankfurt zurück. Im Zug müht er sich ab: Klarheit und spannender Aufbau, will aber nicht glücken. Der Redakteur hilft ihm, diese Nachrichten in Sprache umzusetzen.

Das wird ein schweres Brot, Jakob.
Die Redakteure sind wohlwollend, sie helfen ihm. Er hat Probezeit, sie wissen es und sind noch nachsichtig. Das Ergebnis der Stadtratsitzung muß kontrastreich geschrieben werden. Der Gesangverein hatte seine Jahreshauptversammlung. Punkt eins war der Kassenbericht, dann kamen, nach Wichtigkeit gestaffelt, die anderen Punkte, wobei die Beschaffung der neuen Vereinsfahne einen breiten Raum einnahm. Letzter Punkt der Tagesordnung: Allgemeines. Man kam jedoch wieder auf die Fahne zurück, rot mit goldener Lyra. Das ist wichtig und muß an den Anfang gesetzt werden.
Im Zentrum Hanaus liegt ein quadratischer Platz, er heißt Freiheitsplatz. Hanau hat viele Kasernen, in denen Neger untergebracht sind. Die Neger machen großen Lärm. Sie schlagen sich oft und können die weißen Amerikaner nicht leiden. Die Hanauer freuen sich nicht über ihre amerikanischen Neger.
Das Feuerwehrfest war ein voller Erfolg. Aber die Sensation des Tages war ein Greis, der seinen hundertsten Geburtstag feierte.
Der lebende Leichnam saß inmitten seiner zwanzig oder dreißig Nachkommen, wackelte mit dem Kopf und wußte nicht, daß er schon hundert Jahre alt war. Eine Enkelin, oder war es eine Urenkelin, schrie ihm ins Ohr: »Vater, hier ist ein Mann von der Zeitung, der will mit dir sprechen!«
»So«, sagte sie zu Jakob. »Jetzt können Sie mit ihm reden.«
»Geht es Ihnen gut?« rief Jakob.
Der Alte nickte, fing an mit dem ganzen Körper zu zappeln und krähte: »Gut, gut. Aber ich friere auf dem Kopf. Ich will meine Mütze haben!«
»Wo ist Vaters Mütze?« riefen sie alle durcheinander. Er bekam seine Wollmütze, setzte sie auf und zog sie bis zu

den Augen herunter. Dann saß er da, wackelte wieder mit dem Kopf und hatte Tränen in den Augen. Sein Hals war faltig wie der Hals eines Truthahns.
Eine uralte Frau sagte: »Ich bin seine jüngste Tochter. Er kann noch alles essen, und die Verdauung ist auch noch gut.«
Es geht ihm gut, schrieb Jakob an den Anfang des Berichts.
Der Mord war ergiebig. Jakob konnte drei Tage lang darüber schreiben. Ein Mann hatte seine Frau erschlagen und war dann geflüchtet. Wo war der Mann? Warum hatte er seine Frau erschlagen? Wird man ihn fassen? Die Polizei verfolgt eine heiße Spur. Die Nachbarn sagten: »Es war Eifersucht.«
Und wie hat ein Mann bisher gelebt, der dann plötzlich seine Frau erschlägt? »Normal hat er gelebt«, sagten die Leute. »Er war halt nichts Besonderes.«
Reicht das aus, um einen Mord zu begehen? Dieses »nichts Besonderes« genügt, wenn die Frau eines Tages beginnt, sich für andere Männer zu interessieren.
Jakob hetzt hinter den Nachrichten her. Hier, in dieser Stadt, geschieht etwas. Hier ist immer etwas geschehen, wie in jeder Stadt. Ich muß es finden und dann aufschreiben. Er steht auf dem großen Freiheitsplatz, der Wind fährt in sein Haar, sein Gesicht ist sorgenvoll. Warum heißt dieser Platz Freiheitsplatz? Das könnte man den Leuten erzählen.
Aber er weiß es längst, steht ganz still, hört in sich hinein: Jakob, du stehst hier und bist ratlos.
Der Zorn treibt ihm Tränen in die Augen. Er ist ein Mann auf Probezeit. Ich muß Ordnung in mein Leben bringen. Drei, vier, fünf Tage gibt die Stadt nichts her. Der Redakteur hat gefragt, die anderen Zeitungen haben Nachrichten gebracht. Die Stadt scheint Jakob zu foppen.

Die Stadt wird zu seinem Gegner. Am Morgen sitzt Jakob auf dem Bettrand, zieht langsam seine Socken an. Er denkt an die Stadt, muß wieder in den Zug steigen, muß wieder fragen, anklopfen: Hier komme ich und hoffe, daß ihr mir etwas Interessantes mitteilt, denn ich muß davon leben, daß ich über diese Stadt interessante Dinge berichte.
Er weiß es längst. Die anderen wissen es auch. Der Ressortchef sagt: »Es fehlt Ihnen wahrscheinlich die journalistische Nase...« Aber wenn doch nichts geschieht. „Finden Sie etwas, erfinden Sie etwas.«
Ja, ja, denkt Jakob und erreicht gerade noch den Zug nach Hanau. Hin und her fährt er nach Hanau. Haßt Hanau, zuckt zusammen beim Wort Hanau. Seine Frau hat gefragt, hat oft gefragt. Und Jakob hat geantwortet: »Ich arbeite mich ein. Die Redaktion ist sehr zufrieden mit mir. Du wirst sehen...«
Und ist dann wieder nach Hanau gefahren und hat Hanau gefürchtet, weil Hanau ein Gegner war, der ihn bereits lächerlich machte, mit dem er aber noch kämpfte, als er längst nicht mehr nach Hanau fuhr, sondern nur noch vorgab, nach Hanau zu fahren.
Er weiß es und muß es noch einmal erleiden. Er hat die Leiter nicht geschafft. Wenn ich ein Dachdecker hätte werden können... Ja, dann wäre er nicht in Hanau. Der Mann meiner Frau ist Kaufmann. Sie sagt zu ihm: Mein erster Mann ist Kellner.
Ich konnte es nicht.
Sie nehmen das alles so wichtig. Ob die goldene Lyra des Gesangvereins auf hellroten oder dunkelroten Grund gestickt werden soll. Der Protest ist langsam in ihm gewachsen. Das Unwichtige mußte zu Wichtigkeiten aufgeblasen werden. Es ist etwas falsch daran, stimmt nicht mit ihm überein.

Die Taubenzüchter lieben ihre Tauben. Sie erwarten, daß sie wichtig genommen werden. Der dicke Bürgermeister spricht von der Zukunft Hanaus, eine neue Straße soll angelegt werden. Er unterläßt dabei nicht, seine eigenen Bemühungen herauszustreichen. Ein Amtsrichter wird pensioniert. Er hat fünfunddreißig Jahre lang Recht gesprochen und hält seine Sprüche für wichtig. Der Sportverein hat eine neue Kantine, die Straßenbahn sechs neue Wagen mit mehreren Achsen, die früheren hatten zwei Achsen weniger. Auf dem Eichamt werden die Gewichte sämtlicher Lebensmittelhändler genau überprüft. Das Gesundheitswesen der Stadt hat vorgeschlagen... Und die Marktfrauen stehen auf dem Markt vor ihren Ständen und schreien in den Wind.

Und der Wind wird das alles wegblasen, denn ich weiß, daß es nicht wichtig ist, aber sie reden alle, sie fuchteln alle mit den Händen und reden auf mich ein, und ich muß es mir anhören und denke: Was reden sie nur!

Und dann steht er auf dem großen Platz und wartet, bis die Stimmen von ihm abfallen. Dort steht Jakob, ein gehetzter Jakob.

Ich konnte es nicht. Er hätte es gekonnt, wenn er die Stadt wichtig genommen hätte.

Wir halten diese Stadt und jede andere Stadt für wichtig, Jakob. Ja, ich weiß. Ich wollte ja auch eigentlich... wollte ich ja eigentlich... etwas anderes werden, wollte ich.

Er hat Falschgeld verbreitet. Er hat einen Verbrecher erfunden und über ihn berichtet, als es nichts zu berichten gab in der Stadt. Aus einer kleinen Polizeimeldung hat er zwei schwere Verbrechen gemacht. Warum hat er das getan?

Ein Mann von etwa vierzig Jahren soll versucht haben, sich einem zwölfjährigen Mädchen unsittlich zu nähern.

Beim Herannahen von Passanten habe er jedoch sein Vorhaben aufgegeben und die Flucht ergriffen.
Jakob berichtet, der vierzigjährige Mann hat sich an einem zwölfjährigen Mädchen vergangen. Mit Geld und einer Pralinenschachtel hat er das Mädchen zum Mainufer gelockt. Dort kann er sein Verbrechen fast vollenden. Die Hilferufe des Mädchens locken Spaziergänger herbei. Es beginnt eine dramatische Verfolgungsjagd. Der Mann wird beinahe gefaßt. Die Polizei hat Großeinsatz, mit Spürhunden und mehreren Streifenwagen wird der Täter gejagt. Über Mauern und durch Hinterhöfe wird er verfolgt. Ein durchtrainierter Mann muß es gewesen sein, denn er konnte alle seine Verfolger abschütteln. Die Polizei rechnet auf die Mithilfe der Bevölkerung. Das Opfer kann eine genaue Beschreibung des Täters geben. Auffallend war ein gelb-schwarz karierter Schal. Das Mädchen hat den Mann genau gesehen. Ein schmales Gesicht mit vorstehenden Backenknochen. Schlank ist er, groß soll er sein.
»Na endlich«, sagte der Redakteur. »Das haben die anderen Zeitungen nicht. Die haben geschlafen.«
Er fragt jeden Tag: »Noch etwas von dem Sittenstrolch gehört?«
»Erfinden Sie etwas«, hat der Ressortchef einmal zu ihm gesagt. Und Jakob erfindet. Diesmal läßt er den Gelb-Schwarz-Karierten sogar in ein Parterrefenster einsteigen. Friedlich schlummert ein Mädchen in seinem Bett. Der Schatten des Übeltäters schiebt sich schon heran. Aber in diesem Augenblick schlägt der Hund an, ein treuer deutscher Schäferhund. Und wieder eine Verfolgungsjagd.
Die Zeitung bringt eine fette Überschrift: »Der Unhold hat wieder zugeschlagen.«

Jakob wird gelobt. Es ist seltsam, in der Redaktion zu stehen und vor allen anderen gelobt zu werden. Er fährt an diesem Tag nicht nach Hanau.
In Hanau wird ein Mann festgenommen, der einen gelb-schwarz karierten Schal trägt. Zwei Polizisten haben ihn gesehen. Sie erinnerten sich an den Zeitungsartikel und dachten an ihre Pflicht. Sicher ist sicher, denn der Mann ist schlank und hat außerdem ein knochiges Gesicht. Er soll beweisen, wo er sich zur Tatzeit befand. Es muß jetzt erst die Anzeige überprüft werden. Auf welchem Revier wurde die Anzeige gemacht?
Aus Hanau kommen Anrufe zur Zeitung. Aus Hanau wird nach dem Täter mit dem gelb-schwarzen Schal gefragt. Auch Hanauer Bürger wollen Genaues wissen, denn sie haben Töchter, um die sie fürchten. Aus Hanau kommt das Verhängnis über Jakob.
Ja, ja, ich weiß es.
Warum hat er das getan? Ein Mann in der Probezeit. Er wollte nicht enttäuschen. Die Redakteure, die nachsichtig gewesen wären. Jäckel, der ihn empfohlen hatte. Lena, die sich Sicherheit erhoffte. Und Jakob, der gehetzte Jakob, machte einen letzten Versuch, aus der Niederlage, die bereits erlitten war, noch einmal zu entkommen.
Um dann, wider besseres Wissen oder vielleicht schon aus Gewohnheit, noch einmal nach Hanau zu fahren. Das Begräbnis eines Stadtrates war angesetzt, von dem die Hanauer Journalisten schon vorher gesagt hatten, er sei ein hochgradiger Dummkopf gewesen.
Vor dem Grab, wo eine Trauerrede nach der anderen in den Wind gesprochen wurde und wo sich Berge von Kränzen türmten, fragten ihn zwei Journalisten nach der Quelle seiner Sensationsberichte. Sie grinsten dabei, so viel, wie bei einem Begräbnis gerade noch erlaubt ist. »Lustig wird

das, wenn das alles nicht stimmt...« Getuschel an seinem Ohr: »Ich würde vorsorglich schon meine Koffer packen...« Warum war er überhaupt noch hierher gekommen? Hatte er gehofft, weiterhin nach Hanau fahren zu dürfen? Nein, er hatte es gewußt. Aber warum nur, warum war er gekommen?

Damals ging er aus dem Friedhof hinaus, hörte hinter sich noch: »Er hat seine Kraft und sein Wissen dieser Stadt geschenkt! Er hat unermüdlich sich eingesetzt bis zum letzten Tag...«, sagt der Wind, sagt der Wind.

Und Jakob fährt noch immer nach Hanau. Er geht morgens aus der Wohnung und erklärt seiner Frau, daß er den Zug nach Hanau besteigen wird, daß er in der Redaktion noch eine wichtige Arbeit liegen hat. Er muß jetzt gehen, muß oft noch gehen, denn in Hanau ist Krieg, überall ist Krieg, niemand könnte so gut darüber berichten wie Jakob.

In Frankfurt geht er umher, während die Frau und der Sohn behaupten: er ist in Hanau.

Er will Zeit gewinnen, verliert aber gegen die Zeit. Er will die Pause des Denkens, des Klärens, geht auch manchmal in ein Kino, weil man nicht den ganzen Tag durch Frankfurt laufen kann. Die Füße beginnen zu schmerzen. Ich muß nachdenken.

Flüchtet wieder in das Dunkel, sitzt auf einem gepolsterten Stuhl, denn im Film erreichen die Menschen oft das Eigentliche, zeigen aber mitunter auch ihre Schwächen, so daß man darüber lachen kann, wenn man lachen kann.

Es gibt nichts zu lachen. Es kommt jetzt der Tag, an dem Jakob, der Ernährer einer Familie, ein Gehalt nach Hause bringen muß. Und dieses Gehalt holt er sich bei einem Kreditinstitut. Gerade so viel, wie die Familie für

einen Monat braucht. Er hat seinen Paß vorgelegt, seinen Presseausweis. Die Summe ist nicht zu hoch, sie wird genehmigt. Er muß Formulare unterschreiben, spricht von einer augenblicklichen Verlegenheit, die bald behoben sein wird, unterschreibt noch mehr Formulare. Dann steckt er das Geld in die Tasche. Es ist kurzfristig, sehr kurzfristig geliehen.
Und jetzt steht Lena vor ihm. Sie kommt dicht an ihn heran. Sie hat einen Brief in der Hand, und sie sagt höhnisch: »Hast du wieder einen Unhold erfunden? Hat der Unhold wieder zugeschlagen?«
Ja, in diesem Brief ist alles ausgebreitet. Die Niederlage ist lückenlos. Die Zeitung hat den Brief geschickt. Lena hat ihn geöffnet. Sie lacht ihn aus, aber er kann es hören, es ist kein Lachen. Lena schreit auf. Sie tarnt ihren Schrei mit diesem schrillen Lachen, das ihn im Trommelfell schmerzt, das er noch lange hören wird.
Er will sich aufrichten. Er sagt: »Um Gottes willen.« Kann es nicht entschuldigen, bestätigt es nur: »Ja, es ist wahr. Ich habe den Unhold erfunden.«
Der Mann meiner Frau ist Kaufmann. Sie sagt zu ihm: Mein erster Mann ist Kellner geworden.

# 23

Jakob holt den schwarzen Anzug aus dem Schrank. Es ist der gleiche, den er bei seiner Hochzeit trug. Sie wollen den Dachdeckermeister begraben.

Ein paar Monate später wird er noch einmal Schwarz tragen: als sie ihn von seiner Frau scheiden.

»Wir stellen uns hier auf«, sagt jemand aus der Trauergemeinde.

»Da drin ist er aufgebahrt«, sagt ein anderer. »Wo legen wir die Kränze hin?«

Die Trauerhalle steht in einem grünen Park. Die Vögel zwitschern in den Bäumen. Es sind exotisch aussehende Bäume dabei, die Jakob nicht kennt. Eine teure Anlage, von städtischen Gärtnern gepflegt. Jakob hat gelesen, daß auf diesem Friedhof über hunderttausend Tote liegen sollen. Alle Wege münden in den großen Platz vor der Halle. Die Menschen kommen zurück von den Begräbnissen, kleine Gruppen, angeführt von den schweigsamen Leidtragenden.

Schopenhauer liegt auch hier. Ich habe als Kind einmal die Grabplatte gesehen. Noch viele andere berühmte Männer.

Lena ging beim Begräbnis an meinem Arm. Toni war in der Schule. Wir wollten es ihm ersparen.

Und hier steht auch irgendwo das Denkmal des namenlosen Kriegers. Er sieht bekümmert aus. Unter seinem schweren Helm blickt er starr in die Ferne. Auf dem Sockel steht: »Der unbekannte Soldat.«

Auf den großen Feldern nordwestlich von Frankfurt ging ich mit meinem Vater spazieren, als er arbeitslos war. Ein paar Kilometer weiter, unterhalb des Taunus, führte eine Bahnlinie vorbei. Wenn ein Zug kam, machte das

Signalhäuschen »Ping! Ping! Ping!« Ein emsiges Glöckchen an einem Bahnübergang. Der kleine Ton wehte über die endlosen Felder.
Es gab auch einen Bach, ich habe seinen Namen vergessen. Mein Vater saß neben mir am Bach und schnitzte mit seinem Taschenmesser an einer Gerte. Die Sonne stand hoch, und ich hörte die Vögel in der Luft. Mein Vater sagte: »Das sind Lerchen.«
Es gibt keine Felder mehr, keinen Bach. Statt dessen eine häßliche Stadt aus Beton. Die Frankfurter nennen sie die Nordweststadt.
Es ist seltsam, ich weiß nicht mehr, was der Pfarrer in der Trauerhalle gesagt hat. Nur einen Satzfetzen: »...werden alle gemessen nach ihrem Maß.«
Der dunkel gebeizte Sarg steht vor ihnen. Die Kerzen flackern. Und alle sagen: »Amen.« Sagen es nicht gemeinsam, die einen etwas früher, die anderen etwas später: ein unregelmäßiger Chor.
Jetzt scharren sie beim Aufstehen mit den Füßen. Sie zögern einen Augenblick, dann formieren sie sich und gehen hinaus.
Pfläumchen ist auch da. Sie nutzt die kurze Pause, um schnell ein paar Züge an der Zigarette zu machen. Taktvoll geht sie dabei um die Ecke. Sie ist noch immer Kettenraucherin. Oh, wie ist sie alt geworden. Die Zigarette paßt nicht mehr zu ihr. Man denkt unwillkürlich: Sie verträgt das nicht, die vielen Zigaretten werden sie schon bald umbringen.
Jäckel ist da, in Schwarz, hat sich ein paarmal mit dem Taschentuch über die Augen gewischt, drinnen in der Halle.
Der Onkel und die Tante stehen dicht nebeneinander. Sie machen verlegene Gesichter, es sind nämlich zwei Trauergäste erschienen, die sich ihrer Meinung nach besser

nicht begegnen würden: die Geliebte des Vaters und Jakobs Mutter.
Aber das ordnet sich unauffällig. Der führende Friedhofswärter befiehlt seinen vier Helfern: »Also, los jetzt!« Da beginnen die vier das schwarze Wägelchen zu schieben. Jakob und Lena folgen, neben ihnen geht der Pfarrer. Die Geliebte reiht sich in der Mitte des Zuges ein, dann kommen ein paar Handwerksmeister, die Gesellen des Vaters, Hausbewohner und Bekannte. Ganz am Schluß geht Jakobs Mutter – allein.
Beide Frauen tragen keine Trauerkleidung. Die Mutter hat ihre Tasche fest unter den Arm geklemmt, so, als ginge sie mit ihrer großen Tasche zum Einkaufen.
Der Sand knirscht ein wenig unter den Rädern des Wägelchens. Kränze mit Schleifen verdecken den Sarg des Vaters. Meine Mutter hat viele Jahre mit ihm gelebt.
Danach hat die andere Frau viele Jahre mit ihm gelebt.
Einmal habe ich gefragt: »Wie habt ihr euch getroffen?«
Meine Mutter sagte: »Ich ging spazieren und sah ihn einen schweren Drückkarren schieben. Er hat sehr geschwitzt, denn es war Sommer. Ich habe gedacht: Schau nur, wie er schwitzt. Deshalb habe ich ihn auch genauer angesehen. Das hat er bemerkt ...«
Der Pfarrer steht am offenen Grab. Mit dem rechten Arm macht er eine ausladende Gebärde. Er sagt etwas über das Leben und den Tod – über den Tod im Leben. Zwei Düsenflugzeuge fegen über den Friedhof. Der Pfarrer bewegt die Lippen, aber der Düsenlärm verschluckt seine Worte.
Jakob tritt als erster vor und gibt die drei Schippen Sand. Er meint es noch lange zu sehen: den Sarg, der langsam in die Grube gelassen wird. Er schaut hinunter, hat den Mund offen stehen und kann nichts denken.

Die anderen gehen nacheinander ans Grab, jeder steht einen Augenblick allein davor. Sie nehmen die kleine Schaufel.
Die Düsenflugzeuge sind eine große Schleife geflogen. Sie kommen nun zurück. Die Lippen der Beileider bewegen sich, sie machen den Mund auf und zu, unterstreichen mit den Augen, blinzeln aufgeregt oder mitleidig, schütteln die Hände, räuspern sich dann, treten wieder zurück.
Es ist still geworden, keine Flugzeuge mehr.
Die Geliebte des Vaters tritt vor. Ihre Schultern zucken. Als sie sich umdreht, sieht man ihr nichts mehr an. Sie sagt nichts, sie schlägt die Augen nieder.
Jetzt kann Jakob die Menschen hören. Sie meinen es alle gut am Grab. Er glaubt ihnen, daß sie seinen Vater betrauern.
Dann geht seine Mutter ans Grab. Sie weint nicht, hat ihr trotziges Gesicht, das sie immer hatte, ehe sie angriff. Ihre Bewegungen sind ruckhaft: dreimal mit der Schaufel. Sie dreht sich um. Alle schauen sie an. Mit dem Zeigefinger tippt sie sich an die Brust und sagt so laut, daß es jeder hören kann: »Ich war mit ihm verheiratet!«

Wohin geht dieser Mensch in dem schwarzen Anzug?
»Ich muß zum Gericht.« Er weiß es im voraus:« Dort werde ich verurteilt, weil ich Jakob bin.«
Er muß immer gefunden werden, der Schuldige. Das Urteil wird gesprochen, wird dem Schuldigen angemessen. Dabei wird möglichst ein dunkler Anzug getragen.
Man nimmt vorher ein weißes Hemd aus dem Wäschefach und sucht die passende Krawatte. Das ist der Brauch, denn sie beanspruchen Würde, die Richter. Und dann erscheinen die Anwälte: haben ebenfalls Würde. Deshalb tragen sie schwarze Umhänge. Sie schicken schon sehr

bald die Rechnung ins Haus. Teuer sind die schwarzen Roben, sind mit Seide gefüttert.
Aber vorher erscheint erst noch dieser Mann, der ihn pfänden wird. Er steht in Jakobs Wohnung, hat sich ausgewiesen als Gerichtsvollzieher. Er deutet mit der rechten Hand auf die Möbel. Da beginnt Lena zu heulen, und Jakob spürt ein Zittern in den Knien.
»Wie ist es mit diesem Sessel? Sie brauchen doch keine drei Sessel?«
Der Mann beleckt die blaue Marke und klebt sie hinter den Sessel. Niemand wird es sehen. Es wird auch keiner auf den Gedanken kommen, den Teppich anzuheben, etwa an dieser Ecke, um nach der Marke zu suchen, die seit Generationen Kuckuck genannt wird.
»Es ist leider noch nicht genug. Wie wäre es mit der Musiktruhe?«
Der Mensch braucht nicht unbedingt Musik. Sie kann entbehrt werden, solange noch gewisse Beträge offenstehen, die man geliehen hat. Kurzfristig, sehr kurzfristig.
Aha! Die Ehefrau hat nichts davon gewußt? Das ist nicht üblich.
Sie spielt ja noch, die Musiktruhe, auch wenn sie das kleine Märkchen trägt. Da muß man doch nicht weinen, liebe Frau. Was glauben Sie, wo wir überall hinkommen? Ich kann Ihnen sagen... Er legt seinen Hut auf den Tisch und geht zur Ecke, wo die Musiktruhe steht.
Jetzt will er behutsam die letzte Marke kleben, hat schon seine blaßrote Zunge herausgestreckt, um die Marke zu belecken, die er zwischen Daumen und Zeigefinger hält. Da beginnt Lena zu schreien. Sie deutet zu dem Tisch:
»Nehmen Sie sofort den Hut von unserem Eßtisch herunter!«
Die Zunge verschwindet blitzschnell zwischen den Lippen. Es sieht aus, als würde der Gerichtsvollzieher sie vor

Schreck verschlucken. Er greift nach seinem Hut, hält nun den Hut links, die Marke rechts und weiß einen Augenblick lang nicht, was er machen soll. »Entschuldigen Sie«, sagt er. »Ich tue doch nur meine Pflicht.«

Dann bin ich in die Fabrik gegangen. Nur acht Tage lang habe ich Schrauben und Muttern an Maschinenteilen festgedreht.
Die Ohren! Das ist etwas Eigenartiges mit den Ohren. Er konnte den Lärm nicht ertragen. Das Dröhnen in den Werkhallen. Es kann mir nicht vorgeworfen werden, daß ich empfindliche Ohren habe. Ich bin damit auf die Welt gekommen, mit diesen Ohren.
Das ist der Augenblick, in dem Lena zu ihm sagt: »Ich werde am nächsten Montag anfangen zu arbeiten.«
Toni steht dabei und schaut die beiden verwundert an. Sie wird ihn morgens zur Schule bringen, mittags kann er zu ihren Eltern gehen. Jakob will protestieren, aber er möchte nicht streiten, wenn Toni dabei ist.
Sie hörte nicht mehr auf mich.
Sie hat ohne ihn entschieden. Sie wird in einem Büro sitzen, ihr Chef wird Briefe diktieren. Er wird sagen: Tun Sie dieses oder jenes. Und sie wird es tun. Seine Frau.
Gewichtlos ist sein Wort bei ihr geworden. Die Möbel tragen noch immer das Zeichen seiner Zahlungsunfähigkeit.
Das Rauschen in meinen Ohren... Woher kommt das Rauschen in meinen Ohren?
Bin ich nicht mit Toni an einem dieser Tage in den Zirkus gegangen? »Komm, Toni«, sagt Jakob zu seinem Sohn. Der Applaus prasselte los, stieg auf bis in die Kuppel des großen Zeltes. Die Arena war mit Sägemehl gepolstert. Am besten gefiel Toni der Clown. Er spielte ungeschickt mit einer Leiter. Der Clown auf der Leiter war ein müder Clown. Es gibt sie nicht mehr, sie sind ausgestorben, die

guten Clowns. Aber die Kinder lieben noch immer das uralte Spiel.
Als sie nach Hause kamen, hat Toni zu seiner Mutter gesagt: »Wir haben den Clown gesehen.«
Lena lachte kurz auf, ihr Lachen klang böse. Sie sagte: »Du mußt nicht in den Zirkus gehen, um einen Clown zu sehen.« Dabei schaute sie Jakob von der Seite an. Er saß schweigend in der Küche auf einem Stuhl und schmierte sich ein Butterbrot.
Jakob geht in Frankfurt umher. Man muß nachdenken.
Er geht durch die Straßen dieser Stadt, die er genau kennt, in der er sich jedoch fremd fühlt. Manchmal schmerzen seine Füße.
Es muß jetzt umgedacht werden. Dabei stand doch fest, daß ich irgendeine Arbeit annehmen würde. War es denn noch wichtig, welche Arbeit das sein würde? Jeder kann jeden ersetzen, und es gibt jetzt keine Handwerker mehr. Wäre ich ein Schreiner, ein Schmied, ein Schuster, dann wäre alles ganz leicht. Wenn ich ein Dachdecker geworden wäre... Ich bin nichts. Eigentlich bin ich gar nichts.
Im Kino sitzt Jakob wieder ein paarmal. Am schönsten ist der Augenblick, wenn das Licht ausgeht, aber dann muß man wieder aufstehen und hinausgehen. Der große Vorhang schiebt seine Falten auseinander und schließt sich. Aufstehen! heißt das. Hinaus auf die Straße! Dabei zögert Jakob, er geht nicht gern aus dem Kino hinaus.
Es dauert eine Weile, bis eine Niederlage verdaut ist. Man kann sich an ihr überfressen. Wie ein Stein liegt sie im Magen. Davon soll es Magengeschwüre geben, habe ich einmal gehört.
»Ein bißchen, Lena, nur ein bißchen habe ich getrunken.«
Ein paar Tage, und dann wieder ein paar Tage. War Freitag, Jakob, war Freitag.

Er weiß jetzt nicht mehr viel über Lena, kann sie nicht mehr erreichen. Sie hat die Wohnung verlassen.
Da liegt ein Zettel auf dem Tisch. Jakob hält ihn in der Hand und liest. Nicht viel hat sie geschrieben. Ist jetzt bei ihren Eltern, wird die Scheidung einreichen. Für Toni ist gesorgt. Sie machen nämlich wieder ein Schuhgeschäft auf.
In der Wohnung geht er hin und her. Von Zimmer zu Zimmer geht er, bleibt manchmal stehen und schaut die Wände an. Was soll werden?
Sie will mich nicht mehr sehen, will nicht mehr mit mir sprechen. Ihr Vater hat mit ihm gesprochen. Er war freundlich, aber es war die Freundlichkeit eines Chefs, der einen alten Arbeiter entläßt.
Habe ich nicht alles versucht? Zuwenig, sagen sie, viel zuwenig.
Ich habe Knopf getroffen. Knopf ist jetzt tot. Knopf geht es gut. Was soll werden? Sie werden es dir zeigen. Der Anwalt hat einen dicken Brief geschickt. Gutes Papier, sieht aus wie gedruckt und liest sich überzeugend. Das nennt man einen Schriftsatz.

Was ist das für ein Mann, der im schwarzen Anzug vor Gericht steht?
Das muß Jakob nicht erklären, das wird ihm abgenommen. Ein Mann mit näselnder Stimme liest alles von einem Blatt Papier ab.
»Vor allem muß hier festgestellt werden, daß er sich nicht bemühte, wieder Ordnung in sein Leben zu bringen. Er hat sich dazu hinreißen lassen, Schiebergeschäfte zu machen oder sich an ihnen zu beteiligen, und hat damit die Familie schwerstens gefährdet. Immerhin hat dieser Mann einen Sohn.«

Ja, ich fuhr mit der Straßenbahn hin und her. Ich ging zur Arbeit und kam von der Arbeit. Toni hat an der Haltestelle zwischen den Wartenden gestanden und gewinkt. Er sieht Toni, der sich freut und die rechte Hand zum Gruß ein wenig anhebt: die zierliche Gebärde seines Sohnes taucht auf im Gedränge der Menschen.
»Er ließ Falschmeldungen in einer Zeitung verbreiten und wurde folgerichtig entlassen. Er hat die Familie belogen und vorgegeben, in Hanau einer geregelten Tätigkeit nachzugehen. Er nahm leichtfertig einen Kredit auf und konnte ihn nicht zurückzahlen. Er gab vor, das Geld verdient zu haben. Einer geregelten Tätigkeit ist er danach nicht mehr nachgegangen. Dafür ging er allerdings wochenlang in Frankfurt spazieren, auch noch, als seine Frau eine Stellung angenommen hatte. Diese Familie war ungeschützt. Er bemühte sich nicht mehr.«
Ich war auf der Suche. Nach dem Eigentlichen, will er sagen, spricht es jedoch nicht aus, weil er den Verdacht hat, sie wissen nicht, was er damit meint.
»Dieser Mann trank und trieb sich schließlich im Bahnhofsviertel mit Gesindel herum.«
Ein paar Tage, nur ein paar Tage habe ich getrunken. Ich bin Knopf begegnet. Er hatte sich noch keine Zähne machen lassen. Es ging ihm schlecht. Im Hauptbahnhof hat er gestanden und hat die Leute angebettelt.
Jakob hat ihn nicht gleich erkannt. Knopf tritt an ihn heran und murmelt: »Haben Sie nicht eine Mark für einen mittellosen Durchreisenden?«
Dann hat er plötzlich gerufen: »Jakob!«
Knopf war schon fünf Jahre in Frankfurt. Er ist in Konstanz gewesen und hat seinen Mann nicht angetroffen. Er sei gestorben, haben die Leute gesagt. Aber Knopf glaubt

das nicht. Er will von Zeit zu Zeit nach Konstanz fahren und nachschauen. Er hat nämlich das Grab nicht finden können.
Laut ruft Knopf: »Ich habe es gesucht. Auf das Grab wollte ich ihm pissen!« Es schallt durch die nächtliche Bahnhofshalle. Jakob sieht, daß sich Menschen nach ihm umdrehen. Er weiß, was sie denken: Betrunkenes Gesindel.
Ihr habt mir nicht geglaubt. Es war ein Zufall, daß ich Knopf getroffen habe. Ein böser Zufall.
Knopf will trinken. Er sagt: »Jakob, für ein paar Schnäpse wird es doch reichen. Wir waren doch gute Freunde, Jakob. Du weißt, wie ich für dich gesorgt habe, damals.«
Knopf hängt sich bei Jakob ein. Er zieht ihn über den Bahnhofsplatz, deutet eifrig auf die andere Straßenseite. »Komm, da drüben, da kenne ich eine Kneipe, da ist der Schnaps nicht teuer.«
»Und wie ist es dir ergangen, Knopf?«
»Nicht schlecht, das darfst du mir glauben. Du weißt doch, ich kann organisieren. Bis vor kurzem hatte ich noch ein Auto. Jetzt stecke ich gerade in einer kleinen Verlegenheit, aber das gibt sich wieder. Du kannst dich darauf verlassen: mir ist es großartig ergangen. Und dir? Wie ging es dir?«
»Gut, sehr gut.«
Ja, das freut Knopf. Er hebt das kleine Glas und sagt es ein paarmal: »Das freut mich wirklich.« Dann trinkt er, stürzt das Glas in einem Zug hinunter und bestellt die nächste Runde. Sein Mantel ist schäbig, unter den Fingernägeln hat er schwarze Ränder. »Was für eine herrliche Zeit war das damals. Wir hatten einen wunderbaren Sommer. Kannst du dich erinnern? Die Bäuerin? Ich wußte natürlich, daß du mit ihr in der Kammer warst. Mein Gott, wie viele

Jahre ist das her! Aber ich habe dich sofort erkannt. Du hast dich kaum verändert.«

»Du auch nicht«, sagt Jakob und denkt: Woran habe ich ihn erkannt? Es war nicht mehr das gleiche Gesicht. Die vergangenen Jahre hatten dieses Gesicht erniedrigt. Ich habe ihn erkannt an der Stimme und an den Bewegungen.

Seine Augen sind trübe geworden. Es sind die Augen eines Trinkers.

»Knopf, du trinkst zuviel.«

»Es schmeckt mir, Jakob.«

»Knopf, es geht dir nicht gut.«

»Eine kleine Verlegenheit. So etwas passiert jedem einmal. Aber ich habe immer ein paar Ersatzschuhe und frische Unterwäsche in meiner Aktentasche.«

»Wo ist deine Aktentasche?«

Knopf grinst ihn listig an: »Jedesmal, wenn ich nach Frankfurt zurückkomme, stelle ich die Tasche in die Gepäckaufbewahrung. Nur den Gepäckschein trage ich. Da steht die Nummer drauf. Wenn ich meine Wäsche brauche, dann gehe ich hin und hole sie mir. Das schmutzige Unterzeug wasche ich dann in einem Münzautomat.«

»Aber wo wohnst du?«

»Tja«, sagt Knopf langsam. »Wo ich wohne? Ich wohne eigentlich überall. Meistens natürlich in Frankfurt.«

So also war das: Knopf war ein Landstreicher geblieben, ein Tippelbruder. Er hatte nie wieder aus dem Leben in diesem wunderbaren Frühsommer des Jahres 1945 herausgefunden. Dort war er stehengeblieben, im ersten Sommer des Friedens, befreit von allen Zwängen. Sie waren durch den Taunus marschiert und hatten ein Wägelchen gezogen.

Darüber redet Knopf lange. Er wärmt seine Erinnerungen auf, begeistert sich, und Jakob begreift: Das war seine schönste Zeit.
Der Kellner stellt wieder ein Glas Schnaps vor Knopf auf den Tisch. Er sagt: »Wer bezahlt das von euch beiden? Das ist jetzt schon der zehnte. Er hat vier, das sind zusammen vierzehn Schnäpse.«
»Mein Freund bezahlt«, sagt Knopf. »Was glauben Sie, was wir sind? Sehen wir etwa so aus, als könnten wir die paar Schnäpse nicht bezahlen?«
Jakob legt das Geld auf den Tisch. Der Kellner streicht es ein und sagt nur: »Na ja.«
Das war kein guter Kellner. Ich habe es ihm sofort angesehen. Ein mürrischer, mißtrauischer Kerl. Das Lokal gefiel mir nicht. An den hinteren Tischen saßen ein paar Gestalten, die ließen einer nach dem anderen die Köpfe auf die Tischplatte sinken und begannen zu schlafen.
Knopf, wollen wir nicht in ein anderes Lokal gehen? Will Jakob sagen, aber er fürchtet, ihn zu kränken.
Was soll ich mit Knopf machen? Ich kann ihn nicht hier sitzen lassen.
Jakob fühlt sich verantwortlich. Jemand muß ihm helfen. Er hat ein gelbliches Gesicht. Vielleicht ist er krank. Er könnte mit mir nach Hause fahren. Dort könnte er baden. Ich würde ihm frische Wäsche geben und einen anderen Mantel. Auf der Couch im Wohnzimmer könnte er schlafen. Und dann müßte man eine Arbeit für ihn suchen. Es gibt heute genug Arbeit – für jeden. Knopf ist nicht dumm, er begreift schnell, ja, geradezu gescheit ist Knopf. Ich muß für ihn sorgen. Es ist meine Pflicht, denn er hat damals...
Zu Lena werde ich sagen: Ich bringe hier meinen Freund, er wird ein paar Tage bei uns bleiben.

Er sieht Lenas Gesicht. Sie öffnet den Mund, sie sagt etwas. Nein! wird sie sagen. Es kommt nicht in Frage! wird sie sagen. Dann wird er neben Knopf in der Wohnung stehen und wird nicht weitersprechen können.
Man muß ihm helfen.
Hilf dir erst einmal selbst! wird sie sagen.
Er weiß, daß es nicht geht. Er wird Knopf nicht mitnehmen können. Darüber ist Jakob unglücklich. Es plagt ihn, denn er kommt sich vor wie ein Mann, der einen anderen ins Wasser fallen und ertrinken sieht, ohne ihm zu helfen.
Ich habe nicht mehr viel Geld in der Tasche. Noch ein paar Mark. Ich kann ihm dieses Geld geben. Aber er zögert noch lange. Ich müßte in die Tasche greifen und dann zu Knopf sagen: Hier, nimm das. Ich habe leider nicht mehr.
Natürlich könnte er einfach sagen: Knopf, auch mir geht es nicht gut. Knopf, wir sind das gleiche geblieben, was wir damals waren. Nur älter sind wir geworden, viel älter.
Er war dann zu betrunken. Viel zu betrunken.
Ich hätte ihn tragen müssen.
Knopf beginnt zu lallen. Manchmal sinkt sein Kopf schon der Tischplatte entgegen, aber Knopf gibt sich immer wieder einen Ruck. Dann ist er für eine Minute hellwach und will noch Dinge mitteilen, die er für wichtig hält. Er will sprechen mit Jakob, erzählen will er, denn es ist viel geschehen.
»Wir leben in einer anderen Zeit, Jakob.«
Ja, eine andere Zeit. Aber Knopf hat seine Rache noch immer nicht vergessen. Er beugt sich weit zu Jakob hinüber, schlägt seinen Mantel auseinander und greift in die Brusttasche. »Eine Pistole«, lallt er. »Für Konstanz. Ich muß bald wieder hin.« Er zeigt die Pistole.
»Steck sie sofort weg!« flüstert Jakob. Er schaut sich um. Der Kellner steht nicht weit von ihnen entfernt, zwei

Tische sind dazwischen. Ich konnte nicht wissen, daß er die Pistole gesehen hatte.
Jakob wartet, er hat sich gesagt: Ich werde bei ihm sitzenbleiben. Was könnte ich sonst für ihn tun? Ich werde ihm dann den Rest meines Geldes geben. Wenn er eingeschlafen ist, werde ich es ihm in die Manteltasche stecken.
Als die vier Polizisten zur Tür hereinkamen und zur Theke gingen, deutete der Kellner auf uns und sagte: »Dort sitzen sie.«
Knopf zuckt zusammen. Er begreift schneller, als Jakob es ihm noch zugetraut hätte. Die Polizisten kommen von der Theke her auf den Tisch zu. Knopf ist näher bei der Tür als die Polizisten. Mit einem Sprung steht er dort, reißt die Tür auf, ist draußen.
Drei Polizisten stürmen hinter Knopf her, der vierte richtet seine Pistole auf Jakob und befiehlt: »Stehen Sie auf!« Er wird abgetastet. Jakob sagt: »Das ist ein Mißverständnis. Wenn ich Ihnen sage: Ein Mißverständnis!«
Dann fiel draußen der Schuß.
»Um Gottes willen!« sagt Jakob. »Haben sie auf ihn geschossen? Er ist ein harmloser Mensch. Er hat eine fixe Idee, deshalb trägt er eine Waffe.«
Draußen lag Knopf auf dem Pflaster. Sein Gesicht war wie aus Stein. Er schien zu lächeln. Aber als Jakob näher hinsah, erkannte er, daß er nicht lächelte. Die Mundpartie hatte ihre Spannung verloren. Es fehlte etwas in diesem Gesicht.
Kannten sie diesen Mann?
»Ja, er hieß Waldemar Knopf.«
Sie hatten ihn gefaßt, dabei hatte er sich gewehrt. Der Schuß fiel aus seiner Pistole. Ein Unfall. Jakob schüttelte den Kopf, immer wieder den Kopf, während er auf Knopf hinunterstarrte.

»Warum haben Sie keine Papiere bei sich?«
»Ich habe sie vergessen.« Warum hat er sich gewehrt? Er hielt die Pistole in der Hand und wollte sie nicht hergeben. Beim Ringen hatte sich der Schoß gelöst.
Der Hahn! denkt Jakob. Der Hahn!
»Wir werden mit Ihnen nach Hause fahren und Ihre Personalien überprüfen. Danach müssen wir ein Protokoll aufnehmen.« Die Schläfer kamen einer nach dem anderen aus dem Lokal. Sie gingen dicht an Knopf heran, in ihren stumpfen Gesichtern sah Jakob keine Regung. Sie betrachteten ihn und verschwanden wieder in der Tür, um weiterzuschlafen.

Jakob steht vor Lena. Tränen strömen über sein Gesicht. Zwei Polizisten prüfen seine Papiere.
»Was, um Gottes willen, geht hier vor?« fragt Lena. Sie ist verstört, hält mit beiden Händen ihren Morgenrock über der Brust zusammen.
»Knopf«, sagt Jakob. »Er hat sich aus Versehen selber erschossen.« Dabei wischt er mit dem Ärmel über sein Gesicht. Die Nase läuft, die Tränen laufen. Als er wieder mit dem Ärmel wischt, erkennt er, daß sein Ärmel bereits naß ist. Jakob sieht aus wie ein ratloses Kind, er sagt: »Gib mir ein Taschentuch.«
Wortlos dreht sich Lena um und holt das Taschentuch. Sie legt es auf den Tisch. Sie sagt nichts mehr, aber sie schaut ihn einmal an, mit einem langsamen, harten Blick. Als die Polizisten fort sind, geht er nicht ins Schlafzimmer. Er legt sich auf die Couch, im Wohnzimmer, wo Knopf hätte liegen sollen, wenn er den Mut gehabt hätte, Knopf mit nach Hause zu bringen.

Ich wußte von Anfang an, daß ich schuldig geschieden werde. Ich konnte ihnen nichts erklären. Sie haben es

nicht verstanden. Sie haben behauptet: Er ist heruntergekommen.
Aber das ist nicht wahr. Wahr ist: Ich habe mich nicht mehr gewehrt. Ich habe nicht mehr mitgemacht. Ich habe nicht mehr funktioniert.
Vor Gericht klingt so etwas nicht gut. Eine Verteidigungsrede auf einer solchen Basis kann nicht überzeugen. Jakob verzichtet. Vor dem Richter stehend, erklärt er: »Ich weiß, daß ich schuldig bin, aber ich behaupte, daß wir trotzdem eine glückliche Ehe hatten.«
Das interessiert den Richter und seine Beisitzer. Der Richter beugt den Kopf vor, auch die Anwälte sind verblüfft. Lena versteht nicht, was Jakob meint.
»Ja«, sagt Jakob. »Es war eine glückliche Ehe, wenn man von den Mißverständnissen absieht.«
Da beginnen die Männer alle zu grinsen und nicken verständnisvoll. Dann warten sie auf Jakob, schauen ihn an mit einer Mischung aus Sympathie und Mitleid.
Er besteht jetzt auf seiner Würde. Das sollen die schwarzen Roben merken, und auch Lena soll es verstehen.
Er will jetzt angreifen: »Jawohl! Wir meinen alle das gleiche, aber wenn wir es sagen oder tun, wird etwas anderes daraus! Wir messen immer mit unserem Maß. Aber das ist falsch, denn jeder hat sein eigenes Maß. Sehen Sie...« sagt er aufgeregt. »Sehen Sie: in der Nacht, in der sich Knopf aus Versehen erschossen hat, habe ich geweint, dafür hat meine Frau mich verachtet. Sie verließ mich einen Tag später. Aber Odysseus hat auch geweint, und das war ein Held!« Jakob ruft es in den Saal.

Er lächelt vor sich hin, liegt ohne Bewegung und spürt um sich eine großartige Stille.
Spontan erheben sich die Richter und auch die Anwälte. Sie klatschen in die Hände und rufen: »Bravo! Bravo!«

Lena schlägt die Augen nieder. Jakob sieht genau, wie Schamröte langsam ihr Gesicht überzieht. Er mustert sie mit einem verächtlichen Blick und geht mit hocherhobenem Kopf an ihr vorbei, aus dem Saal hinaus. Noch auf dem Korridor kann er die Bravorufe hören. Die Begeisterung hat sich noch immer nicht gelegt.
Unwillig registriert er die Störung. Eine Krankenschwester fragt: »Was hat er gerufen?«
Die andere sagt: »Er hat Bravo! Bravo! gerufen. Und er hat von Odysseus gesprochen.«

# 24

Wie das klingt: Ich bin geschieden. Er bleibt auf der Straße stehen, die Zeil genannt wird, und spricht es leise vor sich hin. Wie ausgeschieden, abgeschieden, verschieden – so klingt das.
Er hat sich noch nicht weit vom Gerichtsgebäude entfernt. Wohin geht ein Mann, der frisch geschieden ist?
Sie trinken etwas, sie sagen etwas, aber es ist nicht wichtig. Sie tragen ein Echo mit sich herum. »Trink, Brüderlein, trink...« Das sind auch solche Sprüche.
Reichlich, Jakob, reichlich. Ja, ich weiß. Es war das letzte Mal, daß ich starke Sachen trank. Schnaps ist nicht gut für den Kopf. Ich fange dann an zu reden. Ich rede auch jetzt zuviel. Warum eigentlich? Ich habe doch jetzt nichts getrunken?
Natürlich ist es schön, mit jemand zu sprechen. Ich würde gern... mit meinem Großvater, mit Toni oder meinem Vater. Feitelstein werde ich fragen, wie er das ertragen hat – die Scheidung. Aber das war ja viele Jahre nach mir. Ich bin noch immer frisch geschieden. Sie weiß das nicht.
Man öffnet die Tür, dann geht man durch das Lokal und stellt sich an die Theke.
»Ein Bier«, sagt Jakob. Der Wirt wiederholt: »Ein Bier«, hat schon beide Hände in Bewegung: am Glas und am Zapfhahn. Der Schaum steigt hoch, quillt über den Rand des Glases. In kleine Gläser füllt er den Schnaps, die schiebt er dem Gast hin. »Zum Wohl«, sagt der Wirt. Dann wird es still zwischen dem Wirt und dem Gast. E würde ihn ja auch nicht interessieren, was ich zu sage habe. Da hat nämlich in Hanau, als ich noch bei der Zeitung war... da hat also ein Mann seine Frau umgebracht.

»Na, na, das ist vielleicht ein Verrückter«, sagt die Frau. »Kommt hier herein, setzt sich zu mir und erzählt mir eine geschlagene Stunde von seiner Ehescheidung. Und dabei habe ich gedacht, der will was anlegen bei mir.« Und die andere Frau sagt: »Gibt er nichts mehr aus? Was ist der Kerl denn von Beruf?«

»Sieh dir doch den schwarzen Anzug an. Der ist garantiert Kellner.«

»Dachdecker bin ich! Dachdeckermeister!« Wild um sich blickend, fährt Jakob hoch. Er trinkt sein Glas nicht mehr aus.

Über die Zeil geht er. Zur Hauptwache will er gehen. Aber warum? Dort muß ich hin. Dort ist etwas geschehen mit mir. Ich weiß es.

Ja, ja, lacht nur, wenn ich an euch vorbeigehe. Dreht euch getrost um. Jawohl, ich gehe nicht gerade. Aber ich hab Grund dazu. Versteht ihr das, ihr Affen? Nichts versteht ihr. Ich weiß genau, daß ihr nichts versteht. Muß ich mich etwa vor euch verteidigen? Es geht euch nichts an. Nichts geht euch etwas an. Aber ich wußte Bescheid. Immer schon. Im Kindergarten... Also, schon im Kindergarten habe ich euch erkannt. Damals habe ich euch schon angesehen, daß ihr mich aufhängen wollt. Da staunt ihr, was? Vor euch muß ich mich nicht verteidigen. Ich bin nichts, jawohl, das weiß ich. Ich kenne euch doch, ich weiß doch, daß ihr nichts taugt. Wie hätte ich da etwas werden können unter euch?

Und jetzt die Treppe hinunter, schön langsam die Treppe hinunter. Ich schaffe sie schon noch, die Treppe.

Feitelstein hat sich gefreut. »Der Jakob!« hat er gerufen. »Der Jakob! Und betrunken isser wie fünf Russen. So kommt er zu seinem Freund und hat sich nicht sehen lassen über Monate. Was ist mit dir? Setz dich und erzähle mir. Sage mir alles.«

Natürlich ist es schön, mit jemand zu sprechen. Ich würde gern...

»Ah!« sagt Feitelstein. »So ist das. Dann darfst du trinken. Ich will dir sagen, was du tust: zuerst wirst du noch mehr trinken. Dann wirst du nach Hause gehen und wirst weinen. Danach wirst du lange schlafen. Und wenn du genug geschlafen hast, wirst du zu mir kommen. Ich werde dir zeigen, wie du die Tische deckst, wie du bedienst. Servieren, verstehst du, das muß ein Mensch lernen, wenn er es gut machen will. Ich zeige dir. Wohin wirst du legen das Messer, wohin die Gabel. Von welcher Seite wirst du den Wein einschenken, wenn der Gast sitzt am Tisch.«

Dazu hat Jakob genickt. Aber als Feitelstein einmal aufstand, um hinter die Bar zu gehen, wollte Jakob davontorkeln. Der kleine Feitelstein rannte hinter ihm her und faßte ihn noch vor der Treppe.

»Biste meschugge!« hat er gerufen. »Willst du dein Leben lang bleiben ein Kind?«

Ich erinnere mich, etwas hat mich getroffen. Ich werde es gleich wissen. Ihr werdet es mir sagen. Ich habe geträumt. Bei Feitelstein bin ich jetzt schon länger als zwölf Jahre. Was bin ich für ein glücklicher Mensch.

Wer hat da gesagt: »Er ist nicht vernehmungsfähig?«

Ich glaube, ich bin ein guter Kellner. Wenn der Gast mit mir sprechen will, spreche ich mit ihm. Ich habe viele Gäste. Wenn einer hereinkommt und setzt sich an den Tisch, weiß ich schon, was für ein Mensch er ist. Es gibt auch schlimme Gäste.

Denn haben Sie schon einmal gesehen, wie Menschen Suppe essen? Mit Gesichtern wie Bulldoggen, mit Gesichtern, scharf wie Messerklingen, und da löffeln sie die Suppe hinein. Sie sperren das Maul auf und löffeln einfach

so hinein. Dann macht der Adamsapfel einen kleinen Sprung. Die Suppe ist weg.
Nachmittags gehe ich meistens ein bißchen spazieren. Ich lebe in Frankfurt, manchmal verreise ich. Am liebsten ans Meer. Ich wäre nämlich gern zur See gefahren.
Feitelstein ist auch geschieden. Das war vor zwei Jahren. Er kam herein und sagte: »Sie hat mich betrogen mit einem jüngeren Mann. Nachts kommt er zu ihr, wenn ich hier bin. Was soll man machen, Jakob? Was soll man machen? Ich werde jetzt gehen in die Küche und werde eine halbe Stunde weinen.«
Sie ist zwanzig Jahre jünger als er.
Nach der halben Stunde kam Feitelstein aus der Küche und sagte: »Ich bin alt. Siehst du, wie weiß ist mein Haar? Was kann man machen mit einer so jungen Frau? Wirst du mir helfen heute morgen. Ich werde die Koffer packen. Aber wie wird man leben – allein?«
Sie gehen dann im Morgengrauen durch die Straßen, und jeder trägt zwei große Koffer, Jakob und Feitelstein. Wenn sie sprechen, hallt es laut durch die morgendliche Stille. Feitelstein sagt: »Ich weiß, daß Frauen für Brot Steine geben.« Schwer sind die Koffer, sie gehen langsam, haben keine Eile. Und Feitelstein sagt: »Einen Engel müßte man haben, Jakob, einen Engel.«
»Ja«, sagt Jakob.
Tumulte soll es wieder einmal gegeben haben in Frankfurt. Es wurde geschlagen, mit Steinen geworfen, Wasserwerfer rollten heran und versprühten ihren stahlharten Strahl. Dann kam die berittene Polizei.
Die beiden Krankenschwestern lesen es in der Zeitung. Sie lesen und schauen hinüber zu Jakob.
Sie haben ein Bild in der Zeitung gesehen: Da liegt ein Mann neben einem Pferd auf dem Pflaster. Und dieser Mensch

soll eingegriffen haben, weil ein paar Demonstranten mit schweren Knüppeln auf ein Pferd eingeschlagen haben. Das rechte Vorderbein haben sie dem Pferd zerbrochen.
Er gehörte keiner Partei an. Augenzeugen berichten, daß er auf die Schläger zugesprungen sei, als sie begannen, auf das Pferd loszuprügeln. Er hätte gerufen: »Das Pferd! Das Pferd!«
Das Vorderbein eines Pferdes ist empfindlich. Der Knochen zwischen Huf und Kniegelenk heißt Griffelbein. Die Schläge brachen das Bein durch.
Ich ging da nämlich spazieren. Ich kam zur Hauptwache und habe es gesehen. Ich wollte es verhindern.
»Ein Mann geriet zwischen die Fronten.« So steht es in der Zeitung. Es ist die gleiche, für die Jakob nach Hanau fuhr.
Er warf sich zwischen die Schläger und das Pferd. Er wollte ihnen die schweren Knüppel entreißen. Die Demonstranten hielten ihn für einen verkappten Polizisten. Sie schlugen mit den Knüppeln zu.
Was hatte das Pferd mit eurem Haß zu tun? Ihr habt den Polizisten nicht treffen können, deshalb habt ihr das Pferd zerschlagen.
Mich geht das alles auch etwas an. Ich bin ein Kellner. Der Schlag steht in der Luft. Er wird mit Zorn geführt. Er hat gewisse Abläufe. Das Instrument wird angehoben. Es muß mit Gewicht fallen, muß bei diesem Fall seine Masse vervielfachen. Eine Idee steckt in dem Schlag. Der Schlag wird angemessen.
Das große braune Auge des Pferdes ist voller Geduld, aber es ist auch voller Zweifel und Angst.

»Was seid ihr für lächerliche Figuren. Eisenmenger war ein König. Rheinländer auch. Und Kilian.«

Ich habe nichts mit euch zu tun. Die Leiter ist hoch. Ich werde Sprosse um Sprosse hinaufsteigen, bis ich hoch über euch bin. Denn das muß getan werden. Mein Vater wird sich freuen, daß ich die Leiter doch noch geschafft habe.
Ich bin jetzt schon weit über euch. Winzig seht ihr aus, aus dieser Höhe. Wie meine Zinnsoldaten mit dem dummen Kaiser. So klein seid ihr. So hoch bin ich schon, daß ich vielleicht sogar aus der Erde herausfallen könnte, wenn ich jetzt fiele.
Nein, das ist ein Irrtum. Was bin ich für ein glücklicher Mensch, denn man kann ja nicht aus der Erde herausfallen. Und deshalb habe ich auch keine Angst mehr. Ja, wenn ich ehrlich bin, muß ich euch sagen: Ich weiß, daß ich jetzt fallen werde. Ich wehre mich nicht mehr dagegen. Das sind Gewißheiten, darauf kann man sich verlassen. Wenn ich jetzt meine Hände löse...
Leicht öffnen sich seine Hände. Sie trennen sich von den Sprossen. Er glaubt zu schweben und ruft: »Seht ihr, wie ich fliege!«

# Henry Jaeger – der große Außenseiter

*„Nicht mehr bewundert, nicht mehr anerkannt. Kein Held mehr. Er hat sich nur dazugemogelt, zu den Helden.“ (Jakob auf der Leiter,* S. 127*)*

Dieser Satz steht stellvertretend für Henry Jaeger selbst. Als *Jakob auf der Leiter* 1973 erschien, war der einstige Ruhm des Autors zum Teil verblasst. Fulminant hatte Jaeger Anfang der 1960er-Jahre die literarische Bühne betreten. Buchstäblich aus dem Nichts war er gekommen. Dieses Nichts hatte bei ihm allerdings einen Namen: Zuchthaus Freiburg, oder Café Achteck, wie es die Eingeweihten nannten.

Die Geschichte des Autors, der sein erstes Buch auf das Toilettenpapier seiner Zelle geschrieben hatte, machte ihn über Nacht berühmt. *Die Festung*, so hieß Jaegers erster Roman, wurde ein unglaublicher Erfolg: mehr als eine Million verkaufte Exemplare, in zwanzig Sprachen übersetzt, mit Hildegard Knef und Martin Held in den Hauptrollen verfilmt.

Dieser Erfolg brachte die baldige Begnadigung und die über Jahre ersehnte Freiheit. „Das Schreiben hat mir das Leben gerettet“, wird Jaeger später oft sagen, und er meinte dies sehr ernst. Er bezog diese Aussage nicht nur auf sein wirtschaftliches Auskommen, das nach seiner Entlassung beträchtlich gewesen sein muss. Sie schloss vor allem die Jahre hinter Gittern – Zuchthaus hieß Einzelhaft, Lese-, Schreibverbot, Schweigehof – mit ein, in denen er gegen den drohenden Wahnsinn anschrieb.

Einige Jahre zuvor, nach dem großen Prozess gegen die Jäger-Bande, war Jaeger gegen das verhängte Urteil in Revision gegangen. Er begründete diesen

Schritt damit, dass er Schriftsteller werden wolle und einen Großteil der ihm zur Last gelegten Taten lediglich zu Recherchezwecken ausgeführt habe. Diese Argumentation ist wahrscheinlich bis heute einmalig in der deutschen Rechtsgeschichte. Was wie ein weiteres Gaunerstück anmutet – und von den Richtern auch so gesehen wurde –, war für Jaeger eine tiefe Wahrheit, eine Selbsterkenntnis, die er offenlegte. Da war etwas in ihm, das wollte heraus, das musste ans Licht. Jaeger, der nur auf einige Blätter mit Buchideen, verwahrt in einem Karton bei der Mutter, verweisen konnte, schrieb in den Monaten der Untersuchungshaft wie ein Besessener. In den sonst vollständigen Gerichtsakten fehlen ausgerechnet diese Blätter, die einmal da gewesen sein müssen. Womöglich hat die rettende Hand, die die Prozessunterlagen gegen die Jäger-Bande vor der Vernichtung bewahrte, sie an sich genommen? Vielleicht liegen sie verstaubt in einem Schrank? Vielleicht wurden sie versetzt? Vielleicht sind sie verloren? Wie interessant wäre es, sie einmal lesen zu können! Es sind womöglich einmalige Dokumente, in denen jemand verzweifelt versucht, mit Literatur seine Freiheit zu erlangen.

Alles in allem belegt dieser Vorgang, warum Jaeger über Jahre heimlich in seiner Zelle schrieb. Wie er, so nannte er es später, mit diesen Übungen nach seiner Sprache suchte. Erst als er glaubte, diese gefunden zu haben, begann er seinen Roman. Er dachte gar nicht an einen Erfolg, noch nicht einmal an eine Veröffentlichung. Er wollte sich selbst beweisen, dass er ein Schriftsteller war. Er wollte zeigen, dass das, was das Gericht ohne weitere Verhandlung abgelehnt hatte, tatsächlich in ihm steckte. Was später vom Verlag wie eine perfekte, aber auch simple Marketingstrategie ausgespielt wurde – der Roman auf dem Toilettenpapier –, hatte einen wesentlich tieferen Hintergrund.

Kaum entlassen, besuchte er Erich Maria Remarque im Tessin. Die beiden hatten sich 1962 während der Buchmesse kennengelernt. Es ist der Beginn einer intensiven Freundschaft, vielleicht sogar einer Vater-Sohn-Beziehung. Jaeger zog Mitte der 1960er-Jahre nach Ascona. In zahlreichen, von Alkohol begleiteten Nächten diskutieren er und Remarque über das Schreiben und Erzählen. Remarque, einer der prominentesten Autoren seiner Zeit, und Henry Jaeger, der Shooting-Star, mit dem die Kritik wenig anfangen konnte. Es war die Verbindung zweier Ausgestoßener. Remarque, der im Nachkriegsdeutschland heftig kritisiert wurde und dem man die Rolle des Exilanten aberkannte, und Jaeger, der sich mehrfach von Deutschland verraten fühlte, für den ein Leben in der Schweiz eine späte Emigration darstellte.
Anfang der 1970er-Jahre, nach anfänglichem Lob für diesen „erstklassigen Erzähler“ (Sybil Gräfin Schönfeldt in „DIE ZEIT“), war es still um Henry Jaeger geworden. Die „Zuchthausstory“, so nannte er es später selbst, hatte auch noch die Bücher nach der Festung getragen: *Rebellion der Verlorenen, Die bestrafte Zeit, Das Freudenhaus*. Sie alle erreichten hohe Verkaufszahlen und wurden in prominenter Besetzung verfilmt. Es waren die Folgeromane des Autors, der seinen ersten Roman auf Toilettenpapier geschrieben hatte. Der Erfolg brachte Jaeger den Ruf eines Unterhaltungsautors ein. In einer Zeit, in der streng nach U- und E-Literatur unterschieden wurde, waren hohe Verkaufszahlen ein Beleg für die

seichte Belletristik. Die Kritik hatte dadurch ein Alibi, um Jaegers Bücher zu ignorieren. Kaum eine Besprechung war in den Feuilletons und Literaturseiten zu finden. Dagegen, wie um seine Einsortierung zu bestätigen, erschienen mehrseitige Reportagen in den Illustrierten und Boulevardblättern. Sie zeigen einen Playboy, einen Lebemann, einen einstigen Gauner, der es vom Dieb zum Millionär gebracht hatte. Auf Wasserskiern gleitet er über den Lago Maggiore – ein Sinnbild für das mondäne Ascona und seine versnobte Künstlerkolonie. Aus diesem Umfeld war offenbar für die deutsche Literaturkritik nichts Ernsthaftes zu erwarten.

Durch diese Brille muss man sehen, um zu verstehen, warum Henry Jaeger von der bundesrepublikanischen Literaturkritik kaum beachtet wurde. Er war nicht Mitglied der Gruppe 47, die sich zu diesem Zeitpunkt schon in Auflösung befand, oder einer anderen Autorenvereinigung. Er konnte auch keine Biografie vorweisen, die ihm den Zugang zu literarischen Zirkeln ermöglichte und die er als Referenz für seinen Anspruch, ein Schriftsteller zu sein, herzeigen konnte. Er war ein Außenseiter, einer, der sich dazugemogelt hatte und der, trotz Erfolge, oder gerade wegen dieser Erfolge, nicht dazugehörte.
Wie anders dagegen sein Leben in der Schweiz, im sonnigen Tessin, fernab des deutschen Literaturbetriebs. Hier war er ein angesehenes Mitglied der letzten großen Künstlerkolonie um Erich Maria Remarque. Innerhalb der „deutschen Clique“ wurde er geschätzt und geachtet. Hier war seine absonderliche Biografie sogar der Schlüssel zu den künstlerischen Kreisen. Hier pflegte er Umgang mit Hans Habe, Walter Mehring, Leo Kok, Will Berthold, Helmut Zacharias, Horst Lemke und vielen anderen.

Im Sommer war Ascona das Domizil zahlreicher Maler, Musiker und Schriftsteller. In den Nachbargemeinden lebten Golo Mann, Max Frisch, Friedrich Dürrenmatt und andere. Es fällt daher nicht schwer zu verstehen, warum Jaeger sein Leben dorthin verlegte und auch später, als längst alles zerbrochen war und er kein Einkommen mehr hatte, dort blieb. In Frankfurt, seiner Geburtsstadt, war und ist er fast gänzlich vergessen. Einzig eine Vitrine im Kriminalmuseum erinnert an ihn als prominenten Dieb und Einbrecher.

Wer Jaegers Bücher liest, der wird schnell feststellen, dass sie weit entfernt sind von dem, was die Kritik gemeinhin Unterhaltungsliteratur nennt. Jaegers Romane, zumindest die frühen bis etwa 1975 erschienenen, entsprechen ganz und gar nicht dem Klischee der Schmöker und Groschenheftchen. Sie sind ernsthafte Literatur mit einem künstlerischen Anspruch. Sie werden getragen von einer tiefen Skepsis gegenüber der Nachkriegsgesellschaft und ihren Regeln, nach denen wir heute noch leben. Jaegers Figuren, allen voran Jakob, scheitern ohne Schuld an den Erwartungen, die die Gesellschaft an sie stellt. Sie sind diesen Mechanismen nicht gewachsen und werden folglich ausgesondert. Und je mehr sich der Leser mit diesen Figuren identifiziert, umso mehr tauchen auch in ihm die Fragen auf, die sich Jakob nicht beantworten kann. Es sind dies keine Fragen, die nur in einer bestimmten Zeit, Epoche oder innerhalb einer Periode virulent sind. Es sind zutiefst sozialkritische und damit zeitlose Fragen. Sie drehen sich darum, wie viel Individualität eine Gesellschaft toleriert oder zulassen möchte. Und diese Fragen sind heute, im Zeitalter steigender Uniformität, Anpassung und Konsumerwartung, aktueller denn je.

Es gibt Bücher und Autoren, die stehen für eine Zeit, oder genauer, für eine Generation. Heinz Günther Konsalik zum Beispiel war einer der erfolgreichsten Unterhaltungsautoren der Bundesrepublik – laut einer Umfrage aus den 1990er-Jahren nach Grass und Simmel auch einer der bekanntesten. Seine Bücher bedienten ein Lesepublikum, das insgeheim dem verlorenen Krieg und der propagierten deutschen Vormachtstellung in der Welt nachtrauerte. Konsaliks Bücher sind auch unter dem Unterhaltungsaspekt heute kaum noch zu lesen. Der zeitgenössische Leser müsste sich in die biedere Bürgerlichkeit von damals hineinversetzen, um den Romanen etwas abzugewinnen. Sie bleiben dennoch größtenteils trivial.

Bei den Romanen von Henry Jaeger ist dies völlig anders. Seine Bücher stehen außerhalb der Zeit. Seine Figuren existieren heute ebenso wie zum Zeitpunkt ihres Entstehens. Sie begegnen uns täglich auf der Straße, leben mehr oder minder unter uns. Die Darstellung der Personen ist eine von Jaegers großen Stärken und erinnert an Dostojewski: Jakob, der keinen Nachnamen trägt; Toni, sein ihm entfremdeter Sohn; Waldemar Knopf, der einstige KZ-Insasse. Ihre Schicksale rühren noch heute den Leser an.

Jedoch nur die Figurenzeichnung in Jaegers Romanen hervorzuheben, würde ihm als Autor ebenfalls nicht gerecht werden. Gerade in *Jakob auf der Leiter* zeigt sich seine Suche nach neuen Erzählformen. Die Perspektive springt unentwegt von einem imaginären Erzähler zu Jakob selbst oder zu Personen, denen Jakob auf seinem Aufstieg auf der Leiter begegnet. Ansatzlos übernehmen sie das Wort, werden zu einem vielstimmigen Chor. Womöglich war diese Erzählform ein Grund mehr, warum die Kritik das Buch damals überging. Dass sich Jaeger über seine Zuchthausstory ins Rampenlicht gemogelt hatte, mochte noch angehen. Dass er nun den Begriff „Kunst“ für sich beanspruchte, war zu viel. Dabei muss die Komposition und der Stil von *Jakob auf der Leiter* eindeutig als Literatur und somit Kunst bezeichnet werden. Zum Zeitpunkt seines Erscheinens wurde viel mit Formen und Strukturen experimentiert. Nur wenige Jahre zuvor war *Zettels Traum* erschienen, das wohl außergewöhnlichste Buch der deutschen Literaturgeschichte. Jaeger stand somit im Kontext seiner Zeit.

Leider sind von Henry Jaeger keine Manuskripte und Notizen überliefert. Auch Briefe finden sich kaum. Seine Bibliothek, die sehr umfangreich gewesen sein muss, wurde schon zu Lebzeiten von ihm selbst versetzt. Es wäre interessant, die stilistischen Spuren und Bezüge in Jaegers Werk zu verfolgen. Müßig zu erwähnen, dass sich bislang niemand in den akademischen Kreisen mit Jaegers Büchern beschäftigte. Ebenso wundert es, gerade nach der Lektüre von *Jakob auf der Leiter*, dass Henry Jaeger zeitlebens nicht eine Auszeichnung erhielt, kein Preis wurde ihm verliehen, keine Ehrung zuteil. Er war und blieb der große Außenseiter.

Der Gröschaz
Henry Jaeger, der Größte Schriftsteller aller Zeiten
Jakob Stein
Der Gröschaz
Der Gröschaz
Jakob Stein
„Ein packendes und verrücktes Buch...“
(Deutschlandfunk Kultur)
„...eine unglaubliche Lebensgeschichte.“
(Hamburger Abendblatt)
„Einer der großen Außenseiter der Literatur, der eine Neubewertung verdient“
(Martin Compart über Henry Jaeger)
„Das Buch ist Krimi und Psychogramm, verbindet Zeit- und Literatur-geschichte.“
(Focus online)
„Ein Leben zwischen Genialität und Wahnsinn“
(Tessiner Zeitung)
„Eine der spektakulärsten Lebensgeschichten..., absolut filmreif“
(hr-Fernsehen, Hauptsache Kultur)
Jakob Stein
Der Gröschaz
Ein Roman über Henry Jaeger,
den Größten Schriftsteller aller Zeiten.
360 Seiten, Paperback
ISBN 978-3-943758-64-1, 19,90 €